SIMPLESMENTE Blue

Também de Amy Harmon

Beleza perdida

Infinito + um

Correndo descalça

AMY HARMON

SIMPLESMENTE Blue

Tradução
Débora Isidoro

1ª edição
Rio de Janeiro-RJ / Campinas-SP, 2019

VERUS
EDITORA

Editora
Raïssa Castro

Coordenadora editorial
Ana Paula Gomes

Copidesque
Cleide Salme

Revisão
Lígia Alves

Foto da capa
Vladimir Sazonov/Shutterstock

Projeto gráfico
André S. Tavares da Silva

Diagramação
Juliana Brandt

Título original
A Different Blue

ISBN: 978-85-7686-465-3

Copyright © Amy Harmon, 2013
Todos os direitos reservados.

Tradução © Verus Editora, 2019
Direitos reservados em língua portuguesa, no Brasil, por Verus Editora. Nenhuma parte desta obra pode ser reproduzida ou transmitida por qualquer forma e/ou quaisquer meios (eletrônico ou mecânico, incluindo fotocópia e gravação) ou arquivada em qualquer sistema ou banco de dados sem permissão escrita da editora.

Verus Editora Ltda.
Rua Benedicto Aristides Ribeiro, 41, Jd. Santa Genebra II, Campinas/SP, 13084-753
Fone/Fax: (19) 3249-0001 | www.veruseditora.com.br

CIP-BRASIL. CATALOGAÇÃO NA FONTE
SINDICATO NACIONAL DOS EDITORES DE LIVROS, RJ

H251s

Harmon, Amy, 1968-
   Simplesmente Blue / Amy Harmon ; [tradução Débora Isidoro]. - 1. ed. - Campinas [SP] : Verus, 2019.
   ; 23 cm.

Tradução de: A Different Blue
ISBN 978-85-7686-465-3

1. Romance americano. I. Isidoro, Débora. II. Título.

19-57473
CDD: 813
CDU: 82-31(73)

Meri Gleice Rodrigues de Souza - Bibliotecária - CRB-7/6439

Revisado conforme o novo acordo ortográfico

Seja um leitor preferencial Record.
Cadastre-se no site www.record.com.br e receba informações sobre nossos lançamentos e nossas promoções.

Atendimento e venda direta ao leitor:
sac@record.com.br

Para mamãe e papai:
por causa de vocês, eu sempre soube quem sou

Prólogo

Agosto de 1993

O CALOR ERA SUFOCANTE, E A MENININHA SE MEXEU NO banco de trás. Seu rosto estava corado, e o cobertor sobre o qual ela estava deitada havia escorregado, deixando sua bochecha em contato com o plástico do assento. Ela dormia, aparentemente indiferente. Tão pequena e tão forte. Não chorava muito, não reclamava. A mãe abriu as janelas, não que isso ajudasse tanto assim, mas o sol havia baixado e não refletia mais no carro. A escuridão era um alívio, mesmo que a temperatura ainda ultrapassasse os trinta e sete graus lá fora, e ainda as tornava menos visíveis. O ar-condicionado funcionava bem, desde que o carro estivesse em movimento, mas haviam passado duas horas paradas em uma nesga de sombra, vigiando a caminhonete, esperando o homem sair.

A mulher atrás do volante roía as unhas e tentava decidir se devia ou não desistir. O que diria a ele? Mas ela precisava de ajuda. O dinheiro que havia conseguido com a mãe não ia durar muito tempo. Os pais de Ethan lhe deram dois mil dólares, mas combustível, hotéis e comida devoravam a quantia mais depressa do que ela jamais acreditou que aconteceria. Então havia feito pelo caminho algumas coisas de que não se orgulhava, mas justificava tudo pensando que fizera o que tinha de ser feito. Agora carregava uma filha. Precisava cuidar dela, mesmo que isso significasse trocar sexo por dinheiro ou favores. *Ou drogas*, uma vozinha cochichou dentro de sua cabeça. Ela baniu o pensamento, sabendo que não aguentaria por muito tempo. Precisava de outra dose.

Fora longe demais. Não acreditava que iria acabar ali, e nem tão distante de casa. Algumas horas. E havia atravessado metade do país e voltado sem trazer nada.

De repente ele estava lá, voltando para a caminhonete. Tirou as chaves do bolso e tentou destravar a porta do passageiro. Um cachorro cinza e preto, que dormia embaixo do veículo e, assim como ela, o esperava, foi recebê-lo. O animal andava em volta das pernas do homem, que puxava a maçaneta várias vezes com impaciência.

— Droga. Vou ter que trocar essa coisa.

Ele conseguiu abrir a porta com um tranco, e o cachorro pulou para o banco do passageiro, certo de seu lugar no mundo. O homem fechou a porta e puxou a maçaneta mais uma vez. Ele não a viu ali observando seus movimentos. Simplesmente contornou a frente da caminhonete, sentou-se ao volante e saiu do estacionamento puxando o trailer, deixando para trás a vaga que havia ocupado nas últimas horas. Os olhos passaram por ela sem se deter quando ele saiu do estacionamento. Nenhuma hesitação. Não era típico? Sem olhar duas vezes. Sem pensar duas vezes. A raiva cresceu dentro dela. Estava cansada de ser desprezada, ignorada, rejeitada.

Ela ligou o motor e o seguiu, mantendo distância suficiente para não despertar suspeita. Mas por que ele suspeitaria? Nem sabia que ela existia. Isso a tornava invisível, não é? Passaria a noite toda atrás dele, se fosse necessário.

5 de agosto de 1993

O CHAMADO CHEGOU POUCO ANTES DAS QUATRO DA TARDE, e o oficial Moody não estava com disposição para isso. Seu plantão estava prestes a acabar, mas ele disse à central que atenderia e parou no estacionamento do Stowaway. Se o nome servia de indicador, só viajantes clandestinos iriam querer ficar na porcaria desse hotel. Uma caminhonete com a tampa do capô erguida parecia tremular no calor da tarde. O oficial Moody havia morado em Reno em seus vinte e oito anos de vida e sabia tão bem quanto qualquer pessoa que uma boa noite de descanso não era o motivo que levava as pessoas a frequentarem o Stowaway. Ele ouviu a sirene de uma ambulância. Obviamente, a recepcionista havia telefonado para mais gente. Moody havia passado a tarde toda com a barriga reclamando. Malditos burritos. Tinha devorado com alegria a comida cheia de queijo, guacamole, carne de porco moída, creme azedo e pimentão verde na hora do almoço, mas agora pagava caro por isso. Precisava muito ir para casa. Torcia desesperadamente para a recepcionista estar errada sobre a hóspede em um dos quartos lá em cima e ele poder resolver tudo depressa e encerrar o dia.

Mas a recepcionista não estava errada. A mulher estava morta. Não havia engano. Era agosto, e ela estava fechada no quarto 246 havia quarenta e oito horas, provavelmente. Agosto em Reno, Nevada, era quente e seco. E o corpo cheirava mal. Os burritos eram uma ameaça, e o oficial Moody saiu apressado sem tocar em nada, avisando aos paramédicos que subiam a escada que o atendimento deles não seria necessário. Seu supervisor ficaria furioso se deixasse a equipe alterar toda a cena. Ele fechou a porta do quarto 246 e disse à recepcionista curiosa que a polícia chegaria para examinar tudo por ali e iriam precisar da ajuda dela. Depois ligou para o supervisor.

— Martinez? Temos uma mulher morta. Isolei o local. Os paramédicos foram afastados. Preciso de ajuda aqui.

Uma hora mais tarde os técnicos fotografavam a cena do crime, e a polícia fazia uma varredura na área, interrogava todos os hóspedes e conversava com os comerciantes vizinhos do prédio e com os funcionários do hotel. O detetive Stan Martinez, supervisor do oficial Moody, havia solicitado as imagens da câmera de segurança. Milagre dos milagres, havia uma câmera no Stowaway. O legista fora chamado e estava a caminho.

Quando foi interrogada, a recepcionista disse que aquele quarto não era alugado porque o ar-condicionado estava quebrado. Ninguém entrava ou saía de lá fazia mais de dois dias. A visita do técnico estava agendada, mas consertar o ar-condicionado não era prioridade. Ninguém sabia como a mulher tinha ido parar lá dentro, mas, definitivamente, ela não havia se registrado, nem tinha usado um cartão de crédito para pagar pela estadia. E também não tinha documentos. Infelizmente, para a investigação, a mulher estava morta havia dois dias ou mais, e o hotel não era o tipo de estabelecimento no qual as pessoas permaneciam por muito tempo. O Stowaway ficava na beira da estrada, na periferia da cidade, e, se alguém tinha visto ou ouvido alguma coisa na noite em que ela morreu, essa pessoa já não estava mais lá.

Quando o oficial Moody finalmente chegou em casa, às oito horas daquela noite, não se sentia melhor que antes, e a polícia ainda não havia identificado a mulher encontrada morta sem nada além das roupas que vestia para orientar a investigação. Moody tinha um mau pressentimento sobre a história toda e não acreditava que a sensação tivesse alguma coisa a ver com os burritos.

6 de agosto de 1993

— ALGUMA NOVIDADE COM A IDENTIFICAÇÃO? — O OFICIAL Moody não conseguia parar de pensar na mulher. Havia passado a noite toda incomodado com isso. O caso não era dele. Patrulheiros não chefiavam investigações. Mas Martinez era seu supervisor e se dispunha a falar sobre o caso, principalmente porque tudo indicava que ele logo seria encerrado.

— O legista colheu as digitais — Martinez respondeu.

— Ah, é? E encontraram alguma coisa?

— Sim. Tem algumas passagens pela polícia, a maioria relacionada a drogas. Um nome e um antigo endereço. Tinha acabado de fazer dezenove anos. Fez aniversário no dia 3 de agosto, na verdade.

— O oficial fez uma careta de pesar.

— Quer dizer que ela morreu no dia do aniversário?

— Foi o que o legista disse.

— Overdose? — Moody não sabia se teria uma resposta para isso. O detetive Martinez sabia ser bem reservado quando queria.

— Foi o que pensamos. Mas quando o legista a examinou encontrou um ferimento na parte de trás da cabeça. Uma pancada.

— Ah, droga — resmungou o oficial Moody. Agora estavam procurando um assassino também.

— Não sabemos se ela morreu por causa das drogas ou da pancada na cabeça, mas alguém tentou acabar com a garota. Parece que ela usou um pouco de tudo na parafernália encontrada no local. O que tinha em seu organismo era suficiente para derrubar uma equipe inteira de líderes de torcida.

Martinez estava falante.

— Equipe de líderes de torcida? — Moody deu uma risadinha.

— Isso. Ela era líder de torcida em um colégio pequeno no sul de Utah. Está no relatório da polícia. Aparentemente ela dividia um pouco do ecstasy com as companheiras de equipe, foi pega e processada por porte. Só não foi presa porque era menor e primária. E ela estava dividindo, não vendendo. Entramos em contato com as autoridades de lá. Eles vão notificar a família.

— Acharam alguma coisa nas imagens da câmera?

— Sim. Tão nítido quanto dá para ser. Nós a vimos entrando no saguão mais ou menos meia-noite, pulando o balcão da recepção e seguindo para dentro do escritório. A recepcionista diz que costuma fechar tudo quando precisa sair de seu posto, mas estava com virose e teve que correr para o banheiro.

O oficial Moody pensou por um momento em seu embate com os burritos.

Martinez continuou:

— A câmera gravou a menina pegando uma chave. Eles ainda usam chaves de verdade, sabia? Não tem cartão magnético moderno no Stowaway. A recepcionista contou que a chave havia sido tirada do quadro e deixada separada por causa do problema com o ar-condicionado. Tinha uma ordem de serviço presa na chave. A garota não era burra. Ela pegou aquela chave sabendo que poderia passar a noite no quarto sem ninguém perceber. E não é só isso. A câmera filmou o carro da garota entrando no estacionamento com ela dentro e depois saindo uma hora mais tarde com um homem ao volante. Já emitimos um comunicado relacionado ao carro.

— Que bom. Parece que encaminharam tudo, então. — Moody suspirou aliviado.

— Sim. Parece que vamos poder encerrar o caso logo — concordou o detetive Martinez.

7 de agosto de 1993

— Muito bem. Escutem. — O detetive Martinez levantou as mãos e gesticulou pedindo silêncio a todos que participavam da reunião da manhã. — Acabamos de ser informados pelas autoridades de Utah que a garota encontrada morta no Stowaway na sexta-feira passada, dia 5 de agosto, tinha uma criança de dois anos. Neste folheto vocês têm uma foto e a descrição da garota. Até agora não temos nenhuma indicação de que a criança estava com ela nas horas que antecederam sua morte. Não havia nenhum sinal de criança nas imagens da câmera de segurança, nem indicativo de que uma criança esteve no hotel. A família da vítima não via as duas fazia mais de um ano, por isso não temos como saber quando elas se separaram. Fizemos contato com a imprensa. Também notificamos os órgãos competentes e mandamos as informações que temos para o NCIS. Temos que fazer outra varredura na área, dessa vez com o folheto. Vamos fazer a foto dessa garota circular o mais depressa possível. Vamos ver se alguém se lembra de tê-la visto e se havia ou não uma criança com ela. Não temos fotos atuais da criança, mas a avó forneceu uma descrição básica. Cabelo escuro e olhos azuis. A etnia é nativa norte-americana, mas há indícios de que o pai seja branco, o que pode explicar os olhos azuis. A mãe está morta há cinco dias, e todos nós sabemos que a clientela do Stowaway é transitória. Perdemos um tempo precioso e temos que trabalhar depressa. Vamos lá, pessoal.

1
Audaciosa

Setembro de 2010

O SINAL HAVIA TOCADO DEZ MINUTOS ANTES, MAS EU NÃO me preocupava muito. Na verdade, eu não me importava mesmo, então por que ia me preocupar? O primeiro dia de aula era inútil. A maioria dos professores não marcava atrasos no primeiro dia, nem gritava com você diante da sala toda. Era a última aula, e minha cabeça já havia saído do prédio e atravessado o deserto, subia as colinas em busca de formas e silhuetas. Eu já sentia a madeira nas mãos. Relutante, trouxe a mente de volta ao corpo e endireitei os ombros para causar uma impressão forte ao entrar na sala, o que normalmente era meu objetivo. Em parte porque eu gostava de atenção, mas principalmente porque sabia que, se intimidasse as pessoas, elas me deixariam em paz. Os professores me deixavam em paz, garotas simpáticas demais que queriam ser melhores amigas me deixavam em paz, mas os garotos estavam sempre disponíveis e prontos se e quando eu quisesse um deles.

Joguei meu cabelo longo e negro para trás quando entrei na sala. Meus olhos estavam carregados de maquiagem, e o jeans era tão justo que sentar era desconfortável, embora eu tivesse aperfeiçoado a arte de encolher a barriga para o tecido não me beliscar... muito. Estourei a bola de chiclete e levantei uma sobrancelha com ar de desdém enquanto procurava um lugar disponível. Todos os olhos se voltaram para mim quando percorri o corredor central e sentei na carteira da frente, bem no meio. Droga. Chegar atrasada tinha seu lado negativo. Tirei a jaqueta sem pressa e joguei a bolsa no chão. Não tinha nem me dado o trabalho de olhar na direção do professor novo, que parou de falar quando entrei. Algumas pessoas riram baixinho da minha demonstração de descaso, e eu olhei feio na direção das risadinhas. Silêncio imediato. Finalmente me ajeitei na cadeira e olhei para a frente da sala, suspirando profundamente e alto.

— Continua — falei mais uma vez com tom entediado, jogando o cabelo.

Havia um nome escrito com letras de forma na lousa branca: Sr. Wilson. Olhei para ele. O professor olhava para mim com a testa franzida e um sorrisinho. O cabelo escuro e meio comprido cobria suas orelhas e caía sobre a testa. Era como se ele houvesse tentado se pentear para parecer respeitável, mas a juba se rebelara em algum momento de seu primeiro dia na Escola de Ensino Médio de Boulder City. Levantei as sobrancelhas, surpresa, e tentei não bufar. Ele parecia um aluno. Na verdade, se não fosse pela gravata, cujo nó havia sido dado às pressas sobre o botão da camisa social azul usada com calça cáqui, eu o teria confundido com um monitor.

— Oi — ele cumprimentou com educação. O sotaque era britânico. O que um cara com sotaque britânico fazia em Boulder City, Nevada? Seu tom era simpático e caloroso, e o desrespeito deliberado não parecia incomodá-lo. O professor olhou para a lista sobre um púlpito à sua direita.

— Você deve ser Blue Echohawk... — A voz perdeu força, e a expressão registrou uma surpresa contida. O nome costuma causar esse efeito nas pessoas. Tenho cabelo escuro, mas meus olhos são muito azuis. Não pareço índia.

— E você deve ser o sr. Wilson — respondi.

Todo mundo riu. O professor sorriu.

— Sim. Como estava dizendo aos seus colegas, pode me chamar de Wilson. Exceto quando chegar atrasada ou for desrespeitosa. Nesse caso, prefiro que use o "senhor" — ele terminou sem se alterar.

— Bom, nesse caso, acho melhor eu ir me acostumando com *sr. Wilson*. Eu estou sempre atrasada e sou sempre desrespeitosa. — Sorri para ele com doçura.

O sr. Wilson deu de ombros.

— Vamos ver. — Ele me encarou por mais um segundo. Os olhos cinzentos lhe davam um ar meio pesaroso, como daqueles cachorros de olhar carente e cara de abandono. Ele não dava a impressão de ser muito engraçado. Suspirei novamente. Sabia que não ia querer fazer essa aula. História era a matéria de que eu menos gostava. História da Europa devia ser horrível.

— Meu assunto favorito é literatura. — Os olhos do sr. Wilson deixaram meu rosto, e ele começou a apresentar seu curso. Quando falou "literatura", a palavra foi soletrada pausadamente. Li- te-ra-tu--ra. Eu me acomodei numa posição mais confortável e olhei para o jovem professor demonstrando má vontade. — Então vocês devem estar se perguntando por que dou aula de história.

Acho que ninguém se importava o suficiente para pensar nisso, mas estávamos todos meio hipnotizados com o sotaque.

Ele continuou falando.

— Houve um tempo em que havia outro jeito de escrever história.

— Sem o H — algum chato ansioso falou atrás de mim.

— Exatamente — o sr. Wilson concordou com ar sábio. — E hoje temos história para os dois sentidos. E a história é isso, uma história de alguém. Quando eu era menino, descobri que gostava mais de ler um livro do que de ouvir uma aula. A literatura faz a história ganhar vida. Ela é talvez a descrição mais precisa da história, especialmente a literatura que foi escrita em um período retratado na história. Meu trabalho este ano é apresentar as histórias que vão abrir a mente de vocês para um mundo mais amplo, uma história colorida, e ajudá-los a ver as relações dela com sua própria vida. Prometo não ser muito chato, se vocês prometerem que vão tentar ouvir e aprender.

— Quantos anos você tem? — uma menina perguntou com tom de flerte.

— Você parece o Harry Potter — comentou um garoto no fundo da sala. Alguns alunos riram, e as orelhas do sr. Wilson ficaram vermelhas onde o cabelo as escondia. Ele ignorou a pergunta e o comentário e começou a distribuir folhas de papel. Ouvi gemidos. Papel significava trabalho.

— Olhem para o papel diante de vocês — ele orientou a turma enquanto distribuía as folhas. Depois voltou para a frente da sala e se apoiou na lousa branca com os braços cruzados. Olhou para nós por vários segundos, até ter certeza de que todo mundo o escutava. — Está em branco. Não tem nada escrito na página. É uma lousa limpa. Mais ou menos como o restante da vida de vocês. Vazia, desconhecida, em branco. Mas todos vocês têm uma história, certo?

Alguns balançaram a cabeça concordando. Eu olhei para o relógio. Meia hora até poder tirar a calça jeans.

— Todos vocês têm uma história. Ela foi escrita até este momento, até este segundo. E eu quero conhecer essa história. Quero saber a história de cada um de vocês. Quero conhecê-la. Até o fim da aula, quero que me contem sua história. Não se preocupem em serem perfeitos. A perfeição é chata. Não me importo com frases mal construídas ou erros de ortografia. Não é esse o meu objetivo. Só quero um relato honesto, o que estiverem dispostos a contar. Vou recolher as folhas no fim da aula.

Cadeiras arrastando, zíperes abertos por quem procurava uma caneta, queixas. Eu só olhava para o papel. Deslizei os dedos pela folha imaginando que podia sentir as linhas horizontais finas e azuis. Sentir o papel me acalmava, e pensei no desperdício que seria encher tudo aquilo com garranchos e pontuação. Deitei a cabeça na mesa, em cima do papel, fechei os olhos e inspirei. O papel tinha cheiro de limpo, com um leve toque de serragem. Deixei minha mente registrar lentamente a fragrância, imaginando que o papel embaixo do meu rosto era uma das minhas peças entalhadas, imaginando que eu deslizava as mãos pelos sulcos e curvas que havia lixado, camada após camada, descobrindo a beleza embaixo da casca. Seria uma pena estragar tudo isso. Assim como seria uma pena arruinar aquela folha de papel perfeitamente boa. Endireitei as costas e fiquei olhando para a página em branco na minha frente. Não queria contar minha história. Jimmy dizia que para entender alguma coisa de verdade era preciso conhecer a sua história. Mas ele falava sobre um melro-negro quando disse isso.

Jimmy adorava aves. Se trabalhar com madeira era seu dom, observar os pássaros era seu hobby. Ele tinha binóculos, e era comum procurar algum lugar alto de onde pudesse observar e documentar o que via. Ele dizia que as aves eram mensageiras e que, se a gente as observasse com atenção, dava para discernir todo tipo de coisa. Mudança de vento, tempestades que se aproximavam, temperaturas caindo. Dava até para prever se havia perigo por perto.

Quando eu era muito pequena, tinha dificuldade para ficar quieta. Na verdade, ainda tenho. Observar os pássaros era complicado para mim, e Jimmy começou a me deixar para trás quando atingi idade suficiente para ficar sozinha. Eu reagia muito melhor ao trabalho de entalhar a madeira, porque era uma atividade física.

Eu devia ter sete ou oito anos na primeira vez que vi Jimmy realmente animado ao avistar um pássaro. Estávamos no sul de Utah, e só lembro a localização porque Jimmy comentou sobre ela.

— O que ele faz por aqui? — Jimmy falou, com os olhos fixos em um pinheiro. Eu havia seguido a direção de seus olhos até o pequeno melro-negro empoleirado em um galho fino, mais ou menos na metade da altura da árvore. Jimmy foi pegar o binóculo, e eu fiquei quieta, observando a avezinha. Não via nada de especial nela. Era um pássaro, mais nada. As penas eram negras, sem nenhum lampejo de cor para atrair o olhar ou marcas brilhantes para admirar.

— Sim. É mesmo um melro-negro eurasiano. Não existem pássaros-pretos nativos da América do Norte. Não como esse garoto. É um tordo, na verdade. — Jimmy estava de volta, olhando pelo binóculo e sussurrando. — Ele está muito longe de casa, ou fugiu de algum lugar.

Eu também cochichei; não queria assustar a ave que Jimmy acreditava ser especial.

— Onde moram os melros-negros, normalmente?

— Europa, Ásia, África do Norte — Jimmy murmurou, sem desviar o olhar do pássaro. — Também é possível encontrá-los na Austrália e na Nova Zelândia.

— Como sabe que é ele, e não ela?

— As fêmeas não têm penas pretas e brilhantes. Não são tão bonitas.

Os olhinhos amarelos nos espiavam. A ave sabia que era observada. Sem aviso prévio, o pássaro voou e foi embora. Jimmy o viu partir, acompanhando-o pelo binóculo até perdê-lo de vista.

— As asas dele eram tão negras quanto o seu cabelo — Jimmy comentou, desistindo do pássaro que havia animado nossa manhã. — Talvez você seja como ele, um pequeno melro-negro muito longe de casa.

Olhei para o nosso trailer no meio das árvores.

— Não estamos longe de casa, Jimmy — respondi, confusa. Minha casa era onde Jimmy estivesse.

— Os melros-negros não são considerados símbolos de azar, como urubus e corvos e outras aves negras. Mas eles não mostram seus segredos com facilidade. Querem que a gente adivinhe. Temos que conquistar a sabedoria deles.

— E como a gente consegue isso? — Torci o nariz para ele, confusa.

— Temos que aprender a história deles.

— Mas ele é um pássaro. Como podemos aprender a história dele? Ele não sabe falar. — Eu era literal, como são todas as crianças. Teria gostado muito se o melro-negro pudesse me contar sua história. Eu o manteria como um animal de estimação, e ele me contaria histórias o dia todo. Eu implorava pelas histórias de Jimmy.

— Primeiro você tem que querer saber de verdade. — Jimmy me olhou de cima. — Depois precisa observar. Tem que ouvir. E, depois de algum tempo, você vai conhecer o pássaro. Vai começar a entendê-lo. E ele vai contar a história dele.

Peguei um lápis e o girei entre os dedos. Escrevi "Era uma vez" no topo da minha folha, só para bancar a espertinha. Sorri para as palavras. Como se minha história fosse um conto de fadas. Meu sorriso desapareceu.

"Era uma vez... um pequeno melro-negro", escrevi e olhei para a página, "empurrado para fora do ninho, indesejado".

Imagens se formavam em minha cabeça. Cabelo comprido e preto. Boca comprimida. Era tudo que eu conseguia ter de lembrança da minha mãe. Substituí a boca comprimida por um sorriso doce. Um rosto completamente diferente. O rosto de Jimmy. O rosto trouxe uma pontada de dor. Pensei nas mãos dele. Mãos marrons movendo a talhadeira pela viga pesada. Raspas de madeira se juntando no chão, aos pés dele, perto de onde eu estava sentada e as via cair. As aparas caíam leves, flutuavam em torno de minha cabeça, e eu fechava os olhos e imaginava que eram duendes que vinham brincar comigo. Eram essas coisas que eu gostava de lembrar. A primeira vez que ele segurou minha mão pequenina e me ajudou a tirar a casca de um velho toco de madeira surgiu em minha mente como um amigo bem-vindo. Ele falava com um tom manso sobre a imagem embaixo da superfície. Enquanto eu ouvia a lembrança dessa voz, deixei minha mente viajar pelo deserto e subir as colinas, recordando a garra retorcida da algaroba que encontrei no dia anterior. Era tão pesada que tive de arrastá-la até minha caminhonete e colocá-la na carroceria levantando um lado de cada vez. Meus dedos formigavam para remover a casca queimada e ver o que havia embaixo dela. Eu tinha uma sensação com relação àquela madeira. Uma forma surgia em minha cabeça. Batendo os pés no chão, encolhi os dedos em cima do papel e fiquei pensando no que poderia criar.

O sinal tocou. O barulho na sala foi imediato, como se um interruptor tivesse sido acionado, e eu olhei para a página, sendo arrancada do meu devaneio. Minha história patética esperava pelo desenvolvimento.

— Entreguem os trabalhos. E, por favor, não se esqueçam de anotar o nome na folha! Não vou poder dar nota na história sem saber de quem ela é!

A sala esvaziou em dez segundos. O sr. Wilson se esforçava para ajeitar a pilha de folhas que foram postas em suas mãos pelos alunos a caminho da porta, ansiosos por outras coisas. O primeiro dia de aula havia acabado. Ele me viu sentada e pigarreou.

— Srta... hum... Echohawk?

Levantei com um movimento brusco e peguei a folha de papel, que amassei e joguei na lata de lixo embaixo da lousa branca. Não acertei a lata, mas não peguei o papel do chão. Em vez disso, agarrei minha bolsa e a jaqueta, totalmente desnecessária no calor de trinta e sete graus que esperava por mim lá fora. Não olhei para o novo professor quando me dirigi à porta pendurando a bolsa no ombro.

— Até, Wilson — falei sem olhar para trás.

Manny esperava ao lado da minha caminhonete quando cheguei ao estacionamento dos alunos, e vê-lo ali parado me fez gemer. Manuel Jorge Rivas-Olivares, também conhecido como Manny, morava no meu prédio. Ele e a irmã mais nova haviam me adotado. Eram como gatos vira-latas que ficavam na porta da sua casa miando por dias, até você cansar e dar comida para eles. E, quando você os alimentava, não tinha mais jeito. Eles eram seus gatos.

Foi assim com Manny e Graciela. Eles me rodearam até eu ficar com pena dos dois. Agora achavam que tinham que ficar grudados em mim, e eu não sabia como mandar os dois embora. Manny tinha dezesseis anos, e Graciela, catorze. Os dois eram pequenos e tinham traços bonitos, e os dois eram incrivelmente doces e irritantes. Exatamente como gatos.

Tinha um ônibus que passava perto do prédio, e eu tratei de avisar a mãe de Manny e até a ajudei a registrar os dois filhos para que pudessem usar o transporte escolar. E achava que este ano seria diferente, agora que Graciela estava no nono ano e também usava o ônibus. Pelo jeito, me enganei. Manny me esperava com um sorriso enorme e os braços cheios de livros.

— Ei, Blue! Como foi o primeiro dia, *chica*? Aposto que você vai ser a rainha do baile este ano. A menina mais linda da escola tem que ser a rainha do baile de volta às aulas, e você é a mais bonita, com certeza!

Muito doce, muito irritante. Manny falava depressa, com um leve sotaque hispânico e a língua meio presa, o que podia ter a ver com a pronúncia, mas provavelmente era só o jeito dele.

— Oi, Manny. Problemas com o ônibus?

O sorriso do garoto perdeu um pouco o brilho, e eu me senti mal por perguntar. Ele ignorou a pergunta e deu de ombros.

— Ah, então, eu disse para a Gloria que ia pegar o ônibus e fiz a Graciela ir embora nele... mas queria voltar para casa com você no primeiro dia. Viu o novo professor de história? Tive a primeira aula com ele, e deu pra ver que é o melhor professor que já tive... e o mais fofo também.

Manny havia começado a chamar a mãe de Gloria recentemente. Eu não sabia o motivo. Também pensei em dizer a ele que talvez fosse melhor não chamar o sr. Wilson de fofo. Imaginei que era dele que Manny falava. Não acreditava que houvesse dois professores novos de história.

— Adorei o sotaque! Nem ouvi o que ele falou durante a aula toda! — Manny se sentou gracioso no banco do passageiro. Eu estava preocupada com o garoto. Ele era mais feminino que eu. — O que será que ele veio fazer em Boulder? A Ivy e a Gabby têm certeza de que ele é do MI-6 ou coisa assim. — Manny tinha muitas amigas. As garotas o adoravam, porque ele era muito divertido e nada ameaçador, o que me fez pensar mais uma vez no motivo que o impediu de ir embora de ônibus. Não era por falta de amigos.

— Que droga é MI-6? — resmunguei, tentando manobrar e desviar daquele monte de carros que saía da escola. Pisei no freio quando alguém passou na minha frente e me mostrou o dedo do meio pela janela, como se eu tivesse fechado o carro dele. Manny passou a mão por cima do meu braço e buzinou. — Manny! Para! Eu dirijo, pode ser? — E empurrei a mão dele. Manny nem se abalou.

— Não sabe o que é MI-6? O maluco do James Bond? *Chica*, você precisa sair mais!

— O que alguém do MI-6 estaria fazendo na Escola de Ensino Médio de Boulder City? — Dei risada.

— Não sei, mas ele é britânico, é gostoso e é novinho. — Manny contou as características nos dedos graciosos. — O que mais pode ser?

— Acha mesmo que ele é gostoso? — perguntei, hesitante.

— Ah, com certeza. De um jeito bibliotecário muito safado.

— Ai, que coisa doente, Manny. Isso só funciona quando a bibliotecária é mulher.

— Tudo bem, um professor safado, então. Ele tem olhos sensuais, cabelo enrolado e braços musculosos. É um gostosão disfarçado. Totalmente MI-6. Você vai trabalhar hoje à noite? — Manny mudou de assunto, certo de que havia provado que o sr. Wilson era um espião.

— Hoje é segunda-feira. Segunda significa trabalho, Manny. — Eu sabia o que ele pretendia e resisti.

— Eu comeria tranquilamente umas quesadillas do Bev's agora. Sou um mexicano faminto. — Manny forçou o sotaque. Ele só se referia a sua etnia quando falava de comida. — Espero que a Gloria tenha ido ao mercado antes de sair para ir trabalhar. Senão eu e a irmãzinha vamos comer lámen de novo. — Manny suspirou, pesaroso.

A conversa sobre a irmãzinha era exagero, mas eu percebi que estava vacilando. Manny era o homem da casa, e isso significava cuidar das necessidades de Graciela, o que ele fazia com gosto, mesmo que contasse comigo para isso. Eu trabalhava no Bev's Café algumas noites e levava o jantar de Manny e Graciela pelo menos uma vez por semana.

— Tudo bem, eu levo quesadillas para você e a Gracie. Mas vai ser a última vez, Manny. Eles descontam do meu pagamento — avisei. Manny sorriu para mim e bateu palmas, imitando o gesto de Oprah quando está animada.

— Vou ver se meu tio tem mais pedaços de madeira para te dar — ele prometeu, e eu estendi a mão para fechar o acordo.

— Combinado.

Sal, o tio de Manny, trabalhava em uma equipe do serviço florestal. Eles frequentemente recolhiam árvores caídas e galhos e impediam as algarobas de dominar as áreas que pertenciam ao governo. Na última vez que Sal me trouxe algum material, acabei com madeira suficiente para dois meses de trabalho duro de entalhe. Pensar nisso me fazia babar de satisfação.

— É claro, isso significa que vai ficar me devendo, *chica* — Manny sugeriu, inocente. — Um mês de jantar na segunda-feira, combinado?

Eu ri da habilidade de negociação. Ele já me devia por dois meses de segundas-feiras. Mas nós dois sabíamos que eu ia concordar. Eu sempre concordava.

2
Casca de ovo

Outubro de 2010

Talvez fossem as histórias pelas quais eu me interessava. Todo dia era uma história nova. E com muita frequência eram relatos sobre mulheres na história ou contados do ponto de vista das mulheres. Talvez fosse só o amor evidente do sr. Wilson pela matéria que ensinava. Talvez fosse simplesmente seu sotaque legal e o fato de ser jovem. Todos os alunos tentavam imitá-lo. As meninas o seguiam, os meninos o observavam fascinados, como se um astro do rock houvesse surgido entre nós. Ele era o assunto do colégio, uma sensação imediata, amado instantaneamente por ser uma novidade, e uma novidade muito atraente para quem gosta de cabelo bagunçado, olhos cinzentos e sotaque britânico, coisas que, eu dizia a mim mesma, não me interessavam. Ele não era meu tipo, definitivamente. Mesmo assim, eu esperava ansiosa pela última aula do dia, esperava com uma impaciência irritante, e era mais contestadora do que teria sido normalmente, só porque estava intrigada com seu poder de atração.

O sr. Wilson passou um mês inteiro falando sobre a Grécia Antiga. Discutimos batalhas épicas, pensadores, arquitetura e arte, mas hoje Wilson detalhava os diferentes deuses e o que cada um representava. Era fascinante, eu tinha que admitir, mas muito irrelevante. E, é claro, eu fiz esse comentário.

— Isso não é história — falei.

— Os mitos podem não ser fatos históricos, mas o fato de os gregos acreditarem neles, sim — Wilson respondeu pacientemente. — Você precisa entender que os deuses gregos fazem parte da mitologia grega. Nossa introdução aos deuses da Grécia Antiga pode ser encontrada nos escritos de Homero, em *Ilíada* e *Odisseia*. Muitos acadêmicos acreditam que os mitos foram influenciados, na verdade, pela cultura micênica, que existiu na Grécia entre 1700 e 1100 a.C. Também existem evidências de que os primórdios da mitologia grega podem estar relacionados com as culturas do antigo Oriente Médio, como a Mesopotâmia e a Anatólia, por causa das semelhanças entre a mitologia dessas culturas e as da Grécia Antiga.

Ficamos todos olhando para ele. O que o sr. Wilson havia acabado de dizer era claro como lodo. Ele pareceu ter percebido nossa cara de "hã?".

— Os gregos tinham um deus para explicar tudo. — Wilson não se deixaria deter, então continuou agarrado à argumentação. — O nascer do sol, o pôr do sol, suas tragédias e seus triunfos, tudo era ligado à existência dos deuses. De muitas maneiras, os deuses explicavam um mundo sem sentido. Uma rocha de formato estranho podia ser um deus disfarçado de pedra, ou uma árvore grande demais, incomum, também podia ser um deus disfarçado. E aquela árvore era idolatrada por medo da retaliação divina. Havia deuses em todos os lugares, e tudo podia ser usado como evidência de sua existência. Guerras eram declaradas em nome de deuses, oráculos eram consultados e seus conselhos levados a sério, por mais estranhos, dolorosos ou bizarros que pudessem ser. Até os ventos de uma tempestade eram personificados. Eram as harpias, mulheres aladas que carregavam coisas, assim como o vento, para nunca mais serem vistas. As tempestades de vento e os fenômenos climáticos que acompanhavam esses eventos eram atribuídos a essas criaturas com asas.

— Pensei que harpia fosse só uma palavra antiga para bruxa — disse um garoto espinhento chamado Bart.

Eu estava pensando na mesma coisa, mas fiquei feliz por alguém ter colocado a dúvida.

— Nas primeiras versões da mitologia grega, as harpias eram descritas como criaturas de cabelos lindos, como belas mulheres com asas. Isso mudou com o tempo, e na mitologia romana elas passaram a ser descritas como bestas de rosto horroroso, com garras e até mesmo bico. Terríveis e cruéis mulheres-pássaros. Essa imagem persistiu. Dante descreveu o sétimo círculo em seu *Inferno* como um lugar onde harpias habitavam os bosques e atormentavam os que para lá eram mandados. — Wilson começou a recitar o poema, que aparentemente sabia de cor:

"Aqui fazem seus ninhos as repulsivas harpias,
   Que expulsaram de Strófades os troianos
  Com anúncios terríveis de aflições iminentes.
Tinham elas grandes asas, pescoço e rosto humanos,
   Garras nos pés, plumoso e enorme ventre
    Soam na selva seus uivos insanos."

— Entendi, você decorou esse lindo poema — falei com sarcasmo, embora estivesse perplexa. Wilson gargalhou, e seu rosto sério foi transformado pela ação. Eu deixei escapar um sorriso. Pelo menos o cara era capaz de rir de si mesmo. Uau! Isso era um nerd de verdade! Quem cita Dante de cabeça? E, com aquele sotaque britânico pomposo, eu tinha certeza de que ele diria: "elementar, srta. Echohawk", cada vez que eu fizesse uma pergunta. Ele ainda sorria quando continuou falando.

— Para responder à sua pergunta, srta. Echohawk, aquilo em que acreditamos afeta nosso mundo de um jeito muito real. Aquilo em que acreditamos afeta nossas escolhas, nossos atos e, consequentemente, a nossa vida. Os gregos acreditavam em seus deuses, e isso afetava todo o restante. A história é escrita de acordo com aquilo em que o homem acredita, seja verdade ou não. Como relator de sua própria história, suas crenças influenciam os caminhos que você segue. Você acredita em algo que pode ser um mito? Não falo sobre crenças religiosas, mas sobre coisas que você disse a si mesma, ou coisas que disseram durante tanto tempo que você simplesmente presume que são verdadeiras.

O sr. Wilson se virou e pegou um maço de folhas de papel. Ele começou a distribuí-las enquanto falava.

— Quero que pensem sobre isso. E pensem também se as coisas em que acreditam sobre vocês ou sobre a própria vida são simplesmente um mito que os impede de seguir adiante.

O sr. Wilson pôs uma folha amassada sobre minha mesa e seguiu em frente sem fazer nenhum comentário. Era minha história pessoal. A história que joguei na lata de lixo no primeiro dia de aula. Ela havia sido recolhida e desamassada, mas ainda tinha os sinais do tratamento anterior. Nunca seria a mesma. Nem todo capricho ao desamassá-la esconderia o fato de aquela folha ter sido resgatada do lixo.

"Era uma vez... um pequeno melro-negro, empurrado para fora do ninho, indesejado."

Acrescentei uma palavra. "Descartado." E li novamente.

"Era uma vez... um pequeno melro-negro, empurrado para fora do ninho, indesejado. Descartado."

Como lixo. E nem todo o fingimento do mundo de que eu não era um lixo me convenceria disso. Garotas como eu mereciam a reputação que tinham. Eu cultivava a minha. Acho que poderia atribuir a culpa ao modo como fui criada, mas não costumava dar desculpas para o meu comportamento. Gosto dos garotos e os garotos gostam de mim. Ou gostam da minha aparência, pelo menos. Acho que seria mentira dizer que gostam de mim, do que eu guardo para mim. Eles nem conhecem essa garota. Mas isso faz parte da sedução. Eu também cultivei a minha aparência. O cabelo sexy, o jeans apertado, as camisetas justas e os olhos maquiados. E, quando era abraçada, beijada ou tocada, eu me sentia poderosa e desejada. Sabia de que algumas pessoas me chamavam. Sabia o que cochichavam quando escondiam a boca com a mão. Sabia o que os garotos falavam sobre mim. Diziam que eu era uma vadia. Fingir que não era seria acreditar em uma mentira. Um mito, como os gregos com seus deuses tolos.

 Jimmy me chamou de Bluebird. Pássaro azul. Era seu apelido para mim. Mas eu não tinha nenhuma semelhança com a ave, que era doce, colorida, feliz. Eu era mais uma harpia dos tempos modernos. Uma mulher-pássaro. Um monstro equipado com garras afiadas. Aquele que tentava atravessar o meu caminho eu levava para o submundo, para o castigo, e atormentava por toda a eternidade. Talvez eu não tenha tido culpa por ser como sou. Cheryl me acolheu quando eu estava com onze anos, e ela não tinha muita utilidade para uma criança. Seu estilo de vida não combinava com a maternidade. Ela era ausente e fria na maior parte do tempo, mas era legal. Quando eu era mais nova, foi ela quem garantiu que eu tivesse o que comer e onde dormir.

 Morávamos em um apartamento de dois quartos em um prédio feio na periferia de Boulder City, a vinte minutos da iluminada Las Vegas. Cheryl era crupiê no Golden Goblet Hotel Cassino em Vegas e passava o dia dormindo e a noite cercada de jogadores e fumaça de cigarro, o que combinava bem com ela. Normalmente ela tinha um namorado. Quanto mais velha ficava, menos seletiva se tornava com relação aos homens. Quanto mais velha eu ficava, mais eles se interessavam por mim. Isso criou uma tensão no relacionamento. Eu sabia que ficaria sozinha assim que me formasse, porque o estado só pagaria pelos cuidados comigo até eu completar dezoito anos, e eu havia feito dezenove em agosto. Era só uma questão de tempo.

Quando a aula acabou, amassei minha folha de papel e a joguei na lata do lixo novamente, porque lá era o lugar dela. O sr. Wilson viu, mas eu não me importei com isso. Quando cheguei ao estacionamento, Manny e Graciela estavam sentados na carroceria da minha caminhonete, conversando com um grupo de amigas do Manny. Eu suspirei. Primeiro Manny, agora Graciela. Eu havia me tornado a motorista. Eles riam e conversavam, e minha cabeça começou a latejar imediatamente. Uma das meninas gritou para os garotos reunidos em torno de um Camaro amarelo.

— Brandon! Quem você vai levar ao baile de volta às aulas? Ainda preciso de companhia!

As meninas em volta dela riram, e Brandon virou para ver quem o provocava. Brandon era o irmão mais novo de um cara com quem eu saía de vez em quando. Mason era musculoso e moreno, mas Brandon era magro e loiro. Os dois eram bonitos demais para serem modestos. Mason havia se formado três anos antes, e Brandon estava no último ano, como eu. Eu era mais velha que todos os garotos da minha turma, e, apesar de saber apreciar a beleza física, me cansava deles muito depressa e não fazia segredo disso. E exatamente por essa razão eu não seria coroada a Rainha do Baile, provavelmente, apesar das expectativas e tramas de Manny.

— Desculpa, Sasha. Convidei a Brooke na semana passada. Mas a gente pode sair um dia desses.

Brandon sorriu, e eu lembrei como Mason era lindo quando me tratava com carinho. Talvez fosse hora de ligar para ele. Fazia tempo...

— Esse carro é muito legal, Brandon — Manny elogiou, falando mais alto que as amigas.

— Ah, valeu, cara — Brandon respondeu com uma careta, e os amigos dele desviaram os olhos, constrangidos. Eu me senti mal por Brandon e por Manny.

— Manny, Gracie, vamos nessa. — Abri a porta da caminhonete, certa de que a turminha reunida atrás dela se afastaria quando eu ligasse o motor. Vi pelo retrovisor como todas as amigas de Manny o abraçaram e fizeram prometer que ele mandaria mensagens. Gracie parecia fascinada por Brandon e os amigos dele e, quando todo mundo foi embora, continuou sentada na carroceria olhando para o grupo. Manny a puxou, tirando-a do transe, e os dois se acomodaram no banco da frente, ao meu lado. Graziela tinha uma expressão meio atordoada, mas Manny estava carrancudo.

— Acho que o Brandon não gosta de mim — ele comentou, olhando na minha direção enquanto esperava uma resposta.

— O Brandon é uma delícia — Graciela suspirou.

Resmunguei um palavrão. Maravilha. Brandon era muito velho para Graciela, e eu não estava falando só da idade. Graciela era delicada e bonitinha, mas era imatura, tanto no aspecto físico quanto no emocional. E era meio avoada, tipo "olha só quantas flores lindas". Ainda bem que Manny estava ao lado dela. Caso contrário, ela poderia acabar se perdendo em uma brisa mais agradável. Manny e Graciela não se importaram com meu vocabulário. Continuaram falando como se nem tivessem me ouvido.

— Na verdade — Manny resmungou —, acho que nenhum amigo do Brandon gosta de mim. E eu sou muito legal! — Ele parecia realmente confuso.

— Você acha que o Brandon gosta de mim, Manny? — Gracie perguntou com ar sonhador.

Manny e eu a ignoramos. Decidi que era uma boa hora para aconselhar Manny.

— Acho que os caras não sabem bem como te tratar, Manny. Você é um garoto, mas só anda com meninas, usa esmalte e delineador, carrega uma bolsa...

— É uma bolsa carteiro!

— Legal! Quantos caras carregam uma bolsa carteiro nas cores do arco-íris?

— É só uma mochila diferente que a gente carrega.

— Tudo bem. Legal. Esquece a mochila. Você comenta abertamente sobre o quanto esse ou aquele cara é gostoso... incluindo o bizarro do Wilson, e na frase seguinte você flerta com a chefe das líderes de torcida. Você é gay? Hétero? Qual é a sua?

Manny parecia perplexo por eu ter perguntado abertamente, porque me olhava boquiaberto.

— Eu sou o Manny! — Ele cruzou os braços. — Isso é o que eu sou. Manny! Não sei por que não posso elogiar a beleza de um cara e de uma garota! Todo mundo precisa de reforço positivo, Blue. Não vai te matar fazer um elogio de vez em quando!

Bati a cabeça no volante, frustrada com minha evidente incapacidade de comunicação. Eu me perguntava se, talvez, Manny era a única pessoa no ensino médio que não tinha medo de ser quem era. Talvez nós, os outros, precisássemos nos entender.

— Você tem razão, Manny. E, sério, eu não mudaria nem um fio do seu cabelo. Só estava tentando explicar por que algumas pessoas têm dificuldade para se relacionar.

— Você quer dizer que algumas pessoas têm dificuldade para aceitar. — Manny fechou a cara e olhou pela janela.

— É, isso também. — Suspirei e liguei o motor. Manny me perdoou uns dez segundos depois e foi falando sem parar durante o restante do trajeto até em casa. Ele não conseguia ficar bravo, a menos, é claro, que alguém se metesse com Graciela. Então ele perdia completamente a razão e se tornava um chihuahua raivoso, como a mãe dos dois costumava dizer brincando. Aparentemente, como eu só havia apontado defeitos nele, fui imediatamente perdoada e recuperei sua simpatia sem maiores consequências.

Quando cheguei em casa, o apartamento estava mais quente que as entranhas do inferno. O cheiro não era muito melhor. Fumaça de cigarro e cerveja derramada, em um dia de outubro com temperatura de trinta e dois graus, não era uma boa combinação. A porta do quarto de Cheryl estava fechada. Eu não entendia como alguém conseguia dormir com aquele calor, mas suspirei e fui esvaziar os cinzeiros e limpar a cerveja que havia caído na mesinha de centro. Cheryl estava com visita. Uma calça jeans masculina havia sido deixada no chão, ao lado do sutiã preto e da camisa do uniforme que ela usava no trabalho. Que bom. Quanto antes eu saísse dali, melhor. Troquei o jeans por um moletom cortado e camiseta regata e prendi o cabelo em um rabo de cavalo frouxo. De chinelos, saí do apartamento dez minutos depois de ter entrado nele.

Eu alugava um espaço atrás do prédio por cinquenta dólares mensais. Era uma espécie de despensa, mas tinha iluminação e energia elétrica, e ali eu instalei minha oficina de trabalho. Fiz duas mesas com cavaletes e tábuas de compensado. Eu tinha um estojo de ferramentas completo, vários tamanhos de malhos e cinzéis, lixas e esmeris e um ventilador oscilante que movia o ar quente e a serragem em círculos preguiçosos. Projetos em vários estágios, de uma pilha de descarte a peças completas de arte entalhada e reluzente, decoravam o espaço. Eu havia encontrado um galho grosso e retorcido de algaroba em uma das minhas caminhadas no dia anterior e estava ansiosa para ver o que havia embaixo das camadas da casca espinhosa que ainda precisava remover. A maior parte das pessoas que eu conhecia e trabalhava com entalhe preferia madeira mais macia, porque era mais fácil de entalhar e torcer, mais fácil de dar forma e transformar em sua criação. Ninguém entalhava algaroba, mogno ou cedro. A madeira era dura demais. No Oeste, os rancheiros tratavam algaroba como mato. Não era possível dar forma a essa madeira usando uma faca afiada, isso era certo. Eu precisava de um cinzel grande e um malho para tirar toda a casca. Quando a madeira ficava exposta, normalmente eu passava muito tempo olhando para ela antes de fazer alguma coisa. Havia aprendido isso com Jimmy.

Jimmy Echohawk era um homem quieto; quieto a ponto de passar dias sem falar nada. Era surpreendente que eu tivesse alguma habilidade de linguagem quando fui morar com Cheryl. Obrigada, PBS. Quando eu tinha dois anos, minha mãe, pelo menos eu imagino que tenha sido ela, me deixou no banco da frente da caminhonete dele e foi embora. Não me recordo dela, tenho só uma vaga lembrança de cabelos negros e um cobertor azul. Jimmy era um índio pawnee e carregava pouca coisa consigo. Uma caminhonete e um trailer que puxava pelo mundo, onde ele morava. Nunca ficamos no mesmo lugar por muito tempo e nunca tínhamos companhia além de um ao outro. Ele contou que tinha familiares em uma reserva em Oklahoma, mas nunca conheci nenhum deles. Jimmy me ensinou a entalhar, e essa habilidade me salvou muitas vezes, tanto no aspecto emocional quanto no financeiro. E agora eu me perderia no trabalho, entalharia até tarde da noite, quando sabia que Cheryl e seu homem misterioso já teriam saído e o apartamento estaria vazio.

3
Azul-celeste

— Quando Júlio César atravessou o Rubicão, ele sabia o que aquilo significava.

O sr. Wilson olhava para nós de um jeito sombrio, como se Júlio César fosse seu amigo de infância e tivesse atravessado o tal rio no dia anterior. Eu suspirei, joguei o cabelo para trás e afundei ainda mais na cadeira.

— Era considerado um ato de traição levar um exército para dentro da Itália. Os senadores em Roma eram intimidados pelo poder e pela popularidade de César. Queriam controlá-lo, e estava tudo bem enquanto ele vencia batalhas para Roma, conquistando tribos celtas e germânicas, mas eles não o queriam muito rico ou popular, e era exatamente isso o que estava acontecendo. Juntem a isso a ambição política do próprio Júlio César e vocês terão uma receita para o desastre... ou para uma guerra civil, no mínimo.

O sr. Wilson andava pelos corredores, e notei com surpresa que ele tinha a atenção dos meus colegas de sala. Todos o acompanhavam com os olhos, esperando o que ele diria a seguir. Wilson não usava anotações, nem lia um manual ou livro. Ele apenas falava, como se contasse os melhores momentos de um filme sensacional.

— César tinha amigos que ocupavam posições de destaque. Eles espionavam, plantavam notícias em alguns ouvidos fecundos e, deliberadamente, tentavam influenciar o Senado. Mas o Senado não queria saber disso. Disseram a César para dispensar seu exército e entregar seu cargo, ou correria o risco de se tornar um "inimigo do Estado". Usamos a mesma expressão ainda hoje no governo dos Estados Unidos. Basicamente significa que o governo considera a pessoa culpada de crimes contra o país. Gente que vende segredos nacionais, espiona para outro país, esse tipo de coisa, todos são denominados "inimigos do Estado". É bem 007, mas sem o glamour dos truques e das garotas que acompanham o Bond.

Eu sorri, enquanto o restante da turma riu alto, e percebi, espantada, que por um momento esqueci que não gostava do sr. Wilson.

— Além do mais, conseguem imaginar o que esse rótulo pode fazer com uma pessoa? Tem quem afirme que o rótulo é usado como um instrumento político, uma ferramenta para reprimir ou intimidar. Você acusa alguém de trair o próprio país, de ser um "inimigo do Estado", e a vida da pessoa acabou. É como acusar alguém de molestar crianças. Não era diferente na Roma Antiga. Então, temos Júlio César, um cara ambicioso, muito irritado por ter sido informado de que não poderia mais liderar seu exército e, basicamente, por ter sido ameaçado com rótulos feios e acusações de traição. Para resumir a história, ele leva o exército até as margens do Rubicão, que hoje não existe, e por isso ninguém sabe se era um riachinho ou um rio caudaloso, e fica lá parado, pensando. E ele diz aos homens: "Ainda podemos recuar. Não é tarde demais, mas, quando atravessarmos essa ponte, teremos que lutar".

— Você disse que ele era rico. Por que não pegar o dinheiro e ir embora? O Senado que se danasse, eles que comandassem o exército, conquistassem outros povos, sei lá. Não reconheciam o que ele havia feito? Tudo bem. Para que insistir? O que ele queria provar?

— Descobri que havia feito a pergunta antes mesmo de perceber que estava pensando nela. Senti o calor do constrangimento subir por meu rosto. Eu nunca me manifestava nas aulas.

O sr. Wilson não demonstrou surpresa por eu participar e respondeu imediatamente:

— Ele era rico, poderoso. Poderia ter ido para Gaul, vivido uma vida de luxo e passado o resto de seus dias com alguém dando uvas em sua boca. — Todo mundo riu. Eu franzi a testa. O sr. Wilson parou diante da minha carteira e me olhou sério. — Por que você acha que ele levou seu exército para Roma, Blue?

— Porque ele era um pavão e queria ser rei — respondi imediatamente, tentando imitar seu sotaque. A sala explodiu em gargalhadas mais uma vez. — E porque ele não gostava de ser usado ou controlado — concluí mais contida, sem o sotaque.

— Acho que as duas respostas estão certas. — O sr. Wilson se afastou, envolvendo o restante da turma na conversa. — No fim, Júlio César pegou uma trombeta e correu para a ponte. Ele anunciou o avanço de seu exército tocando a corneta e gritou: "Vamos para onde os presságios dos deuses e os crimes de nossos inimigos nos convocam! A sorte está lançada!" O que acham que significa a expressão "A sorte está lançada"?

A sala ficou em silêncio. Havia quem soubesse a resposta, é claro, mas, como de costume, ninguém levantou a mão.

— O estrago está feito, o pato foi assado, o leite derramou, a cama está arrumada — falei, com tom entediado.

— Sim. — Wilson ignorou meu tom. — Estava nas mãos do destino. Ele havia atravessado o Rubicão e não podia voltar atrás. Todos nós sabemos o que aconteceu com Júlio César, certo?

Não, não sabemos. Eu sabia, mas não queria ser a estrela da sala.

— Júlio foi assassinado, um homicídio planejado com a ajuda de um amigo dele. Shakespeare escreveu uma peça chamada *Julius Caesar*, que todos vocês devem ler e sobre a qual terão prova na sexta-feira. — Todo mundo começou a reclamar, mas Wilson apenas sorriu. — Eu disse que a literatura conta a história muito melhor que os livros didáticos, e é muito mais agradável aprender desse jeito. Parem de choramingar. Um dia vocês vão me agradecer.

Choramingar? Essa eu nunca tinha ouvido em sala de aula.

— Então, Júlio César atravessa o Rubicão a caminho de seu destino. Um destino glorioso e trágico, ao mesmo tempo. Ele chegou ao pináculo do poder e, no fim, descobriu que poder é uma ilusão. Então isso nos leva à terceira etapa, pessoal. Fiquem à vontade para acrescentar páginas, se for necessário. Esse é o trabalho que começamos no primeiro dia de aula. E ele vai continuar crescendo. Vocês escreveram parte da sua história, de maneira geral, pelo menos. Agora quero que considerem um momento da vida de vocês. Um momento em que a sorte tenha sido lançada, em que vocês atravessaram metaforicamente o Rubicão e não puderam voltar atrás. Quero que contem como isso formou ou transformou cada um de vocês. Talvez tenha sido algo além do seu controle, alguma coisa que aconteceu, ou uma decisão que você tomou. Como isso afetou a sua história?

Wilson começou a distribuir as folhas, fazendo um ou outro comentário de passagem. Eu suspirei, lembrando que havia jogado minha folha no lixo. Peguei uma folha em branco do caderno e me preparei para começar de novo. De repente, Wilson parou diante da minha carteira, que infelizmente ainda era a primeira da fila, porque ele havia feito o mapa de sala considerando nossas "escolhas" naquela primeira aula.

Ele deixou uma folha de papel sobre a carteira. Olhei para ela sem esconder a surpresa. Depois olhei para o professor, e novamente para o papel. Era a folha que eu havia jogado no lixo. Duas vezes. Ele a recolheu depois que saí da sala naquele dia. Ela havia sido desamassada novamente, como se ele a houvesse deixado entre dois livros pesados. As palavras que eu tinha escrito olhavam para mim quase debochadas.

— Não adianta fugir do passado. Não dá para jogar fora ou fingir que ele não existiu, srta. Echohawk. Mas talvez possamos aprender alguma coisa com isso. A sua história é interessante, e eu queria que me contasse mais. — Ele virou para se afastar.

— Eu acho isso meio injusto — respondi e me arrependi imediatamente ao sentir trinta pares de olhos voltados para mim.

Wilson levantou as sobrancelhas, inclinou a cabeça para o lado e cruzou os braços.

— Como assim? — ele indagou, tranquilo. Eu esperava que ficasse vermelho, ou que me expulsasse da sala. Normalmente era o que acontecia nas outras aulas, quando eu não conseguia engolir um comentário engraçadinho.

Dei de ombros e estalei o chiclete que não devia estar mascando.

— Você pede para contar tudo, escrever nossos segredinhos, nossos piores momentos, mas não divide com a gente nada de pessoal. Talvez eu não queira que você saiba a minha história.

Todo mundo ficou em silêncio. Um silêncio chocado. Era como se todos prendessem a respiração, esperando para ver se Blue Echohawk finalmente havia ido longe demais. Quando Wilson não explodiu, só ficou olhando para mim por vários segundos com aquela intensidade de coruja, a tensão diminuiu um pouco.

— Tudo bem. É justo — ele falou em voz baixa. — Mas eu sou o professor, o que determina, por definição, que eu ensino e você aprende, então nem tudo vai ser justo, porque temos papéis diferentes. E, para não perder tempo, não vou usar o período da aula para falar de mim.

— Rola um jogo de vinte perguntas? — alguém propôs, do fundo da sala.

— Ou da garrafa — outra pessoa gritou, e vários alunos riram.

— Nada disso. Vou fornecer uma linha do tempo rápida, como vocês fizeram comigo, e depois revelo o momento que foi meu ponto de transformação. Combinado? Assim a srta. Echohawk pode relaxar e ter certeza de que tudo aqui é justo. — Ele piscou para mim, e resisti ao impulso de mostrar a língua. Professores não deviam ser jovens e fofos. Isso me irritava de verdade. Eu só arqueei uma sobrancelha com desdém e olhei para o outro lado. — Nasci em Manchester, Inglaterra. Tenho duas irmãs mais velhas. Uma delas ainda mora na Inglaterra, assim como a minha mãe. Minha irmã mais velha, Tiffa, mora em Las Vegas, e foi isso o que me trouxe aqui. Tenho vinte e dois anos, terminei o que chamamos de colégio aos quinze, o que, eu acho, é se formar muito cedo no ensino médio.

— Uau! Você é muito inteligente, então! — A conclusão brilhante foi anunciada por uma menina com voz de Marilyn Monroe, que usava canetas de gel com glitter e escrevia cada letra do nome dela com uma cor diferente, todas cercadas de corações e estrelas. Eu a apelidei de Brilhos.

Bufei alto. Wilson olhou para mim, e eu decidi que era hora de ficar quieta.

— Eu e a minha família nos mudamos para os Estados Unidos quando eu tinha dezesseis anos, para eu poder ir cedo para a universidade, o que não acontece na Inglaterra. A minha mãe é inglesa, o meu pai, americano. Ele era médico e assumiu um cargo no Instituto do Câncer Huntsman, em Utah. Terminei a faculdade aos dezenove anos, quando também vivi o momento que trouxe o meu ponto de transformação. Quando o meu pai morreu. Ele sempre quis que eu fosse médico, como ele. Na verdade, quatro gerações de homens da minha família foram de médicos. Mas eu fiquei muito mal quando ele morreu e decidi seguir em outra direção. Passei dois anos na África, no Corpo da Paz, dando aulas de inglês. E descobri que gostava muito de dar aula.

— Você devia ter estudado medicina — Brilhos comentou com aquela voz sussurrante. — Médicos ganham mais dinheiro. E você ia ficar uma graça de jaleco branco. — Ela riu, cobrindo a boca com a mão.

— Obrigado, Chrissy. — Wilson suspirou e balançou a cabeça, irritado.

Então era esse o nome dela. Não era muito melhor que Brilhos.

— Este é o meu primeiro ano como professor aqui nos Estados Unidos. E acabou. — Wilson olhou para o relógio. — Minha vida em dois minutos. Agora é a vez de vocês. O restante do tempo da aula é de vocês.

Olhei para a folha de papel. A vida de Wilson era uma sequência perfeita de eventos e conquistas. Ele era inteligente. Isso era óbvio. E era legal. E bonito. E tinha uma família legal. Tudo isso... legal. Bem diferente da minha história. Eu tinha um momento decisivo? Um momento no qual tudo havia mudado? Tinha alguns. Havia um momento em que o mundo tinha girado e depois, quando ele parou, eu era uma menina diferente.

Eu morava com Cheryl havia aproximadamente três anos, e naquela época não tinha nenhuma notícia de Jimmy. A equipe de busca e salvamento de Nevada tinha suspendido o trabalho de resgate depois de algum tempo de esforço sem encontrar nenhum sinal dele. Não houve anúncio na mídia, nenhuma notícia do desaparecimento, nenhum clamor para que a busca continuasse. Ele era um desconhecido. Só um homem que significava tudo para uma garotinha.

Durante aqueles três anos, fiz de tudo para não desistir dele. Nem nas primeiras semanas, quando a assistente social que me acompanhava contou que tiveram de sacrificar o Icas, meu cachorro. Nem quando, semana após semana, não houve sequer um sinal de Jimmy. Nem quando Cheryl fumava sem parar dentro do apartamento e eu tinha que ir para a escola cheirando mal, com as roupas e o cabelo fedendo a cigarro, sem amigos e sem noção, desajeitada e esquisita, aos meus olhos e aos olhos dos meus colegas. Não estava disposta a admitir que Jimmy tinha ido embora, e só a teimosia mantinha meus olhos voltados para a frente e me fazia forte.

Não fosse pelos deboches ocasionais, eu teria gostado da escola. Gostava de estar perto de outras crianças, e o almoço no colégio parecia um banquete, depois de anos comendo o que era feito em um fogareiro de acampamento. Gostava de ter mais livros à minha disposição. Os professores diziam que eu era inteligente, e eu me esforçava, tentava acompanhar, sabendo que Jimmy ficaria orgulhoso quando voltasse e eu mostrasse os livros que sabia ler e as histórias que escrevia. Escrevi todas as histórias que ele me contava, todas as coisas que eram importantes para ele e, portanto, para mim. E esperei.

Um dia, cheguei em casa e encontrei a assistente social me esperando do lado de fora. Ela me disse que haviam encontrado meu pai. Ela e Cheryl se viraram para mim quando eu me aproximei do apartamento. Cheryl soprava grandes anéis de fumaça, e eu me lembro de ter ficado encantada com seu "talento" antes de ver a expressão no rosto dela, a tensão em torno dos olhos e a boca comprimida da assistente social, os cantos voltados para baixo. E eu soube. Um andarilho percorria um trecho perto de uma fresta e viu alguma coisa no fundo da garganta rochosa, um corpo protegido dos elementos e dos animais que o teriam devorado. O andarilho teve a impressão de que eram restos humanos. Então chamou as autoridades, que mandaram uma equipe. Os restos de Jimmy foram recuperados da fenda alguns dias depois. Ele havia caído de uma altura considerável. A queda o matou, ou ele não conseguiu sair da fenda? A carteira estava no bolso da calça, e foi assim que o identificaram. Mistério resolvido. Esperança destroçada.

Depois que a assistente social se despediu, fui para o meu quarto e deitei na cama. Olhei em volta, vi o quarto que sempre mantive arrumado e impessoal. Nunca havia pensado nele como meu. Era a casa da Cheryl, e eu morava ali. Ainda havia a cobra em que eu trabalhava no dia em que Jimmy desapareceu. Guardei as peças que ele não tinha vendido ou concluído e as deixei em um canto, juntando poeira. As ferramentas estavam embaixo da cama. E aquilo era tudo que restara da vida de Jimmy Echohawk, e tudo que restara da minha vida... antes. A escuridão invadiu o apartamento e eu continuei ali deitada. Olhando para o teto e para a mancha de umidade que lembrava vagamente um elefante. Eu havia dado à mancha o nome de Dolores, e até conversava com ela de vez em quando. Enquanto eu olhava para ela, Dolores começou a crescer, como uma daquelas esponjas que aumentam de tamanho quando são postas na água. Levei um momento para perceber que estava chorando, que não era Dolores que se afastava, era eu. Flutuava para longe, flutuava.

Senti algo deslizando por minhas bochechas e caindo em meu braço, então despertei, assustada, e olhei para baixo, onde meus braços emolduravam a página deixada por Wilson sobre minha carteira. Abaixei a cabeça e peguei minha bolsa, enxugando discretamente a umidade do rosto. Abri o estojo de pó compacto e me olhei no espelho, procurando sinais reveladores na maquiagem dos olhos. O que estava acontecendo comigo? Chorar na aula de história? Larguei a bolsa no chão e peguei meu lápis, decidida a me livrar da tarefa.

"Era uma vez... um pequeno melro-negro, empurrado para fora do ninho, indesejado. Descartado. Então um falcão o encontrou e o levou para longe, deu a ele um lar e o ensinou a voar. Mas um dia o falcão não voltou para casa, e o passarinho ficou sozinho de novo, desprezado. Ele queria voar para longe."

Parei de escrever e lembrei. Esperei até Cheryl sair para ir trabalhar, fui ao banheiro e enchi a banheira. Tirei as roupas e afundei na água, me negando a pensar em Cheryl me encontrando, me vendo nua. Meu corpo havia começado a mudar e mostrava sinais de amadurecimento, e pensar em alguém vendo minhas partes íntimas era quase suficiente para me fazer mudar de ideia sobre o que eu tinha decidido fazer. Forcei minha mente a ir além do banheiro velho de pintura descascada e piso encardido. Eu me convenci a voar para longe, como o falcão que vi no dia em que Jimmy desapareceu. Ele havia aparecido no acampamento e pousado em um galho do pinheiro, bem em cima da minha cabeça. Naquele momento, eu havia prendido o fôlego e observado a ave, assim como ela me observava. Não ousava me movimentar. Jimmy tinha me falado que falcões eram mensageiros especiais. Queria saber que mensagem ele levava para mim. Agora eu sabia. Ele me avisava de que Jimmy havia partido. Meus pulmões gritavam, exigindo que eu tirasse o rosto da água, mas eu ignorava a dor. Ia flutuar para longe, como a Estrela Donzela na minha história favorita. Ia subir ao céu e dançar com as outras estrelinhas. Talvez visse Jimmy de novo.

De repente fui puxada pelo cabelo para fora da água e deixada no chão do banheiro. Alguém batia nas minhas costas. Eu tossi e engasguei, despenquei de volta à Terra.

— Que droga, menina! Quase me matou de susto! O que você estava fazendo? Dormiu dentro da banheira? Puta merda! Pensei que tinha morrido! — Donnie, o namorado de Cheryl, estava ajoelhado ao meu lado.

De repente seus olhos começaram a se mover por todos os lugares e ele parou de falar. Encolhi as pernas, cobrindo o corpo enquanto me arrastava para o espaço espremido entre o vaso sanitário e a bancada barata. Ele acompanhava com os olhos.

— Tudo bem? — Ele chegou mais perto.

— Sai, Donnie — exigi, mas a tosse enfraqueceu minha voz.

— Só estou tentando ajudar, menina. — Donnie olhava para minhas pernas molhadas, que era tudo que ele conseguia ver no momento. Mas já havia visto tudo quando me tirou da banheira.

Encolhi o máximo possível, o cabelo molhado colando à pele em chumaços embaraçados, cobrindo pouco.

— Fala sério, menininha — Donnie soltou com uma voz doce.

— Acha que estou interessado nas suas pernas finas? Para! Merda! Você parece um passarinho afogado. — Ele se levantou, pegou uma toalha, me entregou e saiu suspirando fundo, uma indicação de como me achava ridícula. Eu me enrolei na toalha, mas fiquei encolhida no canto. Estava cansada demais para me mexer. Cansada demais até para ter medo do Donnie.

Pensei tê-lo ouvido falar com alguém. Talvez ele tivesse ligado para Cheryl. Ela não ia ficar contente. Eles teriam que ir chamá-la no cassino. Cheryl tinha me proibido de ligar para o trabalho dela. Apoiei a cabeça no armário e fechei os olhos. Dormiria ali. Esperaria Donnie ir embora e depois voltaria para a banheira morna, onde poderia flutuar para longe mais uma vez.

O sinal tocou. Larguei o lápis e peguei a bolsa, abandonando a tarefa como se ela me queimasse.

— Deixem as folhas em cima da carteira, eu recolho! — Wilson avisou, evitando que trinta folhas de papel fossem empurradas para ele ao mesmo tempo.

Ele recolheu todas elas em silêncio e parou diante da minha carteira, onde eu continuava sentada. Vi quando ele leu a linha que eu havia acrescentado. O professor olhou para mim com uma pergunta estampada no rosto.

— Não escreveu muito.

— Não tenho muito para contar.

— Duvido. — Wilson olhou novamente para o papel e leu o que eu tinha escrito. — Isso parece quase uma... lenda, ou algo assim. E me faz pensar no seu nome. É essa a intenção?

— Echohawk era o nome do homem que me criou. Não sei qual é o meu sobrenome.

Pensei que a declaração franca o faria recuar. Ou o deixaria desconfortável. Encarei Wilson e fiquei esperando ele responder, ou me dispensar.

— Meu primeiro nome é Darcy.

Uma gargalhada borbulhou em meu peito, provocada pela resposta aleatória, e ele também sorriu. O gelo entre nós estava quebrado.

— Eu odeio esse nome. Por isso todo mundo me chama de Wilson... exceto minha mãe e minhas irmãs. Às vezes penso que não saber meu nome seria uma bênção.

Relaxei um pouco e me reclinei na carteira.

— Então por que ela te deu esse nome, Darcy? É bem Barbie Malibu, eu acho.

Foi a vez de Wilson bufar.

— Minha mãe adora literatura clássica. Ela é muito antiquada. Seu personagem favorito é o sr. Darcy, de Jane Austen.

Eu sabia bem pouco sobre literatura clássica, por isso esperei.

— Olha, srta. Echohawk...

— Ai! Para com isso! — gemi. — Meu nome é Blue. Você parece um velho de gravata-borboleta quando fala desse jeito! Tenho dezenove anos, talvez vinte. Você não é muito mais velho que eu, então... para!

— Como assim *talvez* vinte? — Ele levantou uma sobrancelha.

— Bom... não sei exatamente quando nasci, então talvez eu já tenha vinte anos.

Jimmy e eu comemorávamos meu aniversário todos os anos na data em que minha mãe havia me abandonado. Ele tinha certeza de que eu tinha uns dois anos quando isso aconteceu. Mas não havia como ter certeza da minha idade. Quando finalmente fui matriculada na escola, eles me puseram uma série abaixo daquela que seria adequada para minha idade estimada, porque eu estava muito atrasada.

— Você... não sabe o seu nome... e não sabe quando nasceu? — Wilson arregalou os olhos, quase incrédulo.

— Dificulta um pouco a tarefa de escrever a minha história, não é? — Estava brava de novo.

Ele parecia perplexo, e senti uma onda de força me invadir quando percebi que o havia derrubado do pedestal.

— Sim... acho que sim — Wilson sussurrou.

Passei por ele a caminho da porta. Quando estava na metade do corredor fora da sala, olhei para trás. Wilson estava na porta, as mãos nos bolsos, me vendo ir embora.

4
Pedra

Só fui para a escola quando tinha aproximadamente dez anos. Jimmy Echohawk não ficava no mesmo lugar por tempo suficiente para fazer da escola uma opção. Eu não tinha certidão de nascimento, carteirinha de vacinação, endereço fixo. E ele tinha medo, embora eu não soubesse disso naquela época.

Jimmy havia feito o melhor que podia por mim, do único jeito que sabia. Quando eu ainda era pequena, ele fazia vários brinquedos com as sobras de madeira de seus projetos. Algumas das minhas memórias mais antigas incluem ver Jimmy trabalhando. Aquilo me fascinava, o jeito como a madeira enrugava e enrolava quando ele a removia com o cinzel. Ele sempre parecia saber qual seria o resultado final, como se conseguisse ver o que havia embaixo das camadas de casca, como se a madeira o guiasse, guiasse suas mãos. E, quando ele parava, sentava ao meu lado e ficava olhando para a escultura inacabada, analisando o resultado por um longo tempo, como se o trabalho continuasse em sua cabeça, em um lugar onde eu não podia mais acompanhá-lo. Ele ganhava a vida vendendo suas peças para lojas que atendiam turistas e até para algumas galerias que expunham artistas locais e arte do Sudoeste. Jimmy havia cultivado um relacionamento com vários donos de lojas espalhadas pelo Oeste, e viajávamos de uma para outra recolhendo o pouco dinheiro que rendia seu artesanato. Não era muito. Mas nunca passei fome ou frio, e não me lembro de ter ficado infeliz de verdade em algum momento.

Não conhecia outra vida, por isso não me sentia solitária, e fui criada no silêncio, então não sentia necessidade de preenchê-lo nas poucas vezes em que fiquei sozinha. Havia ocasiões em que Jimmy se ausentava por várias horas, como se precisasse descansar das privações impostas pela paternidade. Mas ele sempre voltava. Até o dia em que não voltou.

Vivíamos em áreas de clima mais quente: Arizona, Nevada, sul de Utah e regiões da Califórnia. Isso simplificava a vida. Mas naquele dia eu sentia muito calor. Jimmy havia saído pela manhã, depois de avisar que iria demorar a voltar. Ele tinha saído a pé, deixando a caminhonete parada ao lado do trailer, torrando ao sol. Tínhamos um cachorro que ele chamava de Icas, que é a palavra pawnee para "tartaruga". Icas era lento, cego e passava a maior parte do tempo dormindo, por isso o nome era apropriado. Icas fora com Jimmy naquela manhã, o que me deixou magoada e incomodada. Normalmente nós dois éramos deixados para trás. A relutância de Icas em acompanhá-lo havia obrigado Jimmy a assobiar duas vezes. Tentei me ocupar, tanto quanto uma criança de dez anos consegue ficar ocupada sem videogame, TV a cabo ou companhia para conversar ou brincar. Tinha meus projetos, e Jimmy era generoso com as ferramentas.

Passei a manhã lixando um pequeno galho que havia retorcido para conseguir a forma de uma cobra. Jimmy tinha comentado que a peça era tão boa que ele achava que poderia vendê-la. Era a primeira vez que eu fazia uma peça, então trabalhei determinada à sombra do toldo rasgado que se estendia por três metros para fora da porta do trailer, oferecendo um oásis no calor de mais de quarenta graus.

Estávamos acampados na base do monte Charleston, a oeste de Las Vegas. Jimmy queria mais mogno da montanha, uma árvore perene e raquítica que não tinha nada a ver com a madeira escura que muita gente conhecia. A madeira do mogno da montanha é avermelhada e rígida, como a maioria do material com que Jimmy trabalhava quando estava esculpindo.

O dia se arrastou. Eu estava acostumada a ficar sozinha, mas naquele dia senti medo. A noite chegou e Jimmy não voltou. Abri uma lata de feijão, esquentei a comida no fogareiro de acampamento e espalhei os grãos sobre as tortillas que havíamos feito no dia anterior. Eu me obriguei a comer, porque era algo a ser feito, mas me peguei chorando e engolindo a comida com dificuldade, com o nariz entupido, e não dava para respirar e mastigar ao mesmo tempo.

Houve outra ocasião em que Jimmy havia passado a noite fora. E na volta ele estava estranho, cambaleando. Naquela vez, ele caiu na cama e dormiu o dia todo. Pensei que estivesse doente e tentei pôr uma compressa fria em sua testa, mas ele me empurrou e disse que estava bem, só bêbado. Eu não sabia o que era estar bêbado. Perguntei quando Jimmy finalmente acordou. Ele estava constrangido e se desculpou ao me explicar que o álcool tornava os homens maus e as mulheres, fáceis.

Passei muito tempo pensando nisso.

— Ele pode tornar as mulheres pessoas malvadas também? — perguntei do nada.

— Hum? — Jimmy resmungou, sem entender.

— O álcool. Você disse que ele faz os homens ficarem maus e as mulheres, fáceis. As mulheres não podem se tornar malvadas também? — Eu não sabia o que significava ser fácil, mas entendia bem o que era ser mau, e estava pensando se o álcool poderia ter sido parte do problema com minha mãe.

— É claro. Malvada e fácil, as duas coisas. — Jimmy assentiu.

Essa ideia me confortou. Eu havia deduzido que minha mãe tinha me abandonado com Jimmy porque eu havia feito alguma coisa errada. Chorado demais, talvez, ou pedido coisas que ela não podia me dar. Mas agora pensava que talvez ela bebesse álcool, e isso a tornou uma pessoa malvada. Se o álcool a tornou malvada, talvez a culpa não fosse minha, afinal.

Naquela noite eu dormi, mas foi um sono leve e agitado, enquanto eu tentava ouvir tudo, não chorar e me convencer de que havia sido o álcool outra vez, embora não acreditasse nisso. Acordei na manhã seguinte com o calor invadindo o trailer e me arrancando dos sonhos nos quais eu não estava sozinha. Levantei, calcei os chinelos e corri para fora do trailer, para o sol ofuscante. Corri pelo acampamento procurando alguma indicação de que Jimmy havia voltado enquanto eu dormia.

— Jimmy! — gritei. — Jimmy! — Sabia que ele não havia voltado, mas me confortava chamá-lo e procurar em lugares absurdos onde ele não poderia estar. Um ganido abafado me fez correr para trás do trailer, tomada pela euforia, certa de que veria Jimmy e Icas voltando pelo mesmo caminho por onde haviam se afastado no dia anterior. Em vez disso, vi Icas, ainda alguns metros distante, mancando, de cabeça baixa e com a língua quase arrastando no chão. Nenhum sinal de Jimmy. Corri para o cachorro e o peguei nos braços, murmurando minha gratidão por ele estar ali. Eu não era muito grande, cambaleei um pouco com o peso, mas não ia soltá-lo. Deitei o cachorro à sombra do toldo do trailer e fui buscar sua vasilha, que enchi com água um pouco morna para ele beber. Icas levantou a cabeça e tentou beber na posição em que estava, meio deitado. Conseguiu levar um pouco de água à boca, mas não bebeu com a avidez esperada para um animal tão claramente desidratado. Ele tentou levantar, mas, agora que estava deitado, não encontrava a força necessária para ficar em pé. Fiz um esforço para ampará-lo, enquanto ele tentava beber a água de novo.

— Onde está o Jimmy, Icas? — perguntei quando, tremendo, ele caiu deitado novamente. Depois de me olhar com tristeza, o cachorro fechou os olhos. Um ganido patético, e então ficou em silêncio. Várias vezes ao longo do dia, pensei que Icas tivesse morrido. Ele ficou tão quieto que eu precisava me aproximar para ter certeza de que ainda respirava. Não consegui fazê-lo comer ou beber água.

Esperei mais dois dias. A água no tanque do trailer estava acabando. Eu ainda tinha comida. Jimmy e eu éramos frugais, e às vezes passávamos semanas sem nenhuma visita ao mercado. Mas mudávamos de lugar constantemente, e havia uma semana que estávamos acampados ali antes de Jimmy desaparecer. O que finalmente me forçou a procurar ajuda foi Icas. Ele comeu um pouco e bebeu água, mas estava letárgico e gania baixinho quando estava consciente, como se soubesse alguma coisa e não conseguisse comunicar. Na manhã do terceiro dia, peguei o cachorro no colo e o coloquei na caminhonete. Depois sentei no banco do motorista e o puxei para a frente, até o limite. Deixei um bilhete para Jimmy sobre a mesa da cozinha do trailer. Se ele voltasse, não queria que pensasse que eu havia fugido levando todas as ferramentas. Não tive coragem de deixá-las no acampamento. Se alguém passasse por lá, eu sabia que a fechadura da porta do trailer não manteria ninguém do lado de fora, e, se as ferramentas fossem roubadas, não haveria mais trabalho de entalhe. E, sem entalhe, não haveria comida.

Havia uma nota de vinte dólares no cinzeiro. Para uma criança, aquilo era muito dinheiro. Eu sabia dirigir a caminhonete, mas era difícil enxergar acima do volante. Peguei o travesseiro de cima do banco que se transformava em minha cama todas as noites. Sentada em cima dele, conseguiria ver a estrada. Assim que saí do desfiladeiro tranquilo onde estávamos acampados, quase bati em vários carros. Minha experiência de motorista não incluía dividir o espaço com outros veículos. Eu não sabia para onde ia, mas imaginei que, se parasse em algum posto de gasolina e explicasse que meu cachorro estava doente e meu pai tinha desaparecido, alguém me ajudaria.

Consegui dirigir a caminhonete em linha reta, mas não demorou muito para começar a ver aquelas luzes azuis e vermelhas brilhando atrás de mim. Sem saber o que fazer, continuei dirigindo. Tentei pisar mais fundo no acelerador, pensando que poderia aumentar a velocidade e fugir. Não deu muito certo. Além do mais, a caminhonete começou a tremer, como sempre acontecia quando Jimmy tentava andar mais depressa com ela. Reduzi a velocidade, pensando que talvez, se eu fosse bem devagar, as viaturas de polícia poderiam passar por mim e ir embora. Reduzi ainda mais a velocidade, e o carro da polícia apareceu ao meu lado. O homem que dirigia parecia estar bravo e acenava para mim com o braço inteiro, como se me mandasse ir para o lado. Eu fui. E parei. Outro carro com as luzes piscando se aproximava vindo do lado oposto.

Eu gritei, convencida de que havia cometido um erro terrível. Icas nem se mexeu. Eu o confortei assim mesmo.

— Tudo bem, menino, tudo bem. Sou só uma criança. Acho que não vou para a prisão. — Eu não tinha muita certeza, mas falei, mesmo assim. Não precisava deixar Icas preocupado.

A porta foi aberta, e o policial que havia gesticulado feito um louco para me mandar parar estava ali, pernas e braços afastados, o que o tornava ainda maior e mais assustador.

— Oi. — Sorri nervosa. A doçura normalmente funcionava com Jimmy.

— Você precisa sair da caminhonete, mocinha. — O policial tinha músculos que apareciam embaixo das mangas e um rosto bonito emoldurado por cabelo claro, perfeitamente penteado e dividido com uma risca reta.

— Prefiro não deixar meu cachorro sozinho, senhor — respondi, sem mover nem um músculo. — Ele morde gente que não conhece. E ele não conhece o senhor. Não quero que seja mordido. — Icas parecia um pufe com cabeça de cachorro. Não ia morder ninguém, infelizmente. Eu o cutuquei, frustrada. — Icas?

O policial olhou para Icas, depois para mim.

— Acho que sobrevivo. Por favor, saia da caminhonete, mocinha.

— O que vai fazer comigo? — perguntei. — Ainda nem pediu minha carteira de motorista. — Eu sabia que era isso que um policial devia fazer. Jimmy havia sido parado um ano atrás por causa de um farol apagado na caminhonete, e a primeira coisa que o policial fez foi pedir sua carteira de motorista.

— Quantos anos você tem, menina? — ele suspirou.

— O suficiente para dirigir... eu acho — respondi, tentando soar convincente.

Outro policial juntou-se ao primeiro perto da porta da caminhonete. Ele era alto e muito magro, e sua cabeça era calva na parte da cima. O sol fazia a pele brilhar como vidro, e eu desviei os olhos, incomodada. Disse a mim mesma que era por isso que meus olhos lacrimejavam.

— A placa indica que o veículo pertence a James Echohawk.

Quando ouvi o nome de James, meu coração deu um pulo e meus olhos lacrimejaram mais. A umidade escapou e começou a escorrer por meu rosto. Limpei a água e fingi que era suor.

— Caramba! Que calor! Olha pra mim, toda suada.

— Qual é o seu nome, menina? — O oficial magrelo tinha uma voz profunda que não combinava com sua aparência. Parecia o barulho de um sapo.

— Blue — respondi, abandonando a atitude extrovertida.

— Blue?

— Sim. Blue... Echohawk — murmurei, com os lábios tremendo.

— Muito bem, Blue. Seu pai sabe que você pegou a caminhonete dele?

— Não sei onde ele está.

Os oficiais se entreolharam, depois olharam para mim.

— Como assim?

— Não sei onde ele está — repeti, furiosa. — Estávamos acampados, e ele disse que voltaria. O Icas voltou, mas ele não. Meu pai sumiu faz muitos dias, o Icas está doente, a água do tanque está acabando, e eu estou com medo de ele não voltar.

— O Icas é o cachorro, certo? — O policial de cabelo claro apontou para Icas, que continuava de olhos fechados.

— Sim — sussurrei, tentando desesperadamente não chorar. Falar tornava tudo real e terrível. Jimmy estava desaparecido. Ele havia sumido. O que iria acontecer comigo? Eu era uma criança. Estava preocupada, e isso era tão aterrorizante quanto me preocupar com Jimmy.

Eles me ajudaram a descer da caminhonete e, no último instante, eu me lembrei da bolsa onde havia guardado as ferramentas. Voltei correndo à caminhonete e puxei a bolsa de trás do banco. Era muito pesada, e eu tive que arrastá-la. O policial musculoso carregava Icas e olhava para ele com a testa franzida. Ele olhou para mim como se quisesse falar, mas tivesse desistido. Com cuidado, ele colocou o cachorro no banco de trás da viatura.

— O que é... — O policial magrelo, cujo nome descobri que era Izzard, tentou levantar a bolsa e não usou força suficiente. — O que tem aqui?

— Ferramentas — falei. — E não vou embora sem elas.

— Tuuudo bem — ele concordou, olhando para o outro oficial.

— Iz, põe a bolsa lá atrás com o cachorro assassino.

Os dois riram, como se tudo fosse uma brincadeira engraçada. Parei e olhei para eles, encarei um, depois o outro, levantei o queixo como se os desafiasse a continuar. Surpreendentemente, o riso morreu e Izzard colocou a bolsa de ferramentas ao lado de Icas.

Sentei no banco da frente ao lado do sr. Músculos, também conhecido como oficial Bowles, e o oficial Izzard se acomodou no banco de trás. O oficial Bowles mandou uma mensagem de rádio para alguém, informando sobre o veículo e recitando alguns números que eu não entendi. Era um código para "o que eu faço com essa menina maluca?", evidentemente.

Consegui levá-los ao nosso trailer. Foi só voltar em linha reta na direção das montanhas. Eu não havia virado à direita nem à esquerda ao sair do desfiladeiro, porque tinha medo de não lembrar o caminho de volta. Mas Jimmy não havia voltado durante minha ausência. O bilhete continuava sobre a mesa, onde eu o havia deixado.

Eles acabaram convocando uns homens que chamavam de "equipe de busca e salvamento". Achei bom, iam buscar e salvar, e tive esperança pela primeira vez em dias. Eles me pediram para descrever meu pai. Falei que ele não era alto como Izzard, mas era um pouco mais baixo que o oficial Bowles, mas não tão "largo". O oficial Izzard achou engraçado eu ter chamado o oficial Bowles de largo. O oficial Bowles e eu o ignoramos. Contei que meu pai tinha cabelo preto e cinza e sempre o usava em duas tranças. Quando falei que seu nome era Jimmy e perguntei se poderiam achá-lo, por favor, precisei fazer uma pausa para não chorar. Jimmy nunca chorava, eu também não choraria.

Eles procuraram. Procuraram por uma semana, mais ou menos. Eu fiquei em uma casa onde moravam mais seis crianças. Os pais eram legais, e eu comi pizza pela primeira vez. Fui à igreja três domingos seguidos e cantei músicas sobre um homem chamado Jesus, e eu gostei disso. Perguntei à mulher que nos conduzia nessa cantoria se ela conhecia alguma canção do Willie Nelson. Ela disse que não. Melhor assim. Cantar músicas de Willie Nelson teria me deixado com muita saudade de Jimmy. A casa onde eu fiquei era uma moradia provisória, um lugar para crianças que não tinham para onde ir. E eu não tinha. Não tinha lugar nenhum para onde ir. Uma assistente social me fez perguntas para tentar deduzir quem eu era. Naquela época eu não sabia que Jimmy não era meu pai. Ele nunca me explicou nada disso. Aparentemente, minha identidade era um mistério.

— Sabe me dizer alguma coisa sobre a sua mãe? — A assistente social tinha uma voz doce, mas nem por isso eu me enganei pensando que não teria que responder.

— Morreu. — Isso eu sabia.

— Lembra o nome dela?

Uma vez perguntei a Jimmy como era o nome da minha mãe. Ele disse que não sabia. Disse que eu a chamava de mamãe, como a maioria das crianças de dois anos. Sei que parece inacreditável. Mas eu era uma criança, confiante e crédula. Jimmy tinha uma televisão em preto e branco com uma antena de orelhas de coelho, e eu assistia a alguns programas no trailer. A sintonia se limitava à estação PBS do lugar, e era isso. Essa era minha exposição ao mundo exterior. *Vila Sésamo*, *Arthur* e *Antiques Roadshow*. Eu não entendia a natureza das relações entre homens e mulheres. Não sabia nada sobre bebês. Bebês eram chocados, entregues por cegonhas, comprados em hospitais. Eu não tinha nenhuma informação que me fizesse estranhar o fato de meu pai não saber qual era o nome da minha mãe.

— Eu a chamava de mamãe.

A mulher estreitou os olhos e me olhou feio.

— Sabe que não é isso que estou perguntando. É claro que o seu pai sabia o nome da sua mãe, e ele deve ter mencionado.

— Não. Ele não sabia. Não a conhecia muito bem. Ela me deixou sem falar nada. E depois morreu.

— Eles não eram casados, então?

— Não.

— Por que você o chama de Jimmy, e não de papai?

— Não sei. Acho que ele não era esse tipo de pai. Às vezes eu o chamava de pai. Mas na maior parte do tempo era só Jimmy.

— Conhece a sua tia?

— Eu tenho uma tia?

— Cheryl Sheevers. Tem o endereço dela nas informações do seu pai. Ela é irmã dele.

— Cheryl?

Lembranças retornavam. Um apartamento. Estivemos lá umas duas vezes. Nunca ficamos por muito tempo. Normalmente eu esperava na caminhonete. Na única vez que vi Cheryl, eu estava doente. Jimmy ficou preocupado e me levou ao apartamento dela. Ela me deu remédio... "antibiótico", disse.

— Não a conheço muito bem — respondi.

A mulher suspirou e soltou a caneta. Depois passou os dedos pelo cabelo. Ela precisava parar de fazer isso. Seu cabelo estava todo arrepiado e começava a ficar espetado. Quase me ofereci para fazer uma trança. Eu era boa nisso. Mas não imaginei que ela deixaria, por isso fiquei quieta.

— Não tem certidão de nascimento, nem carteira de vacinação... nem histórico escolar... O que eu vou fazer? Juro, é como lidar com o bebê Moisés! — A mulher falava sozinha, igual a quando Jimmy resmungava quando fazia a lista do mercado.

Contei à assistente social que Jimmy tinha parentes em uma reserva em Oklahoma, mas que eles não me conheciam. E eu estava certa. O serviço social localizou essas pessoas, que não me conheciam e não queriam nenhuma aproximação comigo. Por mim, tudo bem. Oklahoma era muito longe, e eu precisava estar aqui quando encontrassem Jimmy. A polícia conversou com Cheryl. Mais tarde, ela me disse que eles a interrogaram. Cheryl morava em Boulder City, não muito longe da casa transitória onde eu vivia. E, para minha surpresa, Cheryl disse que ficaria comigo.

O sobrenome dela não era Echohawk. Era Sheevers, mas acho que isso não tinha importância. Ela também não era parecida com Jimmy. A pele não era tão morena, o cabelo era tingido em vários tons de loiro. O rosto estava sempre tão maquiado que era difícil saber como eram seus traços embaixo de todas aquelas camadas. Na primeira vez que a vi, apertei os olhos tentando enxergar a "verdadeira Cheryl", como Jimmy havia me ensinado a fazer com a madeira, imaginando alguma coisa bonita sob a casca. Lamento dizer que com a madeira era mais fácil. Os oficiais me deixaram ficar com as ferramentas de Jimmy, mas levaram Icas para um abrigo de animais. Disseram que lá ele seria examinado por um veterinário, mas eu temia que Icas não tivesse mais jeito. Estava irremediavelmente destruído. Eu também estava, mas ninguém percebia.

5
Internacional

— Quando os antigos romanos conquistavam um novo lugar ou um novo povo, deixavam intactos a língua e os costumes. Em alguns casos, eles permitiam até que o povo preservasse o seu sistema político, designando um governador para acompanhar tudo de perto.

Wilson falava apoiado na lousa branca, com uma atitude relaxada e as mãos unidas.

— Foi isso, em parte, que garantiu a Roma ser bem-sucedida. Eles não tentavam transformar em romanos os povos que conquistavam. Quando fui para a África com o Corpo da Paz, uma mulher que trabalhava comigo disse uma coisa na qual sempre penso desde então. Ela me falou que a África não ia se adaptar a mim. Eu que tinha de me adaptar à África. E isso vale para todos os lugares aonde vamos, seja na escola ou no mundo. Quando me mudei para os Estados Unidos, aos dezesseis anos, percebi as diferenças na linguagem e tive que me adaptar à América. Não podia esperar que as pessoas me entendessem ou fizessem concessões por causa das diferenças de linguagem e cultura. Os americanos falam inglês, mas há expressões e sotaques regionais, grafias diferentes. Terminologia variada para quase tudo. Lembro a primeira vez que perguntei a um aluno do campus se eles tinham fumo. Ainda bem que ninguém me denunciou. Na Blighty, fumo é uma das palavras para cigarro, e naquela época eu achava legal fumar. Achava que me fazia parecer mais velho, mais sofisticado.

— O que é Blighty? — alguém perguntou em meio às risadinhas provocadas pela história de Wilson.

— Blighty é um apelido para a Inglaterra. Temos frases e apelidos que não fazem nenhum sentido para vocês. Na verdade, se fossem passar um tempo em Londres, talvez precisassem de um tradutor, como eu precisei quando vim para cá. Felizmente, tive alguns amigos que me ajudaram na universidade. Levei anos para me americanizar, mas descobri que é difícil superar antigos hábitos, então talvez vocês acabem ouvindo uma ou outra gíria inglesa. Se eu derrapar e falar alguma coisa esquisita, vocês vão entender a que estou me referindo. Por exemplo, na Inglaterra, chamamos uma garota bonita de *fit bird*, ou bom pássaro. Funciona para os rapazes também. E você pode dizer pássaro sexy ou cara sexy. Também usamos *scrummy*, que é uma mistura de duas palavras, algo como delicioso, ou delicioso e gostoso. Comida é *scrummy*, cochilar é *scrummy*, livros são *scrummy*. A ideia é essa. E, se gostamos de alguma coisa, usamos *fancy*. Se você *fancy* um *scrummy bird* que vê em uma festa, por exemplo, pode tentar se aproximar para conversar ou paquerar. Se um inglês chama alguém de *twit* ou *tosser*, quer dizer que ele acha essa pessoa idiota, ou canalha. Se dizemos que você é *smart*, estamos falando de sua aparência, não de sua inteligência, como os americanos quando usam a mesma palavra. Se você é *daft*, *nutters* ou *barmy*, você é maluco. E, se alguém fica *brassed off* ou *cheesed off* na Inglaterra, significa que está farto de alguma coisa ou irritado. Mas *pissed*, que é a palavra que os americanos usam para isso, significa bêbado na Inglaterra. Não dizemos *trash* ou *garbage* para lixo, dizemos *rubbish*. E também xingamos diferente, é claro, embora tenhamos adotado muitos palavrões aos quais as mães de vocês se oporiam.

Alguém no fundo da sala perguntou sobre dois ou três palavrões usados na Inglaterra. Wilson respondeu tentando não rir.

— Não "chamamos" nossos amigos pelo telefone, nós ligamos. E não temos bares, temos pubs. O guarda-chuva, que aqui vocês chamam de *umbrella*, lá é *brolly*. E esse é um item necessário na Inglaterra, porque lá é frio e úmido. Depois de passar dois anos na África, a ideia de voltar para Manchester não era nada atraente. Descobri que amo o sol em grandes doses. Então, embora ainda me considere um inglês, acho que não volto mais a morar na Inglaterra.

— Conta mais! — Chrissy pediu, com uma risadinha.

— Bom, se alguma coisa é *ace* ou *brill*, significa que é legal ou incrível — Wilson acrescentou. — Se estivesse em Londres, poderia cumprimentá-los dizendo *all right?*, e vocês responderiam *all right?* É basicamente um "e aí?", ou "oi, tudo bem?", e não exige resposta.

Imediatamente, a sala toda começou a cumprimentar os mais próximos dizendo *all right?* com um sotaque britânico horrível, e o sr. Wilson continuou falando em meio à confusão, elevando um pouco a voz para controlar a turma.

— Se alguma coisa é *wonky* ou *dodgy*, significa que não é certa, que é suspeita. A última nota de vocês na prova pode me parecer *dodgy*, se vocês foram mal em todas as provas anteriores. Em Yorkshire, se alguém diz que você não tem *owt for nowt*, está dizendo que você não leva nada sem dar alguma coisa em troca... ou que colhe o que planta. Se eu digo para vocês *chivvy along*, estou dizendo que quero que corram, e, se falo para *clear off*, estou dizendo para desaparecer da minha frente. Se alguém é *dim*, é burro, se é *dull*, é chato. Uma faca não é *dull* quando não está afiada, como aqui nos Estados Unidos. Ela é *blunt*. — Wilson sorriu ao ver os trinta alunos evidentemente interessados, anotando gírias britânicas. Era como se os Beatles houvessem invadido a América novamente. Eu sabia que passaria o restante do ano ouvindo *chivvy along* e *fit bird* pelos corredores.

Wilson estava só no aquecimento.

— Se você *diddle* alguém, quer dizer que trapaceou. Se alguma coisa é um *doodle*, quer dizer que é moleza, ou muito fácil. Se você *drop a clanger*, meteu os pés pelas mãos, fez bobagem. Como perguntar a uma mulher se ela está *up the duff*, que significa "grávida", e descobrir que ela só engordou.

A classe agora estava histérica, e eu não conseguia não dar risada com eles. Era como se a Inglaterra falasse outro idioma. Uma língua tão diferente quanto Wilson era dos garotos que eu conhecia. E não era só o jeito de falar. Era ele. A leveza, a intensidade. E eu o odiava por isso. Revirava os olhos, bufava e resmungava sempre que ele me pedia para participar. E ele mantinha a calma, o que me deixava mais *brassed off*.

Minha irritação só aumentou quando Wilson seguiu com a aula e apresentou uma "visita especial", uma garota loira chamada Pamela, que exibiu imagens sobre arquitetura romana usando fotos de uma viagem que ela havia feito recentemente. Seu sobrenome era Sheffield, como o do The Sheffield Estates, um conhecido hotel em Vegas projetado para parecer uma construção inglesa. A família dela aparentemente havia construído o hotel que tinha seu sobrenome. E eles eram proprietários de hotéis por toda a Europa. Pamela contou que era formada em hotelaria internacional e viajava para todos os hotéis que pertenciam à família dela, e um deles ficava perto do Coliseu de Roma. Ela falava exatamente igual à princesa Diana, e era elegante, glamorosa e usava palavras como "brilhante" e "bestial". Wilson a apresentou como "amiga de infância", mas ela o fitava como se fosse sua namorada. Fazia mais sentido a presença dele em Boulder City se a namorada trabalhava para o The Sheffield Estates.

Pamela continuou falando sobre exemplos de genialidade romana, e eu desprezei sua beleza fria, seu conhecimento de mundo, o evidente conforto consigo mesma e seu lugar no universo e a desafiei um pouco durante a apresentação. Era fácil perceber por que Wilson gostava dela. Os dois falavam a mesma língua, afinal. Um idioma de juventude e beleza, sucesso e merecimento.

Em outra época, ela e Wilson teriam sido os conquistadores romanos, e eu teria sido líder de uma das tribos selvagens que atacaram Roma. Que nome Wilson havia dado a elas? Eram várias. Visigodos, godos, francos e vândalos. Ou eu seria da tribo dos hunos. A namorada de Átila. Usaria um osso no cabelo e montaria um elefante.

No fim, as tribos conquistariam Roma, saqueando-a e queimando a cidade. Isso me satisfazia em certa medida. Os oprimidos se rebelando e dominando os conquistadores. Mas, para ser absolutamente honesta comigo mesma, eu não queria conquistar Wilson. Só queria sua atenção. E a consegui do jeito mais desagradável. No dia em que Pamela visitou nossa turma, ele me segurou depois da aula.

— Srta. Echohawk... espere um minuto.

Eu bufei, mas voltei da porta. Alguns colegas riram a caminho da saída. Todo mundo sabia que eu estava encrencada.

— Pensei que a gente já tinha falado sobre essa coisa de srta. Echohawk — resmunguei quando a sala ficou vazia.

Wilson começou a recolher as folhas de papel das carteiras, ajeitando a pilha à medida que ela crescia. Ele não me disse nada, mas havia uma ruga entre suas sobrancelhas. Parecia meio... bravo.

— Tem alguma coisa que eu deva saber? — A voz dele era contida, mas os olhos expressavam inquietação quando ele me encarou.

Joguei o cabelo para trás e balancei o quadril para o lado, como nós, garotas, fazemos quando estamos bravas.

— Como assim?

— Por que você está tão furiosa?

A pergunta me surpreendeu, e eu ri.

— Não estou. Eu sou assim. Melhor se acostumar.

— Não, obrigado — ele respondeu com tom moderado, mas não sorriu. E senti alguma coisa que poderia ser arrependimento. Sufoquei o sentimento imediatamente. Mudei de posição outra vez e desviei o olhar, anunciando que estava farta daquela conversa.

— Posso ir embora? — perguntei, seca.

Ele me ignorou.

— Você não gosta de mim. Tudo bem. Também tive professores de quem eu não gostava muito. Mas está sempre provocando, querendo brigar... e acho que não entendo por quê. Hoje você foi indelicada com a srta. Sheffield, e eu fiquei constrangido por você e por ela.

— Pessoas como a srta. Sheffield precisam enfrentar dificuldades de vez em quando. Faz bem. Ajuda a fortalecer, faz desenvolver a musculatura, crescer cabelo no peito. — Dei uma risadinha.

— Como assim, pessoas como a srta. Sheffield?

— Fala sério, Wilson! Sabe muito bem o que estou falando. Nunca notou os grupinhos na sua sala de aula? Aqui temos os atletas. — Andei até um amontoado de carteiras na última fileira. — Aqui ficam as pompons e as rainhas do baile. — Apontei enquanto caminhava. — Os nerds se reúnem aqui. A vadia, que no caso sou eu, fica aqui. E o pessoal que nem imagina quem ou o que é ocupa os espaços que sobraram. Talvez não reconheça essas divisões, porque pessoas como você e a srta. Sheffield têm o seu próprio lugar. Pessoas como vocês não têm grupo, porque pairam acima deles. Você é inglês. Deve saber tudo sobre estrutura de classes, não?

— Do que você está falando? — Wilson perguntou, frustrado, e sua evidente mudança de disposição me fez continuar.

— Jimmy, o homem que me criou, me contou uma história. Tem a ver com toda essa coisa de tribos de que estávamos falando. Romanos contra godos, visigodos, todo mundo. É o motivo pelo qual as pessoas brigam. É uma lenda indígena que ele ouviu do avô. Dizia que Tabuts, o lobo sábio, decidiu esculpir várias pessoas diferentes usando varetas. Formas, tamanhos e cores diferentes. Ele esculpiu todos elas. Então o lobo sábio pôs todas essas pessoas esculpidas dentro de um grande saco. Sua intenção era espalhar as esculturas pela terra de maneira uniforme, assim cada pessoa criada iria ter um bom lugar para morar, muito espaço, comida e paz. Mas Tabuts tinha um irmão mais novo chamado Shinangwav. Shinangwav, o coiote, era muito ardiloso e gostava de criar problemas. Quando Tabuts estava distraído, Shinangwav fez um furo no saco. E aí, quando ele tentou espalhar as pessoas, em vez de cada uma ter seu lugar, elas foram caindo em grupos.

Wilson estava quieto, os olhos cinzentos cravados em meu rosto, e percebi que agora eu tinha sua atenção, mesmo que não a quisesse.

— O Jimmy dizia que isso explica por que as pessoas brigam. Elas não têm espaço suficiente, ou alguém caiu em um território melhor, e todos nós queremos a terra ou os bens que outra pessoa tem simplesmente por sorte. E nós brigamos. Você e a Pamela são do mesmo grupo de pessoas — concluí, desafiante.

— E o que isso quer dizer, Blue? — Wilson não respondia no mesmo tom de desafio. Estava aborrecido, magoado.

Dei de ombros sem esconder o cansaço, e minha raiva sumiu como o ar que sai de um balão furado. Wilson era um homem esperto. Não era muito difícil entender o que eu queria dizer.

— Mas, se todos nós fomos esculpidos pelo mesmo lobo sábio — ele persistiu, usando a história para provar seu ponto de vista —, por que é tão importante onde fomos colocados?

— Porque muita gente sofre, enquanto outras pessoas parecem ter tudo fácil. E isso não faz mais sentido para mim do que a lenda indígena.

— Está irritada por causa do lugar que foi designado a você. E está irritada comigo e com a Pamela, porque fomos criados do outro lado do lago, tivemos uma vida de conforto e privilégios.

O jeito como ele resumia tudo me fazia parecer preconceituosa. Mas eu era mesmo, e dei de ombros novamente e suspirei, porque o que ele dizia era justo, e Wilson uniu as mãos diante do corpo. Seu olhar era sincero.

— Ninguém escolhe o lugar onde vai ser colocado, Blue. Mas ninguém é obrigado a ficar. Por que não olhar para onde vamos, e olhar menos para de onde saímos? Por que não se concentra mais no quanto você é brilhante, no que faz você brilhante, e menos no que provoca a sua raiva? Está perdendo um elemento-chave da história. Talvez a moral dessa lenda seja a de que todos nós somos esculpidos, criados e formados pela mão de um mestre. Talvez todos nós sejamos obras de arte.

Eu gemi.

— Daqui a pouco você vai dizer para eu ser eu mesma, e daí todo mundo vai me amar. É isso?

— Amar pode ser uma palavra forte demais — Wilson respondeu, impassível.

— É sério! — Apesar de tudo, eu sorri. — Tudo isso que as pessoas dizem sobre ser você mesmo é...

— Bobagem?

— Isso. Ser você mesmo só dá certo se você não for uma porcaria. Se for, não seja você mesmo.

Foi a vez de Wilson gemer, mas deu para perceber que ele havia me perdoado, e meu coração acalmou um pouco.

— Como era aquele poema que você citou outro dia, "Não sou ninguém"? Acho que é mais apropriado.

— O poema de Dickinson? — Wilson parecia surpreso por eu lembrar. Depois recitou os versos erguendo as sobrancelhas, como se tivesse certeza de que eu não podia estar me referindo a Dickinson.

"Não sou ninguém! Quem é você?
Também é ninguém?
Então somos dois
Não conte, eles nos baniriam, você sabe."

Assenti.

— Isso. É esse. Acho que o velho Dick e eu teríamos sido bons amigos, porque com certeza eu também sou ninguém.

— O velho Dick é, na verdade, Emily Dickinson. — Wilson sorriu.

Eu sabia quem tinha escrito o poema, mas descobri que gostava de fazê-lo rir.

— A beleza desse poema está em todos poderem se identificar, porque todo mundo se sente ninguém. Todos nós sentimos que estamos do lado de fora, olhando para dentro. Todos nós nos sentimos deslocados. Mas acho que é essa consciência particular que nos faz ser alguém. E você é alguém, definitivamente, Blue. Pode não ser uma obra de arte, mas com toda a certeza é uma obra.

6
Pavão

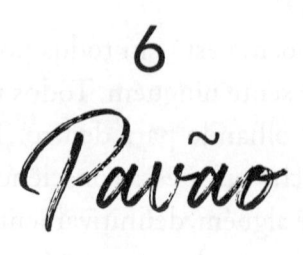

Novembro chegou, e o sol mudou de cor e perdeu intensidade. O calor do deserto abrandou, e, apesar de Boulder City ter mais palmeiras que folhas caindo, o outono era um belo refresco. Mason começou a aparecer com mais frequência, e, enquanto eu estava na garupa de sua moto, atravessando o deserto, estar com ele era algo de que eu gostava. Era quando o passeio acabava, quando nossa paixão era saciada, quando ficávamos ofegantes depois do sexo, que eu não tinha nada a dizer. Sempre me sentia ansiosa para ir embora, ou para ele ir. Nunca fingi que o amava ou queria alguma coisa, e ele parecia satisfeito com o que eu tinha para oferecer.

Acho que por isso fiquei surpresa quando o irmão dele, Brandon, apareceu do nada em uma noite de quinta-feira. Manny e Graciela estavam no meu apartamento assistindo ao *American Idol*, o programa favorito de Manny. Ele estava convencido de que cantava melhor que quase todos os participantes e demonstrava seu talento nos comerciais, quando subia no sofá e cantava segurando um microfone imaginário. Ele não era muito ruim e o que faltava em talento Manny compensava com personalidade. Normalmente, Graciela era sua maior fã, mas ela estava agitada, andava de um lado para o outro e olhava para o celular constantemente.

Graciela vinha me irritando nos últimos tempos. Ela havia começado a alisar os cachos negros, que agora desciam pelas costas, e dividia o cabelo de lado para fazer uma franja sobre o olho esquerdo. Exatamente igual a mim. Quando as aulas começaram, a única maquiagem que ela usava era rímel e brilho labial. Mas isso também havia mudado. O delineador era preto e grosso, o rímel deixava os cílios encurvados e bem cobertos, e ela usava sombra escura e esfumaçada. Jeans muito justo, camisetas justas e até havia encontrado botas de salto número trinta e dois. Com menos de quarenta e cinco quilos, sem seios ou quadril, ela parecia estar pronta para uma festa de Halloween. Não era difícil perceber que estava tentando me imitar, mas ela ficava ridícula e, pela primeira vez, eu me perguntei se o efeito não seria o mesmo em mim.

Quando a campainha soou, Graciela pulou do sofá e correu para o banheiro, gritando como se Justin Bieber estivesse na porta.

— O que deu nela? — perguntei, incomodada.

— Hormônios, acho. — Manny suspirou, como se soubesse tudo sobre o assunto.

— Ah, é? Por isso ela virou uma miniatura de mim. Hormônios?

Fui abrir a porta, certa de que era algum vizinho cansado de ouvir Manny cantando alto.

Brandon Bates e dois amigos dele estavam parados do outro lado, todos com o mesmo sorrisinho afetado.

— Oi, Blue — Brandon falou, olhando para minha camiseta regata e para o short curto de algodão que vesti depois do trabalho. Os amigos dele também pareciam interessados na minha roupa.

Pega de surpresa, por um segundo fiquei sem ação.

— Ah, oi, Brandon. O que vocês estão fazendo aqui? — Não era um cumprimento muito acolhedor, mas Brandon passou pela porta como se eu o houvesse convidado a entrar. Surpresa, vi o trio se dirigir até o sofá como se fosse dono do apartamento. Eles sentaram e olharam para a tevê, e tive a impressão de que iriam ficar ali por algum tempo.

Manny era todo sorrisos e simpatia, eufórico por Brandon Bates estar ali para assistir ao seu programa favorito com ele. Graciela saiu do banheiro e se aproximou toda encolhida, como um filhotinho assustado, e sentou no braço do sofá ao lado de Brandon.

— Oi, Brandon — ela ronronou, os olhos fixos no rosto dele, a respiração ofegante.

De repente, o comportamento inquieto de Graciela fez sentido. Ela sabia que os três iam chegar. O que ela estava esperando? Que ficássemos todos ali? O jeito como Graciela olhava para Brandon deixava claros seus sentimentos por ele, mas eu sabia que Brandon não queria nada com Gracie. Felizmente. Na verdade, ele havia dado em cima de mim várias vezes, e eu me perguntava quando Mason começaria a ver o irmão como uma ameaça.

— Então, Blue — Brandon falou alguns minutos depois —, eu estava pensando, a gente podia sair para dar uma volta de carro. O Cory e o Matt podem ficar de babá, se você topar.

Manny bufou indignado ao ouvir a palavra "babá", e Cory levantou uma sobrancelha, como se não fosse nada disso que ele havia planejado.

— Brandon! — Matt protestou.

— Brandon! — Graciela gritou, como se ele a houvesse esbofeteado. Ela me lançou um olhar cheio de veneno, que me fez recuar alguns passos.

— O Mason sabe que você está aqui, Brandon? — perguntei diretamente.

— O Mason diz que você e ele têm um lance, não um relacionamento. Duvido que ele se importe. — Brandon sorriu para mim como se aquele fosse meu dia de sorte. Gracie me olhava com ódio, como se eu quisesse roubar sua alma gêmea. Hora de mandar todo mundo para casa.

— Sério, Brandon? — falei com voz mansa. — Bom, não me lembro de ter incluído você nesse lance, então o passeio não vai rolar. E olha só que horas são! Droga, minha tia vai chegar daqui a pouco.

— Era mentira, mas Brandon não sabia disso. — É melhor vocês irem embora. — Abri a porta e olhei para eles com uma sobrancelha erguida. Matt e Cory levantaram para sair, mas Brandon parecia meio bravo. Ele demorou um pouco mais para se levantar do sofá, e por um minuto pensei que teria problemas mais sérios.

— Eu levo você lá fora, Brandon — Graciela ronronou e ficou em pé ao lado do sofá.

O instinto de irmão mais velho finalmente entrou em ação, e Manny levantou e segurou a mão da irmã.

— Vem, Gracie, nós também temos que ir.

Ela se soltou com um gesto violento. Manny ficou sério, disse alguma coisa num espanhol rápido e severo, e ela o seguiu para fora do apartamento, embora não escondesse o ressentimento.

— Eu mando uma mensagem para você, Brandon — Gracie falou antes de sair, e os amigos de Brandon deram risada. Manny voltou a falar naquele espanhol duro quando os dois se afastaram pelo corredor. Brandon e os amigos saíram, e eu respirei aliviada.

Do lado de fora, Brandon resmungou alguma coisa, e os outros dois riram e fizeram comentários impróprios.

— Ei, Brandon — chamei antes de eles descerem. — Fica longe da Gracie, por favor.

— Não é nela que eu estou interessado, Blue. Avisa quando quiser dar aquela volta de carro comigo.

Minha resposta foi fechar a porta.

<hr>

— Joana d'Arc nasceu em 1412, em um pequeno vilarejo no leste da França. A família dela era pobre, e eles moravam em uma região que havia sido devastada pelo conflito. Três anos depois do nascimento de Joana, o rei Henrique v, da Inglaterra, invadiu a França e derrotou os franceses em Azincourt, deixando o país muito dividido.

Wilson mantinha as mãos nos bolsos e olhava sério para a classe.

— Em documentos daquela época, Joana é descrita como uma simples "pastora". Mas para mim é uma das pessoas mais fascinantes da história. Aos treze anos, ela começou a ter visões de natureza religiosa ou espiritual. Joana as descrevia como conselhos para ser boa religiosa, para ir à igreja. Tudo muito simples, considerando que eram visões. — Wilson sorriu, exibindo uma fileira de dentes brancos e retos, uma concessão ao fato de visões não serem nada comuns ou simples. — As visões só mudaram quando ela estava perto de completar dezesseis anos. Então ela começou a receber orientações específicas para "ir à França". E ela obedeceu. Joana d'Arc tinha dezesseis anos quando pediu uma audiência com Carlos de Ponthieu, herdeiro do trono sitiado, e disse a ele que havia sido enviada por Deus para ajudá-lo. Imaginem uma garota nos dias de hoje indo procurar o presidente dos Estados Unidos para dizer que foi mandada por Deus para ajudá-lo. E não foi menos dramático a jovem Joana pedir uma audiência com um rei. Impressionante é o fato de ela ter sido recebida. Na verdade, sua solicitação foi recusada duas vezes antes de ser atendida. Mas Joana conseguiu convencer Carlos de que havia sido mandada por Deus repetindo uma prece que ele havia feito recentemente, em que perguntava a Deus se ele era por direito o herdeiro do trono e pedia que, se não fosse, ele sofresse, mas não o seu povo. Ela disse que Deus o havia escutado, e que ele era o rei por direito. Joana enviou uma carta para a Inglaterra, dizendo que o Rei do Céu e filho de Maria, Jesus Cristo, apoiava a reinvindicação de Carlos ao trono francês, e que eles deveriam voltar para a Inglaterra. Ela também foi encarregada de comandar um exército e teve permissão para conduzir os homens à batalha. Uma camponesa de dezessete anos!

Wilson olhou para a sala, onde muitos tinham dezessete anos.

— Joana tornou-se uma líder quase mítica entre aqueles que lutaram contra o domínio inglês. As pessoas se espantavam com seu conhecimento, sabedoria e maturidade espiritual. Ela deu ao povo algo em que acreditar e um motivo para lutar. Em um ano, Joana d'Arc havia levado o exército francês a vitórias em Orleans, Patay e Troyes. Muitas outras cidades também foram libertadas do domínio inglês, tornando possível a coroação do rei Carlos VII, em julho de 1429. Porém, um ano mais tarde, Joana foi capturada e vendida para os ingleses, que decidiram, com membros do clero francês, julgá-la por bruxaria. Naquela época, sempre que se queria acabar com uma mulher, a acusavam de ser uma bruxa. Vocês vão ver essa mesma acusação contra várias mulheres fortes da história. Inicialmente, o julgamento foi feito em público, mas as respostas de Joana em sua defesa eram mais incisivas e muito mais inteligentes do que seus perseguidores poderiam imaginar. Ela conseguia conquistar apoio e solidariedade dos que a ouviam. Os acusadores não podiam permitir que isso acontecesse, e o julgamento prosseguiu em âmbito privado. E, claro, ela foi condenada e sentenciada à fogueira. Dizem que, enquanto era amarrada, Joana perdoou seus acusadores e pediu que rezassem por ela. Muitos ingleses choraram a morte de Joana, convencidos de que queimavam uma santa. Temos muitos documentos relacionados à vida de Joana d'Arc. Mas acho que uma coisa que ela disse é especialmente reveladora sobre sua personalidade e suas convicções. Ela disse: "A vida é tudo o que temos, e nós a vivemos como acreditamos que devemos vivê-la. Mas sacrificar quem você é e viver sem acreditar em algo é um destino pior que a morte". Na última vez que trabalhamos com nossa história pessoal, escrevemos sobre as falsas crenças que podemos ter, crenças que podem ser mitos. Hoje quero que escrevam sobre o outro lado da moeda. Que crenças fazem vocês seguirem em frente? Que crenças definem quem vocês são?

"Era uma vez... um pequeno melro-negro, empurrado para fora do ninho, indesejado. Descartado. Então um falcão o encontrou e o levou para longe, deu a ele um lar e o ensinou a voar. Mas um dia o falcão não voltou para casa, e o passarinho ficou sozinho de novo, desprezado. Ele queria voar para longe. Mas, quando parou

na beirada do ninho e olhou para o céu lá fora, percebeu que suas asas eram pequenas, fracas. O céu era muito grande. Outro lugar era longe demais. Ele se sentia preso. Podia voar para longe, mas para onde iria?"

Eu havia parado de tentar jogar meu trabalho fora. Mas o odiava cada vez que o via. *Não sou ninguém! Quem é você?* E minha mente voltava àquele dia horrível no passado. O dia em que me tornei ninguém.

Eu estava fraca, era pequena. E a lembrança se ergueu como uma nuvem negra. Acho que adormeci entre a pia e o vaso sanitário porque, quando dei por mim, Donnie estava lá de novo. Ele me puxou pelas pernas, me tirou do esconderijo sem muito esforço. Eu gritei, chutei e me debati no chão. O chão estava molhado e eu escorreguei, e Donnie também derrapou, girando os braços enquanto tentava se manter em pé. Corri para o meu quarto, e ele me seguiu. O terror me sufocava, eu não conseguia gritar. Bati e tranquei a porta e tentei me enfiar embaixo da cama, mas ela era muito baixa, e minha cabeça não passava. Não havia outro esconderijo. Donnie forçava a porta. Abri uma gaveta, vesti uma camiseta grande e peguei a serpente de madeira que ficava em cima da cômoda.

— Só quero ter certeza de que você está bem, Blue — Donnie mentiu. Eu tinha visto a cara dele quando olhou para mim, sabia que estava mentindo.

A porta bateu contra a parede, e Donnie apareceu na soleira. O estrondo me assustou, e eu deixei a cobra despencar da minha mão.

— Ficou maluca? — Donnie gritou. E estendeu as mãos como se houvesse encurralado um animal selvagem. E começou a se aproximar de mim com as mãos erguidas. — Falei com a Cheryl. Ela disse que você recebeu más notícias hoje. Deve ter sido duro, menina. Vou ficar com você até ela chegar em casa, está bem? Vai para a cama. A sua boca está azul.

Abaixei e peguei a cobra, segurando a bainha da camiseta para não mostrar que estava nua embaixo dela. Tocar a madeira lisa me confortou. Donnie parou onde estava.

— Não vou te machucar, Blue. Só quero ter certeza de que você está bem.

Virei e corri para a cama, mergulhei nela e puxei a coberta até o queixo. Embaixo do cobertor, eu segurava a serpente enquanto via Donnie se aproximando. Ele sentou na beirada da cama. Depois apagou o abajur em cima do criado-mudo. Eu gritei. Ele acendeu o abajur imediatamente.

— Para com isso! — Donnie se irritou.

— Deixa a luz acesa — falei.

— Tudo bem, tudo bem. Só vou ficar sentado aqui até você dormir.

Virei de lado olhando para a parede, de costas para Donnie, de olhos fechados e segurando a serpente que estava ficando quente em minha mão. A madeira é assim, lisa e quente. Jimmy dizia que era porque um dia ela já foi viva. Senti a mão no meu cabelo e abri os olhos.

— Quando eu era pequeno, minha mãe costumava massagear minhas costas para me ajudar a dormir. — A voz de Donnie era mansa. — Eu posso massagear as suas, assim. — E deslizou a mão até meu ombro. Com cuidado, ele descrevia círculos pela parte superior das minhas costas. Eu não falava nada, só prestava atenção àqueles círculos e à mão que se movia de um lado para o outro.

Acabei pegando no sono. Donnie me confortou e me acalmou com a massagem. E eu precisava muito de conforto. Quando Cheryl voltou para casa, ela nos acordou. Donnie havia dormido na cadeira ao lado da minha cama. Cheryl o mandou embora e ocupou seu lugar na cadeira, acendendo um cigarro com mãos trêmulas.

— O Donnie me disse que acha que você tentou se matar hoje. Por quê?

Não respondi. Eu não queria morrer. Não exatamente. Só queria ver Jimmy de novo.

— Eu queria ver o meu pai.

Cheryl olhou para mim com o cigarro na boca. Ela parecia pensar no que eu havia dito. Finalmente suspirou e apagou o cigarro na base do abajur, espalhando cinzas sobre o criado-mudo.

— Você sabe que ele não é o seu pai, não sabe? Ele era como um pai. Mas não era o seu pai.

Sentei na cama e olhei para ela, odiando, detestando, tentando entender por que ela me dizia coisas horríveis, especialmente naquele momento.

— Não olha para mim desse jeito. Não quero te magoar. Você só precisa saber o que é o quê. O Jimmy me falou que estava comendo em uma parada de caminhoneiros em Reno, onde ele havia vendido algumas esculturas. Ele viu você dormindo no sofá de uma mesa de canto, um bebê muito pequeno, enquanto sua mãe jogava nas máquinas. Ele disse que não sabia quem era o responsável por você. Você conheceu o Jimmy, lembra como ele era. Não pediria ajuda nem que suas roupas pegassem fogo. Ele ficou ali sentado com você por um tempo, até fez uma boneca para você. — Cheryl acendeu outro cigarro e tragou. Depois indicou minha cômoda com um movimento de cabeça. — É aquela. A que você deixa ali.

Comecei a balançar a cabeça negando a história, negando sua capacidade de tirá-lo de mim, como ela parecia querer fazer. Mas Cheryl insistiu, e eu a ouvi, impotente.

— Ele disse que você só o observava e que devorou as batatas fritas que ele ofereceu. Sua mãe apareceu depois de um tempo. Jimmy disse que tinha certeza que ela ficaria furiosa quando o visse ali sentado com você. Mas ela parecia nervosa, meio agitada e surpresa, mais que tudo. Na manhã seguinte, ele encontrou você dentro da caminhonete. Disse que a porta do passageiro havia sido arrombada e que não conseguia travá-la, o que facilitou para ela. As janelas estavam abertas, uma fresta de cada lado, e você dormia no banco da frente. Felizmente, era bem cedo quando ele te encontrou. Jimmy disse que fazia muito calor, e que foi tolice sua mãe deixar você lá dentro da caminhonete, mesmo com as janelas abertas. Ela devia estar drogada ou bêbada. Havia também uma mochila com algumas roupas e a bonequinha que Jimmy tinha esculpido. Ele não sabia por que você foi deixada lá. Talvez sua mãe tenha pensado que ele seria legal com você. Talvez não houvesse mais ninguém, e ela estivesse desesperada. Mas é evidente que ela o seguiu e, em algum momento da noite, deixou você lá. O Jimmy voltou até a parada de caminhoneiros onde tinha visto você e a sua mãe pela primeira vez. Mas ela não estava lá, e ele teve medo de fazer perguntas e chamar atenção. Então o tonto ficou com você. Ele devia ter ido à polícia. Depois de alguns dias, a polícia apareceu na parada de caminhões e fez algumas perguntas ao gerente da loja. O gerente era amigo do Jimmy, e o Jimmy perguntou o que estava acontecendo. Aparentemente, o corpo de uma mulher tinha sido encontrado em um hotel da região. A polícia tinha cópias da carteira de motorista da vítima e deixou um panfleto com a foto dela com o gerente da loja, que deveria colocá-lo em um lugar visível. Era um daqueles panfletos tipo "se tiver alguma informação", essas coisas que a polícia usa. Era a sua mãe. Quando o Jimmy viu aquilo, ficou apavorado. Ele foi embora e te levou. Não sei por que não deixou você lá ou procurou a polícia. Mas ele não fez nada disso. Não confiava na polícia. Provavelmente achava que seria acusado de uma coisa com a qual nunca teve nada a ver. Ele nem sabia o seu nome. Disse que você ficava falando Blue, Blue, Blue. E foi esse o nome que ele decidiu te dar. Acho que pegou. Até onde sei, ninguém nunca foi te procurar. Seu rosto nunca apareceu em caixas de leite, nada disso. Há três anos, quando o Jimmy desapareceu, achei que eu estava ferrada. Imaginei que alguém ia deduzir que você não era filha dele, e eu seria presa por não ter procurado a polícia. Então falei para eles que você era filha do Jimmy, até onde eu sabia. Eles não fizeram muita pressão. O Jimmy não tinha passagem pela polícia, nada disso, e você disse que ele era seu pai. Por isso eu trouxe você para cá. Senti que tinha que cuidar de você por ele, e por mim também. E você tem sido uma boa menina. Espero que continue sendo uma boa menina. Não faça mais nenhuma bobagem como a de hoje. A última coisa que preciso é de uma criança morrendo sob os meus cuidados.

※

Durante os meses seguintes, Donnie aparecia quando Cheryl estava no trabalho. Ele era sempre legal comigo. Sempre oferecia conforto. Um carinho, um toque rápido, migalhas para o passarinho faminto. Cheryl acabou terminando com ele, talvez percebendo que o carinho dele por mim era um pouco exagerado. E eu fiquei aliviada, porque sabia que toda aquela atenção não era apropriada. Mas aprendi uma coisa com Donnie. Aprendi que uma garota bonita sempre encontra conforto. Conforto físico, conforto que pode ser fugaz, mas que me contentava temporariamente e afastava a solidão.

Joana d'Arc disse que sacrificar quem você é e viver sem acreditar em algo era um destino pior que a morte. Vivi de esperança durante três anos. Esperança de que Jimmy voltasse para mim. Naquela noite, a esperança morreu, e morreu a ideia de quem eu era. Eu não sacrifiquei quem eu era, não exatamente. Aquilo foi arrancado de mim. O passarinho de Jimmy morreu, teve uma morte lenta e dolorosa. No lugar dele eu construí um espalhafatoso e colorido pássaro azul. Um pavão gritante e chocante com penas brilhantes, que se vestia para chamar atenção para a própria beleza o tempo todo, que precisava desesperadamente de atenção. Mas tudo isso era só um disfarce.

7
Real

Gloria Olivares, mãe de Manny e Gracie, nunca estava em casa. Não porque fosse uma mãe ruim. Não porque não amasse os filhos. Era porque ela tinha que sustentá-los, e isso significava trabalhar o tempo todo. A mulher era pele e osso, e não tinha mais que um metro e meio quando ficava na ponta dos pés, e cumpria turnos de dezoito horas todos os dias. Era camareira no mesmo hotel onde Cheryl era crupiê, mas também trabalhava como doméstica para uma família rica em Boulder City. Eu não sabia se ela estava nos Estados Unidos legalmente, nem se ainda tinha familiares no México. Gloria tinha um irmão, Sal, que já havia arrumado madeira para mim uma ou duas vezes, mas Manny e Gracie nunca falavam de um pai, e era evidente que só a mãe levava dinheiro para casa.

Gloria levava a sério a responsabilidade pelos filhos. Eles estavam sempre limpos, alimentados e protegidos, mas suas opções eram limitadas, e ela tinha que deixá-los sozinhos por muito tempo. Não era tão grave agora que os dois eram adolescentes, mas Manny me contou que tomava conta de Gracie desde que ele tinha cinco anos. Talvez por isso ele se considerasse a mãe da irmã mais nova, embora houvesse apenas dois anos de diferença entre os dois. Talvez por isso a transformação de Graciela deixasse Manny tão perturbado quanto um dependente com síndrome de abstinência.

O comportamento e a insolência de Gracie deixavam Manny muito nervoso, e foi assim que o encontrei na véspera de Natal, quando fui levar o jantar. Ele andava de um lado para o outro e exigia que a irmã saísse do quarto. Bev tinha me dado um pouco de tudo que havia no café. Normalmente, Manny estaria eufórico. Mas Gracie disse que não estava com fome e declarou que não queria "comer com uma puta". Graciela era francamente hostil comigo desde a noite em que Brandon havia aparecido em minha casa, mais de um mês antes. Infelizmente, quanto menos interesse Brandon demonstrava, mais agressiva e determinada ela ficava.

Dei de ombros, desejei boas-festas a Manny e voltei para o meu apartamento. Graciela podia não querer "comer com uma puta", mas não recusava minha carona depois da aula todos os dias, porque assim ela podia ver Brandon no estacionamento. E ainda copiava fielmente meu penteado e minha maquiagem e imitava meu estilo nos mínimos detalhes, até no jeito de dobrar as mangas e abotoar a camisa. Ela não queria comer com uma vadia, mas queria ser parecida com uma. Sinceramente, eu sentia falta da Gracie distraída. E, se ela não parasse com isso logo, Manny ia desabar, e eu ia ficar furiosa.

※

— ELIZABETH I ERA FILHA DE UM REI. REI HENRIQUE VIII, para ser mais exato. Parece legal, não? Ser uma princesa? Riqueza, poder, adulação. Maravilha, não é? Mas lembram aquele ditado de que não devemos julgar o livro pela capa? Vou adaptá-lo. Nunca julguem a história pelos supostos fatos. Levantem a fina superfície de glamour e analisem a história real embaixo dela. A mãe de Elizabeth era Ana Bolena. Alguém sabe alguma coisa sobre ela?

Wilson estudou os rostos interessados, mas ninguém levantou a mão.

— Mary, irmã de Ana Bolena, era amante do rei Henrique. Uma delas, na verdade. Mas Ana queria mais, e ela acreditava que podia ter mais. Tramava e arquitetava para chamar a atenção de Henrique e conquistá-lo. Durante sete anos, Henrique tentou se divorciar de sua rainha para poder se casar com Ana. Como ela fez isso? Como conseguiu conquistar e manter o interesse de Henrique e ainda induzi-lo a mover céus e terra por ela? Ana não era considerada bonita. O padrão de beleza daquela época era cabelo loiro, olhos azuis e pele clara, como os de sua irmã Mary. Então, como ela conseguiu isso? — Wilson fez uma pausa para dar efeito ao relato. — Ela mantinha o homem com fome!

A classe entendeu o que ele queria dizer e explodiu em gargalhadas.

— Quando Henrique não conseguiu convencer a Igreja da Inglaterra a dissolver seu casamento com a rainha, cortou os laços com a Igreja e casou-se com Ana do mesmo jeito. Chocante! A Igreja tinha um poder incrível naquela época, inclusive sobre um rei.

Algumas meninas suspiraram.

— Que romântico! — Chrissy comentou, piscando algumas vezes enquanto olhava para Wilson.

— Ah, sim, muito romântico. Uma linda história de amor... até você descobrir que, três anos depois de se casar com o rei, Ana foi acusada de bruxaria, incesto, blasfêmia e conspiração contra a Coroa. Ela foi decapitada.

— Cortaram a cabeça dela? Isso é muito cruel! — Chrissy agora estava indignada e até um pouco ofendida.

— Ela não havia conseguido dar um herdeiro para o rei — Wilson continuou. — Teve Elizabeth, mas isso não contava. Alguns dizem que Ana era considerada detentora de um grande poder político. Sabemos que ela não era boba. Ela foi desacreditada e eliminada, e Henrique permitiu.

— Evidentemente, ele não estava mais com fome — comentei, num tom sarcástico.

As orelhas de William coraram, o que me agradou muito.

— Evidentemente — ele concordou num tom seco, sem deixar transparecer na voz o desconforto. — O que nos leva de volta à ideia original. As coisas raramente são o que parecem ser. Qual é a verdade sob a superfície, por trás dos fatos aparentes? Agora pensem em sua própria vida...

Desliguei a voz de Wilson e deitei a cabeça na carteira, deixando o cabelo esconder meu rosto. Sabia aonde ele queria chegar. Nossa história pessoal. Por que isso? Qual era o propósito? Fiquei desse jeito, com a cabeça apoiada na mesa, enquanto Wilson terminava de dar as orientações e distribuía as folhas de papel. O ruído de lápis sendo apontados substituiu seu sotaque britânico.

— Blue?

Não me mexi.

— Está sentindo alguma coisa?

— Não — resmunguei, levantando a cabeça e afastando o cabelo do rosto. Olhei feio para ele ao aceitar meu trabalho. Wilson parecia querer falar alguma coisa, mas pensou melhor e voltou à mesa dele. Eu o vi se afastar e lamentei não ter coragem de dizer que não faria a tarefa. Não conseguiria. Meu parágrafo triste parecia titica de galinha na folha amassada. Titica de galinha. Era isso que eu era. Uma galinha ciscando o nada, cacarejando e eriçando as penas para parecer forte, para manter as pessoas longe de mim.

> "Era uma vez... um pequeno melro-negro, empurrado para fora do ninho, indesejado. Descartado. Então um falcão o encontrou e o levou para longe, deu a ele um lar e o ensinou a voar. Mas um dia o falcão não voltou para casa, e o passarinho ficou sozinho de novo, desprezado. Ele queria voar para longe. Mas, quando parou na beirada do ninho e olhou para o céu lá fora, percebeu que suas asas eram pequenas, fracas. O céu era muito grande. Outro lugar era longe demais. Ele se sentia preso. Podia voar para longe, mas para onde iria?"

Acrescentei novas linhas à história e parei, batendo com o lápis na folha e criando pontinhos, sementes para a galinha ciscar. Talvez essa fosse a verdade sob a superfície. Eu tinha medo. Tinha pavor de que o fim da minha história fosse trágico. Como o da pobre Ana Bolena. Ela tramou, planejou e conseguiu se tornar rainha, mas foi descartada. E aí estava essa palavra de novo. A vida que ela construiu foi tirada dela com um golpe, e o homem que supostamente a amava a abandonou à própria sorte.

Nunca me considerei uma galinha. Nos meus sonhos eu era o cisne, a ave que se tornava bela e admirada. O pássaro que provava que todos estavam errados. Uma vez perguntei a Jimmy por que ele tinha sobrenome de pássaro. Eco do Falcão. Jimmy estava acostumado com minhas perguntas. Ele me contou que eu havia sido forte, a ponto de ir além da normalidade, que não me abalei com a ausência de minha mãe. Não chorei nem reclamei, e era muito falante, o suficiente para quase enlouquecer um homem habituado a viver com pouca companhia e, ainda menos, conversa. Ele nunca perdia a calma comigo, embora algumas vezes tivesse simplesmente se recusado a responder, ocasiões em que eu continuava falando sozinha.

Mas dessa vez ele estava disposto a contar histórias. Explicou como os falcões simbolizam força e proteção, e como, por causa disso, ele sempre se orgulhou de seu sobrenome. Jimmy falou que muitas tribos americanas tinham variações das mesmas histórias sobre animais, mas a favorita dele era uma história arapaho sobre uma menina que subia ao céu.

O nome dela era Sapana, uma menina bonita que amava as aves da floresta. Um dia, Sapana estava recolhendo lenha e viu um falcão caído na base de uma árvore. Um enorme espinho de porco-espinho estava cravado em seu peito. A menina o acalmou e tirou o espinho, libertando a ave para voar. Em seguida, ela viu um grande porco-espinho parado ao lado de uma árvore frondosa. "Foi você, sua coisa ruim! Você feriu aquela pobre ave!" A menina queria arrancar os espinhos do animal para que ele nunca mais pudesse ferir outro pássaro.

Sapana o perseguiu, mas o porco-espinho era muito rápido e subiu em uma árvore. A menina foi atrás dele, mas não conseguiu alcançá-lo. O porco-espinho subia cada vez mais alto, e a árvore se estendia mais e mais em direção ao céu. De repente, Sapana viu uma superfície plana e lisa sobre sua cabeça. Era brilhante e, quando ela estendeu a mão para tocá-la, percebeu que era o céu. De repente, a menina se viu em um círculo de cabanas. A árvore havia desaparecido, e o porco-espinho se transformou em um homem velho e feio. Sapana teve medo e tentou fugir, mas não sabia como voltar para casa. O homem porco-espinho disse: "Estive observando você. É muito bonita e trabalha duro. Trabalhamos muito no mundo do céu. Você será minha esposa". Sapana não queria ser esposa do homem porco-espinho, mas não sabia o que fazer. Estava encurralada.

Sapana sentia saudade do verde e do marrom da floresta e queria voltar para perto da família. Todo dia o velho levava para ela couros de búfalo para raspar, secar e costurar em novas vestes. Quando não tinha pele para raspar, ela cavava a terra para colher nabos. O homem porco-espinho avisou que ela não podia cavar muito fundo, mas um dia a menina sonhava com sua casa na floresta e se distraiu do buraco que cavava. Ao arrancar o grande nabo do chão, ela viu luz no fundo do buraco. E, quando olhou dentro dele, viu extensões de terra verdejantes bem longe, lá embaixo. Agora sabia como voltar para casa! Ela enfiou o grande nabo de volta na terra para que o homem porco-espinho não soubesse de sua descoberta.

Todos os dias, Sapana pegava os nervos extraídos das peles de búfalo e os amarrava uns aos outros. Depois de um tempo, ela havia conseguido criar uma corda longa o bastante para voltar para casa. Amarrou uma ponta da corda a uma árvore próxima e tirou o nabo da terra. A menina foi descendo por entre as nuvens, e o verde lá embaixo ficava cada vez mais próximo, mas ela ainda estava no céu. De repente, Sapana sentiu um puxão na corda e olhou para cima. O homem porco-espinho olhava para ela pelo buraco no céu. "Suba de volta, ou vou desamarrar a corda e você vai cair!", ele ameaçou. Sapana não subiu. A corda se soltou, e ela despencou. De repente, alguma coisa voou abaixo dela, e Sapana descobriu que estava sobre as costas de um grande falcão. Era a ave que ela havia socorrido na floresta no dia em que perseguiu o porco-espinho. Ele desceu à terra levando-a nas costas. A família de Sapana ficou muito feliz ao vê-la. Daquele dia em diante, eles passaram a deixar pedaços de carne de búfalo para o falcão e para outras aves de rapina como um símbolo de gratidão, porque o pássaro havia protegido Sapana e a trazido de volta.

— Você é como o falcão que salvou a Sapana! — exclamei, encantada com a história. — Queria que meu nome fosse Sapana. Sapana Echohawk!

Jimmy sorriu para mim, mas era um sorriso triste, e ele murmurou:

— Às vezes eu me sinto mais como o homem porco-espinho do que como o falcão.

Não entendi o que ele queria dizer e ri muito da piada.

— O Icas é o homem porco-espinho! — Apontei para o cachorro sujo e preguiçoso. O animal levantou a cabeça e olhou para mim como se soubesse do que falávamos. Depois se ajeitou e olhou para o outro lado, como se estivesse ofendido com a comparação. Jimmy e eu demos risada, e a conversa acabou.

"Era uma vez... um pequeno melro-negro, empurrado para fora do ninho, indesejado. Descartado. Então um falcão o encontrou e o levou para longe, deu a ele um lar e o ensinou a voar. Mas um dia o falcão não voltou para casa, e o passarinho ficou sozinho de novo, desprezado. Ele queria voar para longe. Mas, quando parou na beirada do ninho e olhou para o céu lá fora, percebeu que suas asas eram pequenas, fracas. O céu era muito grande. Outro lugar era longe demais. Ele se sentia preso. Podia voar para longe, mas para onde iria? Ele sentia medo... porque sabia que não era um falcão."

— Jimmy?

O trailer estava escuro, e eu prestei atenção para ouvir os ruídos que Jimmy fazia dormindo. A chuva caía forte lá fora, e o trailer balançava com a intensidade da água e do vento.

— Jimmy? — chamei mais alto.

— Hummm? — Dessa vez a resposta foi imediata, como se ele também estivesse ouvindo os sons na escuridão.

— A minha mãe era parecida comigo?

Ele não respondeu de imediato, e pensei que se recusaria a falar sobre isso no meio da noite.

— O cabelo era escuro, como o seu — Jimmy falou baixo. — E ela era parecida com alguém que eu conheci.

Ele não disse mais nada, e eu fiquei em silêncio, esperando migalhas.

— Só isso? — perguntei finalmente, com impaciência.

— Ela não era parecida com você — Jimmy suspirou. — Era mais parecida comigo.

— Hã? — Não esperava ouvir isso.

— Era índia, como eu. Tinha cabelos e olhos negros, e a pele era mais escura que a sua.

— Ela era pawnee?

— Não sei a que tribo sua mãe pertencia.

— Mas eu sou pawnee? — insisti. — Porque você é pawnee?

Jimmy grunhiu. Não reconheci o desconforto. Não percebi nada do que ele não estava me dizendo.

Jimmy suspirou.

— Vai dormir, Blue.

8
Metal

Quando ouvi o primeiro tiro, pensei nos fogos de artifício que estouravam no bairro nas vésperas de Ano-Novo. Eu me assustei, mas não me ocorreu que era para ter medo. O estacionamento do meu prédio estava iluminado fazia dois dias, com os moradores preparando rojões e outras pirotecnias e crianças correndo com estrelinhas faiscantes, e eu havia quase me acostumado com o barulho. Bati a porta do armário e estava a caminho da sala onde teria a sétima aula quando ouvi outro tiro.

De repente todo mundo gritava e dizia que havia alguém armado. Virei no corredor da sala do sr. Wilson e vi Manny, com os braços levantados como a Estátua da Liberdade, segurando uma arma no lugar da tocha. Ele atirava para o teto e se dirigia à sala do sr. Wilson perguntando por Brandon Bates. O horror me atingiu como um trem desgovernado. Brandon fazia a sétima aula na minha turma de história da Europa na sala do sr. Wilson. Larguei os livros no chão e corri para Manny gritando:

— Manny! Manny, para! — Ele nem olhou para mim. Continuou andando e atirando. Três tiros, quatro. Então entrou na sala do sr. Wilson e fechou a porta. Mais um tiro. Entrei na sala segundos depois do estrondo esperando ver o pior. O sr. Wilson estava parado na frente de Manny com a mão estendida. Manny apontava a arma para a testa de Wilson e queria saber onde estava Brandon. Todo mundo chorava, e os alunos se escondiam encolhidos embaixo das carteiras. Não vi sangue, nem corpos, e nenhum sinal de Brandon Bates. O alívio me deu coragem. Eu estava atrás de Manny, olhando para Wilson, e, apesar de não desviar os olhos da arma apontada para ele e do próprio Manny, sua mão fez sinal para eu me afastar. Eu me aproximei de Wilson fazendo uma curva bem ampla, passando bem longe de Manny para não assustá-lo, falando em voz baixa enquanto andava.

— Manny, você não quer machucar o Wilson. Você gosta dele, lembra? Disse que nunca teve professor melhor. — Manny olhou para mim, mas voltou a olhar para Wilson em seguida. Ele estava ofegando e suando muito, e suas mãos tremiam violentamente. Eu tinha medo de que ele acabasse apertando o gatilho acidentalmente. Àquela distância, ele acertaria Wilson.

— Fica longe, Blue! Ele está protegendo o Brandon. Todo mundo no chão! — Manny gritou, brandindo a arma na direção da sala.

— Vou arrebentar a cabeça dele, juro.

As palavras eram tão inadequadas em sua voz jovem que eu quase dei risada. Mas não era engraçado. Nada disso tinha graça.

Continuei andando, e Wilson balançou a cabeça vigorosamente, tentando me convencer a ficar longe. Mas eu seguia em frente. Minhas pernas pareciam pesar duzentos quilos, e eu não sentia as mãos. Estava entorpecida pelo medo. Mas não tinha medo de Manny. Eu temia por ele.

— Manny. Manny, me dá a arma, por favor. Ninguém aqui está protegendo o Brandon. — Olhei para os alunos, apavorados, e rezei para Brandon não estar na sala. Vários colegas levantaram a cabeça e olharam em volta, também procurando Brandon, mas ninguém disse nada.

— Ele não está aqui, Manny — Wilson falou com voz calma, como se desse uma aula normal. — Não é ele quem estou protegendo.

É você. Consegue entender? A sua irmã precisa de você. Se atirar no Brandon ou em qualquer outra pessoa, você vai passar muito tempo preso.

— Ela só tem catorze anos! E ele mandou as fotos para todo mundo! Ela achava que o Brandon gostava dela. Ele pediu as fotos e depois mandou para todo mundo! A Gracie tentou se matar, e agora eu vou matar o Brandon! — Manny chorava enquanto fazia o movimento de se abaixar para olhar embaixo das carteiras, certo de que estávamos escondendo Brandon.

— Ele vai ter que responder por isso, Manny — falei, agora bem perto dele. Wilson segurou meu braço e me puxou. Tentou me empurrar para trás dele, mas eu me soltei e continuei entre Manny e ele. Manny não atiraria em mim. Ele voltou a apontar a arma para Wilson, mas agora eu estava na frente dele.

— Também tem fotos suas, Blue! Você sabia disso? A Gabby me mostrou hoje de manhã. A es... cola in... teira te viu! — Manny gaguejou, devastado.

Eu me convenci de que não podia ser verdade, embora a humilhação me sufocasse e se espalhasse pelo meu corpo como veneno de cobra. Mantive um braço estendido, esperando que Manny cedesse e me entregasse a arma.

— Se é assim, você não devia dar a arma para a Blue? — Wilson sugeriu, controlado.

Manny olhou para Wilson com ar chocado. Depois olhou para mim, e eu balancei os dedos, pedindo para ele aceitar a sugestão. Manny parecia considerar a possibilidade.

Mas ele riu. Na verdade, foi mais um soluço, e o som reverberou pela sala como um tiro. Eu queria cobrir a cabeça, mas o soluço virou uma risada, e a risada se transformou em uma gargalhada, que se transformou em soluços.

Ao mesmo tempo, Manny parecia perder a convicção. Ele baixou o braço, e a arma ficou pendurada em seus dedos. Dominado pelos soluços, ele baixou a cabeça. Wilson passou por mim e abraçou

Manny, enquanto eu pegava a arma. Manny me deixou pegá-la sem protestar, e eu recuei devagar, um passo de cada vez, enquanto via Manny soluçar no peito de Wilson. Mas, agora que tinha a arma, não sabia o que fazer com ela. Não queria largá-la, e não podia entregá-la ao professor. Ele tinha os braços ocupados, tentava amparar o inconsolável Manny e oferecer conforto, embora Manny não precisasse saber disso.

— Sabe como esvaziar o pente? — Wilson me perguntou, em voz baixa.

Assenti. Jimmy havia me ensinado. Removi as balas enquanto Wilson falava com os alunos, que começavam a se levantar e sair de seus esconderijos.

— Pessoal, preciso de todo mundo fora da sala. Saiam tranquilamente. Andando, sem correr. E, fora da sala, continuem andando. Saiam do prédio. Acho que alguém já pediu ajuda. Vai ficar tudo bem. Blue, fica aqui comigo. Você não pode sair da sala armada, e eu não posso cuidar disso agora. Vamos esperar aqui até a ajuda chegar.

A ajuda era a polícia, eu sabia, mas preferia não apavorar Manny, que havia desabado e continuava chorando nos braços de Wilson.

Meus colegas saíam apressados. O corredor estava em silêncio, vazio, como se as aulas acontecessem normalmente atrás das portas fechadas. Mas eu sabia que havia professores tentando garantir a segurança de seus alunos, que estavam encolhidos e apavorados dentro daquelas salas, chorando, rezando, torcendo para não ouvirem mais disparos, implorando por socorro, ligando para a polícia. Talvez todo mundo tivesse corrido para fora do prédio quando Manny atirou no teto. Podia haver uma equipe da SWAT subindo a escada naquele momento. Tudo que eu sabia era que, quando a polícia chegasse, meu amiguinho seria levado algemado e nunca mais voltaria ao colégio.

— Deixa a arma e as balas em cima da minha mesa, Blue. Melhor não estar com ela quando as autoridades chegarem — Wilson me orientou, chamando minha atenção para a sala vazia e para o revólver na minha mão.

Fiz o que Wilson dizia e, quando me aproximei, vi em seu rosto jovem o terror provocado por tudo que tinha acontecido ali. Era como se, superado o perigo, ele revisse tudo mentalmente, com cenas extras e possíveis desfechos sangrentos. Enquanto eu tentava entender por que não estava tremendo, minhas pernas cederam, e eu tive que me apoiar em uma carteira e me sentar nela.

E de repente a sala estava lotada de policiais gritando instruções e fazendo perguntas. Wilson respondia a todas elas com rapidez, mostrando a arma e relatando os eventos. Wilson e eu fomos afastados, e Manny foi cercado, contido e levado para fora da escola. De repente Wilson me abraçou, e eu o abracei de volta. A frente de sua camisa estava molhada com as lágrimas de Manny, e eu sentia seu coração batendo disparado embaixo do meu rosto. O cheiro de sabonete e mentol que era só dele se misturava ao odor do medo, e nenhum de nós conseguiu falar por alguns minutos. Quando ele finalmente falou, sua voz era rouca com o peso das emoções.

— Você é maluca? — Wilson me censurava, mas mantinha a boca encostada em minha cabeça, e seu sotaque ficou mais acentuado. — Tem mais coragem do que qualquer garota que já conheci. Por que não se escondeu, como todo mundo que tem juízo?

Eu me agarrava a ele e tremia. A adrenalina que me mantinha em pé havia desaparecido.

— Ele é meu amigo. E amigos não deixam os amigos... atirarem... nos outros amigos — falei, notando que minha voz falhava, apesar da coragem aparente. Wilson riu, um som cheio de alívio, quase inebriado. Eu me juntei a ele e ri, porque havíamos ficado frente a frente com a morte e sobrevivido para contar a história, rindo porque eu não queria chorar.

Wilson e eu respondemos às perguntas juntos e depois fomos novamente interrogados separadamente, como aconteceu com todos os alunos que estavam na sala e nos corredores desde que Manny entrou na escola. Tenho certeza de que Manny também foi interrogado à exaustão, embora houvesse boatos de que ele havia parado de reagir e estava em observação por risco de suicídio. Mais tarde, descobri que a SWAT havia sido chamada e que ambulâncias e esquipes de emergência já estavam no colégio quando nossa turma saiu do prédio.

A maior parte dos alunos foi rapidamente evacuada do prédio a pedido do diretor e dos professores enquanto o drama prosseguia na sala do sr. Wilson, e, quando os alunos dele também saíram, levando a notícia de que Manny havia sido desarmado, a polícia entrou no edifício. Desde o primeiro tiro em uma lâmpada fluorescente até o momento em que Manny foi levado, só quinze minutos haviam se passado. Mas parecia uma eternidade.

As pessoas diziam que Wilson e eu éramos heróis. Havia câmeras de jornais locais por todos os lados, além de algumas equipes de veículos de circulação nacional, que noticiavam que o tiroteio no colégio não deixara vítimas. Fui homenageada pelo diretor Beckstead, uma situação surreal para nós dois, tenho certeza. As poucas vezes em que estive na mira do diretor não foram provocadas por comportamento heroico. O sr. Wilson e eu passamos semanas cercados pela mídia. Mas eu não queria falar com ninguém sobre Manny e me recusei a dar entrevistas. Só queria meu amigo de volta, e toda a polícia e a imprensa me faziam pensar em Jimmy e na última vez que perdi alguém que amava. Pensei até que tinha visto o oficial Bowles, o que havia me parado quando eu dirigia a caminhonete de Jimmy tempos atrás. Ele conversava com um grupo de pais quando saí da escola naquele dia terrível. Disse a mim mesma que não podia ser ele. E se fosse? Eu não tinha nada a dizer.

FAZIA UM MÊS QUE MANNY HAVIA PERDIDO A CABEÇA. Um mês desde que me desliguei da loucura resultante do episódio. Um mês de intensa infelicidade, um mês de desespero pela família Olivares. Manny foi solto depois de uma audiência, e Gloria pegou os dois filhos e sumiu. Eu não sabia onde eles estavam e duvidava de que voltaria a vê-los. Um mês horroroso. E por isso liguei para Mason. Era um padrão para mim. Eu não namorava. Eu não saía. Eu transava.

Mason me atendeu com prazer, como sempre. Eu gostava da aparência do garoto, gostava de como me sentia quando estava embaixo dele. Mas não gostava de Mason de um jeito especial. Não pensava em por que não gostava dele, nem mesmo se isso devia ser uma consideração. Quando o encontrei me esperando depois da aula, apoiado em sua Harley com os braços cruzados para exibir as tatuagens nos bíceps musculosos, deixei o carro parado na vaga e subi na garupa da moto. Pendurei a bolsa com a alça cruzada sobre o peito e passei os braços em torno de sua cintura quando ele arrancou. Mason adorava pilotar a moto, e a tarde de janeiro era fria, apesar do inclemente sol do deserto. Passeamos por mais de uma hora, fomos até a Represa Hoover e voltamos quando o inverno já começava a trazer a noite, banindo o sol pálido que se retirava cedo demais. Eu não tinha prendido o cabelo, deixando-o dançar ao vento e formar uma confusão escura que batia em meu rosto, purificando e punindo, o que aparentemente era a minha intenção.

Mason morava em um apartamento em cima da garagem da casa dos pais dele, ao qual se tinha acesso por uma estreita escada de metal equilibrada sobre uma plataforma minúscula. Subimos para o apartamento, os dois com o rosto vermelho queimado pelo vento, o sangue pulsando, revigorados pelo passeio no ar frio. Não esperei pela conversa doce ou pelas preliminares sedutoras. Nunca esperava. Caímos na cama desarrumada sem dizer nada, e eu desliguei meu coração ansioso e minha cabeça aflita quando o entardecer se transformou em noite, outro encontro sem significado, outra tentativa de me achar enquanto me perdia.

Acordei horas mais tarde na cama vazia. Ouvi música e vozes além da parede fina que separava o quarto e o banheiro do restante do apartamento. Vesti a calça jeans que desprezava, mas continuava usando dia após dia. Estava morta de fome e esperava que Mason e quem mais estivesse com ele tivessem pedido pizza e eu pudesse pegar um pedaço. Meu cabelo estava embaraçado, os olhos eram um borrão preto, e passei vinte minutos no banheiro me certificando de que a companhia de Mason não pudesse fazer insinuações inconvenientes sobre as atividades daquela noite.

Terminei de me arrumar e, por força do hábito, apaguei a luz ao sair do banheiro. Andei pelo quarto com cuidado, tentando não tropeçar na cama e não pisar nas roupas e sapatos espalhados pelo chão. O interruptor de luz ficava na parede ao lado da porta, do outro lado do banheiro, e atravessar o quarto em cima das botas de salto era complicado. Alcancei a porta que me separava da comida quente e cheia de queijo e estava tateando para encontrar a maçaneta quando ouvi Mason abrir a outra porta, a da frente, e cumprimentar o irmão.

Eu não via e não falava com Brandon Bates desde antes dos tiros na escola. E não queria vê-lo nem falar com ele. Ele nem tinha ido ao colégio naquela tarde, mas eu o culpava por tudo que havia acontecido. Fiquei parada atrás da porta do quarto, faminta e indecisa, ouvindo mais uma voz cumprimentando o recém-chegado.

— E aí, Brandon? Alguém tentou te levar para dar uma volta nos últimos dias?

Era Colby, o amigo de Mason de quem eu menos gostava. Ele era feio, cruel e burro. Uma ameaça tripla. E, pelo tom de voz, parecia estar bêbado, o que não prometia uma noite muito tranquila. Eu o evitava sempre que podia. Aparentemente, hoje não seria possível.

— Ainda não, Colb, mas a noite está só começando — Brandon brincou, sempre o sedutor simpático.

— O Mason me contou que você recebeu fotos daquela *señorita* pelo celular — Colby falou com voz pastosa. — Não confiscaram o aparelho, não é?

Graciela havia admitido ter mandado os nudes para Brandon, mas ele estava sendo processado por ter pedido e distribuído as fotos, e havia boatos de que os pais dele lutavam com unhas e dentes pela absolvição. Mas todo mundo sabia o que ele havia feito.

— Cala a boca, Colby, seu filho da puta — Mason se irritou, mas a ameaça não tinha muita firmeza. Eu suspirei, deduzindo o que ia acontecer. Teria que voltar a pé até o estacionamento do colégio para pegar minha caminhonete. Ele e Colby já haviam bebido demais para sair. Muita bebida e episódios intermináveis de *The Ultimate Fighter*.

— Qual é? Eu vi aquela foto que você tem da Blue! Essa, sim, tem um corpo que vale a pena fotografar, bem diferente da garotinha do nono ano. — Colby enrolava as palavras.

Meu coração parou de bater por um segundo.

Mason falou um palavrão e jogou algo, mas não deu para ouvir muita coisa em meio ao estrondo de objetos sendo arremessados e uma enxurrada de obscenidades.

— Ela está no quarto, Colby, seu idiota! — Mason falou, furioso, e Colby e Brandon começaram a rir, sem se incomodarem por eu poder ouvir a discussão, ou por Mason ter tirado a foto em questão sem o meu conhecimento ou consentimento.

— Cara, eu também vi — Brandon gargalhou. — O colégio inteiro viu. Na verdade, acho que a mexicaninha viu a foto no meu celular. Foi fácil convencer a menina de que as garotas mais gostosas me mandavam nudes.

— Cala a boca! — Mason falou entredentes, e o sussurro foi tão audível quanto as gargalhadas de Brandon e Colby. — Por que vocês mexeram no meu celular? A Blue nem sabe que eu tirei a foto!

Voltei ao banheiro, porque não queria ouvir mais nada. Meu estômago se contorcia, e a fome que me dominava momentos antes se transformou em náusea, e tive medo de vomitar. Graciela tinha visto minha foto no celular do Brandon. Manny me contou. Mas eu havia me convencido de que era só uma bobagem que ele disse no calor da emoção, resultado da raiva por eu impedi-lo de fazer o que pensava ser justiça. Não contei nada à polícia sobre o que Manny havia dito. E, até onde eu sabia, ninguém havia contado.

Pensei na noite em que Graciela havia ficado furiosa comigo. A noite em que Manny e eu reviramos os olhos e fizemos piada sobre garotas encharcadas de hormônios e suas paixões. E de repente tudo fez sentido. Graciela me imitava, me idolatrava. E eu a havia traído. Ela achava que eu tinha mandado a foto para o Brandon, um garoto de quem, eu sabia, ela gostava. Um garoto por quem todo mundo se interessava e que, por um momento, incentivou seu interesse por ele. E ela havia mandado o nude por isso.

Meus olhos estavam secos, mas o peito arfava com o esforço de conter o choro que oprimia meu coração e me sufocava de culpa.

— Eu não sabia! — Supliquei à minha consciência para concordar comigo.

Mason havia tirado a foto sem que eu soubesse, e o irmão dele a pegou sem permissão. — Eu não sabia! — repeti, desesperada, e dessa vez minha voz ecoou no banheiro imundo onde eu me escondia. Olhei para as roupas sujas, a cortina torta do box, para o vaso fedido e a pia encardida. O que eu estava fazendo ali? O que eu tinha feito? Eu tinha escolhido estar naquele lugar! Tinha escolhido viver aquela situação com Mason. Eu não sabia sobre a foto. Mas também não era inocente.

Minhas atitudes tinham provocado uma cadeia de acontecimentos. Uma menina confusa, carente de atenção, tinha feito uma péssima escolha. Eu estava falando sobre Graciela ou sobre mim mesma? Olhei para mim no reflexo do espelho e desviei o olhar imediatamente. Minhas atitudes, por mais inadvertidas que tenham sido, haviam provocado a decisão de Graciela e, consequentemente, a reação de Manny. Manny, que parecia amar o mundo todo e, ainda mais impressionante, gostar dele mesmo. *Não sou ninguém. Quem é você?*

— Sou o Manny — ele havia dito, como se devesse ser o bastante. E por que não era? Apesar de toda a insistência bem-intencionada para ser só você mesmo, como isso era possível, se você não sabe quem é? Manny parecia saber, mas era tão suscetível quanto todos nós às influências de um mundo em que as pessoas agem sem pensar, vivem sem consciência e julgam sem entender.

Peguei minha bolsa e voltei ao quarto. Devia exigir o celular de Mason e apagar a foto, ameaçando ir à polícia? Devia quebrar coisas, gritar e dizer que ele era um filho da mãe que eu nunca mais queria ver de novo? Isso teria alguma utilidade? A foto já havia circulado. E talvez isso fosse uma forma de justiça.

Fui à sala e vesti minha jaqueta. Colby falou um "oi" meio arrotado e Brandon ficou incomodado. Mason não disse nada quando me dirigi à porta. Ele deve ter percebido que eu havia escutado tudo.

— Não vai, Blue — ele falou quando saí. Mas não me seguiu.

9
Meia-noite

Minha caminhonete estava sozinha no mar de asfalto. As luzes do estacionamento criavam piscinas cor de laranja no chão, e eu me dirigi ao carro aliviada, porque a noite estava quase acabando. Meus pés doíam. As botas de salto que faziam minhas pernas parecerem longas machucavam meus pés, e dei os últimos passos mancando. Peguei a chave na bolsa e abri a porta. Ela rangeu alto, e eu pulei assustada, embora já houvesse escutado aquele ruído milhares de vezes. Entrei na caminhonete, fechei a porta e encaixei a chave na ignição.

Clique, clique, clique, clique.

— Ah, não! Agora não, por favor, agora não! — choraminguei. Tentei de novo. Só os mesmos estalos baixos. As luzes nem acendiam. A bateria estava zerada. Resmunguei uma palavra bem imprópria para uma dama e bati no volante, fazendo a buzina apitar baixinho pedindo clemência. Pensei em dormir no banco da frente. Estava a quilômetros de casa, calçada com botas de salto. Levaria horas para chegar se fosse andando. Cheryl estava no trabalho, não podia vir me buscar. Mas, se eu ficasse ali, teria que enfrentar o mesmo problema quando o dia amanhecesse, e ainda teria que ir para casa a pé com maquiagem de guaxinim e descabelada em plena luz do dia.

Mason viria me buscar. Provavelmente atenderia o celular no primeiro toque. Desisti da ideia. Nunca mais ligaria para Mason Bates. Restava só uma opção. Desci da caminhonete e comecei a andar, usando a raiva como combustível para os passos. Atravessei o estacionamento e contornei o prédio da escola para pegar o caminho de casa, em sentido oposto àquele de onde tinha vindo pouco antes. Havia um carro no estacionamento dos professores, perto da porta de entrada do prédio. Era o Subaru prata que vi o sr. Wilson dirigir pela cidade algumas vezes. Se o carro era dele e ele estava na escola, me daria uma carona, ou, melhor ainda, me ajudaria a dar uma carga na bateria da caminhonete ou fazer o motor pegar no tranco. Eu tinha cabos. Talvez ele houvesse deixado a chave na ignição, e aí eu poderia só pegar o carro "emprestado", levá-lo para perto da minha caminhonete, dar uma carga na bateria e levar o carro de volta à vaga sem ele perceber.

Tentei abrir a porta do motorista. Nada. Experimentei todas as portas, por garantia. Podia bater na porta da escola, a que ficava mais perto de onde estava minha caminhonete. Mas a sala dele ficava no segundo andar, no fim do corredor. A probabilidade de Wilson me ouvir batendo era muito pequena. Mas eu sabia como entrar no prédio. Minha microrretífica quebrou no verão passado, e tive que passar um mês sem ela, porque não tinha dinheiro para o conserto. Mas a sala de carpintaria do colégio tinha uma ferramenta desse tipo, e fui usá-la algumas vezes. Eu havia usado uma lixa de metal na fechadura da porta da oficina, deixando-a frouxa o bastante para ser aberta por qualquer chave. Se ninguém tivesse percebido nada nos últimos sete meses, eu conseguiria entrar. Podia me meter em confusão por isso, mas diria que a porta estava destrancada, simplesmente. Além do mais, não acreditava que o sr. Wilson me delataria.

O azar que me perseguia deu um tempo, porque a chave do meu carro abriu a porta da oficina sem nenhum problema. Eu entrei no prédio. Passei por corredores conhecidos. O cheiro do colégio, uma mistura de desinfetante, comida e perfume barato, era estranhamente reconfortante. Tentei pensar em um jeito de abordar o sr. Wilson sem matar o coitado de susto. Quando me aproximava da escada para o segundo andar, ouvi um barulho que me fez parar de repente. Ouvi com atenção, e meu coração disparou, dificultando a identificação do ruído. Prendi o fôlego e me esforcei um pouco mais. Violinos? A trilha sonora de *Psicose* de Hitchcock ecoou em minha cabeça. QUÍ! QUÍ! QUÍ! QUÍ! Violinos eram sinistros.

O som me fez subir a escada devagar, seguindo as notas. Quando cheguei ao segundo andar, o corredor estava escuro e a luz da sala de Wilson me convidou a chegar mais perto. Era a única luz acesa na escola inteira, criando um holofote para o homem lá dentro. Wilson estava delineado no vão da porta, um retângulo iluminado no fim de um corredor escuro. Caminhei na direção dele, mantendo-me perto da parede para o caso de ele olhar para mim. Mas a luz que o iluminava também o cegaria, nesse caso. Duvido que pudesse me ver, mesmo olhando diretamente para onde eu estava.

Ele se debruçava sobre um instrumento. Eu não sabia o nome daquilo. Era muito maior que um violino, tão grande que ficava apoiado no chão, com o professor sentado atrás dele. E a música que produzia não era tão apavorante. Era linda. Penetrante, mas doce. Poderosa, mas simples. Wilson tinha os olhos fechados e a cabeça baixa, como se rezasse enquanto tocava. As mangas da camisa estavam dobradas, e o corpo acompanhava os movimentos do arco, como se ele fosse um espadachim cansado. Pensei em Manny. Ele havia comentado sobre os braços de Wilson, e agora eu via os músculos se movendo sob a pele lisa, puxando e empurrando, tirando a melodia pungente das cordas.

Queria revelar minha presença, assustar o professor. Queria rir, debochar dele, falar alguma coisa cortante e sarcástica, como eu costumava fazer. Queria odiá-lo, porque ele era bonito como eu nunca seria.

Mas não me movi. E não falei. Só ouvi. Não sei por quanto tempo. E, enquanto ouvia, meu coração começou a doer com uma emoção que eu não sabia nomear. Era como se ele crescesse dentro de mim. Levei a mão ao peito, como se pudesse fazer a dor parar.

Mas, a cada nota que Wilson tocava, o sentimento crescia. Não era tristeza, e não era dor. Não era desespero, nem remorso. Era mais parecido com... gratidão. Parecia amor. Rejeitei imediatamente as palavras que brotavam em minha cabeça. Gratidão por quê? Por uma vida que nunca havia sido bondosa? Pela felicidade que só conheci raras vezes? Por prazeres passageiros que deixavam na boca um gosto desesperado de culpa e repugnância?

Fechei os olhos, tentando resistir à sensação, mas meu coração estava faminto por ela, insaciável. O sentimento se espalhava por meus braços e pernas, quente e líquido, cicatrizante. E a culpa e a repugnância desapareceram, banidas pela gratidão maior de estar viva, de poder sentir, poder ouvir a música. Fui invadida por uma doçura indescritível, diferente de tudo que já havia sentido antes.

Escorreguei pela parede até sentar no piso frio de linóleo. Apoiei a cabeça nos joelhos, deixando as notas desfazerem os nós da minha alma e me libertarem, mesmo que só por um momento, dos fardos que arrastava como latas barulhentas e correntes imundas.

E se houvesse um jeito de me livrar desses nós para sempre? E se eu pudesse ser diferente? E se a vida pudesse ser diferente? E se eu pudesse ser alguém? Eu tinha pouca esperança. Mas havia alguma coisa na música que sussurrava sobre a possibilidade e soprava vida em um sonho muito particular. Wilson continuava tocando, sem tomar conhecimento da fagulha que acendia dentro de mim.

De repente a melodia mudou, e a canção provocou uma lembrança. Eu não conhecia a letra. Mas era alguma coisa sobre graça. E de repente as palavras surgiram em minha cabeça como se alguém as sussurrasse em meu ouvido. *Amazing grace how sweet the sound that saved a wretch like me...**

Eu não sabia o que era uma graça, mas talvez soasse como a música. Talvez fosse isso que eu sentia. Como era doce o som. E era doce, impossivelmente doce. Como era doce o som que salvava uma miserável como eu. Miserável era a mesma coisa que vadia? Ou puta? Minha vida não era um testamento de salvação de nada. Não era um testamento de amor... do amor de ninguém.

Minha cabeça rejeitou a ideia. Uma graça não me salvaria. Mas naquele cantinho negligenciado do meu coração, aquele pedacinho que a música acordava, eu acreditava que era possível. Acreditava que podia acontecer.

— Deus? — sussurrei, pronunciando o nome que nunca havia dito exceto de forma profana. Mas cantei o nome uma vez, havia muito tempo. O sabor desse nome era doce em minha boca, e quis prová-lo outra vez. — Deus? — tentei.

A música me fez continuar.

— Deus? Sou feia por dentro. E não é minha culpa. Você sabe que não. Assumo a responsabilidade por parte disso, mas você tem que ficar com a sua parte também. Ninguém me salvou. Ninguém deu a mínima. Ninguém veio me resgatar. — Engoli a dor que fechava minha garganta, tornando doloroso o ato de engolir, mas era uma dor que eu engolia havia muito tempo, então eu a empurrei para baixo. — E agora pergunto: Pode levar isso embora? Pode tirar de mim essa feiura?

Alguma coisa se rompeu dentro de mim e eu gemi, não consegui evitar. A vergonha molhada e quente transbordava de mim em ondas de tristeza esmagadora. Tentei falar, mas a torrente era mais forte. E minha súplica final foi arfante.

---

* "Incrível graça, como é doce o som que salvou um miserável como eu..."

— Deus! Se me ama... tira isso de mim. Por favor, estou pedindo para tirar isso de mim. Não quero mais sentir isso. — Envolvi a cabeça com os braços e deixei a torrente me consumir. Nunca me permiti chorar desse jeito. Tinha medo de abrir as comportas e me afogar. Mas as ondas que me cobriam não sufocavam, elas me levavam, me lavavam, inundavam minha alma com um alívio abençoado. A esperança se erguia em mim como um farol. E, com a esperança, veio a paz. E a paz acalmou as águas e aquietou a tempestade, e eu fiquei ali, sentada e exausta, esgotada, vazia.

De repente a luz invadiu o corredor onde eu estava. Levantei depressa, peguei minha bolsa e dei as costas para o homem que vinha em minha direção.

— Blue? — A voz de Wilson era hesitante, quase incrédula. Pelo menos ele não me chamava mais de srta. Echohawk. — O que você está fazendo aqui?

Continuei de costas para ele enquanto tentava apagar os sinais do meu desmoronamento. Esfreguei o rosto com desespero, torcendo para não parecer tão destruída quanto me sentia. Olhei para o outro lado quando ele se aproximou de mim.

— A bateria da minha caminhonete morreu. Eu vi o seu carro no estacionamento e vim perguntar se você pode me ajudar. — Eu falava em voz baixa, sem fazer contato visual. Olhava para o chão.

— Você está bem?

— Sim — respondi. E estava. Milagrosamente, eu estava bem.

Um quadradinho de tecido branco apareceu embaixo do meu nariz.

— Um lenço! Quantos anos você tem? Oitenta e cinco?

— Para. Tenho vinte e dois, você sabe. Mas fui educado por uma britânica cheia de etiquetas e um pouco antiquada, e ela me ensinou a ter sempre um lenço comigo. Aposto que está contente por isso.

Estava. Mas não admiti. O tecido acetinado secou meus olhos inchados e o rosto marcado pelas lágrimas. O cheiro era marcante...

uma mistura de pinho, lavanda e sabão. De repente, usar o lenço de Wilson adquiriu um caráter muito... íntimo. Tentei pensar em alguma coisa para dizer.

— Está falando da mesma mulher que escolheu o nome Darcy para você?

A risada foi rápida.

— Ela mesma.

— Posso ficar com o lenço? Vou lavar antes de devolver. Vou até passar a ferro, como a sua mãe faz. — O diabo em mim tinha que dar o ar da graça.

— Ah, Blue, que bom, é você. Por um momento, pensei que seu corpo tivesse sido possuído por uma garota humana... alguém que não sente um prazer enorme provocando o professor de história. — Ele sorriu para mim, e eu desviei o olhar, meio constrangida. — Vou buscar as minhas coisas, já terminei tudo por aqui.

— O quê? Você vai sair cedo? As aulas só terminaram faz oito horas — provoquei, tentando recuperar um mínimo de normalidade. Ele não respondeu, mas voltou momentos depois carregando o estojo do instrumento pendurado nas costas. Wilson acendeu a luz no interruptor do fim do corredor e descemos a escada em silêncio.

— Como você entrou? — Wilson perguntou, mas balançou a cabeça em seguida como se não fosse importante. — Deixa pra lá. Não quero saber. Mas, se na segunda-feira as paredes estiverem pichadas, vou saber quem acusar.

— Pichação não é o meu método de expressão — respondi, ofendida.

— Ah, não? E qual é o seu método? — Ele trancou a porta depois que saímos do prédio.

— Madeira. — Não sabia por que estava contando isso a ele. Que pensasse que eu era uma pichadora. Quem ligava para isso? *Você*, respondeu uma voz dentro de mim. E era verdade.

— E o que você faz com madeira?

— Entalhe.

— Pessoas, ursos, totens, o quê?

— Totens? — Eu estava incrédula. — Está fazendo alguma piadinha preconceituosa com a minha etnia?

— Que etnia? Você disse que não era índia.

— Não sei o que eu sou, mas ainda acho que isso é preconceito, Sherlock!

— Como assim, não sabe o que você é, Blue? Por quê? Nunca tentou descobrir? Talvez isso a tornasse menos hostil! — Wilson parecia irritado. Ele se afastou e continuou falando: — Que coisa absurda! Conversar com você é como tentar dialogar com uma cobra! Num momento está vulnerável e chorosa, no outro, sibila e dá o bote. Francamente, não sei como lidar com você, não sei nem se quero! Só falei em totens porque geralmente eles são feitos de madeira, não são? — E virou para me encarar.

— Fica de mau humor quando dorme tarde, é? — resmunguei.

— Está vendo? — Ele levantou as mãos. — Não tem jeito. — E parou ao lado do carro com as mãos nos quadris. — Sei que você é muito inteligente, porque faz comentários muito pertinentes quando não está tentando bancar a engraçadinha na aula, e, quando tenta bancar a engraçadinha, você é rápida e espirituosa e me faz rir inclusive quando quero te dar uma bronca. Sei que você é uma dessas pessoas que não vivem sem adrenalina, ou tem mais coragem que qualquer outra que eu já tenha conhecido, e sabe descarregar uma arma. Sei que foi criada por um homem chamado Echohawk. Sei que não sabe quando nasceu. Sei que não pretende ir para a faculdade depois que terminar o colégio. Sei que gosta de ser a palhaça da classe e me transformar no assunto das suas piadinhas.

Ele ia contando nos dedos.

— São oito coisas. Ah, e você faz esculturas com madeira. Provavelmente NÃO são totens, já que reagiu irritada a essa sugestão. Nove coisas. Dez, se contarmos sua inteligência. — Wilson pôs as mãos nos quadris outra vez. — Eu adoraria saber mais. Não quero saber sobre o melro-negro que foi jogado para fora do ninho. Quero saber sobre a Blue. — E me cutucou com força no meio do peito quando repetiu: — Blue.

— É uma analogia — resmunguei, esfregando o local onde ele havia me cutucado. — Meu pai... O Jimmy costumava dizer que eu era como um melro-negro longe de casa.

— Onze coisas. Viu? Não é difícil.

— Você fica bonitinho quando está bravo. — Queria debochar dele, mas acabei passando a impressão de que estava dando mole, coisa que Brilhos, ou Chrissy, costumava fazer. Eu me senti idiota e olhei para ele. Felizmente, Wilson só revirou os olhos. Engraçado como dá para saber quando alguém está revirando os olhos, mesmo quando está escuro e não dá para enxergar nada direito.

Wilson enfiou as mãos nos bolsos procurando alguma coisa. Depois puxou a maçaneta das portas do carro. Eu poderia avisar que estavam trancadas, mas fiquei quieta, o que foi mais sensato. Agora eram doze coisas: eu era capaz de agir com sensatez.

— Saco! — Ele encostou o rosto na janela do carro, colocando as mãos ao lado dos olhos. — Merda!

— Que boca suja, sr. Wilson — comentei, tentando não rir. — Isso não equivale àquela palavra que começa com F aqui nos Estados Unidos?

— Quê? Não! Merda tem um sentido bem mais brando, está mais para... droga.

— E saco? O som é bem profano. — Não era, mas eu estava me divertindo. — Daqui a pouco vai começar a falar "cacete". Duvido que o diretor Beckstead aprove.

— Deixei a chave no contato — Wilson resmungou, me ignorando. Ele endireitou o corpo e olhou sério para mim. — Vamos ter que ir a pé, Blue, a menos que você admita que tem certas habilidades... como arrombar portas, por exemplo.

— Não preciso de habilidade nenhuma para entrar nos lugares. Só preciso de ferramentas... e não tenho nenhuma aqui. Mas a gente pode usar esse seu violino gigante para arrebentar a janela.

— Sempre engraçadinha. — Wilson virou e começou a andar.
— Eu moro a uns seis quilômetros de distância naquela direção — falei, andando atrás dele.
— Que bom. Eu moro a nove. Isso significa que, por três quilômetros, pelo menos, não vou ter que ouvir você me atacando.
Comecei a rir. Ele estava de mau humor, mesmo.

10
Cobalto

Andamos durante vários minutos embalados apenas pelo som do meu salto batendo no chão.

— Você não vai conseguir andar seis quilômetros com esse sapato — Wilson comentou, pessimista.

— Vou, porque preciso — respondi, tranquila.

— Garota durona.

— Você ainda tinha alguma dúvida disso?

— Não. Mas confesso que as lágrimas hoje me deixaram confuso. O que foi aquilo?

— Redenção. — A escuridão facilitava a verdade. Wilson parou de andar. Eu não.

— Você não vai conseguir andar nove quilômetros com esse violino nas costas — imitei, usando o deboche para mudar de assunto.

— Vou, porque preciso. — Ele usou a mesma tática. — E é violoncelo, sua tonta. — Os passos largos o colocaram novamente ao meu lado em segundos.

— Não fale tonta. Melhor usar baita ridícula.

— Tudo bem, então. E não use baita. Os americanos soam bobos quando dizem *baita*. E o sotaque está errado.

Silêncio.

— O que você quer dizer com redenção?

Suspirei. Sabia que ele voltaria a isso. Seis quilômetros é muito para eu conseguir fugir do assunto, então pensei por um momento, tentando decidir como poderia explicar com palavras sem revelar do que eu precisava me redimir.

— Você nunca rezou? — arrisquei.

— É claro que já. — Wilson assentiu como se a pergunta não fosse importante. Provavelmente ele rezava de manhã e à noite.

— Bom. Eu nunca tinha rezado. Até hoje à noite.

— E...?

— E foi... bom.

Senti os olhos dele em mim na escuridão. Andamos com passos sincronizados por alguns instantes.

— Normalmente, redenção implica resgate... ser salvo. Do que você foi salva? — A voz de Wilson era cuidadosamente neutra.

— Da feiura.

Ele estendeu a mão e me fez parar. Olhando diretamente para mim, parecia tentar entender o real significado das minhas palavras.

— Você é muitas coisas, Blue Echohawk, posso relacionar doze.
— Um sorrisinho. — Mas feia não faz parte da lista.

Eu me senti feliz ouvindo isso. E surpresa. Pensei que Wilson nunca tivesse me notado do ponto de vista físico. Não sabia se queria essa atenção. Então, só balancei a cabeça, dei de ombros e respondi quando retomei a caminhada.

— Tenho tido muita feiura em minha vida. Ultimamente, mais feiura do que posso suportar.

Retomamos a marcha cadenciada pela rua sonolenta. Boulder City estava incrivelmente quieta. Se Vegas era a cidade que nunca dormia, Boulder compensava. Ela dormia como um bêbado numa cama de plumas. Não ouvimos nem um cachorro latindo.

— Tudo bem, então, mais duas coisas. Agora são catorze. Você teve uma vida feia, mas não é feia. E gosta de rezar em corredores escuros no meio da noite.

— Sim. Sou fascinante. Agora são quinze.

— Depois do tiroteio, imaginei que a escola seria o último lugar para onde você iria em busca de oração... ou redenção.

— Eu não escolhi o local, Wilson. Foram as circunstâncias. Mas, se Deus existe, ele é tão real na escola quanto na igreja. E, se não existe... bom, nesse caso, minhas lágrimas foram por Manny e por todos os outros desajustados que andam sozinhos por aqueles corredores, gente que pode precisar de resgate.

— "Desde criança, não sou como os outros; não pensei como os outros; não me interessei por coisas que interessavam aos outros" — Wilson murmurou.

Olhei para ele com ar confuso.

— "Sozinho", de Edgar Allan Poe. Desajustado. Solitário. Poeta.

Eu devia saber. Queria conhecer os versos que ele dizia, poder continuar o poema de onde ele parou. Mas não conhecia e não podia, e o silêncio voltou a reinar.

— Então me conta. Por que você não sabe onde nasceu? — Wilson perguntou, deixando Poe de lado.

— Você gosta de cutucar o passado?

— Quê? Por quê?

— Porque você insiste em cutucar o meu, e isso dói — choraminguei, torcendo para a reclamação patética encerrar o assunto.

— Ah, tudo bem, então. É, acho que adoro cutucar o passado. Vamos nessa, temos uns cinco quilômetros e meio pela frente.

Suspirei fundo, deixando claro que meu passado não era da conta dele. Mas falei mesmo assim:

— Minha mãe me abandonou quando eu tinha dois anos, mais ou menos. Não sabemos qual era a minha idade, exatamente. Ela me deixou na caminhonete de Jimmy Echohawk e foi embora. Ele não a conhecia, e eu era pequena demais para explicar alguma coisa. O Jimmy não sabia o que fazer comigo, mas temia ser envolvido em algum tipo de crime, ou acusado de ter me raptado. Então ele fugiu. E me levou junto. Ele não era convencional. Andava pelo mundo, ganhava a vida entalhando madeira, fazendo esculturas que vendia para lojas de suvenires e pequenas galerias. E foi assim que vivemos nos oito anos seguintes. Ele morreu quando eu tinha dez ou onze anos. Não sei quantos anos eu tenho exatamente. Fui morar com Cheryl, a meia-irmã do Jimmy. Ninguém sabia quem eu era ou de onde vinha, e eu pensava que Jimmy era meu pai. A Cheryl demorou três anos para me contar que eu estava enganada. Eu não tinha registro e, com a ajuda dos tribunais, conseguiram uma certidão de nascimento, um número de seguro social, e eu passei a ser oficialmente Blue Echohawk, nascida em 2 de agosto, o dia em que Jimmy me encontrou e decidiu adotar para marcar o meu aniversário. O pessoal do serviço social deduziu que eu devia ter uns dez anos, mais ou menos o que o Jimmy e eu achávamos. Então eles calcularam que eu nasci em 1991. E pronto. Tenho dezenove anos... talvez vinte, quem sabe? Um pouco velha para o último ano do colégio, mas é isso! Talvez seja esse o motivo de eu ser tão inteligente e madura. — Fiz uma careta engraçada.

— Verdade — Wilson falou com voz mansa. Parecia estar processando minha história improvável, absorvendo-a, dissecando cada trecho. — Faço aniversário em 11 de agosto, o que significa que sou três anos mais velho que você. — Ele olhou para mim. — Acho que é meio ridículo te chamar de srta. Echohawk.

— Não me importo com isso, Darcy. — Sorri inocente, até com alguma doçura. Ele bufou. A verdade era que eu não me importava. Quando ele falava "srta. Echohawk" com aquele tom altivo, eu tinha a sensação de ter sido promovida ou melhorada. Srta. Echohawk era alguém que eu gostaria de me tornar. Alguém sofisticada e cheia de classe, alguém que eu podia querer ser. Alguém muito diferente de mim.

O celular vibrou no bolso da minha calça, e eu o peguei com um pouco de dificuldade. Era Mason. Pensei em não atender, mas lembrei dos quilômetros que Wilson e eu teríamos que percorrer.

— Mason?

— Blue. Gata... onde você está? — Bêbado. Muito bêbado. — Vim te procurar. Você ficou brava comigo? Estamos perto da sua caminhonete, mas você não está aqui. Você não está aqui, está? — Ele soava confuso, como se eu fosse pular de algum lugar.

— A bateria do carro morreu. Estou indo para casa a pé, pela Adams. Quem está aí com você? — Minha esperança era de que houvesse alguém menos chapado.

— Ela está com o Adam — Mason disse a alguém, e o telefone fez um barulho estranho. Alguém disse um palavrão, e o ruído me deu a impressão de que duas pessoas disputavam o celular.

— Quem é o Adam, Blue? Por isso você foi embora tão cedo, sua vaca! — Era a voz de Colby. Ele riu, uma risada estridente e exagerada, e eu afastei o telefone da orelha. Colby falava tão alto que eu tinha certeza de que Wilson ouvia tudo.

— Estou na Adams... a rua, Colby — expliquei com toda a clareza de que era capaz.

A ligação caiu. Incrível.

— Bom, talvez alguém venha ajudar a gente — falei em tom seco. — Talvez não. E acho melhor que não venham.

— Eu imaginei. — Wilson balançou a cabeça. — Este dia poderia ir para o livro dos recordes.

Em pouco tempo, fomos atingidos por luzes fortes e viramos de frente para o carro que se aproximava. Puxei Wilson pelo braço. Não queria ser atropelada pelo pelotão de resgate.

— Ei, Adam! Também tirou uma casquinha dessa bunda? — Colby gritou, e eu senti a repulsa revirar meu estômago. Nojo de mim, nojo do cara que achava que podia falar de mim como se eu fosse lixo.

— Eles são seus amigos? — Wilson perguntou, tenso, ajeitando o violoncelo nas costas.

Assenti uma vez, humilhada demais para olhar para ele.

— Entra, Blue — Mason gritou do outro lado de Colby.

Colby abriu a porta e me chamou. Continuei na calçada.

— Esses garotos beberam demais — Wilson falou, visivelmente cansado. — Não reconheço nenhum deles. Não são de nenhuma das minhas turmas.

— Eles já se formaram. O Mason tem a mesma idade que você. O Colby é um ano mais novo. — Os dois haviam terminado o colégio anos atrás. Infelizmente, nenhum dos dois foi além do campo de futebol, onde ambos eram excelentes. — Vai ter que me deixar dirigir, Mason. Tudo bem? — Eu sabia que ele iria embora se eu fosse agressiva, o que era melhor do que pegar carona com ele naquele estado. Eles nem deviam estar dirigindo.

— É claro, gata. Pode sentar no meu colo. Eu deixo você mudar a marcha. Sei que adora um câmbio! — Mason gritou, olhando para Wilson como se quisesse agredi-lo.

Comecei a andar. Eles que se arrebentassem. Mason gritou para eu parar e desceu do carro, cambaleando atrás de mim. O motor morreu. Mason não havia desengatado a marcha antes de sair da caminhonete.

Wilson se colocou na frente de Mason. Com uma rapidez impressionante e um ruído seco, a cabeça de Mason caiu sobre os ombros e ele desabou. Mason se esforçava para sustentar o próprio peso.

— Puta merda! — Colby ameaçava sair da caminhonete, mas mantinha uma perna lá dentro e a outra do lado de fora. — O que você fez com ele, Adam?

— A porra do meu nome não é Adam! — Wilson rosnou. — Agora vem me ajudar a levar o idiota do seu amigo... para a maldita da... picape, ou sei lá que nome dão para isso. — Wilson havia chegado ao limite, aparentemente. Eu não sabia o que ele havia feito para apagar o Mason, mas me sentia grata.

Corri para perto dele e o ajudei a levar Mason, meio arrastando, meio carregando, para onde Colby continuava paralisado em um estupor alcoólico. Abaixei a porta de trás da caminhonete, e conseguimos acomodar Mason na carroceria. Infelizmente, mesmo com Mason inconsciente lá atrás, eu tive que me espremer entre Colby e

Wilson, que, surpreendentemente, sabia dirigir um carro com câmbio manual. Colby apoiou um braço no encosto do banco e pôs a mão no meu ombro de um jeito possessivo. Dei uma cotovelada nas costelas dele e me aproximei mais de Wilson, quase passando por cima da alavanca do câmbio. O braço direito de Wilson estava colado ao meu corpo, e ele fazia uma careta cada vez que mudava a marcha, como se odiasse me tocar. Que pena. Eu não ia sentar perto de Colby.

Voltamos para a escola, e Colby ficou sentado e quieto enquanto fazíamos minha caminhonete pegar. Na verdade, até ele decidir vomitar e sujar todo o lado do passageiro da caminhonete do Mason. Wilson rangeu os dentes, voltou ao volante e abriu a janela com movimentos furiosos.

— Vou seguir você até a casa do Mason — ele disse, como se toda a confusão fosse minha culpa. Fui na frente dirigindo minha caminhonete, mantendo Wilson no espelho retrovisor. Quando chegamos ao endereço de Mason, nós o tiramos da carroceria e o levamos para dentro da casa dos pais pela porta do porão. Não havia a menor possibilidade de carregá-lo pela escada para o apartamento em cima da garagem. Ele pesava quase cem quilos e estava apagado. Nós o deitamos no sofá, e seus braços caíram de um jeito dramático.

— Ele vai ficar bem? — Vi que seu peito se mexia.

Wilson deu batidinhas leves no rosto de Mason.

— Mason? Mason? Acorda, cara. Sua gata está preocupada, ela acha que eu matei você.

Mason gemeu e empurrou as mãos de Wilson.

— Viu? Ele está radiante. Nenhum dano permanente. — Wilson saiu da casa. Colby desabou na espreguiçadeira e fechou os olhos. A diversão chegava ao fim. Saí do porão, fechei a porta e corri atrás de Wilson. Ele pegou o violoncelo da carroceria da caminhonete de Mason.

— Deixei a chave na ignição, mas travei as portas. Vai ser um bom castigo se ele não tiver uma cópia. Espero que isso o impeça de ir resgatar mais alguém esta noite, ou, melhor ainda, de ir atrás de você. —

Wilson me olhou feio por um instante, depois levou o violoncelo para a minha caminhonete. Ele sentou no banco do passageiro, e eu me acomodei ao volante, furiosa por ele estar nervoso. Saí da entrada da garagem de Mason cantando pneus, e minha fúria explodiu.

— Não tenho culpa de você ter trancado as SUAS chaves no SEU carro. Eu não tenho nada a ver com isso.

— Por favor, me leva para casa. Estou cheirando a vômito de cerveja e pizza. Número dezesseis: Blue não sabe escolher amizades.

— Todos os britânicos ficam desgraçados desse jeito perto da meia-noite, ou é só você? E o que você fez com o Mason, afinal? Você é professor e toca violoncelo! É o maior nerd que eu conheço. Não devia lutar kung fu.

Wilson franziu a testa, aparentemente incomodado com o adjetivo nerd.

— Francamente, não sei o que eu fiz. Foi sorte. Só dei um soco no queixo dele. E ele caiu. — Ficamos os dois em silêncio, pensando nas possibilidades. — Foi ótimo.

Surpresa com a confissão, virei a cabeça, e meus olhos encontraram os dele. Não sei quem começou a rir primeiro. Talvez tenha sido eu, talvez ele, mas, em segundos, nós dois quase perdíamos o fôlego de tanto rir. Eu mal conseguia dirigir, de tanto que ria. E era ótimo.

Acabei levando Wilson até a casa dele para pegar a chave reserva e depois de volta ao colégio para pegar o carro. Ele morava em uma grande e velha monstruosidade que estava em reforma. A maioria das casas novas na região de Vegas era de estuque, e era difícil encontrar algumas poucas construídas com tijolos. Mas em Boulder City as coisas não tinham muito sentido, e havia mais casas antigas que novas e menos planejamento urbano.

Algumas construções antigas ainda dominavam a Buchanan, a rua onde ficava a casa de Wilson. A casa havia sido listada pela sociedade histórica, até que a falta de verbas impossibilitou a manutenção do prédio. Wilson me contou que a casa estava em ruínas quando ele a comprou, no ano anterior. Eu respondi que ainda estava em ruínas e sorri para amenizar a conotação negativa do comentário. Mas entendia o que o havia atraído.

Era uma casa enorme de tijolos aparentes, construída de acordo com um estilo que parecia mais apropriado para um campus universitário do leste do que para um bairro de uma cidadezinha no deserto. Wilson disse que tudo na Inglaterra era velho, e não um velho de setenta anos, como aquela casa, mas de centenas e centenas de anos. Ele não queria morar em uma casa que não tivesse história, e aquela tinha tanta história quanto se podia encontrar em uma cidade do Ocidente. Eu devia ter imaginado.

Quando subimos a escada da entrada, percebi que ele havia colocado uma plaquinha ao lado da porta, com letras douradas, como as que identificam um endereço. A plaquinha tinha uma só palavra: Pemberley.

— Deu um nome para a sua casa? — Eu sabia que conhecia o nome, mas não conseguia identificá-lo.

— É uma piada — ele suspirou. — Minhas irmãs acharam que seria engraçado. Mandaram fazer a placa, e a Tiffa me surpreendeu no dia do meu aniversário. Eu sempre digo que vou tirá-la daí, mas...
— Ele não concluiu.

Eu teria que procurar "Pemberley" no Google assim que tivesse uma chance, porque queria entender a piada.

Uma grande reforma havia sido feita no interior da casa. A porta principal se abria para um hall dominado por uma escada larga que levava ao segundo andar. Era linda, mas acho que foi a madeira escura e pesada que me encantou. O assoalho combinava com o corrimão de mogno, que acompanhava a curva graciosa da escada até o segundo piso, quando se tornava uma balaustrada que formava um círculo amplo sob o teto abobadado.

Havia dois apartamentos prontos, um em cada andar, e mais um em construção, quase pronto, de acordo com Wilson. O apartamento no piso térreo era ocupado por uma senhora de quem Wilson parecia gostar muito. Eu não a conheci. Passava da meia-noite, afinal. Wilson morava no outro. Estava curiosa para ver como ele vivia, mas me contive, sem saber se ele preferia que eu ficasse do lado de fora. Ele era meu professor, e quase tudo que havia acontecido naquela noite podia justificar sua demissão, ou uma bela encrenca, pelo menos, embora ele fosse uma vítima das circunstâncias.

Wilson parecia aliviado por eu não entrar no apartamento, mas deixou a porta aberta. Vi que o assoalho escuro continuava além da porta para o interior do que ele chamava de "flat". As paredes eram pintadas de um verde-claro. Duas gravuras emolduradas de mulheres africanas carregando jarros sobre a cabeça enfeitavam o longo corredor que começava na entrada. Legal. Eu não sabia o que esperar. Talvez prateleiras e mais prateleiras de livros e uma poltrona de veludo com encosto alto, onde Wilson, vestido com um robe vermelho, poderia fumar um cachimbo enquanto lia livros empoeirados.

Wilson trocou o violoncelo pela cópia da chave do carro, e as roupas do dia por jeans e camiseta limpa. Mesmo sem ter sido atingido por respingos de vômito, ele insistia que cheirava mal. Sempre o vi vestindo camisa e calça social. A camiseta era azul, e o jeans era velho, gasto, embora parecesse caro. Como é que a gente consegue ver dinheiro mesmo quando vem embrulhado em jeans e camiseta?

— Legal a sua calça — comentei apontando na direção do seu quadril, quando ele se aproximou de mim.

— Quê? — Wilson estranhou. E depois sorriu. — Ah, sei. Está falando do jeans.

— Sim. E do que mais poderia ser?

— Bom, calça na Inglaterra é outra coisa, é relativo à roupa íntima. Pensei que... Ah, esquece.

— Roupa íntima? Vai querer falar de roupa íntima agora?

— A gente pode ir? — Ele fez uma careta e ignorou a pergunta. Quando saímos, Wilson fechou a porta e eu pensei que ele parecia diferente. Fiz um esforço para não ficar olhando. Ele estava... gato.

Ai! Revirei os olhos para mim mesma e entrei na caminhonete. De repente eu me sentia melancólica. Percorri a distância até a escola em silêncio, que Wilson só interrompeu quando chegamos ao nosso destino.

Antes de sair do carro, ele me olhou sério, os olhos cinzentos repentinamente cansados à luz interna que a porta mantinha acesa. Depois estendeu a mão e apertou a minha rapidamente.

— Pela redenção. Vejo você na segunda-feira, Blue. — E desceu da caminhonete. Rápido, abriu a porta do Subaru, entrou no carro e acenou.

— Pela redenção — repeti para mim mesma, torcendo para isso existir.

11
Tiffany

O Beverly's Café ficava na Arizona Street, no centro de Boulder City, um restaurante reformado na parte antiga da cidade, fundado na década de 1930, quando a Represa Hoover estava em construção. Boulder City era uma cidade planejada, construída pelo governo dos Estados Unidos para acomodar os operários que iriam trabalhar na construção da represa depois da Grande Depressão. Ainda tinha muitas de suas estruturas originais e também um hotel, não muito longe do Bev's, construído na época da fundação. Boulder City era uma mistura estranha de rejeitos de cidade grande e tradições do Velho Oeste, o que faz muita gente ficar sem entender. Não está muito longe de Las Vegas, mas ali o jogo é ilegal. Há nela o apelo de comunidade de cidade pequena que Vegas não consegue criar.

Eu conhecia Beverly, a dona do café, desde os meus tempos com Jimmy. Ela mantinha uma pequena loja de presentes no café e lá vendia arte, pinturas, cerâmica, cactos e antiguidades do Sudoeste. Também vendia as peças de Jimmy, e Jimmy sempre me deu a impressão de gostar dela. Ele não anunciava muito minha existência, mas Beverly sempre foi muito legal com ele e comigo. Jimmy confiava nela, e lá era um dos poucos lugares onde ficávamos à vontade. Eu havia comido naquelas mesas de bancos estofados muitas vezes.

Alguns anos antes, quando cheguei à idade permitida para dirigir e me locomover sozinha, fui falar com Beverly para pedir um emprego. Ela era uma mulher rechonchuda, com cabelo vermelho e um jeito simpático. Sua risada era tão grande quanto seus seios, que eram bem impressionantes, e ela era tão popular entre os clientes quanto os milk-shakes e duplos cheese jalapeños vendidos no café. Beverly só me reconheceu quando falei meu nome. Então ela abriu a boca com espanto e saiu do caixa para me abraçar. Aquela foi a mais sincera demonstração de preocupação de alguém comigo desde que... desde... bom, desde sempre.

— O que aconteceu com vocês dois, Blue? O Jimmy deixou cinco esculturas na loja, vendi todas, e ele nunca mais voltou para pegar o dinheiro. Tem gente querendo o trabalho todo, pedindo para encomendar peças. No começo fiquei confusa, achei que podia ter feito alguma coisa. Mas eu tinha dinheiro dele aqui. O Jimmy teria voltado para receber, é claro. E eu fiquei preocupada. Já faz cinco anos, não é?

— Seis — corrigi.

Beverly me contratou no mesmo dia, e desde então eu trabalho para ela. Nunca disse nada sobre minhas roupas ou os garotos com quem eu me relacionava. Se achava minha maquiagem exagerada ou meu uniforme muito justo, também não comentava. Eu trabalhava duro, era responsável, e ela não me criticava. Até me deu o dinheiro da venda das esculturas de Jimmy feitas seis anos antes.

— Deduzi vinte por cento da comissão e acrescentei os juros dos seis anos — ela disse, em tom prático. — E, se tiver mais alguma peça dele, pode trazer.

Eram quinhentos dólares. Usei o dinheiro para comprar ferramentas e garantir a segurança do depósito que virou oficina, atrás do prédio onde eu morava. E comecei a entalhar com determinação. Deixou de ser uma atividade esporádica, como era desde a morte de Jimmy. Eu me dediquei à arte de esculpir com uma ferocidade de que não sabia que era capaz. Algumas peças ficaram horríveis. Outras não. E eu fui melhorando. Eu me desfiz de algumas esculturas de Jimmy e terminei outras que ele não teve tempo de concluir. Todas foram vendidas com o nome dele, que também era meu, Echohawk, e acabei arrecadando mais quinhentos dólares. Com isso, e o equivalente a um ano de economias, comprei minha caminhonete. Era bem velha, tinha mais de cento e cinquenta mil quilômetros rodados, mas funcionava e garantia a mobilidade de que eu precisava para explorar a área onde eu ia buscar madeira.

Pratiquei com cada tronco, galho e árvore que encontrei, mas não havia grandes florestas à minha volta. Eu morava no deserto. Felizmente, Boulder City ficava mais perto da base das colinas, com algaroba em quantidade suficiente à minha disposição. E eu tinha que admitir: cortar madeira era terapêutico em um nível físico, primitivo. Um ano depois de ter conseguido o emprego no café, eu havia vendido algumas peças minhas e tinha sempre umas dez disponíveis nas prateleiras da lojinha do Beverly's. Três anos mais tarde, eu tinha um bom pé-de-meia.

Uma noite, quando eu trabalhava no turno do jantar, o sr. Wilson entrou no café com uma mulher elegante, vestida com um enorme casaco de pele. O cabelo era uma coroa de cachos loiros presos no alto da cabeça, e ela usava brincos de diamante, salto e meias arrastão. Ou vinha de um lugar muito chique, ou era uma dessas mulheres que nunca conseguiam sair do estágio de se fantasiar. O casaco de pele era tão inadequado para o ambiente do café que me peguei fazendo um esforço enorme para não rir enquanto anotava o pedido. Ela tirou o casaco e sorriu para mim quando perguntei o que iam beber.

— Estou com muita sede! Quero uma jarra de água, meu bem, e uma porção grande de nachos para ir beliscando!

O sotaque era britânico. Olhei para Wilson, depois para a mulher novamente.

— Oi, Blue — Wilson sorriu para mim com educação. — A Blue é uma das minhas alunas, Tiffa — ele disse, me apresentando à mulher sentada à sua frente.

Tiffa levantou as sobrancelhas com ar incrédulo e me olhou da cabeça aos pés. Tive a sensação de que ela não acreditava que eu ainda era estudante. A mulher estendeu a mão, e eu a cumprimentei, hesitante.

— Foi você quem desarmou aquele pobre rapaz? O Wilson me contou tudo sobre você! Que nome lindo! O meu é Tiffa Snook, e eu sou a irmã do Darcy... quer dizer, sr. Wilson. Você vai ter que me ajudar a escolher! Estou com tanta fome que poderia comer um unicórnio e limpar os dentes com o chifre. Faminta! — Tiffa falou tudo isso em dois segundos, e eu descobri que gostava dela, apesar do casaco de pele. Se ela não houvesse mencionado o parentesco, eu teria imaginado que Darcy gostava de mulher mais velha.

— A Tiffa está sempre com fome — Wilson resmungou com tom seco, e ela bufou e jogou o guardanapo no irmão. Depois riu e deu de ombros, confirmando o que ele disse.

— É verdade. Vou ter que passar horas correndo para queimar esses nachos, mas nem ligo. Então, Blue, o que você sugere?

Fiz várias sugestões, tentando imaginar que tipo de roupa Tiffa usava para se exercitar, se escolhia meias arrastão e casaco de pele para ir comer em um café. Dava para imaginá-la subindo na esteira de salto e agasalho esportivo forrado com pele de filhote de foca. A mulher era magra e alta como uma vareta e transbordava energia. Provavelmente precisava comer como um cavalo ou um unicórnio só para manter o equilíbrio calórico.

Fiquei observando Wilson e a irmã dele enquanto comiam, e não só por ser a garçonete responsável pela mesa deles. Os dois pareciam gostar da companhia um do outro e riam frequentemente. Tiffa falava quase o tempo todo, gesticulando para enfatizar tudo o que dizia, mas Wilson a fez rir descontroladamente algumas vezes. Quando eles pediram a conta, Tiffa segurou minha mão como se fôssemos velhas amigas. Tive que me esforçar para não puxar a mão.

— Blue! Você precisa esclarecer uma coisa para nós. O Darcy diz que você tem algum conhecimento sobre escultura e entalhe. Vi peças fabulosas na loja do café quando chegamos. Sabe alguma coisa sobre elas, por acaso?

Por um momento fiquei acanhada, sem saber o que dizer.

— Hum, o que você quer saber? — perguntei, cautelosa.

— O Darcy disse que é seu sobrenome na assinatura entalhada na base de cada peça. Eu respondi que não podia ser. Nada pessoal, meu bem, mas elas são envelhecidas, se é que isso faz algum sentido.

— As peças são minhas — declarei. — Se é só isso, aqui está a conta. Podem pagar no caixa. Obrigada por terem vindo. — Então me afastei apressada, ofegante, e corri para a cozinha como se alguém me perseguisse. Olhei em volta procurando um esconderijo, sentindo como se Wilson e a irmã fossem entrar a qualquer momento. Depois de um minuto de covardia, encontrei coragem suficiente para espiar pelo vão da porta vaivém que separava a cozinha do salão.

Eles andavam pela loja de suvenires, parando perto de todas as minhas peças. Tiffa deslizou os dedos por uma delas e disse algo a Wilson, mas não consegui ouvir. Fui tomada pelo constrangimento mais uma vez, e meu peito foi dominado por um misto de horror e euforia. Saí de perto da porta. Não queria ver mais aquilo. Era perto da hora de fechar o café, não tinha quase mais ninguém no salão, e consegui ficar na cozinha cuidando das minhas tarefas, esperando que eles fossem embora.

Mais ou menos meia hora depois, Jocelyn, a gerente da noite, apareceu na cozinha com um sorriso radiante.

— Ai, meu Deus! Ai, meu Deus, Blue! Sabe aquela mulher de casaco de pele? Ela acabou de comprar todas as suas peças. Todas! Pagou com cartão de crédito e disse que vai mandar um caminhão retirar tudo amanhã cedo. Você acabou de receber mil dólares! Dez peças! Ela me fez acompanhá-la com uma calculadora, e fomos somando os valores. No fim, ela acrescentou duzentos dólares de gorjeta, porque disse que o preço das peças é patético. — E levantou os dedos para desenhar aspas no ar.

— Ela comprou todas as peças? — gritei.

— Todas não; faltou uma. Porque o rapaz que estava com ela insistiu em ficar com uma delas.

— Qual?

— Todas!

— Não, qual peça ele fez questão de comprar?

— A que estava mais perto da porta. Vem aqui, eu te mostro o lugar vazio. Ele já levou a escultura.

A gerente falava alto, parecendo uma criança eufórica, e virou para sair da cozinha. Fui atrás dela. Estava meio surpresa com seu evidente entusiasmo por mim.

— Ali! Estava bem ali! — Jocelyn apontou para um grande espaço vazio em uma prateleira na altura do meu ombro. — O título era estranho... *O arco?* Sim, acho que era isso!

Wilson havia levado *O arco*. Senti uma euforia instantânea por ele ter reconhecido o que era a obra. Eu havia encontrado um tronco de algaroba que escondia uma curva embaixo da casca. Lentamente, fui entalhando a madeira para formar a sugestão de uma mulher de joelhos, as costas encurvadas como as de um gato, abaixada em adoração ou subserviência. Seu corpo formava um arco, os braços se estendiam além da cabeça, que quase tocava o chão, as mãos fechadas em súplica. Como todas as minhas peças, aquela era completamente abstrata, a sugestão de uma mulher, apenas uma insinuação, uma possibilidade. Algumas pessoas podiam ver só a madeira polida entalhada em linhas longas e depressões provocantes. Mas, enquanto esculpia, tudo que eu conseguia ver era Joana. E ouvi suas palavras. "Viver sem acreditar em algo é um destino pior que a morte." Minha Joana d'Arc. E era essa peça que Wilson havia comprado.

Cerca de uma semana depois, entrei na sala de aula de Wilson e parei tão de repente que as pessoas atrás de mim viveram uma experiência de engavetamento, criando um pequeno congestionamento na porta. Ouvi as reclamações dos colegas e levei alguns empurrões leves, e todo mundo foi passando por mim. Minha escultura estava em cima da mesa, diante da sala. Wilson estava parado ao lado da cadeira, conversando com um aluno. Fiquei olhando para ele, esperando que ele olhasse para mim e explicasse que brincadeira era aquela, mas Wilson continuava conversando.

Segui andando devagar até o meu lugar, na primeira fila e no centro da sala, e sentei bem na frente da peça que havia criado com minhas mãos. Não precisava olhar para as linhas longas ou para a madeira brilhante para saber onde havia fechado um buraco de larva ou entalhado mais fundo do que pretendia. Podia fechar os olhos e lembrar como havia sido a sensação de formar a sugestão de curvas femininas e um corpo abaixado, como o de Atlas, com a França em suas costas.

— Blue? — Wilson chamou de onde estava, ao lado da mesa. Virei a cabeça bem devagar e olhei para ele. Acho que minha expressão não era exatamente simpática. Ele não reagiu ao meu olhar e, calmo, pediu:

— Vem aqui, por favor.

Eu me aproximei com cuidado e parei na frente da mesa, cruzando os braços.

— Quero que fale para a classe sobre a sua escultura.
— Por quê?
— Porque ela é brilhante.
— E daí? — Ignorei o prazer provocado pelo comentário.
— Deu à peça o nome de *O arco*. Por quê?
— Eu estava com fome... pensando no McDonalds.
— Hum... Entendo. O arco amarelo. — Um sorrisinho bailou nos lábios de Wilson. — Não escreveu mais que um parágrafo em

sua história pessoal. Talvez haja outras maneiras de mostrar quem você é. Pensei que a escultura poderia ser sobre Joana d'Arc, o que a tornaria especialmente relevante. Considere como pontos extras na nota... de que você precisa, para ser bem franco.

Pensei em responder com a famosa frase: "Francamente, meu caro, não dou a mínima". Mas não seria verdade. Eu me importava. Em um cantinho do meu coração, a ideia de falar sobre minha escultura me enchia de euforia. Mas o restante do meu coração estava tomado pelo pavor.

— O que quer que eu diga? — cochichei, deixando o pânico transparecer e destruir minha pose de durona.

Os olhos de Wilson suavizaram, e ele se inclinou sobre a mesa em minha direção.

— E se eu fizer algumas perguntas para você responder? Como uma entrevista. Assim, não vai precisar pensar em coisas para dizer.

— Não vai me perguntar nada pessoal... sobre meu nome, meu pai... ou coisa assim, vai?

— Não, Blue. Não vou. As perguntas serão sobre a escultura. Sobre seu dom impressionante. Porque, Blue, seu trabalho é brilhante. A Tiffa e eu ficamos perplexos. Ela não consegue parar de falar de você. Na verdade — Wilson tirou do bolso um cartão que me deu —, ela me pediu para te entregar isto aqui.

Era um cartão preto e brilhante com uma inscrição em letras douradas. *Tiffany W. Snook — The Sheffield*. Mais nada. Um número de telefone e um e-mail no canto direito. Deslizei os dedos sobre as letras, depois olhei para ele, desconfiada.

— The Sheffield é aquele hotel grande que parece uma propriedade inglesa, não é? Onde a sua amiga trabalha?

— A Tiffa é curadora do museu de arte e da galeria. Ela comprou nove peças suas na sexta-feira. Sabia disso? Teria comprado dez, mas implorei para ficar com uma.

— Eu sei que ela comprou as peças. Mas não sabia por quê. E acho que ainda não entendi.

— Ela quer expor algumas na galeria e ver como são recebidas. O The Sheffield fica com uma parte, se forem vendidas, mas ela vai repassar o restante do valor para você, descontando apenas o valor que já pagou na compra.

— Mas ela comprou as esculturas. Pode fazer o que quiser com elas.

Wilson balançou a cabeça.

— Telefona para ela, Blue. Se você não ligar, ela vai vir atrás de você. Não imagina como ela é persistente. Agora, vamos começar a aula.

Ninguém estava esperando. Os alunos falavam alto, aproveitando que a aula ainda não havia começado, mas não discuti. Voltei ao meu lugar, me perguntando quanto tempo ainda ia demorar para Wilson me envergonhar. Não demorou muito.

— Muitos devem estar se perguntando o que é essa incrível escultura. — Queria que ele baixasse um pouco o tom das descrições. Wilson olhou para um garoto que sentava do meu lado direito, Owen Morgan.

— Owen, pode ler a palavra que está entalhada na base da escultura?

O garoto levantou e chegou perto da mesa para ver a palavra.

— Echohawk — leu. — Echohawk? — repetiu, surpreso.

Owen olhou para mim e levantou as sobrancelhas, incrédulo. Nesse momento, eu não gostava de Wilson. Não gostava nada dele.

— Sim. Echohawk. O nome da peça é *O arco*, e ela foi esculpida por Blue Echohawk. Blue aceitou responder a algumas perguntas sobre o seu trabalho. Imaginei que todos achariam interessante.

Levantei e me aproximei de Wilson, mas continuei olhando para minha escultura, evitando fazer contato visual com alguém na sala. O silêncio era estarrecedor. Wilson começou fazendo algumas perguntas básicas sobre ferramentas e diferentes tipos de madeira. Eu respondia a todas com facilidade, sem aumentar a importância das coisas, e fui relaxando a cada questão.

— Por que você se dedica a isso?

— Meu... pai... me ensinou. Cresci vendo como ele trabalhava com a madeira. As peças eram lindas. Esculpir me faz sentir perto dele. — Parei e organizei os pensamentos. — Meu pai dizia que entalhar exige que a gente olhe além do que é óbvio para enxergar o que é possível.

Wilson assentiu como se entendesse, mas Chrissy se manifestou na primeira fileira.

— Como assim? — perguntou, séria, inclinando a cabeça para um lado e para o outro, como se tentasse decifrar o que via.

— Bom... essa escultura, por exemplo — expliquei. — Era só um pedaço grande de algaroba. Quando comecei, não tinha nenhuma beleza na madeira. Na verdade, ela era feia, pesada, e foi um pé no saco colocar o pedaço de tronco na caminhonete.

Todo mundo riu, e eu pedi desculpas pelo vocabulário.

— Então fale um pouco sobre essa escultura em particular — Wilson pediu, ignorando as risadas e devolvendo o foco à turma. — Você deu a ela o nome de *O arco*, e eu achei fascinante.

— Descobri que se alguma coisa está na minha cabeça de verdade... ela tende a sair pelas mãos. Por alguma razão, não consegui tirar da cabeça a história de Joana d'Arc. Ela mexeu comigo — confessei, olhando de soslaio para Wilson, esperando não dar a impressão de estar tentando amolecê-lo. — Ela me inspirou. Talvez por ser jovem. Ou corajosa. Talvez por ela ter sido forte em um tempo em que as mulheres não eram valorizadas por sua força. Mas ela não era só forte... ela era... boa — concluí, timidamente. Temia que todo mundo risse novamente, sabendo que "boa" não era um adjetivo adequado para mim.

Estavam todos quietos. Os garotos, que normalmente me davam tapas na bunda e faziam comentários obscenos, agora me olhavam, confusos. Danny Apo, um garoto polinésio gostoso que eu peguei uma ou duas vezes, estava debruçado na carteira, as sobrancelhas negras mais baixas sobre os olhos igualmente pretos. Ele olhava de mim para a escultura e de volta para mim. O silêncio me deixava nervosa, e eu olhei para Wilson, esperando que ele fizesse outra pergunta.

— Você disse que entalhar é enxergar o que é possível. Como sabe por onde começar? — E tocou a madeira, deslizando um dedo pela cabeça baixa de Joana.

— Vi um pedaço de madeira que tinha uma curva. Uma parte do tronco estava podre, e, quando removi essa parte, vi um ângulo interessante, que reproduzia essa curva. Continuei cortando, criando o arco. Para mim, parecia a coluna de uma mulher... como uma mulher rezando. — Olhei para Wilson, me perguntando se ele se lembraria da noite em que me encontrou no corredor escuro. Os olhos dele encontraram os meus por um instante, depois voltaram à escultura.

— Uma coisa que eu notei quando vi o seu trabalho é que cada peça é única, como se a inspiração por trás fosse individualmente original.

Assenti.

— Todas contam uma história diferente.

— Ah. Ouviram isso? — Wilson sorriu. — E eu nem disse a Blue que era para ela falar isso. Todo mundo tem uma história. *Tudo* tem uma história. Foi o que eu disse a vocês.

Todo mundo riu e revirou os olhos, mas a sala estava atenta à discussão, e todos continuaram prestando atenção ao que eu dizia. Senti uma coisa estranha quando olhei para o rosto daquelas pessoas que eu conhecia havia tantos anos. Pessoas que eu conhecia, mas não conhecia. Pessoas que muitas vezes ignorei, e que me ignoraram. E pensei que eles me viam pela primeira vez.

— Tem a ver com perspectiva — falei, hesitante, dando voz à repentina revelação. — Não sei o que vocês veem quando olham para isso. — Apontei para a escultura. — Não posso controlar o que enxergam ou como interpretam o que veem, como também não posso controlar o que pensam de mim.

— Essa é a beleza da arte — Wilson acrescentou em voz baixa.
— Todo mundo tem uma interpretação própria.

Assenti e olhei para a sala.

— Para mim, essa escultura conta a história de Joana d'Arc. E ao contar essa história... acho que conto a minha, em algum grau.

— Obrigado, Blue — Wilson murmurou, e eu voltei ao meu lugar, bastante aliviada por tudo ter acabado, sentindo na pele o calor deixado por toda aquela atenção.

A sala ficou em silêncio por mais um instante, depois meus colegas começaram a aplaudir. O aplauso era modesto, nada estrondoso, mas para mim foi um momento que nunca mais vou esquecer.

***

Descobri que Pemberley era o nome da casa do sr. Darcy no romance de Jane Austen, *Orgulho e preconceito*. Era uma piada interna. Tiffa havia dado o nome Pemberley à casa de Wilson para debochar do nome dele. Isso me fez gostar dela ainda mais. E minha consideração por ela nada tinha a ver com o fato de ela gostar das minhas esculturas, embora isso ajudasse, certamente.

Liguei para o número no cartão que Wilson me deu e ouvi dez minutos de elogios num inglês muito correto. Tiffa estava convencida de que podia vender tudo o que havia comprado no café, e por preços bem mais altos. Ela me fez prometer que eu continuaria trabalhando e disse que mandaria um contrato para eu assinar. O The Sheffield ficava com uma boa parte de tudo que era vendido em sua galeria, o que incluía a porcentagem de Tiffa, mas eu ficaria com o restante. E, se as peças fossem vendidas pelo preço que Tiffa tinha certeza de que poderia conseguir, minha parte seria muito mais do que eu ganhava por elas agora. E a exposição seria impagável. Tive que ficar me beliscando durante a conversa inteira, mas, quando desligamos, eu estava convencida de que, na luta para me tornar uma Blue diferente, minha sorte também havia mudado.

Naquela noite de sexta-feira, em vez de esculpir, assisti a todas as versões de *Orgulho e preconceito* que consegui encontrar. Quando Cheryl voltou do trabalho oito horas depois, eu ainda estava no sofá olhando para a televisão, vendo os créditos de mais uma versão do filme. O sotaque britânico facilitava encaixar Wilson em cada representação do sr. Darcy. Ele tinha até os olhos tristes do ator que contracenava com Keira Knightley. Eu o vi em todas as cenas, fiquei furiosa por ele, chorei por ele e, no fim, me descobri meio apaixonada por ele.

— O que você está vendo? — Cheryl resmungou, vendo Colin Firth passar pela tela de menu várias vezes, enquanto eu não apertava o "play".

— *Orgulho e preconceito* — respondi com tom seco, ressentida com Cheryl por ter invadido meu momento pós-Darcy.

— Trabalho da escola?

— Não. Porque eu quis.

— Está se sentindo bem? — Cheryl me olhou intrigada.

Eu não podia culpá-la. Minhas preferências sempre haviam sido por filmes do tipo *Carga explosiva* e o velho *Duro de matar*.

— Estava a fim de alguma coisa diferente — resumi sem me comprometer.

— É, acho que sim. — Cheryl olhou para a tela. — Nunca gostei muito dessa coisa antiga. Talvez porque, naqueles tempos, eu teria sido a que ficava na cozinha lavando as panelas. Ei, garota. Você e eu seríamos as que o duque iria assediar na cozinha! — Cheryl riu sozinha. — Definitivamente, não seríamos a duquesa. — E olhou para mim. — Além do mais, somos nativas. Nunca teríamos passado nem perto da Inglaterra. Nem para lavar as panelas, eles não deixariam.

Apontei o controle remoto para a tela, e o sr. Darcy desapareceu. Puxei o travesseiro para cima do rosto e esperei Cheryl ir para o quarto. Ela havia arruinado oito horas perfeitas de fingimento em dez segundos. Pior, fez questão de lembrar que eu "definitivamente, não seria a duquesa".

Fui para meu quarto me defendendo mentalmente. Era perfeitamente aceitável se apaixonar por um personagem de ficção. Acontecia com muitas mulheres! Cheryl, apesar de toda a sua insistência em esfregar a realidade na minha cara, tinha um lance com vampiros, fala sério!

Mas esse não era o problema, e, no fundo, eu era honesta demais para negar. Era perfeitamente normal ter uma paixão pelo sr. Darcy fictício, mas não era aceitável ter um lance com o verdadeiro. E eu tinha um lance com meu jovem professor de história. Sem dúvida.

12
Heather

O teste deu positivo. Repeti várias vezes nos dias seguintes, até não poder mais me convencer de que todos os resultados estavam errados. Eu estava grávida. Oito semanas, pelos meus cálculos. Havia transado com Mason na noite em que Wilson e eu ficamos sem carro na escola, e decidi evitá-lo desde então. Ele telefonou, mandou mensagem de texto, mas, além de alguns recados furiosos na minha caixa postal com insinuações sobre o "Adam", não tentou se aproximar. Devia estar se sentindo culpado por causa da foto, mas eu esperava realmente que ele seguisse o caminho dele, porque eu já estava seguindo o meu.

Eu seguia em frente, mas a vida me puxava de volta. E eu estava devastada. Perdi uma semana de aula, inventei uma doença para não ir trabalhar e dormia o tempo todo para não ter de enfrentar a realidade. O enjoo que havia me obrigado a encarar a possibilidade de estar encrencada agora era mais forte, e mais um motivo para eu me esconder. Cheryl não tinha percebido nada, mas, depois de uma semana sem sair de casa, eu sabia que teria de me "recuperar", ou correr o risco de contar a ela o que estava errado comigo. Eu ainda não estava pronta para essa conversa, por isso voltei ao colégio e ao trabalho no café. Mas o conhecimento do que estava acontecendo era como uma faca tentando me cortar de dentro para fora, constantemente ali, bem embaixo da superfície, impossível de evitar, impossível de eliminar e, em pouco tempo, impossível de ignorar.

❧

Falávamos sobre a inquisição espanhola havia uma semana, e a correlação entre inquisição e caça às bruxas havia sido o monólogo de Wilson no começo do dia.

— Pensamos na bruxaria como um fenômeno predominantemente medieval. Mas cerca de cem mil pessoas foram julgadas por bruxaria entre os séculos xv e xviii. Dos que foram julgados, aproximadamente sessenta mil foram executados. A pena era, frequentemente, a fogueira. E setenta e cinco por cento dos executados eram mulheres. Por que essa desproporção? Bom, mulheres são mais suscetíveis à influência do mal. — Wilson levantou a sobrancelha enquanto, imediatamente, as garotas na sala protestaram. — Qual é? — Ele levantou as mãos num gesto debochado. — Tudo começou com Adão e Eva, não foi? Pelo menos era essa a lógica da Igreja durante o período medieval e depois dele. Muitas dessas mulheres acusadas eram pobres e velhas. As mulheres também eram parteiras e curandeiras. Eram elas que cozinhavam e cuidavam de outras pessoas, então a ideia de que podiam preparar uma poção, envenenar ou criar um feitiço era mais convincente do que se fosse associada a um homem. Os homens resolviam as coisas com os punhos, mas as mulheres eram menos físicas e mais verbais, talvez mais propensas a criticar verbalmente de um jeito duro e direto, o que podia ser interpretado como uma maldição de bruxa. Como desacreditamos uma mulher forte hoje em dia?

Todo mundo continuou olhando para Wilson, sem entender a pergunta. Mas eu entendi.

— Chamando essa mulher de puta — respondi com um tom atrevido.

Todo mundo se espantou, como costumava acontecer quando alguém deixava escapar um palavrão. Mas Wilson não se abalou. Só olhou para mim como se estivesse pensando.

— Sim. E frequentemente é só uma repetição daquela prática antiga. Vamos fazer uma comparação. Ao longo da história, as mulheres têm sido definidas pela beleza. O seu valor é associado ao rosto, certo? E, quando uma mulher envelhece e sua beleza desaparece, o que acontece com o seu valor?

Agora a classe acompanhava o raciocínio.

— O seu valor diminui. Mas e a liberdade? Em alguns aspectos, uma mulher que deixa de ser bonita, que não compete mais pela atenção do mais rico, do bom partido, tem menos a perder. Uma matrona de cinquenta e poucos anos no século XVI podia não ter medo de falar o que pensava, não como uma menina de quinze anos, que ainda sentia a pressão de se casar, e casar bem. Nesse sentido, a mulher menos atraente podia ser mais livre, mais independente que a menina bonita. Hoje em dia, as mulheres ainda são julgadas por seus atributos físicos, muito mais do que os homens. Mas os tempos mudaram, e as mulheres não precisam mais dos homens para garantir o próprio sustento. Hoje as mulheres têm menos a perder quando falam o que pensam, e chamar alguém de bruxa não vai mudar nada. Então usamos a mesma tática do passado, mas com palavras diferentes. O que eu acho interessante, porém, é que o rótulo usado para desacreditar uma mulher forte, independente, ainda tenha exatamente as mesmas vogais.

Todo mundo riu, e Wilson sorriu para nós antes de continuar.

— O que nos leva ao projeto de fim de ano. Que rótulo vocês têm? E por quê? Muitos de vocês são formandos e logo estarão em um mundo mais amplo. Não precisam levar os rótulos que carregam hoje. Vão levá-lo para essa nova vida e continuar vivendo dentro desse limite, ou deixá-lo para trás e criar um novo nome para vocês? — Wilson olhou para os rostos atentos diante dele. —

Infelizmente, na escola e na vida, frequentemente somos definidos por nossos piores momentos. Pensem no Manny. — A sala ficou em silêncio, e Wilson fez uma pausa, como se a lembrança fosse difícil para ele também. — Mas, para a maioria das pessoas, quem somos se define por pequenas escolhas, pequenas atitudes, pequenos momentos que compõem nossa vida dia após dia. E, se olharem as coisas por esse ângulo, os rótulos são bem imprecisos. Todos nós teríamos que ter mil rótulos com mil descrições diferentes para que esse retrato fosse honesto. — Wilson se aproximou da mesa dele. — Peguem uma folha e passem adiante. Vamos lá. — Wilson entregou uma pilha de folhas em branco para a primeira pessoa de cada fileira. Cada página tinha cerca de vinte etiquetas. Peguei uma e passei o restante para o colega sentado atrás de mim. — Se eu dissesse para destacarem essas etiquetas e colarem em vocês mesmos, depois andarem pela sala deixando as pessoas escreverem alguma coisa sobre vocês, só uma palavra, como "bruxa", por exemplo, o que acham que os colegas escreveriam? Vamos tentar?

Senti o medo se espalhar como cera quente em minha barriga. Havia um desconforto geral na sala, e as pessoas começaram a resmungar e cochichar.

— Não gostaram da ideia? Que bom. Eu também não gosto. Para começar, as pessoas seriam muito brandas, ou muito violentas, e teríamos pouca sinceridade. Em segundo lugar, embora seja importante o que as pessoas pensam sobre você... Sim, eu disse que é importante. — Wilson fez uma pausa para ter certeza de que todo mundo estava ouvindo. — Todos nós queremos recitar aquele clichê reconfortante de que não importa, mas no sentido profissional, no âmbito de um relacionamento, no mundo real, *sim*, importa!

Ele enfatizou o "sim" e olhou para nós novamente.

— Então, embora seja importante, não é tão importante quanto o que pensamos sobre nós mesmos, porque, como discutimos antes, nossas crenças afetam a nossa vida de um jeito muito real. Afetam a nossa história. Então, o que eu quero é que vocês se rotulem. Vinte rótulos. Sejam tão sinceros quanto puderem. Cada etiqueta deve ter uma palavra, duas, no máximo. Resumam. Rótulos são assim... breves e cruéis, não são?

Wilson abriu uma caixa de canetas coloridas e entregou uma a cada aluno na sala. Marcador permanente. Legal. Vi todo mundo começar a trabalhar à minha volta. Chrissy trocou o marcador pelas habituais canetas de gel e escrevia palavras como "incrível" e "fofa" em suas etiquetas. Eu tinha vontade de escrever ME CHUTA em uma das minhas etiquetas e colar na bunda dela. Depois escreveria FODA-SE em todas as outras e as colaria na testa de Wilson. Ele era muito irritante! Como alguém de quem eu gostava tanto podia me deixar tão furiosa?

A imagem de Wilson com as etiquetas na testa me fez sorrir por um segundo. Mas só por um segundo. Essa tarefa era uma porcaria, e era bem degradante. Olhei para os retângulos brancos na minha frente, me esperando mostrar as coisas como são. O que eu escreveria? Grávida? Acabada? Seria preciso? Duas palavras, certo? Que tal lixo? Talvez... FRACASSADA? E ferrada? Destruída? Arrasada? Fim de linha? A palavra que surgiu na minha cabeça em seguida me fez arrepiar. *Mãe*. Ah, não.

— Não dá! — falei alto, enfática.

Todo mundo olhou para mim, canetas pararam no ar, bocas se abriram. E eu nem falava sobre a tarefa. Mas descrevi que isso eu também não podia fazer. E não faria.

— Blue? — Wilson questionou em voz baixa.

— Não vou fazer isso.

— Por que não? — A voz ainda era suave, gentil. Eu queria que ele gritasse.

— Porque é errado... e é... idiota!

— Por quê?

— Porque é muito pessoal! Por isso! — Levantei as mãos e joguei as etiquetas no chão. — Eu poderia mentir e escrever um monte de palavras sem nenhum significado, palavras em que não acredito, mas de que serviria? Então, não vou fazer.

Wilson se apoiou na lousa branca e ficou olhando para mim.

— Então, o que está me dizendo é que você não vai se rotular. É isso?

Olhei para ele e não respondi.

— Está se recusando a se rotular? — ele repetiu. — Porque, se é isso, acabou de passar no teste com nota máxima.

Todos começaram a protestar, alegando que haviam sido enganados e prejudicados porque fizeram o que ele disse que era para fazer. Wilson ignorou as reclamações e prosseguiu:

— Quero que joguem fora os rótulos. Livrem-se deles, rasguem, amassem, joguem na lata de lixo.

Senti o calor do confronto abandonando meu rosto, e meu coração recuperou o ritmo normal. Wilson desviou os olhos de mim, mas eu sabia que ele ainda falava comigo, especialmente comigo.

— Escrevemos a nossa história ao longo do ano. Mas agora quero que pensem sobre o futuro. Se pudessem prever o futuro com base no passado, como acham que ele seria? E, se não gostam da direção em que estão caminhando, de que rótulo precisam se livrar? Quais dessas palavras que anotaram para se descrever devem ser abandonadas? Todas? Que rótulo vocês querem ter? Como se definiriam se esses rótulos não fossem baseados no que *pensam* sobre vocês, mas no que *querem* para vocês? — Wilson pegou uma pilha de pastas. Uma a uma, começou a distribuí-las. — Juntei cada página da história de vocês dentro destas pastas. Tudo que escreveram desde o primeiro dia. Essa é a última página da sua história pessoal. Agora, escrevam o seu futuro. Escrevam o que querem. Livrem-se dos rótulos.

"Era uma vez... um pequeno melro-negro, empurrado para fora do ninho, indesejado. Descartado. Então um falcão o encontrou e o levou para longe, deu a ele um lar e o ensinou a voar. Mas um dia o falcão não voltou para casa, e o passarinho ficou sozinho de novo, desprezado. Ele queria voar para longe. Mas, quando parou na beirada do ninho e olhou para o céu lá fora, percebeu que suas asas eram pequenas, fracas. O céu era muito grande. Outro lugar era longe demais. Ele se sentia preso. Podia voar para longe, mas para onde iria?

Ele sentia medo... porque sabia que não era um falcão. E não era um cisne, uma bela ave. Não era uma águia, não despertava fascínio. Ele era só um pequeno melro-negro.

Ele se encolheu no ninho com a cabeça escondida embaixo das asas, querendo ser resgatado. Mas ninguém iria resgatá-lo. A avezinha preta sabia que podia ser fraca, podia ser pequena, mas não tinha escolha. Tinha que tentar. Voaria para longe e nunca olharia para trás. Respirando fundo, ela abriu as asas e se lançou para a imensidão de céu azul. Por um minuto, o voo foi estável e tranquilo, mas depois de um tempo ela olhou para baixo. O chão se aproximou rapidamente quando, em pânico, ela começou a cair."

Imaginei a ave hesitando na beirada do ninho, tentando voar, depois caindo no concreto lá embaixo. Uma vez vi um ovo que havia caído do ninho em um enorme pinheiro perto do nosso prédio. Um filhote de passarinho, parcialmente formado, ainda ocupava a casca quebrada.

Larguei o lápis e levantei da carteira, ofegante, sentindo que eu também ia cair, e vários pedaços de Blue iam se espalhar pela sala numa exposição macabra. Peguei minha bolsa e corri para a porta, aflita para sair. Ouvi Wilson me chamando, dizendo para eu esperar. Mas corri para a saída sem olhar para trás. Eu não podia voar. Essa era a questão. O passarinho da história não era mais eu. Minha história agora era sobre outra pessoa.

Eu já havia estado na Federação de Paternidade Planejada da América antes. Ali havia conseguido os anticoncepcionais, embora a última cartela tivesse falhado, evidentemente. Procurei no Google todos os motivos possíveis para um anticoncepcional falhar. Talvez fosse culpa do antibiótico que havia tomado depois do Natal, ou o fato de ter sobrado uma pílula na cartela no fim do ciclo, indicação clara de que eu havia me esquecido de tomar o comprimido em algum dia. Qualquer que fosse o motivo, o resultado do teste ainda era positivo, e eu ainda não havia menstruado.

Liguei com antecedência para marcar uma consulta para depois do horário do colégio, apesar de ter matado aula e chegado lá bem antes da hora marcada. A recepcionista foi direta e nada simpática. Preenchi um formulário, respondi a algumas perguntas e sentei em uma cadeira de metal com almofada preta, onde fiquei folheando uma revista cheia de "mulheres mais lindas do mundo". Queria saber se alguma delas já tinha ido à Federação de Paternidade Planejada da América. Aqueles rostos olhavam para mim das páginas brilhantes, resplandecentes em sua plumagem colorida. Eu me sentia pequena, com frio e feia, como uma ave com as penas molhadas. Chega de pássaros! Afastei a ideia da cabeça e virei a página.

Será que minha mãe esteve em um lugar como este quando ficou grávida? Pensar nisso me fez parar. Eu nasci no começo da década de 90. Bem pouco havia mudado nos últimos vinte anos, certo? O aborto teria sido tão fácil para ela quanto era para mim agora. Então por que ela não fez essa escolha? Pelo pouco que eu sabia de minha mãe, era evidente que meu nascimento não foi conveniente. Definitivamente, não fui desejada. Talvez ela não houvesse descoberto a tempo de abortar. Ou esperava me usar para reconquistar o namorado, para ter o amor, o cuidado dele. Quem podia saber? Eu não.

— Blue? — alguém me chamou com aquele enorme ponto de interrogação, como era comum depois que liam meu nome. As pessoas sempre achavam que estavam enganadas.

Peguei minha bolsa e me dirigi até a porta onde a enfermeira me esperava. Antes mesmo de fechá-la, ela me avisou que precisava de uma amostra de urina e me entregou um recipiente de coleta.

— Quando acabar, escreva o seu nome na etiqueta, cole no recipiente com a amostra e me entregue. Vamos fazer um teste de gravidez e exames de DST. Você vai ter o resultado do teste de gravidez hoje, mas os outros exames demoram mais. — A enfermeira me levou ao banheiro e esperou eu entrar e fechar a porta. Olhei para a etiqueta que devia colar no recipiente. Havia um espaço para o meu nome e áreas para hora e data da coleta da amostra, que presumi que seriam anotados quando eu entregasse o material. A aula de Wilson sobre rótulos voltou à minha mente.

E, se não gostam da direção em que estão caminhando, de que rótulo precisam se livrar? Quais dessas palavras que anotaram para se descrever devem ser abandonadas?

Eu ia escrever meu nome em um recipiente com urina. Eles me diriam que eu estava grávida. Depois me aconselhariam a abortar, porque era por isso que eu estava ali. Logo eu poderia remover metaforicamente o rótulo de "grávida", rasgar, jogar fora e pronto. Não seria mais verdade. E eu poderia mudar a direção em que caminhava. Rótulo abandonado. Como minha mãe me abandonou.

Revirei os olhos para a comparação que meu cérebro emotivo fez. Não tinha nada a ver. Abandonar uma criança, interromper uma gravidez. Disse a mim mesma que não dava nem para comparar. Coletei a amostra, rabisquei meu nome na etiqueta e colei no copinho morno, que me fez pensar que eu devia beber mais água e me deixou constrangida por imaginar que a enfermeira chegaria à mesma conclusão.

— Parabéns.

O resultado do teste saiu rápido. Eles usavam o mesmo método da fita que eu havia usado dez vezes em casa?

— Parabéns?

— Sim. Você está grávida. Parabéns — a enfermeira falou, sem nenhuma emoção.

Eu não sabia o que dizer. Parabéns era uma palavra completamente errada, considerando que fui orientada por telefone com relação a serviços de atendimento para aborto quando liguei para marcar a consulta. Mas não senti deboche. Essa era, obviamente, a resposta-padrão, ou segura... imaginei.

— Vi que você conversou com... — Ela olhou para a prancheta.

— Hummm, Sheila... sobre as suas opções.

Sheila era a garota que atendeu o telefone quando liguei para marcar a consulta. Ela era legal. Eu me senti grata por ter alguém com quem conversar. Queria que fosse Sheila me atendendo agora. Essa enfermeira era muito... seca com suas congratulações enlatadas. Eu precisava pensar.

— A Sheila está aqui?

— Hummm... não — a enfermeira respondeu, claramente surpresa com minha pergunta. Depois suspirou. — Vai ter que marcar outra consulta para o procedimento, se for essa a sua decisão.

— Pode me devolver o xixi, por favor? — De repente eu estava desesperada para sair dali.

— O... quê?

— Eu só preciso, quero dizer, não quero o meu xixi por aí com o meu nome escrito nele. Pode me devolver, por favor?

A enfermeira olhou para mim como se eu fosse maluca. Depois tentou me acalmar.

— Tudo aqui é confidencial. Você sabe disso, não é?

— Quero ir embora. Você pode me devolver o xixi?

A enfermeira levantou e abriu a porta, olhando para os dois lados como se procurasse uma arma não letal para me conter.

— E essa coisa de completamente confidencial não existe! — Saí da saleta com a bolsa na mão, decidida a encontrar minha amostra com a etiqueta. De repente, era como se minha vida fosse restrita àquele rótulo no adesivo branco colado a uma amostra de xixi. Eu estava atravessando o Rubicão. Era isso. E a etiqueta era a única coisa em que eu conseguia pensar.

A enfermeira parecia abalada, mas não discutiu comigo. Entregou minha amostra, e notei que suas mãos tremiam. Peguei o recipiente e corri como um ladrão depois de assaltar uma loja de conveniência, esperando que ninguém pudesse me identificar, sabendo que a probabilidade de escapar era quase nenhuma, sabendo que meu problema havia acabado de se tornar dez vezes pior. Mas, como um ladrão, eu me sentia encharcada de adrenalina, inebriada com a decisão que havia tomado. Eufórica com o poder que eu tinha de jogar minha vida na privada... ou proteger uma vida, dependendo do ponto de vista. Falando em jogar na privada, eu ainda segurava o recipiente de urina junto ao peito. Deixei a amostra em cima do painel da caminhonete e olhei para meu nome sob a luz fraca do interior do automóvel.

Blue Echohawk, Data: 29 de março de 2012. Hora: 17h30. Lá fora já estava escuro. Era inverno em Vegas, o sol se punha por volta das cinco da tarde. Olhei novamente para a etiqueta. Pensei no que Cheryl me disse naquele dia horrível em que me afogar na banheira parecia melhor que viver sem Jimmy.

Ele nem sabia o seu nome. Disse que você ficava falando Blue, Blue, Blue. E foi esse o nome que ele decidiu te dar. Acho que pegou.

Blue Echohawk não era meu nome. Não de verdade. Talvez fosse Britney, Jessica ou Heather. Ashley, Kate ou Chrissy, tomara que não. *Não sou ninguém! Quem é você?* O poema me atormentava. De repente me incomodava pensar que eu poderia ter um filho, e esse filho também não saberia qual era o nome da mãe dele. O ciclo continuaria. Tirei a etiqueta adesiva do recipiente e colei na minha camiseta, sentindo necessidade de declarar quem eu era, nem que fosse só por minha paz de espírito. Depois joguei o copinho pela janela e torci para ser perdoada pelo carma, sabendo que aquilo era nojento e que logo eu acabaria pisando em vômito ou cocô de cachorro, porque o universo exigiria algum tipo de retribuição.

13
Sem cor

Fui parar na frente da casa de Wilson. Havia entulho de construção empilhado em um dos lados, e tive a impressão de que o telhado havia sido refeito. Vi luz em todas as janelas, e a escada da frente era iluminada por uma luminária em forma de lamparina antiga pendurada sobre a porta. Saí da caminhonete sem saber o que estava fazendo, mas desesperada por companhia. Por segurança. Também não sabia onde mais poderia ir procurar essas coisas. Mason teria que saber o que estava acontecendo, mas não hoje.

Havia um interfone ao lado da porta, perto da plaquinha com a inscrição "Pemberley". O interfone era novo. Apertei o botão uma vez, imaginando se um alarme tocava dentro da casa. Apertei outra vez, e a voz de Wilson brotou do alto-falante, ridiculamente parecida com a de um mordomo britânico. Era um complemento tão perfeito para a casa que, se eu estivesse com outra disposição, teria rido histericamente.

— É Blue Echohawk. Posso falar com você... Por um minuto... por favor? Não preciso entrar. Eu espero aqui fora, na escada.

— Blue? Tudo bem com você? O que aconteceu no colégio? — A preocupação era evidente pelo interfone, e mordi o lábio para segurar um soluço. Depois me sacudi com vigor. Não iria me permitir chorar.

— Estou bem. Só preciso... conversar com alguém.

— Já vou descer.

Sentei no degrau e esperei, tentando decidir o que ia dizer. Não ia contar que estava grávida, disso eu tinha certeza. Então, o que eu estava fazendo ali? O soluço voltou a me ameaçar, e eu gemi, querendo saber como deixá-lo sair sem desmoronar completamente, como havia acontecido no corredor escuro da escola, enquanto ouvia Wilson tocar, dois meses atrás.

A porta se abriu atrás de mim, e Wilson sentou na escada ao meu lado. Ele vestia jeans e camiseta de novo, e desejei com fervor que suas roupas fossem outras. Notei seus pés descalços e desviei os olhos, tomada por um desespero repentino. Eu precisava de um adulto, uma figura de autoridade, para me acalmar, me dizer que ia ficar tudo bem. De calça jeans e descalço, Wilson parecia só mais um de nós, alguém sem respostas. Como Mason ou Colby, como um garoto que não teria a menor ideia do que fazer se estivesse no meu lugar. Pensei que os pés dele deviam estar gelados e decidi que precisava ir direto ao ponto.

— Lembra quando você falou sobre Júlio César atravessar o Rubicão? — perguntei.

Wilson segurou meu queixo e virou meu rosto para ele.

— Você parece extenuada.

Empurrei a mão dele e me soltei. Depois descansei as mãos sobre os joelhos.

— Blue?

— Não, não estou extenuada, nem desolada, nem qualquer coisa que isso signifique.

— Extenuada significa exausta. Desolada é uma situação completamente diferente, mas fico feliz por não estar nenhuma das duas coisas — Wilson declarou com tom seco, e eu disse a mim mesma que precisava pesquisar o significado correto de desolada. — Então... Júlio César, certo? Precisava falar comigo sobre Júlio César?

— Você disse que, quando atravessou aquele rio, ele sabia que não poderia voltar atrás, não foi?

— Sim.

— Bom, e se você atravessa o Rubicão... e não sabe que é o Rubicão? E daí?

— Presumo que estejamos falando hipoteticamente.

— Sim! Fiz besteira! Não posso consertar, não posso voltar atrás, e não sei o que fazer. — O soluço brotou do meu peito mais uma vez, e cobri o rosto, recuperando o controle quase imediatamente.

— Ah, Blue. Não pode ser tão sério, pode?

Não respondi, porque, para isso, teria que revelar o quanto era sério.

— Ninguém morreu. — *Ainda não.* Ignorei a culpa. — Não desrespeitei nenhuma lei, não estou desenvolvendo um bigode da noite para o dia, não tenho uma doença terminal e não fiquei surda nem cega, então acho que poderia ser pior.

Wilson levantou a mão e afastou o cabelo dos meus olhos.

— Vai me contar qual é o problema?

Engoli a saliva e tentei me controlar.

— Tentei mudar, Wilson. Lembra quando falamos sobre redenção? Naquela noite em que o meu carro não pegava, quando fomos resgatados por Larry e Curly?

Wilson fez uma careta e assentiu, prendendo meu cabelo atrás da orelha. Tentei não me arrepiar quando os dedos tocaram minha pele. Ele tentava me confortar, e eu aceitei o conforto, querendo poder apoiar a cabeça em seu ombro e desabafar. Ele afastou a mão e esperou eu continuar.

— Naquela noite... aconteceu alguma coisa comigo. Algo que nunca senti antes. Fiquei arrasada e enojada. E rezei. Chorei por amor, e nem sabia que era amor que eu queria. Eu precisava me sentir amada, e esse amor foi... foi simplesmente despejado sobre mim. Sem condições, sem ultimatos, sem a necessidade de fazer promessas.

Foi simplesmente ofertado de graça. E eu só precisei pedir. Fui... transformada por isso. Naquele momento eu me senti... curada.

Olhei para ele tentando fazê-lo entender. Wilson parecia muito interessado no que eu dizia, então me senti encorajada a continuar.

— Não entenda mal. Eu não me tornei uma pessoa perfeita. As minhas aflições nem sequer foram tiradas de mim. Minhas fraquezas não foram de repente transformadas em forças, e as minhas dificuldades não mudaram. A minha tristeza não se tornou alegria, como num milagre... mas eu me senti curada, mesmo assim. — As palavras transbordavam de mim, palavras que descreviam um sentimento no qual eu havia pensado muito naquela noite. — Foi como se as lacunas tivessem sido preenchidas, e as pedras em torno do meu coração fossem quebradas e removidas. E eu me senti... inteira.

Wilson olhou para mim com a boca aberta. Ele balançou a cabeça como se quisesse esvaziá-la e massageou a nuca como se não soubesse o que dizer. Eu não sabia se o que eu havia dito fazia algum sentido, ou se ele voltaria a dizer que eu estava extenuada.

— Acho que nunca ouvi nada mais bonito.

Foi minha vez de olhar para ele. Seus olhos mergulharam nos meus e eu me virei, envergonhada com o elogio que vi neles. Senti seus olhos em meu rosto e tive certeza de que ele pensava no que eu havia dito. Depois de um minuto, ele voltou a falar.

— Então você teve uma experiência incrível. E chamou de redenção. É evidente que achou tudo isso muito importante... E agora está convencida de que cometeu um erro tão grave que não pode ser redimida de novo?

Não havia pensado na situação dessa maneira.

— Não é isso... Não de verdade. Acho que me convenci de que havia superado o meu eu anterior. E agora... descubro que não posso fugir dos erros que cometi.

— A redenção não te salvou da consequência?

— Não — sussurrei. E era isso. A redenção *não havia* me salvado da consequência. Eu me sentia traída. Sentia que o amor que havia derramado sobre mim era retirado antes de eu ter a chance de me mostrar digna dele.

— E agora?

— É por isso que eu estou aqui, Wilson. Não sei.

— E eu não posso dar nenhum conselho, porque não sei qual é o problema.

Não respondi. Ele suspirou, e ficamos ali sentados, olhando para a rua e para o nada, com a cabeça cheia de coisas que podíamos dizer, mas não falávamos nada.

— Às vezes não existe resgate — concluí, encarando o que tinha pela frente. Eu ainda não sabia o que ia fazer. Mas daria um jeito. Algum jeito.

Wilson apoiou o queixo na mão e me olhou pensativo.

— Quando meu pai morreu, eu fiquei perdido. Lamentava muitas coisas no nosso relacionamento, e era tarde demais para consertar essas coisas. Entrei no Corpo da Paz basicamente porque meu pai havia dito que eu não aguentaria um dia por lá e passei dois anos na África trabalhando duro, vivendo em condições bem primitivas. Houve muitos dias em que eu quis ser resgatado da África. Queria ir para casa, morar com a minha mãe e ser cuidado por ela. Mas, no fim, a África me salvou. Aprendi muito sobre mim. Cresci, descobri o que queria fazer com a minha vida. Às vezes, as coisas das quais queremos ser resgatados nos salvam.

— Talvez.

— Você vai ficar bem, Blue?

Olhei para ele e tentei sorrir. Ele era muito sério. Teria sido menos, quando o pai era vivo? Acho que não. Ele era o que Beverly chamava de *Mensch*. Uma alma velha.

— Obrigada por conversar comigo. A Cheryl não gosta muito de assuntos mais pesados.

— Tentou falar com o Mason, ou com o Colby? Eles parecem bem preparados para resolver os problemas do mundo.

Dei risada e senti o aperto no peito diminuir.

— Fiz você rir! Brilhante! Eu sou bom!

— É, Wilson, você é bom. Bom demais para gente como Blue Echohawk. Mas nós dois sabíamos disso.

Wilson concordou, agindo como se meu comentário fosse uma piada. Depois levantou e me puxou. Ele me acompanhou até a caminhonete, me pôs lá dentro e apertou minha bochecha como se eu tivesse cinco anos e ele fosse cem anos mais velho.

— Seis semanas, Echohawk, e o mundo será seu.

Dei de ombros e acenei, sentindo o mundo pesado sobre meus ombros e mais longe das minhas mãos do que jamais havia estado.

※

A FORMATURA ACONTECEU NO FIM DE UMA MANHÃ DE maio no campo de futebol. Havia muitos lugares para amigos e parentes na arquibancada, e a temperatura era até suportável. Digo suportável porque fazia trinta e dois graus às dez horas da manhã. Eu estava muito enjoada, e o calor piorava tudo. Pensei em não ir, mas queria o meu momento. Queria usar beca e capelo, receber o diploma e mostrar mentalmente o dedo do meio para todos os idiotas que reviravam os olhos quando eu passava, ou que apostavam que eu ia desistir antes do fim do segundo ano. Eu consegui. Quase larguei tudo, mas consegui. Infelizmente, tive que correr para o banheiro minutos antes de formarmos a fila para entrar. Vomitei o pouco que tinha no estômago e tentava respirar entre uma onda e outra de espasmos, sentindo o estômago revirar como um mar revolto.

Recuperada, enxaguei a boca e peguei na bolsa as bolachas salgadas que agora levava sempre comigo. Estava grávida de quase quatro meses. O enjoo matinal não devia ter passado? Comi uma bolacha, bebi um pouco de água da torneira, tentando não pensar quanto cloro havia nela, e dei um jeito no delineador que havia borrado. Passei um pouco de brilho labial, recuperei o sorriso irônico e voltei ao refeitório, onde os formandos estavam reunidos. Mas eles já haviam entrado no palco sem mim. Sentei em uma das mesas e comecei a pensar por que minha vida era aquela porcaria. Eu tinha um nó na garganta que latejava com a dor no meu coração. Eu não podia ir para lá agora. Ia perder a formatura.

— Blue?

Levei um susto tão grande que dei um pulo e levantei a cabeça, até então apoiada nas mãos.

O sr. Wilson estava parado a poucos passos de mim, com a mão no interruptor de luz ao lado da porta mais próxima de onde eu estava sentada. Ele vestia a habitual camisa de listras finas e calça social, mas hoje não usava gravata. A maioria dos professores tinha um papel na formatura, fosse recolhendo os capelos e becas, circulando entre pais e alunos ou resgatando os retardatários. Wilson aparecia ter essa função. Endireitei as costas e o encarei, incomodada por ele ter me encontrado vulnerável outra vez.

— Você está... bem? Perdeu a entrada da turma. Todo mundo foi para o campo.

— É, eu percebi. — O nó na minha garganta ficou duas vezes maior, e eu desviei os olhos de Wilson como se nada tivesse importância. Fiquei em pé, tirei o capelo e o joguei em cima da mesa. Comecei a tirar a beca, revelando o short cor-de-rosa e a camiseta branca que usava por baixo. Tínhamos que usar vestido por baixo da beca, mas quem ia ver?

— Espera! — Wilson falou e começou a se aproximar de mim com a mão estendida. — Não é tarde demais. Você ainda pode entrar.

Eu havia levantado muito rápido, e o refeitório estava girando. Ah, por favor, não! Identifiquei a náusea e tentei controlá-la, mas percebi que não ia conseguir chegar ao banheiro a tempo dessa vez.

Joguei a beca de lado e corri para a porta, passando por Wilson e alcançando a lata de lixo antes de vomitar as bolachas e a água que havia acabado de ingerir. Senti mãos no meu cabelo, afastando-o do meu rosto, e quis empurrar Wilson... Ah, por favor, não... Mas estava ocupada demais tremendo e tendo espasmos. Consegui controlar meu estômago depois de um tempo e desejei desesperadamente alguma coisa com que pudesse limpar a boca. Quase imediatamente, um quadrado de tecido perfeitamente dobrado apareceu no meu campo de visão. Peguei o lenço da mão de Wilson com gratidão. Era a segunda vez que eu usava um lenço dele. Não havia devolvido o outro. Lavei e passei, mas sabia que o tecido cheirava a fumaça de cigarro, e eu estava com vergonha de devolvê-lo. Eu me levantei, e a mão de Wilson soltou meu cabelo quando ele se afastou de mim.

Ele virou e saiu apressado, mas voltou um minuto depois com um copinho descartável com água gelada.

— Cortesia da sala dos professores.

Bebi a água devagar, agradecida, mas, novamente, me recusando a reconhecer o sentimento.

— Se acha que consegue, devia vestir a beca e colocar o capelo e ir para o campo. Você não perdeu nada importante.

— Ah! Não vou para lá sozinha!

— Eu vou com você. Pronto. Depois que sentar no seu lugar, o constrangimento vai passar, e você vai ficar feliz por não ter perdido a sua formatura.

Olhei para a beca e o capelo sem saber o que fazer. Wilson devia ter percebido minha hesitação, porque insistiu:

— Vamos lá! Você gosta de entradas triunfais, lembra?

Sorri, mas o sorriso desapareceu quando lembrei que, provavelmente, teria de sair da cerimônia e correr para o banheiro.

— Não posso.

— É claro que pode. — Wilson pegou a beca e o capelo e os ofereceu com ar encorajador. Ele lembrava um cachorro implorando para ir passear, os olhos grandes de cílios longos, a boca encurvada num sorrisinho suplicante.

— Não posso — repeti com mais firmeza.

— Você tem que ir. — Wilson também era mais firme. — Sei que você se sente indisposta...

— Não estou indisposta! Estou grávida! — eu o interrompi com um sussurro.

Wilson me olhou com uma expressão perplexa, como se eu houvesse acabado de contar que tinha um romance com o príncipe William. O nó na garganta voltou, e senti meus olhos arderem. Pisquei várias vezes e rangi os dentes.

— Entendi — Wilson falou em voz baixa, e suas mãos caíram ao longo do corpo segurando a beca e o capelo. Uma expressão estranha passou por seu rosto, como se ele juntasse todas as peças; a mandíbula ficou tensa quando seus olhos encontraram meu rosto. Eu queria desviar o olhar, mas o orgulho me fez encará-lo de um jeito atrevido, beligerante.

Peguei o capelo e a beca da mão dele e me virei, sentindo uma vergonha repentina do meu short estilo Daisy Duke e da camiseta fina, como se as roupas que mal me cobriam enfatizassem minha confissão. De repente eu me desprezava e queria sair de perto de Darcy Wilson, o único professor, a única pessoa que parecia se importar comigo. Ele havia se tornado um amigo, e nesse momento percebi que era bem possível que eu o tivesse desapontado. Comecei a me afastar. A voz dele era insistente atrás de mim.

— Eu não fui ao funeral do meu pai.

Eu me virei, confusa.

— O quê?

— Não fui ao funeral do meu pai. — Ele se aproximou de mim e parou na minha frente.

— Por quê?

Wilson deu de ombros e balançou a cabeça.

— Eu achava que era responsável pela morte dele. Na noite em que meu pai morreu, nós havíamos brigado muito feio, e eu tinha saído de casa. Eu não queria fazer faculdade de medicina. Ele achava que eu estava fazendo besteira. Foi a única vez que briguei assim com o meu pai. Mais tarde, naquela mesma noite, ele teve um infarto dentro do carro, no estacionamento do hospital. Ele tinha sido chamado pelo bíper, mas não chegou a entrar no prédio. Se tivesse entrado, talvez ainda estivesse vivo. Naturalmente, eu me culpei pelo infarto. E estava devastado com a culpa... e não fui ao funeral. — Wilson parou de falar e olhou para as próprias mãos, como se nelas houvesse respostas que ele ainda precisava encontrar. — A minha mãe pediu, implorou. Disse que eu ia me arrepender até o fim da vida. — Ele olhou para mim. — Ela estava certa.

Foi a minha vez de olhar para as mãos. Eu entendia exatamente o que ele tentava me dizer.

— Alguns momentos a gente não recupera, Blue. Não vai querer passar a vida inteira pensando nos momentos que não viveu, nas coisas que devia ter feito, mas teve medo de fazer.

— É só uma cerimônia idiota — protestei.

— Não. É mais que isso, porque tem um significado para você. É algo que você conquistou e que ninguém vai te tirar. Não foi fácil, e você merece esse momento, talvez mais que qualquer outro aluno lá fora. — Wilson apontou para o campo de futebol além da parede do refeitório.

— Ninguém vai sentir a minha falta. Não tem ninguém esperando para me ver subir no palco.

— Eu vou estar lá e vou aplaudir, assobiar e gritar o seu nome.

— Se fizer isso, eu chuto a sua bunda! — reagi, horrorizada.

Wilson gargalhou.

— Essa é a garota que eu conheço. — Ele apontou para a beca e o capelo. — Vamos.

Acabei participando da cerimônia de formatura. E não tinha perdido muita coisa. Fui para o campo de futebol com Wilson ao meu lado. Andei de cabeça erguida, sem correr, e ocupei a cadeira vazia sem me intimidar, embora todo mundo olhasse para mim. Wilson sentou na fileira dos professores e, cumprindo a promessa, assobiou e gritou quando fui chamada. Eu tinha que admitir que foi legal, e meus colegas e os outros professores riram, provavelmente pensando que Wilson comemorava por estar livre de mim. Tentei não sorrir, mas, apesar do esforço e no último minuto, um sorriso largo iluminou meu rosto.

14
Índigo

Eu passava pouco tempo no apartamento, o mínimo possível. O lugar cheirava a cigarro, e, por mais que tentasse manter a porta do quarto fechada e as janelas sempre abertas, maio é quente em Las Vegas, e o lugar estava insuportável. Minha oficina atrás do prédio também era um forno, mas lá eu tinha ar fresco e os projetos para me distrair. Estava concentrada em minha última criação, lixando e entalhando e cortando, quando um carro parou lá fora. Virei e vi Wilson sair do Subaru prata e bater a porta. Saí da oficina e protegi os olhos contra a luz forte do sol.

— Sua tia disse que você estava aqui — ele explicou em vez de me cumprimentar.

— Ela abriu a porta? Uau. As surpresas não acabam nunca. — Cheryl estava dormindo no sofá quando eu saí. Tentei não puxar para baixo a regata vermelha e o short jeans desfiado. Minha barriga começava a aparecer, mas não dava para perceber embaixo da roupa. Olhei para baixo e encolhi os dedos de unhas pintadas nos chinelos. Eu havia tomado banho e depilado as pernas, mas meu cabelo ainda estava molhado quando saí, e fiz um rabo de cavalo alto para afastar as mechas molhadas da nuca. Eu nem havia olhado no espelho. Não sabia o que me incomodava mais: Wilson me ver desse jeito, ou eu me importar por Wilson me ver desse jeito. Ele estava parado olhando para mim. Assumi imediatamente uma atitude defensiva.

— Por que está olhando para mim desse jeito?

Wilson pôs as mãos nos bolsos e franziu a testa.

— Você está diferente.

— Ah, sim! — Bufei constrangida. — Estou horrível. Sem maquiagem, despenteada e vestida com essas roupas velhorosas.

— Velhorosas? — Wilson levantou as sobrancelhas.

— É, não sabia? Velhas e horrorosas, velhorosas.

— Entendi. — Wilson assentiu com ar sábio. — É como delicitoso, só que... velhoroso. — E inclinou a cabeça. — Combina com você.

— Velhoroso combina comigo? — Tentei não ficar magoada. — Bom, muito obrigada, sr. Darcy. — Usei meu sotaque de sulista e pisquei com exagero. — Você é tão romântico quanto seu xará.

— O natural combina com você. Para que tanta maquiagem? — Ele deu de ombros e virou.

— Sombra azul nunca é demais — retruquei, tentando dar a impressão de que não me importava com o que ele dizia ou pensava. Passei a mão no cabelo, sentindo os nós no rabo de cavalo torto.

— O que você está fazendo? — Wilson se aproximou de mim, parou ao meu lado e deslizou um dedo por um sulco na madeira.

— Eu nunca sei ao certo o que estou fazendo — respondi com honestidade.

— Então, como sabe quando terminou? — Wilson sorriu.

— Essa sempre é a pergunta. Quando parar? Normalmente, começo a ter uma ideia da forma enquanto trabalho. Raramente antecipo o resultado final. A inspiração vem pelo trabalho. — Mordi o lábio, concentrada. — Faz sentido?

Wilson assentiu.

— Se eu olhar com os olhos meio fechados, aparece um violoncelo derretido e puxado... como caramelo.

Não contei a ele que eu também via um violoncelo. Parecia muito pessoal, como se isso fosse trazer os sentimentos que haviam brotado em mim quando o ouvi tocar pela primeira vez naquela noite no colégio, na noite em que jurei mudar.

— O que é aquilo? — Wilson apontou para um furinho na superfície da madeira, agora lisa.

— Um buraco de larva.

— Vai lixar até eliminá-lo?

Balancei a cabeça.

— Provavelmente não. Só preencher com um pouco de massa. O problema de se resolver um problema é que você pode acabar encontrando dois.

— Como assim?

— Bom, o buraco é relativamente pequeno, não é?

Ele assentiu.

— Se eu começar a cortar e lixar a madeira, o buraco pode aumentar e se abrir em outra direção, criar um problema maior ou, no mínimo, um buraco muito maior. Não existe perfeição, e, francamente, se a madeira fosse perfeita, não seria tão bonita. Alguém me disse uma vez que a perfeição é chata.

— Estava prestando atenção! — Wilson sorriu de novo.

— Normalmente estou — respondi sem pensar e depois tive receio de ter falado demais.

— Como vão as coisas? — Os olhos dele ficaram mais sérios com a mudança de assunto.

Parei de lixar a madeira e along uei alguns músculos.

— Tudo bem — respondi com tom seco, sem querer falar sobre o assunto a que ele se referia. Havia passado uma hora me sentindo horrível, debruçada sobre o vaso sanitário do apartamento. Mas consegui segurar no estômago umas dez bolachas salgadas, e o ar fresco estava me fazendo bem. Mais uma vez, tentei imaginar quanto tempo ia conseguir ficar no apartamento enfumaçado. Não era bom para mim, e não era bom para o bebê dentro de mim. Meu estômago protestou imediatamente, e por um instante pensei se aquele enjoo constante e infinito não era só medo.

— Sua tia sabe sobre a gravidez?

Legal, Wilson decidiu ser direto.

— Não — respondi, sem rodeios.

— Você já foi ao médico?

— Ainda não. — Não fiz contato visual. Não acreditava que minha visita à Federação de Paternidade Planejada da América contasse. O silêncio de Wilson parecia uma condenação. Eu me afastei da escultura e suspirei. — Tenho uma consulta com alguém do Departamento de Saúde e Serviços Humanos dos Estados Unidos. Acho que vão me colocar em um plano de assistência médica e depois me dizer onde posso ir para ser examinada por um médico.

— Que bom — Wilson respondeu. — Sabe que vai ter que parar de fumar, não sabe?

— Eu não fumo! — Era como se Wilson houvesse escutado meus pensamentos de alguns momentos atrás.

Wilson levantou uma sobrancelha com incredulidade e ficou me encarando como se esperasse uma confissão.

— Não fumo, Wilson! Eu moro com alguém que fuma como uma chaminé! Por isso estou sempre com cheiro de cinzeiro. Eu sei que sou fedida, obrigada por me avisar.

Wilson suspirou.

— Desculpa, Blue. Sou ótimo para dar esse tipo de fora. Não sou jogador de futebol, mas vivo pisando na bola.

Dei de ombros e encerrei o assunto. Ele ficou me vendo trabalhar por um tempo, mas parecia preocupado, e eu tentei imaginar por que ele ainda estava ali.

— Bom, isso explica... — resmungou. E perguntou: — Nunca pensou em morar sozinha?

— Só o tempo todo — respondi, cansada, sem desviar os olhos da linha que se formava, transformando meu violoncelo em uma sinfonia completa. A curva sugeria som e movimento, e uma continuidade que eu não conseguia expressar com palavras, mas que, de algum jeito, era transmitida pela forma da madeira. Acontecia assim. A beleza aparecia quase por acidente, e eu tinha que me deixar levar para onde ela quisesse. Frequentemente, sentia que minhas mãos e o coração sabiam alguma coisa que eu desconhecia, e me rendia à arte existente neles.

— Você pode parar um pouco? Quero mostrar uma coisa que pode te interessar.

Mordi o lábio, pensando na possibilidade de perder a inspiração se saísse naquele momento. Estava quase pronto. Eu podia ir. Assenti para Wilson.

— Vou trocar de roupa, é rápido.

— Não precisa. Vamos, a gente não vai demorar.

Puxei o elástico do rabo de cavalo e soltei o cabelo. Passei os dedos por ele, mas decidi que não era importante. Em pouco tempo, as ferramentas foram guardadas e a oficina foi trancada. Fui buscar a bolsa no apartamento e aproveitei para passar uma escova no cabelo e vestir uma camiseta menos reveladora.

— Um cara com um sotaque engraçado esteve aqui te procurando — Cheryl avisou do sofá. — Ele fala como o professor de *Buffy, a Caça-Vampiros*. Mas é bem mais novo e mais bonitinho também. Progredindo no mundo, hein? — Cheryl gostava de Spike, da série *Buffy*. Ela guardava todas as temporadas e assistia aos vídeos de um jeito obcecado sempre que ficava sem namorado. Assim se convencia de que o homem perfeito ainda estava por aí, imortal, se alimentando de sangue e estranhamente atraente. Comparar Wilson a qualquer membro do elenco era um grande elogio. Eu saí sem falar nada.

Wilson abriu a porta do passageiro, e eu consegui entrar sem fazer nenhum comentário sarcástico, nem dizer que ele lembrava um pouco o jovem Giles. Paramos em frente à casa dele, e eu falei sobre a aparência melhorada do exterior.

— No começo, cuidei só do interior, mas, agora que os três apartamentos ficaram prontos, estou cuidando da parte externa. Nesse último mês, foram o telhado, as calhas e as janelas. Reformei a escada e a calçada de pedras. Os paisagistas limparam o quintal. A casa está passando por uma reforma completa, realmente.

Ele subiu a escada e destrancou a porta. Eu segui com menos entusiasmo. Como seria ter dinheiro para reformar uma casa inteira, como ele estava fazendo? Dava trabalho, sem dúvida. Devia ser uma tremenda dor de cabeça lidar com empreiteiros e construção civil. Eu não conseguia imaginar como era ter a visão necessária para decidir o que fazer. Mas como seria poder fazer o que queria... dentro do razoável? Pensei se eu seria o novo projeto de Wilson. Talvez ele quisesse me reformar.

— É isto que eu quero mostrar.

Ele me levou para uma porta que eu não havia notado no hall na última vez que estive ali. Ficava parcialmente escondida atrás da escada.

— Você notou que a casa foi dividida em dois apartamentos lá em cima e um aqui embaixo? É porque, quando ela foi construída, a escada era ligeiramente virada para a direita. Isso deixava um lado da casa menor do que o outro. O meu apartamento fica em cima da garagem, o que me deixa com muito espaço. Mas aqui embaixo ficou tudo muito apertado. Eu tinha a intenção de vir morar aqui embaixo, em algum momento, e alugar o meu apartamento, mas não dá para ficar totalmente de pé embaixo do chuveiro, e você já vai ver por quê, e, para ser franco, eu gosto do meu espaço lá em cima. Também pensei em deixar esta área aqui embaixo para algum empregado da casa, mas esse também sou eu, o que justifica minha permanência no apartamento lá em cima, porque estou economizando um bom dinheiro deixando de contratar alguém para fazer os serviços domésticos.

Enquanto ele falava, nós entramos no pequeno apartamento. O espaço tinha o mesmo assoalho de madeira do hall de entrada, e as paredes haviam sido pintadas recentemente. Havia uma entrada bem pequena, uma salinha de estar, que Wilson chamava de "lounge", uma cozinha completa com pia de inox, uma geladeira e um fogão pretos e uma bancada estreita, também preta. Tudo novo e brilhante, tudo com cheiro de madeira, tinta e recomeço. Um quarto e um banheiro, também novos e igualmente pequenos, completavam o apartamento. Parei embaixo do chuveiro e entendi o que Wilson havia dito.

— Os canos passam por aqui. Era a única opção. O teto tem menos de um metro e oitenta de altura aqui onde fica o chuveiro, e não tem espaço para levantá-lo, o que não é um problema para você, a menos que goste de tomar banho com as botas de salto que você costuma usar.

— Eu não posso pagar o aluguel deste lugar, Wilson. É pequeno, mas é muito bom. Eu trabalho no café, estou grávida, e não tem espaço para esculpir, o que significa que a minha situação financeira não vai melhorar se eu vier morar aqui.

— Você pode pagar, acredite em mim. E quer a melhor parte? Vem, vou te mostrar.

Wilson saiu do banheiro e voltou à cozinha com menos de dez passos.

— Essa porta não é uma despensa. Ela leva para o porão. Como eu pretendia deixar o apartamento para um empregado doméstico, pensei que seria útil facilitar esse acesso. A porta original não foi excluída quando a planta do andar foi desenhada para a reforma. Eu lavo roupas lá embaixo. O aquecedor de água e a caldeira também ficam lá, como o quadro de energia. E tem uma entrada pela área externa, o que permite o acesso sem passar pelo seu apartamento. E o lugar é grande. Sobra espaço para você montar uma oficina. Talvez sinta um pouco de frio no inverno, mas podemos comprar um aquecedor simples. E no verão essa é a parte mais fresca da casa.

Desci a escada atrás dele tentando não me animar, dizendo a mim mesma que a ideia era péssima. O porão não tinha nada de especial. Paredes e piso de concreto, mais ou menos duzentos e trinta metros quadrados de espaço vazio, na maior parte. Havia algumas coisas guardadas, uma lavadora e uma secadora velhas junto da parede do fundo, e só. O fato de existir um porão na casa era notável. Porões em Las Vegas eram tão raros quanto casas de tijolos. E havia lâmpadas no teto e energia elétrica para minhas ferramentas. Seria mais que suficiente para as minhas necessidades.

— Tem alguns móveis velhos que estavam na casa quando a comprei. — Wilson levantava lonas que cobriam vários objetos no canto mais afastado da porta. — Pode pegar o que achar que tem utilidade e usar a lavadora e a secadora para cuidar das suas roupas.

— Quanto, Wilson? — perguntei, interrompendo a lista de amenidades. — Quanto por mês?

Ele pensou um pouco, inclinando a cabeça para o lado como se fosse difícil decidir.

— O espaço é pequeno, não dá para alugar para um homem adulto. Ele se sentiria como Gulliver na casa dos liliputianos. Eu já havia decidido deixar o apartamento vazio para quando minha mãe viesse me visitar. Mas ela é esnobe demais, duvido que queira ficar aqui.

— Quanto, Wilson?

— Quatrocentos por mês seria um valor muito alto, provavelmente — ele continuou. — Mas vamos pensar que é mobiliado e que você pode usar o porão, assim fica mais justo.

Quatrocentos dólares era um aluguel ridículo, e ele sabia disso. Cheryl pagava novecentos mensais no apartamento, que era um buraco fedorento e só oferecia água encanada e esgoto. Gás e energia elétrica eram contas separadas. Eu sabia, porque havia meses em que tinha que pagar a conta de luz com o que ganhava trabalhando no café.

— Por que você está fazendo isso por mim? — perguntei, enfiando as mãos nos bolsos do short.

Wilson suspirou.

— Não estou fazendo nada, Blue. Os quatrocentos dólares são mais que suficientes, é sério. Seria bom para a sra. Darwin ter outra mulher como vizinha. Meu novo inquilino é homem. Assim, se ela precisar de ajuda com alguma coisa... feminina, você estará por aqui. É perfeito, sério. — Ele se apegava a detalhes sem importância.

— Alguma coisa feminina? O quê, por exemplo?

— Ah, sei lá. Qualquer coisa... Ah, coisas de mulher com as quais eu não poderia ajudar.

— Sei — respondi, tentando não rir. A euforia borbulhava em meu peito. E eu queria dançar de alegria pelo porão. Era isso. Eu ia me mudar para aquele apartamento, minúsculo, mas perfeito, ia morar sozinha. Sem fumaça de cigarro, sem Cheryl, sem garrafas de cerveja e homens suados em que tropeçar ou para evitar. Eu ia sair de casa.

15
Brilhante

Encontrei uma mesa e duas cadeiras, um conjunto de sofá e poltrona e um estrado de cama que levei do porão para o apartamento. Wilson fez questão de submeter o sofá e a poltrona a uma limpeza a vapor. Ele deu uma desculpa sobre a sra. Darwin já ter contratado o serviço para limpar as coisas dela, mas a mulher parecia nem saber do que eu estava falando quando mencionei o assunto no dia em que o pessoal da limpeza chegou. Wilson também apareceu com um colchão de molas de casal novinho, que ele disse ter encontrado no porão, embora eu não o tivesse visto lá.

No dia seguinte, entreguei a ele um cheque de seiscentos dólares e avisei para parar com os extras, porque eu não poderia pagar por eles e não aceitava cortesias. Peguei minhas ferramentas, cancelei o contrato de aluguel da oficina e tirei minhas coisas do apartamento de Cheryl. Deve ter sido a mudança mais fácil da história das mudanças. Cheryl ficou um pouco surpresa, mas não se emocionou. Só se preocupou com a possibilidade de não conseguir pagar todas as contas naquele mês, mas, quando parti, ela já pensava em nomes para colocar no meu lugar. Não sabia se voltaria a vê-la. Deixei meu endereço anotado em um pedaço de papel e avisei que meu telefone também estava lá, caso ela precisasse falar comigo. Cheryl assentiu e respondeu:

— Você também.

E foi isso.

Havia uma grande caçamba para lixo na saída do prédio, não muito longe de onde eu estacionava a caminhonete. Olhei para os sacos de lixo nos quais havia colocado minhas roupas e de novo para a caçamba. Logo eu nem caberia na maioria das peças que tinha, e todas traziam o cheiro ruim do apartamento da Cheryl. Eu não queria levá-las para minha casa nova. Queria arremessar tudo aquilo bem longe, jogá-las em cima da pilha fedida de lixo. Tiffa havia me ligado dias antes para avisar que mais três peças minhas haviam sido vendidas. Mais mil dólares pelas três. Eu podia comprar roupas novas, se fosse econômica. Tiffa disse que levaria o cheque à casa de Wilson assim que eu estivesse instalada. Ela parecia saber de todos os detalhes relativos à minha mudança, o que me surpreendeu e agradou. Gostava de saber que Wilson falava de mim.

Tirei as botas e os sapatos de dentro dos sacos, com algumas outras coisas de que não queria me desfazer, e deixei tudo no banco do passageiro. Não dava para substituir tudo. Em seguida, com uma alegria enorme, joguei fora todas as roupas que tinha.

ം

A melhor coisa no meu apartamento era a ventilação no teto. Se eu ficasse embaixo da abertura, podia ouvir Wilson tocando seu violoncelo. Não sei por que o som viajava daquele jeito, mas, quando percebi, tinha colocado a poltrona embaixo da grade de ventilação no centro da minha salinha e ficava ali sentada no escuro todas as noites, ouvindo a música de Wilson sussurrar por entre as barras de metal e me envolver com sua doçura. Ele teria rido de me ver ali, com o rosto voltado para cima, um sorriso nos lábios, enquanto fazia as cordas cantarem sem palavras. Wilson tocava uma melodia em particular todas as noites, e eu esperava por ela, cantando com satisfação quando a canção chegava até mim. Eu não sabia o nome dela. Nunca a ouvira antes, mas, cada vez que ele a tocava, eu me sentia finalmente chegando em casa.

As semanas que se seguiram após minha mudança foram as mais felizes que já vivi. Visitei brechós e procurei bazares de garagem para decorar minha casa nova e encher meu novo armário, transformando de maneira drástica meu estilo. Era o fim do jeans colado e das regatas reveladoras. O fim dos shorts curtos e dos tomara que caia. Descobri que gostava de cor, muita cor, e que vestidos eram mais frescos até que os shorts para a vida em Nevada, então comprei alguns de alcinhas finas em tons alegres e tecidos frescos, com o bônus de garantir o espaço necessário para a barriga em expansão.

Minha casa se tornou meu paraíso, um paraíso, e eu me beliscava cada vez que voltava para ela. Nem o medo do futuro reduzia o prazer que eu sentia lá dentro. Se via alguma coisa que eu podia comprar e que ficaria bem na casa, comprava. Foi assim que adquiri um lindo vaso amarelo com um pequeno lascado e a manta verde que cobria o sofá, cercada de almofadas vermelhas e amarelas que a sra. Darwin não queria mais. Pratos diferentes em cores brilhantes enchiam o armário e tapetes alegres cobriam o chão.

Lixei a mesa e as cadeiras do porão e as pintei de vermelho. Depois coloquei três potes de vidro com tampas de rolhas de madeira no centro da mesa e enchi um deles com balinhas de goma de canela em forma de urso, outro com confeitos coloridos e um com gotas de chocolate. E ninguém comia os docinhos, só eu. Encontrei um relógio cuco com um pássaro azul que cantava de hora em hora e bustos de bronze de Júlio César que funcionavam como aparadores de livros e custaram cinco dólares em uma venda de garagem. Os aparadores me faziam rir e pensar em Wilson, por isso os comprei. Fiz uma estante de livros, uma das vantagens práticas de trabalhar com madeira, pintei de verde para combinar com a manta do sofá e a enchi com todos os livros que tinha e todos que Jimmy teve. Meus dois césares os guardavam, mantendo-os alinhados como soldados obedientes. Minha cobra de madeira e uma escultura que Jimmy e eu fizemos juntos enfeitavam a última prateleira, ao lado de um presente de boas-vindas com que Wilson havia me surpreendido.

Quando cheguei em casa depois daquele primeiro grande dia de compras, encontrei um pacotinho na porta do apartamento. Havia um bilhete colado ao embrulho e a palavra BLUE escrita no envelope em letras de forma. Destranquei a porta e joguei minhas coisas no hall de entrada, incapaz de conter a curiosidade.

Abri o pacote primeiro. O cartão podia esperar. Dentro dele havia um melro-negro de porcelana com olhos azuis e brilhantes. Era delicado, com detalhes precisos e penas esfumaçadas. Na palma da minha mão, calculei que a peça devia ter dez centímetros de altura. Deixei-a com todo o cuidado sobre a bancada da cozinha e abri o cartão.

Blue,

Você não terminou a sua história. O melro-negro precisava de um lugar seguro para pousar. Espero que tenha encontrado. Parabéns pelo novo ninho.

Wilson

Minha história pessoal, aquela que tentei escrever, e não consegui, estava dentro do envelope. Li o texto mais uma vez, notando em que ponto havia parado, com o melro-negro caindo, incapaz de se salvar.

"Era uma vez... um pequeno melro-negro, empurrado para fora do ninho, indesejado. Descartado. Então um falcão o encontrou e o levou para longe, deu a ele um lar e o ensinou a voar. Mas um dia o falcão não voltou para casa, e o passarinho ficou sozinho de novo, desprezado. Ele queria voar para longe. Mas, quando parou na beirada do ninho e olhou para o céu lá fora, percebeu que suas asas eram pequenas, fracas. O céu era muito grande. Outro lugar era longe demais. Ele se sentia preso. Podia voar para longe, mas para onde iria?

Ele sentia medo... porque sabia que não era um falcão. E não era um cisne, uma bela ave. Não era uma águia, não despertava fascínio. Ele era só um pequeno melro-negro.

Ele se encolheu no ninho com a cabeça escondida embaixo das asas, querendo ser resgatado. Mas ninguém iria resgatá-lo. A avezinha preta sabia que podia ser fraca, podia ser pequena, mas não tinha escolha. Tinha que tentar. Voaria para longe e nunca olharia para trás. Respirando fundo, ela abriu as asas e se lançou para a imensidão de céu azul. Por um minuto, o voo foi estável e tranquilo, mas depois de um tempo ela olhou para baixo. O chão se aproximou rapidamente quando, em pânico, ela começou a cair."

Peguei um lápis na bolsa. Sentei à mesa e escrevi mais algumas linhas.

"No último minuto, o pássaro olhou para cima, cravou o olhar no horizonte. Quando levantou a cabeça e abriu as asas, ele começou a voar, em vez de cair, e o vento o levou de volta ao céu."

Era bobo e brega. Porém me senti melhor por ter escrito o trecho. Não era um fim, exatamente, mas um novo começo, talvez. Dobrei a folha de papel com minha história e guardei com o cartão de Wilson dentro de uma cópia do *Inferno*, de Dante, que eu sabia que nunca leria, mas que sempre me faria pensar em harpias e história, tristeza e resistência.

Nas semanas seguintes, vivi suspensa em um estado de felicidade atemporal. Ainda faltava muito tempo para o bebê nascer, o suficiente para eu não precisar pensar em maternidade, embora houvesse começado o pré-natal com um médico, ainda sem tomar nenhuma decisão além da aceitação. Já havia admitido que não interromperia a gestação. Eu teria o bebê. Era minha responsabilidade, e não fugiria dela. Eu morava sozinha, trabalhava no café e vendia minhas esculturas. E estava feliz. Além disso, eu não sabia de nada.

Quando Tiffa vendeu mais quatro peças minhas, parei de levá-las ao café, simplesmente porque não conseguia atender às duas demandas, e Tiffa as vendia por um preço muito mais alto. Pedi desculpas a Beverly e expliquei a situação.

— Isso é maravilhoso, Blue! — ela respondeu com firmeza, pousando a mão no meu braço. — Não tem do que se desculpar! Não peça desculpas pelo sucesso! Ficou maluca? Vou ter que dar uns tapas na sua cabeça, garota! — Ela me abraçou e depois me levou para sua sala, fechando a porta atrás de nós. — Outro dia decidi limpar uns armários velhos do arquivo e encontrei um rolo de filme. Mandei revelar as fotos e tenho uma coisa para você. — Ela tirou uma moldura medindo oito por dez de uma sacola do Walmart e me deu. — Achei que ia gostar.

Olhei para a foto de Jimmy comigo, nós dois com os olhos apertados contra o sol, o café ao fundo, Icas aos nossos pés. Absorvi a imagem sem falar nada.

— Eu tinha acabado de comprar a máquina e tirava foto de tudo o dia todo, todo dia. Tinha fotografias de Dooby e Wayne tomando café da manhã, exatamente como fizeram nos últimos trinta anos. Barb e Shelly eram garçonetes aqui naquela época. Tenho um retrato delas com Joey na cozinha. A Barb engordou. Eu também, na verdade. — Bev bateu na barriga e riu. — Esqueci que um dia ela teve um corpo bonito e delicado. Não mostrei as fotos para ela. Achei que poderia ficar deprimida. Não sei por que esse filme ainda não tinha sido revelado, mas você me conhece, sempre apressada e correndo.

Beverly bateu no vidro da moldura e apontou para Jimmy, que não sorria na foto.

— Naquele dia ele apareceu do nada, como costumava fazer. Acho que tive sorte. Pedi para ele posar para a foto. Você era muito fofa, e ficou toda sorridente e animada porque ia ser fotografada. Lembro de ter pensado que Jimmy era um homem excêntrico. Ele não ficou nada animado com a foto, embora não tenha falado muito. Só me fez prometer que não a exibiria no café. Finalmente, ele passou um braço sobre seus ombros. É fácil ver como se davam bem, como eram parecidos, você e seu pai. Não é? — As palavras foram como uma bofetada, principalmente por serem tão sinceras.

— Você acha? — As lembranças sufocavam minha garganta. — Acha que tínhamos a ver um com o outro, Bev?

— Não tenho nenhuma dúvida, meu bem — Bev declarou, assentindo enquanto falava.

Consegui sorrir e apertei a foto contra o peito. Nunca contei a Beverly que Jimmy não era meu pai. Na verdade, a única pessoa que sabia, além de Cheryl, era Wilson. E de repente parei para pensar: contei a Wilson mais coisas do que jamais contei a qualquer outra pessoa.

Bev pigarreou e ajeitou a blusa. Percebi que ela queria dizer mais alguma coisa e esperei, quase certa de que ela havia percebido as mudanças em meu corpo.

— Você está diferente, Blue.

As palavras dela ecoavam em meus pensamentos quase textualmente, e apertei o retrato com mais força, me protegendo mentalmente do desconforto causado pelo assunto.

— Está mais serena, e isso fez bem para você. Não estou falando sobre o peso que ganhou. — E me encarou por um segundo para dar ênfase ao comentário, anunciando que estava de olho em mim. — Falo sobre a sua linguagem, a sua aparência e os caras de quem você se aproxima. Estou falando sobre aquele Sean Connery bonitinho com quem fez amizade. Espero que o mantenha por perto. E espero que tenha contado a ele sobre o bebê, porque imagino que não seja dele.

— Não é. Não temos nada. Quer dizer... não estamos namorando, nada disso — gaguejei. — Mas, sim, ele sabe. E tem sido um bom amigo. — Mas Bev estava mais certa do que eu queria admitir. Alguma coisa acontecia comigo, e essa mudança tinha tudo a ver com Darcy Wilson.

— Que bom, então. — Bev assentiu e ajeitou alguns papéis em cima da mesa. — Também sou sua amiga, Blue. Já passei pelo que você está passando. Era mais nova do que você é agora. Eu sobrevivi. Você também vai sobreviver.

— Obrigada, Bev. Pela foto e... por tudo. — Virei para sair, mas ela me deteve com uma pergunta.

— Você vai ficar com o bebê, Blue?

— Você ficou? — devolvi as pergunta, porque não queria responder.

— Sim, fiquei. Eu casei com o pai do bebê, tive meu filho e me divorciei um ano depois. Criei o menino sozinha, e não vou mentir, foi difícil.

— Alguma vez você se arrependeu disso?

— De ter ficado com o meu filho? Isso não. Mas de ter engravidado? De ter casado? É claro que sim. Mas não temos como evitar o arrependimento. Não deixe ninguém te convencer do contrário. Arrependimento é só o gosto que a vida deixa na nossa boca. Seja qual for a escolha, você vai se perguntar se devia ter feito tudo diferente. Eu não fiz a escolha errada. Só escolhi. E vivi com essa escolha, e com o gosto na boca, também. Gosto de pensar que dei ao meu filho a melhor vida que pude dar, mesmo que não tenha sido perfeita. — Bev deu de ombros e olhou no fundo dos meus olhos.

— Conheço você, Bev, sei que é verdade — respondi com sinceridade.

— Espero que sim, Blue.

16
Quatro de Julho

— Mas o 4 de Julho é um feriado americano. — Torci o nariz para Wilson. — Por que um bando de ingleses vai querer comemorar o nosso Dia da Independência?

— Quem você acha que comemora mais quando o filho sai de casa, ele ou os pais? A Inglaterra ficou feliz quando vocês foram embora, pode acreditar em mim. Fizemos uma festa quando a América declarou sua independência. Bravo! E saiam logo da nossa frente! — Wilson resmungou.

— Não é verdade. Esqueceu a Guerra Revolucionária, sr. professor?

— Tudo bem, então. Na verdade, minha mãe está na cidade com Alice, Peter e meus três sobrinhos. Está muito quente para fazer churrasco, mas o apartamento de Tiffa tem uma vista incrível do desfile, dá para ver bem os fogos e, melhor ainda, tem piscina na cobertura.

A temperatura média da semana havia sido de mais de quarenta graus. Quente era pouco. A ideia de uma piscina era tão boa que nem parecia possível. Mas pensei em como eu ficaria de maiô, e meu entusiasmo desapareceu.

— E por que você está me convidando? Cadê a Pamela? — Eu me orgulhava do tom inocente e neutro.

— Estou te convidando porque você me contou que está sem madeira, entediada, com calor e irritada.

Tudo isso era verdade. Wilson havia ido ao porão lavar roupas e me encontrou olhando para a bancada vazia com cara de enterro, tentando não derreter de calor e virar uma poça no piso de concreto. Ultimamente, eu havia negligenciado as saídas para procurar madeira. O calor e a gravidez me deixavam sem ânimo para qualquer coisa. Agora pagava o preço da preguiça. Um dia inteiro de folga, sem nada para esculpir.

— E a Pamela está na Europa — Wilson acrescentou, passando as peças de roupa para a secadora.

É claro. Pessoas como Pamela desfilavam sua arrogância pela Europa com seus amigos arrogantes. Mas se Pamela estava fora...

— Tudo bem — concordei. — Pode acender a churrasqueira!

⁂

A mãe de Wilson não era nada parecida com ele. Era loira, magra, a imagem da aristocrata inglesa. Ficaria perfeita com um chapéu de aba larga, assistindo a um jogo de polo e falando coisas como "excelente"! Dava para ver a semelhança com Tiffa na figura esguia e nos grandes olhos azuis, e Alice era exatamente igual a ela, só menos serena. A falta de serenidade podia ser resultado dos três ruivinhos pulando à sua volta, em cima dela, embaixo dela. Alice parecia exausta e irritada, enquanto a mãe era fria como um pepino. Talvez Wilson fosse parecido com o pai. Não fosse o cabelo enrolado de Tiffa, eu poderia imaginar que ele era fruto de um tórrido caso extraconjugal. A ideia me fez querer rir. Joanna Wilson não mantinha casos tórridos, eu apostaria minha vida nisso. Mas ela era maluca por Wilson, isso também era certo. Segurava as mãos dele enquanto conversavam, ouvia atentamente cada palavra que ele dizia e tocava seu rosto várias vezes.

Eu me mantinha meio afastada, deslocada na reunião familiar íntima, e passei a maior parte do tempo na piscina brincando com as crianças, jogando anéis com peso no fundo para que eles fossem buscá-los como filhotes incansáveis. Tiffa juntou-se a mim depois de um tempo, e as crianças pularam em cima dela com alegria, tentando se agarrar à tia, que, rindo, afundava e os afundava, várias vezes. Fiquei surpresa com a brincadeira animada e a evidente afeição de Tiffa pelos sobrinhos. De repente me perguntei por que ela não tinha filhos. Parecia muito mais apta para a maternidade que a própria Alice, que bebia um coquetel em uma espreguiçadeira e gritava cada vez que as crianças espalhavam água fora da piscina. De onde essa mulher havia tirado a ideia de ter três filhos, um depois do outro? Talvez, como eu, ela não houvesse pensado.

Tiffa havia conhecido Jack, um rapaz de Las Vegas, e se casado quando ele terminava a residência no Instituto do Câncer, onde o pai dela trabalhava. Fora por causa desse emprego que ele e a família deixaram a Inglaterra. Tiffa poderia ter ficado quando os pais e Wilson se mudaram para os Estados Unidos. Mas, em vez disso, ela arrumou emprego em uma galeria de arte na área nobre de Salt Lake City, interessada em ficar perto da família e adquirir uma experiência nova. Ela e Jack estavam noivos, de casamento marcado para seis meses depois da mudança. E, seis anos depois, ainda eram obviamente loucos um pelo outro. Eles se mudaram para Vegas quando Jack foi trabalhar na unidade de oncologia do Hospital Desert Springs, e Tiffa foi contratada como curadora no The Sheffield.

Olhei para Jack, bronzeado e bonitão em uma camiseta polo azul-clara e bermuda cargo cáqui, cuidando da churrasqueira como um verdadeiro americano. Peter, marido de Alice, não contribuía muito para a refeição, mas permanecia perto de Jack, ouvindo o que ele dizia e rindo de suas piadas. Os dois não eram nada parecidos, mas gostei de ambos imediatamente.

Peter era sobrinho de um conde, e fiquei perplexa quando soube que ainda havia condes e coisas desse tipo na Inglaterra e que, de acordo com Tiffa, eles eram mais ricos que a rainha. Não sabia o que os condes faziam, mas, aparentemente, quando se tem uma riqueza maior que a da realeza, há muito que administrar, e Peter era bom nisso. Talvez fosse essa característica que atraísse Alice, embora ele tivesse outras qualidades que eu apreciava. Era simples, enquanto Alice era sofisticada, quieto, enquanto ela censurava tudo, e doce, enquanto a esposa parecia ser ríspida. O sorriso de Peter era acanhado, o comportamento, despretensioso. E seu cabelo era tão vermelho quanto o dos filhos. Sinceramente, eu torcia para todos terem passado filtro solar. Eu era naturalmente morena e, mesmo assim, havia me protegido com fator cinquenta.

Saí da piscina e caminhei depressa para o lugar onde havia tirado o vestido. Fiz Wilson parar em um Target a caminho dali e comprei um maiô azul sem graça que chamava o mínimo de atenção possível. Não queria usar o biquíni preto que havia sobrevivido à caçamba seis semanas antes. Gravidez e biquínis cavados não combinam, na minha opinião. Algumas mulheres usam e não se incomodam. Para mim, era uma coisa bem cafona, como aquelas fotos no Facebook em que a mulher grávida posa exibindo a barriga enquanto o marido a beija com dificuldade. Eu estava de cinco meses, já dava para ver uma barriguinha, mas, comparada ao que sempre fui, me sentia enorme. Às vezes duvidava de que um dia voltaria a ter a barriga côncava e lisa de novo.

Wilson e a mãe ainda conversavam compenetrados, sentados nas cadeiras sob o guarda-sol listrado de azul, onde estavam desde que chegamos. Wilson me apresentou à mãe dele como "uma amiga e inquilina", sem dar mais explicações. Joanna Wilson deu a impressão de aceitar minha condição, embora houvesse erguido as sobrancelhas e perguntado sobre Pamela quando pensou que eu não estava ouvindo. Pelo que entendi, Joanna era amiga dos pais dela.

Tentei ficar de costas para eles quando saí da piscina, mas Joanna parou de falar no meio de uma frase, e eu soube que não havia conseguido esconder a barriga saliente. Ela retomou a conversa uma fração de segundo mais tarde, como se nunca a houvesse interrompido, mas, quando olhei para Wilson, vi que ele olhava para mim com uma expressão indecifrável. Ele também havia percebido a reação da mãe.

— Tiffa? Os filés estão prontos, amor. Vamos comer — Jack falou para a esposa, que ria como uma bruxa levando o ruivinho menor nas costas, enquanto os outros dois a atacavam com pistolas d'água.

— Vamos comer lá dentro, não vamos? — Alice falou da sombra do guarda-sol. — Não suporto esse calor nem por mais um instante.

— Podemos fazer as duas coisas — Tiffa respondeu, saindo da piscina sem soltar o pequeno agarrado às suas costas. — Pedi comida, está tudo pronto no apartamento. O Jack pode levar os filés lá para baixo. Quem quiser comer aqui pode ficar, ou pode comer lá dentro e voltar para cá, ou ficar lá embaixo, onde é mais fresco.

Jack e Tiffa haviam convidado alguns amigos para a reunião, o que, para mim, foi um alívio. Um grupo maior facilitava a tarefa de passar despercebida. Quase todo mundo desceu a escada circular que ligava a varanda ao apartamento. Todas as coberturas, como Tiffa chamava os apartamentos do último andar, tinham escada privada para chegar à piscina e aos jardins. Tentei não pensar em quanto custava um lugar como aquele e, mais uma vez, refleti sobre as diferenças entre mim e Wilson. Ele havia recebido o dinheiro de um fundo quando completou vinte e um anos, e foi assim que conseguiu comprar a velha mansão em Boulder City. Eu nem imaginava de quanto era esse fundo. Francamente, nem queria saber, mas, considerando um comentário passageiro de Tiffa sobre o assunto, supunha que fossem milhões. O que poderia explicar o choque de Joanna Wilson diante da minha barriga saliente. Milhões de dólares? Milhões de razões para ela querer Wilson bem longe de alguém como eu. Eu entendia, juro que entendia, mas isso não diminuía o constrangimento que senti durante o restante da tarde.

O sol de verão se pôs, o que proporcionou um alívio para o calor do deserto. Quando o sol se punha em Vegas, o calor não era só suportável, era lindo. Eu gostava até do cheiro, como se o sol se despisse da poluição e o oásis no deserto fosse lavado com fogo. Indescritível, até você sentir. Acho que nenhum lugar do mundo cheira como Vegas.

O grupo voltou à varanda quando o sol se pôs, e eu me deliciei com o calor escuro, com o copo de chá gelado em minha mão e os olhos no céu, esperando o começo da queima de fogos. Wilson ia e vinha, e nenhum de nós comentou o momento desconfortável à beira da piscina. Joanna Wilson foi educada e elegante comigo sempre que as circunstâncias exigiam, mas eu a surpreendi olhando para mim várias vezes.

Com a aproximação da hora da queima de fogos, eu descia a escada para mais uma visita ao banheiro, culpa da minha bexiga de grávida, quando ouvi Wilson e a mãe conversando na cozinha de Tiffa. A escada da piscina terminava em uma área azulejada, onde havia uma banheira de hidromassagem e uma sauna à esquerda, uma lavanderia e um banheiro grande com chuveiro à direita. Em frente, além de um grande arco de pedra, ficava a cozinha, e, embora eu não pudesse ver Wilson e a mãe dele, era impossível não ouvi-los, especialmente quando meu papel na conversa era tão proeminente. Fiquei parada no fim da escada, ouvindo Wilson negar qualquer sentimento especial por mim. A mãe dele estava horrorizada por ele ter me levado a um evento no qual muita gente presumiria que éramos namorados.

— Darcy. Você não pode namorar uma moça grávida, querido.

— Não estou namorando, mãe. A Blue é minha amiga e mora no meu prédio, só isso. Só estou cuidando dela. Eu a convidei num impulso.

— E que nome é esse? Blue? Parece uma escolha que Gwyneth Paltrow faria.

— Mãe — Wilson suspirou —, dá para dizer a mesma coisa sobre Darcy.

— Darcy é um nome clássico. — Joanna Wilson bufou, mas desistiu do assunto e voltou ao argumento original. — É uma pena que engravidar seja tão fácil para quem não quer filhos, mas não acontece para quem se desespera pela maternidade.

— Não ouvi a Tiffa reclamando — Wilson respondeu, suspirando.

— Ah, não ouviu? E é por isso que ela vive carregando o Henry no colo, embora ele tenha três anos e saiba andar. Por isso a vi olhando para Blue como se o coração dela se partisse?
— A Blue não tem culpa disso.
— O que ela vai fazer com o bebê? Onde está o pai?
— Tenho certeza de que ela pretende criar o filho. O pai não sabe de nada, e isso não é da minha conta nem da sua, mãe.
— Só acho que é indecoroso, Darcy. Ela devia estar um pouco constrangida por ter vindo com você até aqui nessas condições.

Senti a desaprovação desde o topo da minha cabeça até a ponta dos pés e as unhas pintadas de vermelho. Por que ela reagia desse jeito tão pessoal à minha presença? Eu nem sabia que Tiffa queria filhos ou não conseguia tê-los. Minha presença a incomodava? Pensar nisso fez meu peito doer. Eu gostava de Tiffa Snook e a admirava. Ela era uma das pessoas mais autênticas e legais que eu já havia conhecido. Era tudo encenação? Ela se sentia como a mãe em relação a mim?

Fui ao banheiro para não ouvir mais nada, porque sabia que só serviria para me deixar ainda pior. Tinha dinheiro para pegar um táxi e, embora fosse uma saída covarde, eu não ia voltar àquela cobertura, nem ia me aproximar de Joanna Wilson. Nem de Wilson, na verdade.

Não pedi para vir. Não fiquei colada em Wilson, não fingi um relacionamento que não existia. Não me comportei de maneira "indecorosa", seja qual for o significado disso. Usei o banheiro, lavei as mãos, endireitei os ombros e abri a porta. Joanna Wilson passou por baixo do arco quando eu estava saindo, e meu rosto registrou um lampejo de desgosto antes de ela seguir para a escada.

Fiquei parada no hall, sem saber o que fazer. Minha vontade era ir embora, depois mandar uma mensagem para Wilson explicando que estava cansada e não quis ficar mais. Mas o telefone estava na minha bolsa, e minha bolsa ainda estava lá em cima, ao lado da cadeira onde passei boa parte da noite.

— Blue! — Tiffa estava descendo a escada com o sonolento Henry no colo. — Está cansada, querida? Você não é a única. — Henry ainda vestia a sunga, e sua cabeça era uma confusão vermelha descansando no ombro da tia. Ela afagava distraída o cabelo da criança. — Vou levar o Henry para dormir. Acho que ele não aguenta mais nada. Gavin e Aiden estão acordados, mas Aiden já começou a choramingar e esfregar os olhos. Acho que também não vai resistir por muito tempo.

— Acho que estou um pouco cansada — respondi, aproveitando a desculpa que ele oferecia. — Vou pegar a bolsa e chamar um táxi, assim o Wilson não precisa ir embora.

— O Darcy não vai concordar. Além do mais, acho que ele também quer ir embora. Estava procurando você. — Tiffa seguiu para uma parte do apartamento que eu não conhecia. Ela falou sem olhar para trás. — Vem comigo, só vou colocar o Henry na cama. Hoje nem conversamos. Suas peças estão vendendo tão bem que precisamos pensar em uma estratégia para aumentar a presença delas. Mais peças, peças maiores. — Tiffa falava e continuava andando, e eu a segui, obediente, adiando minha partida.

Ela deitou o garotinho, que se esparramou na cama, já dormindo profundamente. Tiffa trocou o calção de banho pela calça do pijama, e ele nem se mexeu. Quando ela o sentou para vestir a camiseta, sua cabeça caiu para a frente. Nós duas rimos, e Tiffa o deitou novamente, ajeitando sua cabeça sobre o travesseiro. Depois ela o beijou e o cobriu com um cobertor leve.

— Boa noite, docinho — cochichou, olhando para ele.

Eu me senti invasiva, observando seu momento com o sobrinho.

— Tiffa?

— Humm?

— Eu estou grávida. Você sabia?

— Sim, Blue, eu sei — ela respondeu, com tom calmo.

— O Wilson contou?

— Ele me disse quando você se mudou para o apartamento no andar de baixo da casa. — A luz do quarto era fraca, e nós duas falávamos baixo para não incomodar Henry, mas nenhuma de nós se movia, um reconhecimento de que a conversa tomava um rumo mais íntimo.

— Ouvi a sua mãe e o Wilson conversando — contei.

Ela inclinou a cabeça para o lado e esperou com um olhar curioso.

— A sua mãe estava brava.

— Ah, não. — Tiffa gemeu, e seus ombros caíram. — O que ela disse?

— Disse que o Wilson não devia ter me trazido. Que isso foi difícil para você. — Queria pedir desculpas, mas a raiva que eu sentia de Joanna Wilson me manteve em silêncio. Eu não tinha a intenção de fazer mal a ninguém.

— A minha mãe consegue ser imbecil... e antiquada, também. Agora eu entendo por que o Wilson queria ir embora. Ela deve ter atormentado o pobrezinho. — Tiffa segurou minha mão. — Sinto muito, Blue. Confesso que queria muito uma barriguinha como a sua, mas saiba que é bem-vinda em minha casa com meu irmão, sempre.

— Você está tentando engravidar? — Torci para a pergunta não ser muito pessoal.

— Jack e eu nunca usamos contraceptivos e gostamos muito um do outro, se entende o que eu quero dizer. Eu esperava ter vários Jackies correndo pela casa a essa altura. — Tiffa parou e olhou para Henry outra vez. — Há alguns anos, Jack e eu procuramos um especialista. Ele disse que nossas chances eram praticamente inexistentes. Mas sou otimista e ainda acredito que pode acontecer. Tenho só trinta e dois anos. A minha mãe teve dificuldade para engravidar e conseguiu algumas vezes.

— Nunca pensou em adoção? — Assim que as palavras saíram da minha boca, meu coração disparou. Eu sabia o que diria em seguida e estava apavorada, apesar da certeza dessa repentina inspiração.

Tiffa deve ter percebido que me emocionei, porque olhou para mim com os olhos azuis cheios de perguntas.

— Sim — ela respondeu devagar, sem desviar os olhos do meu rosto.

Todas as noites que passei acordada considerando as opções, enfrentando inseguranças, pesando possibilidades, tudo parecia ter conduzido a esse momento. Eu precisava falar. Precisava fazer Tiffa me entender.

— A minha mãe me abandonou quando eu tinha dois anos. — As palavras começaram a jorrar com a força do Niágara, e o menininho na cama se mexeu, embora eu não houvesse erguido a voz. — Quero que o meu filho tenha uma vida diferente da minha. Quero que seja esperado com alegria, celebrado... desejado — gaguejei, parando para pôr a mão sobre meu coração galopante.

Eu ia falar. Faria a Tiffa Snook uma oferta que me abalava até a alma. Ela também tocou o peito sobre o coração, e seus olhos se abriram como luas gêmeas.

— Quero que você e o Jack adotem o meu bebê.

17
Patife

Wilson ficou quieto durante a viagem de volta para Boulder City, e eu estava preocupada demais para contar que tinha escutado sua conversa com a mãe. Estava inebriada demais de esperança para me importar por ele ter me considerado um impulso, nada mais. Cheguei à casa de Tiffa naquele 4 de Julho esperando só os fogos de artifício, cachorro-quente e piscina. Saí de lá com uma possível família para meu filho que ainda nem havia nascido. Minha cabeça rodava, meus pensamentos eram frenéticos, mas eu sentia uma certeza que reverberou em mim durante aquela primeira e longa noite e nos dias seguintes.

Tiffa e eu concordamos que devíamos pensar nisso tudo e não contar nada a ninguém até termos conversado com Jack e consultado um advogado. Nenhum de nós tinha ideia de quais seriam as etapas legais que teríamos que cumprir, mas Tiffa esperava conseguir algumas respostas com o irmão de Jack, que era advogado. As mãos dela tremiam quando ela me abraçou, e seus olhos estavam cheios de espanto e fascínio, provavelmente com a guinada que sua vida dava de repente. A esperança em seu rosto devia refletir a minha, e, embora ela tenha me pedido para pensar com seriedade em minha escolha nos dias seguintes, eu sabia que não mudaria de ideia.

Tiffa, Jack e eu encontramos o irmão de Jack, que nos orientou sobre o processo. Não era nada terrivelmente complicado: Jack e Tiffa pagariam minhas despesas médicas, e eu teria que devolver esse valor a eles se mudasse de ideia dentro de um período determinado. E, é claro, o pai teria que ser notificado e teria que abrir mão de seus direitos. Pensar nisso me encheu de pavor. Não que eu acreditasse que Mason ia querer ser pai e criar a criança. Mas ele era possessivo, e eu já conseguia imaginá-lo criando problema só pela alegria de criar problema.

Tiffa falou com a família dela. Joanna Wilson, Alice, Peter e as crianças voltariam a Manchester na manhã seguinte, por isso Tiffa convidou Wilson para um jantar no qual pudesse dar a notícia enquanto estivessem todos juntos. Ela me convidou também, mas recusei o convite, grata por ter a mudança de turno no café como desculpa para ficar longe deles. Desconfortável era pouco para descrever a situação. E eu realmente não queria discutir adoção saboreando chá e bolo com Joanna Wilson. Sem saber se o desconforto se estenderia para o meu relacionamento com Wilson, tive uma noite tensa no trabalho, derrubando pratos e oferecendo um serviço bem ruim. Eram nove da noite quando finalmente saí de lá e fui para casa a pé, cansada e abalada com o esforço de equilibrar pedidos e nervosismo. Quando cheguei, Wilson estava sentado na escada da frente de Pemberley.

Sentei ao lado dele e tentei descansar a cabeça sobre os joelhos, o que já havia feito milhares de vezes antes, mas minha barriga me impediu. Na última semana, ela havia crescido tanto que estava sempre me surpreendendo e atrapalhando, e disfarçá-la ficava cada vez mais difícil. Fiquei ali sentada com as mãos sobre as pernas, olhando para a rua escura, me lembrando daquela noite, meses atrás, quando me senti tão perdida que apareci do nada na casa de Wilson em busca de alguma direção. Ficamos ali sentados do mesmo jeito, olhando para a rua, as pernas quase se tocando, quietos e pensativos.

— A Tiffa e o Jack podem ser o casal mais feliz do planeta neste momento — Wilson murmurou, olhando para mim por um instante.

— A minha mãe também está eufórica. Ela cantava uma versão de "God Save the King", quando eu saí de lá.

— "God Save the King"? — repeti, surpresa.

— É a única música cuja letra ela conhece inteira, e acho que estava com vontade de cantar.

Eu ri baixinho, depois fiquei em silêncio.

— Você tem certeza disso, Blue?

— Não — ri com pesar. — Decidi que ter certeza é um luxo que nunca vou poder bancar. Mas tenho tanta certeza quanto pode ter uma garçonete de vinte anos. E o fato de a Tiffa e o Jack estarem tão felizes me faz ter certeza quase absoluta.

— Muitas mulheres mais jovens que você e com menos talento criam os filhos sozinhas.

— E algumas fazem um bom trabalho — reconheci, tentando não me incomodar com os comentários. — Outras não. — Meus olhos encontraram os dele num gesto desafiante, e eu esperei, sem saber se ele me pressionaria. Wilson estudou minha expressão, depois desviou o olhar. Eu queria que ele entendesse, e precisava desesperadamente de sua aprovação, por isso recorri à única coisa que, sabia, o convenceria.

— Uma vez você citou um poema de Edgar Allan Poe. Lembra?

— Decorei o poema depois daquela noite. Talvez para me sentir mais perto dele, para saber alguma coisa que ele sabia, compartilhar alguma coisa que ele amava, mas as palavras me tocaram em um nível muito primitivo, me atormentaram. Era minha vida resumida a alguns versos.

Wilson começou a citar os primeiros versos, e havia em seu rosto uma expressão de dúvida. Enquanto ele recitava, fui falando as mesmas palavras, recitando também. As sobrancelhas de Wilson se erguiam a cada palavra, e dava para perceber que ele se surpreendia por eu conhecer o poema de cor.

> "Desde criança, não sou
> como os outros; não pensei
> como os outros; não me interessei
> por coisas que interessavam aos outros.
> Da mesma fonte não tirei
> minha dor; não consegui despertar
> meu coração para a alegria no mesmo tom."

Wilson parou, olhando para mim à luz pálida que se derramava em torno do nosso poleiro de concreto.

— É o próximo trecho que não consigo tirar da cabeça — confessei, sem desviar os olhos dos dele. — Sabe o que vem depois?

Wilson assentiu, mas não recitou os versos. Ficou esperando eu continuar. E eu recitei cada linha como a interpretava.

> "E todos que amei, amei sozinho.
> Lá — na minha infância, no começo
> de uma vida tempestuosa — foi criado,
> das profundezas de bons e maus,
> o mistério que ainda me aprisiona."

Havia mais, porém era esse trecho que ecoava, e eu organizei meus pensamentos, querendo ser compreendida.

— O mistério da minha vida ainda me aprisiona, Wilson. Uma vez você me disse que não podemos decidir onde somos colocados. Nascemos nas circunstâncias em que nascemos, e ninguém tem controle sobre isso. Mas posso fazer alguma coisa para esse bebê não ser tratado como eu fui. Não tenho nada para oferecer além de mim mesma, e, se acontecer alguma coisa comigo, meu bebê não vai ter mais ninguém. Não posso garantir para ele uma vida feliz, mas posso garantir que não ame sozinho. Quero cobrir essa criança de amor. Mãe e pai, avós, tios, tias e primos. Quero que ela seja cercada por uma família, que não haja mistério, nem medo de ficar sozinha ou ser abandonada... ou deixada ao acaso.

Wilson assentiu de novo, mas seu rosto expressava inquietação, e os olhos eram tristes. Ele se inclinou e beijou minha testa, e senti cheiro de hortelã e loção de barba, e tive que me controlar para não respirar fundo, me cercar com seu cheiro como se fosse um cobertor. Senti sua aflição, como se ele discordasse de tudo que eu havia dito, mas não quisesse me magoar. Talvez porque seria tio do meu filho, do filho de Tiffa. Ele seria uma das camadas de amor que eu construía com tanto esforço.

— E agora, Blue? Para onde vamos depois disso?

Eu não sabia a que ele se referia exatamente, por isso interpretei a pergunta literalmente.

— Amanhã vou ter que contar para o Mason.

✿

— Olha só quem está aqui. Não aguentou ficar longe, é? — Mason brincou, olhando para mim da porta aberta. A luz do apartamento em cima da garagem recortava sua silhueta. Eu havia telefonado para dizer que estava lá fora e precisava conversar com ele. Mason desligou e começou a descer a escada, o andar cadenciado ainda mais pronunciado. Era evidente que imaginava que eu queria mais do que só conversar. Segurei a bolsa diante do corpo, evitando que ele tivesse uma visão clara da situação antes que eu estivesse pronta para isso. Ouvi uma porta bater. Wilson contornou a casa e se aproximou de mim. E pensei que ele ia ficar no carro.

— Por onde andou, Blue? — Mason chegou ao fim da escada no mesmo instante em que Wilson parou ao meu lado. Mason olhou para o professor e vi uma sombra passar por seu rosto. — Imaginei que tinha me trocado por esse mauricinho.

— Estou grávida, Mason. O filho é seu. — Não queria prolongar a conversa. Precisava acabar logo com aquilo. Afastei a bolsa para ele poder ver minha barriga.

Mason olhou para ela, depois para meu rosto. Com as roupas adequadas, a gravidez ainda não era evidente. Mas hoje eu vestia calça capri branca e camiseta justa, só para não haver nenhuma dúvida.

— Ah, essa é ótima! — Mason gritou e passou as mãos na cabeça, e eu me senti mal por ele. Não o culpava por se sentir ofendido. A notícia era um soco no estômago, e eu sabia bem como ele se sentia. Experimentei a mesma coisa meses atrás. Ele apontou para mim, o dedo a poucos centímetros do meu rosto. — Depois de quase seis meses, você aparece aqui e me vem com essa? De jeito nenhum! Ah, não. Não acredito.

— Em que você não acredita, Mason? — Temperava minha empatia com a necessidade de fazer o que tinha ido fazer ali.

— Como você sabe que o filho é meu, Blue? Não fui o primeiro, e é claro que também não fui o último. Eu lembro, o Adam também estava em cena naquela época. — Mason olhou para Wilson com ar ressentido. Wilson só balançou a cabeça e cruzou os braços. Essa coisa de Adam não tinha jeito. Era inútil tentar negar ou explicar.

Dei de ombros e não discuti. Se Mason duvidava de mim, melhor. Assim ele criaria menos problemas. Entreguei a ele os documentos que o irmão de Jack havia preparado.

— Não vim aqui para arrumar confusão, Mason. Não vim brigar. Quero entregar o bebê para adoção. O documento explica a recusa de direitos. Você precisa ir ao tribunal na data marcada, assinar no lugar certo e pronto. Você nunca mais vai ter que ver a minha cara ou a minha barriga.

Mason olhou para o documento e, por um momento, pensei que ele o rasgaria.

— Eu trabalho. Não posso ir. — Mason franziu a testa e jogou o papel no chão. Ficamos olhando para a folha de papel, esperando alguém tomar uma atitude. Depois de um segundo, me abaixei para pegá-lo.

— Entendo — respondi, com voz doce. — E vai precisar continuar trabalhando. Porque, se a adoção não der certo, vou ter que entrar com um processo de reconhecimento de paternidade e pedir pensão alimentícia. — Mantive a expressão neutra e o olhar inocente.

Mason falou um palavrão, e Wilson segurou o riso. De braços cruzados, ele levantou o polegar para mim. O sorriso desapareceu de seus lábios quando Mason me chamou de puta de merda.

— Cuidado com a boca, cara — ele disse, e Mason o encarou, desconfiado, provavelmente lembrando do golpe do último encontro.

— Você não vai arrancar um centavo de mim, Blue.

— Apareça no tribunal na quinta-feira, e não vou mesmo. — Empurrei o papel contra o peito dele, segurando-o ali até Mason levantar a mão e pegá-lo, amassando-o. — A gente se vê. Na quinta.

Virei e me afastei, sem olhar para trás para ver se um dos dois me seguia. Sentei no banco do passageiro do Subaru de Wilson e puxei o cinto, tomada pela necessidade de me sentir protegida, querendo dar a mim mesma a certeza da segurança. Segura contra a raiva de Mason? De seu palpável sentimento de traição? Talvez. Eu só sabia que estava com medo e inexplicavelmente triste. Wilson entrou no carro e ligou o motor. Minhas mãos tremiam tanto que o fecho do cinto escapou e bateu na janela, fazendo um barulho assustador no vidro. Wilson se inclinou e o puxou sem falar nada, mas senti os olhos dele no meu rosto até irmos embora.

— Você está tremendo. Está tudo bem?

Assenti, tentando engolir a vergonha que enchia minha boca e tornava mais difícil falar.

Senti os olhos de Wilson em mim, estudando meu perfil, tentando remover minha máscara. Queria que ele desistisse, só isso.

— Você ama o cara? — A pergunta era tão inesperada que eu ri, uma gargalhada que nada tinha de humor.

— Não! — Responder foi fácil. — Estou constrangida, envergonhada. Não tem nada a ver com amor. Nunca teve.

— E isso facilita... não amar o cara?

Pensei por um momento e assenti.

— É, facilita. Estou feliz por ele não ter se oferecido para me transformar em uma mulher honesta.

Wilson sorriu com ironia.

— É... tem isso. — Ele aumentou o volume do rádio, e The Killers invadiu a noite de Vegas, fazendo o painel vibrar com sua "Miss Atomic Bomb". Pensei que a conversa havia acabado, mas Wilson estendeu a mão e desligou o rádio. — E se tivesse?

— O quê? Se ele tivesse me pedido em casamento? Cai na real, Wilson.

— Se fosse assim, você ia querer ficar com o bebê?

— E poderíamos ser uma família feliz? — debochei, incrédula. — Já é ruim o suficiente esse bebê ter o meu DNA e o dele. Além disso, ele não merece ser criado por nós.

— Ah, Blue, você não seria uma mãe ruim.

— Talvez alguém tenha dito a mesma coisa para a minha mãe quando ela descobriu que estava grávida.

Wilson virou a cabeça e eu vi a surpresa estampada em seu rosto bonito. Dei de ombros, fingindo que não me importava. Eu não sabia se seria uma mãe ruim. Nem se seria uma boa mãe. Mas sabia que não seria tão boa quanto Tiffa Snook, ainda não, pelo menos. E era isso que importava.

🙚

Quinta-feira chegou. Dormi mal a semana inteira, com medo de Mason aparecer com os pais e eles pedirem a custódia do filho que eu ainda nem tinha tido. Se isso acontecesse, eu ficaria com o bebê. Entregar a criança para Tiffa e Jack era uma coisa. Entregar a Mason e aos pais dele era outra. Mas Mason estava sozinho no tribunal quando cheguei lá, na manhã de quinta-feira. Ele era adulto, não precisava de permissão para o que ia fazer. Talvez nem houvesse contado aos pais. Ele usava gravata e exibia uma expressão chocada, e eu me senti mal de novo.

Quando o juiz perguntou se ele entendia quais eram seus direitos e do que estava abrindo mão, Mason assentiu e olhou para mim. Não senti mais raiva nele. Só perplexidade. Com um escrivão como testemunha, ele assinou os documentos, e Tiffa e Jack se abraçaram, como se tivessem medo de uma desistência. O alívio me deixou fraca, e tive que me esforçar para controlar uma onda de emoção. Assim que o procedimento foi concluído, fui falar com Mason. Era o mínimo que eu podia fazer.

— Obrigada, Mason — falei em voz baixa e estendi a mão.

Ele a apertou sem pressa.

— Por que não me contou antes, Blue? Sei que nunca tivemos nada sério, mas... eu queria ter tido.

Foi minha vez de ficar chocada.

— Queria? — Nunca pensei que Mason queria alguma coisa de mim, além de sexo. Só agora percebia que a opinião ruim que tinha de mim mesma me havia cegado para os verdadeiros sentimentos dele.

— Eu sei que posso ser um cretino. Bebo demais, falo coisas que não devia falar e perco a cabeça com muita facilidade. Mas você podia ter me contado.

— Eu devia ter contado — concordei. Ficamos ali constrangidos, olhando para todos os lugares, menos um para o outro. — É melhor assim, Mason — concluí em voz baixa.

Ele olhou para mim e assentiu.

— É, eu sei. Mas um dia quem sabe você me dê outra chance.

Não. Eu não daria. Mason fazia parte de um passado que eu não queria repetir. Mas assenti sem me comprometer, grata por estarmos em paz.

— Bom, se cuida, Blue.

— Você também, Mason. — Virei e caminhei para a porta. Mason me chamou, e sua voz soou horrivelmente alta no tribunal vazio.

— Nunca imaginei que você ficaria com um cara como o Adam.

Virei e dei de ombros.

— Nem eu, Mason. Talvez isso seja parte do meu problema.

18
Meio-dia

— Por que a sua cadeira está no meio do caminho?

— Gosto de ficar sentada embaixo da ventilação.

— Você está com frio? Pode aumentar o termostato. Aquecer esse espaço tão pequeno não vai custar caro.

— Wilson, estamos em agosto, em Nevada. Não estou com frio.

— Por que você pôs a poltrona no meio da sala, então?

— Gosto de ouvir você tocando à noite — confessei com facilidade, para minha surpresa. Não planejava dizer isso a ele. — O som vem pela abertura da ventilação.

— Você gosta de me ouvir tocar? — Wilson parecia chocado.

— É claro — repeti, dando de ombros como se não fosse nada muito importante. — É legal. — Legal era pouco. — Só acho que seria ainda mais legal se tocasse alguma coisa do Willie — provoquei.

Wilson respondeu desanimado.

— Willie?

— É, Willie. — Tentei não rir. — Willie Nelson é um dos maiores compositores de todos os tempos.

— Ah. — Wilson coçou a cabeça. — Acho que não conheço esse... trabalho.

Ele parecia tão confuso que não consegui mais me controlar e gargalhei.

— Willie Nelson é um cantor country, um cantor do passado. O Jimmy adorava! Na verdade, o Jimmy era meio parecido com ele, só um pouco mais moreno e menos barbudo. Ele também usava tranças e a bandana, e tinha todos os discos do Willie. Ouvimos canções dele muitas vezes. — De repente não sentia mais vontade de rir, e mudei de assunto. — Tem uma música que você toca de que gosto muito.

— Ah, é? Canta um trecho.

— Não sei cantar, assobiar, dançar ou recitar poesia, Wilson.

— Só um pouquinho, só para eu saber qual é a música.

Pigarreei, fechei os olhos e tentei pensar na melodia. Estava ali na minha cabeça, como uma corrente de água fria. Linda. Tentei reproduzir algumas notas e, adquirindo confiança, continuei cantarolando, ainda de olhos fechados. Satisfeita, abri os olhos para ver como minha reprodução havia sido recebida.

Wilson estava muito vermelho e tremia de tanto rir.

— Não consigo nem imaginar que música é essa, meu bem. Continua, quem sabe mais algumas notas...

— Seu... cretino! — Eu me irritei e bati nele. Wilson continuava rindo. — Eu avisei que não sabia cantar! Para com isso!

— Não... sério, foi incrível! — Ele ofegava de tanto rir e se defendia dos meus tapas. Bufei e comecei a arrastar minha poltrona do meio da sala, indicando que não continuaria ouvindo, agora que ele havia me envergonhado.

— Para, desculpa. Olha, agora eu canto e você pode rir da minha cara. — Ele puxou a cadeira de volta e a colocou embaixo da grade de ventilação. — Senta aqui e levanta os pés. — E me empurrou para a cadeira com delicadeza, puxando meus pés para apoiá-los no descanso da poltrona. — Melhor ainda, espera aqui, vou buscar meu violoncelo e tocar para você.

— Não quero — menti. Pensar nele tocando para mim me deixava meio ofegante e um pouco tonta. Felizmente, ele só deu risada e saiu do apartamento. Ouvi os passos na escada e a porta batendo lá em cima. Minutos depois ele voltou com o violoncelo. Pegou uma das cadeiras da cozinha, sentou-se à minha frente e posicionou o violoncelo preto e brilhante. Fiquei quieta, tentando esconder a expectativa enquanto ele afinava o instrumento e ajustava as cordas.

— Perfeito. — Satisfeito, ele começou a deslizar o arco pelas cordas, buscando a melodia. Os olhos encontraram os meus. — Quando ouvir a música, me avisa.

— Por que não toca... do jeito que faz quando está sozinho? E eu só escuto? — Desisti de fingir que não estava interessada.

— Quer que eu pratique? — Ele parou de repente.

— Isso. É só fazer o que faz todas as noites.

— Eu pratico por uma hora, no mínimo, todas as noites. Soou como um desafio, e eu respondi imediatamente.

— Eu sei. — E sabia. — Mas vai falando o nome das músicas. Quando eu escutar seu ensaio, vou saber o que está tocando. Educativo, não? — acrescentei, sabendo que o faria rir. E funcionou. — Sou fã da educação, você sabe.

— Ah, sei. A garota que mal podia esperar para entrar na minha aula todo dia, tão ansiosa para ouvir e aprender.

Se ele soubesse! Mas Wilson sorriu para mim e levantou as mãos para voltar a tocar. Ele precisava de um corte de cabelo novamente. Um cacho castanho caía sobre seus olhos, e ele o empurrou, impaciente. Depois inclinou a cabeça para o lado como se o violoncelo fosse uma amante, e ele sussurrasse segredos. A mão deslizou pelas cordas, e ele começou a produzir uma melodia. O som era doce e sensual, uma nota baixa, trêmula, se unindo a outra, e eu quase suspirei. A música encheu a sala e pressionou meu coração, querendo entrar.

— Conhece essa? — ele perguntou enquanto tocava.

— "Mary tinha um carneirinho"?

— Sempre a engraçadinha — Wilson suspirou, mas havia um esboço de sorriso em seus lábios, e os olhos se fecharam enquanto ele tocava. Fiquei olhando para ele, para a sombra dos cílios nas faces, o queixo enfatizado pela barba por fazer. Seu rosto era sereno, perdido na música que criava. E pensei, fascinada, que ele havia se tornado um amigo. Havia outros homens como ele? Homens que amavam história, carregavam lenços e abriam portas para as mulheres, inclusive para garotas como eu? Eu não conhecia ninguém como ele. Pensei novamente em Pamela, e me perguntei se ele era apaixonado por ela.

— Isso é Brahms. — Ele abriu os olhos e me observou. Assenti, e ele voltou ao devaneio. Uma música se fundia a outra, e eu ouvia de olhos fechados. Estava inebriada de paz e bem-estar e me encolhi na cadeira.

E foi então que senti o movimento. Quê? Olhei para baixo espantada, confusa com o empurrão no abdome. A sensação se repetiu, e eu não escondi a surpresa.

— Wilson! Wilson, vem aqui! O bebê... está... dançando!

Wilson se ajoelhou ao meu lado antes de eu terminar de falar. Ele estendeu a mão, e eu a segurei e coloquei sobre minha barriga, guiando-a para o movimento. Já havia sentido o bebê se mexer muitas vezes, mas nunca daquele jeito.

— Aqui! Isso! Sentiu?

Wilson arregalou os olhos. Nós dois ficamos parados, prendendo a respiração e esperando. Um movimento e um chute.

— Ai! — Eu ri. — Você sentiu, não sentiu?

Wilson usou a outra mão para segurar minha barriga com mais firmeza e aproximou o rosto para tentar ouvir. Por alguns segundos, sua cabeça ficou aninhada junto do meu corpo, os cachos escuros sobre mim, e resisti ao impulso de passar a mão em seu cabelo. O bebê ficou quieto, mas Wilson relutava em se afastar.

— Foi a música — sussurrei, esperando mantê-lo perto só por mais um minuto. — Você estava tocando a música de que a gente gosta.

Wilson olhou para mim, e estávamos tão próximos que teria sido fácil me inclinar para ele. Muito fácil... e completamente impossível. Ele se surpreendeu com a proximidade e se afastou imediatamente.

— Era aquela música? — Um sorriso iluminou seu rosto.
— Sim. O que era?
— Bob Dylan.
— Quê?! — exclamei. — Pensei que fosse Beethoven, ou coisa assim. Agora tenho certeza de que não tenho nada de cultura, nenhum refinamento.

Wilson bateu em minha cabeça com o arco.

— O nome da música é "Make You Feel My Love". É uma das minhas favoritas. Eu mudei um pouco o arranjo, mas é Dylan, não tem nada de Mozart. A letra é brilhante. Escuta. — Wilson cantou baixinho enquanto tocava. A voz dele era tão profunda quanto as notas do violoncelo.

— É claro — comentei, amarga.
— Que foi? — Ele parou, assustado.
— Você sabe cantar. Tem uma voz bonita. Não posso nem fingir que é ruim. Por que você não pode ser ruim em alguma coisa? Isso é muito injusto.

— Você diz isso porque nunca me viu esculpir uma peça linda e complexa em um tronco de madeira — Wilson respondeu, seco, e voltou a tocar. Continuei ouvindo, mas a música despertou em mim a vontade de entalhar.

— Se você fosse ensaiar no porão todas as noites, eu poderia ouvir enquanto trabalho nas esculturas. E faria peças parecidas com o som das suas músicas. Poderíamos ganhar milhões juntos. Você seria o meu muso. Isso existe? Homens podem ser musas... musos?

Wilson sorriu, mas os olhos tinham novamente aquela expressão distante, como se a visão fosse diminuída pela necessidade de ouvir. Eu também fechei os olhos e me deixei arrastar pelo mar de sons. Acordei horas mais tarde cercada de silêncio. A manta verde do sofá estava em cima de mim, e Wilson e seu violoncelo mágico haviam desaparecido.

⁂

Desde que me mudei para Pemberley, adquiri o hábito de ir a pé para o trabalho. Economizava o dinheiro da gasolina e me exercitava, embora, perto do fim do oitavo mês de gravidez, o calor do meio de outubro quase me convencesse a usar o carro. Mas eu nunca dirigia às segundas-feiras. Era o dia em que Wilson ia jantar no café. Quando meu horário terminava, íamos embora a pé juntos.

Uma vez, de passagem, contei a ele que costumava levar comida para Manny e Gracie nas noites de segunda, explicando por que esse era um dia melancólico para mim. Depois disso, Wilson começou a aparecer no café às segundas. Tentei não ver nada por trás da atitude. Ele era legal comigo, bom e atencioso, e me convenci de que ele simplesmente era assim. Nunca questionei o tempo que passava comigo, nunca comentei, nunca chamei a atenção para isso. Temia que, se fizesse isso, ele pudesse parar.

Meu horário acabava às sete da noite, e naquela segunda-feira Wilson entrou às sete em ponto. Ele ainda vestia calça social e camisa azul-clara, com as mangas dobradas até os cotovelos. Era o traje-padrão de professor. Bev piscou para mim e fez um gesto me dispensando. Sentei com ele para comer um sanduíche e beber um copo de limonada, suspirando enquanto mexia os dedos dos pés e alongava os ombros tensos.

Bev fez questão de servir Wilson pessoalmente, e levou para ele o queijo quente com tomate e batatas fritas, embora sempre as chamasse de "chips". Era como se ela quisesse fazer Wilson se sentir em casa. Ele agradeceu e disse que tudo estava absolutamente *scrummy*. Ela riu como Chrissy costumava rir nas aulas de história. Tive que me segurar para não gargalhar.

— Acho que a Bev tem uma quedinha por você, Wilson. Sei que você deve estar acostumado com isso. Você não tem um fã-clube na escola? O clube "Eu amo o Wilson", ou coisa assim?

— Ha-ha, Blue. Nunca fiz muito sucesso com as garotas.

— Wilson. Não seja idiota. No primeiro mês de aula, o Manny só falava de você.

— O Manny não é uma garota — Wilson comentou sem se alterar.

Eu ri.

— Verdade. Mas acho que eu era a única que não te seguia com a língua de fora. Era nojento. Agora até a Bev faz parte do fã-clube. Eu vi um adesivo no para-choque do carro dela: "Bundas Inglesas me Deixam Maluca".

Wilson engasgou, riu muito e pegou o copo de limonada para engolir a comida. Eu adorava fazê-lo rir, mesmo que fosse prejudicial à sua saúde.

Ele se recuperou e balançou a cabeça, negando minha afirmação de que ele fazia sucesso com as mulheres.

— Sempre fui o nerd da orquestra... Que nome vocês dão a isso? Geeks da banda? Eu me dava bem com os professores, mais do que com os colegas. Era o magrelo de óculos e pés grandes, o que sabia todas as respostas na aula e se oferecia para apagar a lousa no final.

— Tem gente que faz isso? — interrompi, incrédula.

Wilson revirou os olhos e continuou:

— Eu nunca fui um ímã de garotas, principalmente das que tinham o seu jeito. O fato de você dizer que não ficou impressionada comigo ao longo do ano... bom, isso não é novidade. E isso nunca me incomodou. As meninas nunca estiveram no topo da minha lista de prioridades. É claro que eu notava garotas como você, mas não gostava especialmente delas. E garotas como você nunca notam caras como eu.

— Que garotas? As vadias cruéis? — falei com um tom brando, fingindo que estava brincando. Não estava. As palavras dele feriam, mas "garotas como eu" sempre sabem assimilar o golpe.

— Não, Blue. — Ele balançou a cabeça, irritado. — Não foi isso que eu quis dizer. Garotas bonitas, duronas, garotas que cresceram depressa demais e acabam com idiotas como eu.

— Isso. Foi o que eu disse. Vadias cruéis. — Empurrei o prato e chupei o canudinho da bebida fazendo um barulho alto, indicando que não havia mais nada no copo. Levantei, sinalizando o fim da conversa e da "refeição aconchegante". Wilson olhou para mim, e percebi que ele estava bravo comigo. Que pena. Sorri lentamente, sarcástica, mostrando muitos dentes. O que havia sido uma conversa leve de repente tomava um rumo diferente. Ele passou as mãos no cabelo e também empurrou o prato. Em seguida jogou algumas notas em cima da mesa e se levantou. Ele caminhou em direção ao caixa, se afastando de mim e me ignorando. Pagou minha refeição e a dele e saiu do café. Eu acenei para Beverly, que jogou um beijo para mim.

— Até amanhã, Blue. Diz para o Wilson que mandei um abraço.

Wilson esperava por mim lá fora, com as mãos nos bolsos e o rosto voltado para o sol poente. Uma das coisas de que eu mais gostava no deserto era o pôr do sol. O céu baixo sobre as colinas a oeste projetava ondas púrpuras e rosadas no céu da noite. Talvez por não ter nada bloqueando a vista — Las Vegas ficava no vale, e Boulder City, em uma área mais alta, a sudeste, em uma curva das colinas ao leste —, o pôr do sol sempre me emocionava e lembrava o tempo em que passei com Jimmy, quando eu não era tão indiferente, quando ainda não tinha sido forçada a crescer tão depressa. Wilson não falou nada quando me aproximei, e começamos a andar em silêncio. Meu tamanho cada vez maior me obrigava a andar gingando, mas Wilson ajustou o passo, e nós fomos para casa.

— Por que você faz isso? — ele perguntou depois de um tempo. Eu sabia que ele estava bravo.

— Isso o quê?

— Presumir o pior. Colocar palavras na minha boca, se descrever com palavrões, tudo isso. Por quê?

Pensei por um minuto, tentando encontrar um jeito de explicar a alguém como Wilson como era ser uma "garota como eu".

— Fiz sexo pela primeira vez aos catorze anos, Wilson. Não queria, mas aconteceu. Era um garoto mais velho, e eu gostava da atenção que ele me dava. Ele tinha dezenove anos, e eu era fácil de convencer. — Dei de ombros. — Fiz sexo muitas vezes depois disso. Algumas pessoas dizem que isso me faz uma puta, e o fato de eu não me desculpar por isso confirma, sou uma vadia. Dizer que sou uma vadia cruel nem é muito, se pensar desse jeito. Não me orgulho disso, estou tentando mudar, mas é a verdade, e não me interessa justificar o que já fiz.

Wilson parou de andar e olhou para mim.

— Catorze? Isso não é sexo. Isso é estupro, Blue.

— É, Wilson. De certa forma, foi.

— Desgraçado! — Wilson murmurou, incrédulo. — Não acredito nisso! — E gritou: — Desgraçado! — Uma pessoa que atravessava a rua parou e olhou para ele. Uma mulher que passava dirigindo com a janela aberta franziu a testa para nós. Devia estar pensando que Wilson gritava comigo. — Me deixa adivinhar. Não aconteceu nada com ele. Certo? — E olhou para mim como se estivesse furioso comigo. Eu sabia que não estava. Na verdade, a raiva de Wilson comprovava a precisão de tudo isso. Descobri que contar a história a ele não me incomodava e, pela primeira vez, lembrar não me fez tremer por dentro.

— Como assim? É claro que não. Contei para a Cheryl, ela me deu anticoncepcionais, e eu... superei.

— Aaahhh! — Wilson gritou de novo, chutando uma pedra para longe. Ele resmungou, xingou, e parecia incapaz de um discurso racional, e eu apenas segui andando ao lado dele, esperando. Depois de dois quarteirões, ele segurou minha mão. Eu nunca tinha andado de mão dada com um garoto. A de Wilson era muito maior que a minha, e me fazia sentir delicada e valorizada. Era incrivelmente... sexy. Se eu não estivesse grávida, se não houvesse acabado de confessar meu passado feio, teria dado em cima de Wilson naquele momento. Teria segurado seu rosto bonito e beijado sua boca até estarmos colados no meio da calçada.

Ri de mim mesma em silêncio e deixei a ideia de lado. Tinha certeza de que Wilson correria para as colinas se eu desse em cima dele. Não era essa a natureza do nosso relacionamento. Definitivamente, não era essa a natureza dos sentimentos dele por mim. Além do mais, com uma barriga daquele tamanho, chegar perto poderia ser impossível. Andamos até o sol desaparecer e a escuridão nos envolver. As lâmpadas da rua começavam a acender quando nos aproximamos de Pemberley.

— Faz um pedido! — gritei, puxando a mão de Wilson. — Depressa! Antes de todas as luzes acenderem! — Na região de Vegas, o céu da noite era sempre alaranjado. Neon e vida noturna se combinavam, quase impedindo completamente a visão das estrelas. Por isso criei uma variação pessoal de fazer um pedido às estrelas. Eu pedia às lâmpadas.

Fechei os olhos e apertei a mão de Wilson, incentivando-o a fazer a mesma coisa. Mentalmente, repeti uma lista de desejos, alguns deles repetidos há muito tempo, riqueza, fama, nunca mais ter que depilar as pernas, mas havia pedidos novos também. Abri os olhos para ver se havia conseguido concluir a lista antes de a última lâmpada da rua acender. A última brilhou e acendeu enquanto eu olhava.

— É isso! — Bati com o quadril no de Wilson. — Esses pedidos vão se realizar... Certeza!

— Não consigo acompanhar, Blue — Wilson confessou em voz baixa. — Você me confunde. Quando acho que sei tudo que tem para saber, você revela alguma coisa e me deixa maluco. Não sei como você sobreviveu, Echohawk. De verdade, não sei. O fato de ainda fazer piadas e pedidos para lâmpadas da rua é um milagre. — Wilson estendeu a mão como se fosse tocar meu rosto, mas a deixou cair no último segundo. — Lembra aquela última vez na aula quando perguntei por que você estava tão brava?

Eu lembrava. Fui horrível. Assenti.

— Pensei que você fosse uma aluna do tipo que sabe tudo e achei que você tivesse que baixar a bola. Mas descobri que estava enfrentando dificuldades para escrever a sua história pessoal. E eu me senti um cretino.

Eu ri e levantei o punho fechado para um cumprimento rápido.

— Esse era o objetivo, Wilson. Fazer o professor ficar com pena. Ajuda a garantir a nota.

Wilson olhou para mim, e percebi que não o tinha convencido. Ele começou a subir a escada da casa, soltando minha mão para pegar a chave.

— Só para constar, Blue, não acho que você é uma vadia cruel — ele falou sério, e eu quase ri de como as palavras ficavam estranhas quando ele as dizia. — Eu admito, quando você entrou na sala no primeiro dia de aula, foi exatamente isso que pensei. Mas você me surpreendeu. Tem muito mais por trás do que você mostra.

— Tem muito mais na maioria das pessoas, mais do que a gente vê, Wilson. Infelizmente, muitas vezes não são coisas boas. O que a gente não vê é assustador, doloroso. E você já sabe tanta coisa assustadora e dolorosa sobre mim que é estranho que ainda esteja por perto. Acho que você me interpretou muito bem desde o começo. Mas errou sobre uma coisa. Garotas como eu notam caras como você. Só que a gente acha que não os merece.

Wilson deixou a chave cair. Sufoquei um gemido e me arrependi por ter falado. Ele abaixou para pegar a chave e, depois de algumas tentativas, conseguimos abrir a porta. Ele esperou eu entrar e me seguiu, fechando a porta. Sempre cavalheiro, parou em frente ao meu apartamento. Parecia estar procurando as palavras certas e, pela primeira vez, eu não o provoquei nem banquei a engraçada. Só esperei, me sentindo um pouco abatida por ele conhecer meus segredos mais sombrios e dar a impressão de que tinha problema com eles.

Finalmente ele recuperou a voz e cravou os olhos cheios de melancolia em algum lugar atrás de mim, como se relutasse em me encarar.

— Eu queria que você tivesse tido uma vida melhor... diferente. Mas uma vida diferente teria feito de você uma Blue diferente. — Ele olhou para mim. — E essa seria a maior de todas as tragédias. — Com um sorriso rápido, ele levou minha mão aos lábios, sr. Darcy em sua expressão máxima, e depois virou e subiu a escada.

Naquela noite fiquei sentada no escuro, esperando Wilson tocar. Mas não ouvi as notas que me prendiam em nós de seda. Talvez Pamela, a loira bonita com pele acetinada e dentes perfeitos, estivesse com ele. Por isso não havia música. Acho que devia estar grata por não escutar gemidos e juras de amor pela grade de ventilação. Eu me encolhi quando pensei nisso, e o bebê chutou, me fazendo prender a respiração e levantar a camiseta para olhar minha barriga. Era muito estranho e muito legal. Minha barriga se mexia, subia e descia como uma onda do mar.

— Não tem música, docinho. O Wilson deixou a gente de castigo. Eu até cantaria, mas seria pior do que ficar sem música.

Minha barriga mexeu de novo, e eu mudei de posição tentando curtir o desconforto. Não ia demorar. Momentos como esse passavam depressa. Eu sentia cada experiência se transformando em ontem, e os dias passados se acumulavam. Esse dia se juntaria aos outros. O amanhã final chegaria, e meu bebê nasceria. E eu voltaria a ser só a Blue.

Estava cansada, e meus olhos ficaram pesados. Entre o sono e a vigília, uma lembrança aflorou, e eu a vi como se fosse um sonho, revendo-a como se fosse uma velha reprise na televisão.

— Jimmy, e se a gente encontrar uma nova mãe? — Eu havia subido em uma árvore de galhos baixos e me empoleirado em um deles, bem em cima de Jimmy. As mãos dele deslizavam pelo pedaço de zimbro cuja casca ele removia.

— Por quê? — Jimmy perguntou depois de alguns segundos.

— Você não queria que tivesse uma mãe aqui? — perguntei, apreciando o cenário de cima. De onde estava, eu tinha uma visão interessante

da cabeça grisalha de Jimmy. Derrubei uma pinha nela e a vi quicar inofensiva em sua cabeça. Ele nem se mexeu.

— Eu tive uma mãe — resmungou.

— Mas eu não! E quero uma! — Mais duas pinhas acertaram o alvo.

— Põe um avental no Icas. — Jimmy cobriu a cabeça com o chapéu, sua única reação ao ataque das pinhas.

— O Icas é fedido e beija a gente com lambidas. Mamães não têm bafo de cachorro. — Passei um joelho por cima do tronco e me balancei presa por um braço e uma perna. Estiquei o outro braço e tirei o chapéu da cabeça de Jimmy. — A Bev podia ser a nossa nova mãe. Ela gosta de você e gosta de mim, e faz sanduíches de queijo muito bons. — Pus o chapéu dele na minha cabeça e pulei do galho, sem me importar com o formigamento e o choque nos pés quando eles tocaram o solo.

— Acho que eu gosto das coisas como estão, Blue.

— É. Acho que sim. — Peguei um pedaço menor de zimbro, uma marreta e um cinzel e comecei a remover a casca, imitando os movimentos firmes de meu pai. — Talvez a gente possa adotar um bebê — sugeri.

O cinzel de Jimmy cavou a madeira mais fundo, e ele resmungou um palavrão... e falou alguma coisa sobre o inferno congelar.

— Acho que eu seria uma boa mamãe — comentei, séria, contando nos dedos minhas qualidades. — Dividiria a minha cama, ensinaria o bebê a engatinhar, sei andar, o que não seria um problema... mas você teria que trocar as fraldas. Ou a gente ensina o bebê a fazer cocô fora de casa, como o Icas.

— Hummm — Jimmy suspirou e me ignorou.

— Eu posso ser a mãe, e você, o avô. Você não ia gostar de ser avô, Jimmy?

Ele parou de entalhar e soltou as mãos ao longo do corpo. Olhou para mim sério, e eu notei as linhas em torno de sua boca, um detalhe que não havia percebido antes. Jimmy já parecia um avô.

A música brotou da grade de ventilação e eu acordei, ainda cercada pela lembrança ou sonho que pairava no ar como um rastro de perfume. Eu tinha avós em algum lugar. Minha mãe devia ter família. E, se não tivesse, ainda restava a família do meu pai. Eles sabiam que eu existia? Haviam me procurado?

Fiquei no escuro ouvindo Wilson tocar as canções que agora eu conhecia e para as quais tinha nome. Consegui identificar várias nas primeiras notas. Mas poderia encontrar meu avô, até meu pai, no dia seguinte, e não o reconheceria. Meu bebê se mexeu de novo. Um dia ele ia querer saber, por mais que fosse cercado de amor e tivesse uma família. Um dia, ele ou ela sentiria necessidade de saber. E isso significava que eu tinha que descobrir.

19
Lousa

O LUGAR CHEIRAVA COMO ERA DE SE ESPERAR PARA ESSE tipo de ambiente. Um cheiro oficial. Café, perfume, um toque de cloro e eletrônicos... esse cheiro. Mas não cheirava a donuts. Acho que essa história de policiais e donuts é só um estereótipo ruim. Um rótulo.

Eu me aproximei da mesa na recepção, onde havia uma mulher enorme com um coque austero e um buço pavoroso. Sua aparência não incentivava confidências.

— Posso ajudar? — A voz contrastava com a aparência. Era doce e bondosa, e me lembrou Betty White. Imediatamente me senti melhor.

— Não sei se pode me ajudar, mas acho que pode me orientar. Sabe se encontro aqui um policial com sobrenome Bowles? Acho que ele vai se lembrar de mim. É sobre um caso de pessoas desaparecidas em que ele trabalhou há dez anos.

— Temos um detetive Bowles. Quer que eu veja se ele está por aqui?

Bowles não era um nome muito incomum, e eu sabia que havia uma chance de esse cara não ser quem eu procurava, mas assenti, mesmo assim. Era um começo.

— Você pode me dizer o seu nome, por favor?

— Blue Echohawk. — Assim seria mais fácil. Se o detetive Bowles não reconhecesse meu nome, não era o mesmo policial que conheci.

A mulher que havia engolido Betty White falou com sua voz doce pelo fone preso à cabeça, tentando localizar o detetive Bowles. Olhei em volta. O prédio era muito mais velho do que aquele ao qual me levaram em 2011. A delegacia ficava em algum lugar de Las Vegas, e era nova. Tinha cheiro de tinta e serragem, uma mistura que na época havia me confortado. Para mim, o cheiro de serragem era equivalente ao de biscoito caseiro de chocolate saindo do forno.

— Blue Echohawk? — Virei e vi um homem forte de meia-idade se aproximando. Eu o reconheci imediatamente e resisti ao impulso de virar e sair correndo quando meu coração disparou. Teria problemas por não ter revelado isso antes? E Cheryl? Ele sorriu e estendeu a mão para me cumprimentar, evidentemente surpreso. — Não acredito! Quando tudo aquilo aconteceu no colégio em janeiro, pensei em ir dar um "oi" e dizer o quanto me orgulhava de você, mas achei que ficaria incomodada com toda aquela visibilidade e a atenção da mídia na época.

— Eu tive a impressão de ter visto você naquele dia. Por isso estou aqui. Deduzi que estava trabalhando em Boulder City e... bom, sei que é um pouco estranho, mas acho que você pode me ajudar. Não é nenhum problema! — acrescentei depressa, e ele sorriu outra vez. Parecia realmente feliz em me ver.

— Eu sabia que não havia duas Blue Echohawk no mundo, mas confesso que ainda imaginava você com dez anos. — E olhou surpreso para minha barriga. — E vejo que vai ser mãe!

Toquei meu ventre, meio constrangida. Assenti e apertei a mão que ele mantinha estendida.

— Candy? — O detetive Bowles olhou para a mulher na recepção. — A sala D está disponível?

Candy? Ai, coitada. Ela precisava de um nome mais forte para combinar com aquele lábio superior imponente.

Candy sorriu e assentiu, e voltou a falar no fone de ouvido.

— Por aqui. — Ele começou a andar. — Posso te chamar de Blue?

— É claro. E como devo te chamar?

— Detetive... ou Andy.

Ele me levou a uma sala pequena e puxou uma cadeira. Eles usavam essas salas para interrogar assassinos e integrantes de gangues? Estranho, mas me senti muito mais nervosa na Federação de Paternidade Planejada da América.

— Vamos conversar. O que você veio fazer aqui depois de tanto tempo? — O detetive Bowles cruzou os braços de bíceps salientes e se recostou na cadeira.

— O corpo do meu pai foi encontrado três anos depois de ele ter desaparecido. Não sei se você sabia disso. Fui informada pela assistente social que me acompanhava e nunca soube o que a polícia tinha a dizer sobre isso. Ou o que a polícia fez, se é que fez alguma coisa. Imagino que tenha documentado e encerrado o caso em algum momento. É isso? — Não sabia se estava usando a terminologia correta. Como a maioria das pessoas, eu havia assistido a alguns filmes policiais. E me senti meio boba tentando dar a impressão de que sabia o que estava falando.

— Eu sabia, na verdade. Lamento por sua perda. — Ele baixou a cabeça e esperou que eu continuasse.

— Minha... tia... — Minha voz falhou. Cheryl não era minha tia, mas, para contar a história, eu tinha que simplificar o relato e garantir a honestidade. Dei uma leve ajustada na narrativa. — Quer dizer... a mulher que me acolheu me contou uma coisa que a polícia nunca soube, acho. Eu não sabia... — Não estava fazendo sentido.

O detetive Bowles esperava, em silêncio.

— Eu não quero causar problemas para ela. Sei que ela devia ter falado... mas teve seus motivos para ficar quieta, eu acho.

— Você quer um advogado? — o detetive Bowles falou em voz baixa. Olhei para ele, confusa.

— Não... acho que não. Eu não cometi nenhum crime. Eu era uma criança. Nunca pensei que deveria ter procurado a polícia para contar o que ela me disse. E espero não prejudicar Cheryl Sheevers, ou outra pessoa qualquer. Isso tem a ver comigo. Estou tentando descobrir quem era a minha mãe.

— Se me lembro bem, ninguém sabia quem era a sua mãe, não é?

Assenti.

— Mas, depois que encontraram o corpo de Jimmy Echohawk, a Cheryl me contou que ele não era o meu pai.

O detetive Bowles se sentou um pouco mais ereto. Agora eu tinha a sua atenção.

— Como ela soube disso?

— Ela me contou que o Jimmy havia parado para passar a noite em um posto de caminhoneiros em Reno. Ele estava no restaurante jantando quando uma garotinha sentou na frente dele. Se entendi bem, ela estava dormindo do outro lado da mesa, no sofá, e ele nem tinha notado. O Jimmy ofereceu batata frita para a menininha. Ela não chorava, mas estava com fome e comeu tudo o que ele ofereceu. Ele ficou ali sentado com a criança, esperando alguém ir buscá-la. — Olhei para o detetive Bowles e vi que sua expressão era de espanto, porque já havia deduzido o óbvio. — Você tinha que ter conhecido o Jimmy. Ele vivia em um ritmo diferente. Não era como as outras pessoas, e não reagiu como a maioria teria reagido. Ele era gentil, mas era reservado também... e muito... quieto e... discreto. Eu consigo imaginar o Jimmy olhando em volta, tentando decidir o que fazer com a criança, mas permanecendo em silêncio. Juro, ele não teria gritado em um pronto-socorro nem se tivesse uma machadinha na cabeça.

O detetive assentiu, ouvindo e me incentivando a continuar.

Parei, a lembrança pairando difusa em minha mente. Eu nem sabia se era uma lembrança ou se eu havia imaginado essa cena tantas vezes que agora a sentia como uma lembrança.

— Depois de um tempo, uma mulher foi buscar a menina. O Jimmy pensou que a garotinha podia estar perdida e que havia chegado ali sozinha. Mas, a julgar pela atitude da mulher, ela havia deixado a criança dormindo no sofá da mesa de propósito enquanto ia jogar nas máquinas.

O detetive balançou a cabeça, incrédulo.

— E essa criança era você.

— Sim. — Continuei contando o que Cheryl havia me dito, sobre Jimmy ter deduzido que minha mãe o seguira até o trailer e sobre a maçaneta quebrada da porta da caminhonete. Contei como havia sido encontrada na manhã seguinte, como Jimmy me reconheceu e não sabia o que fazer. — Alguns dias depois, os policiais apareceram na parada de caminhões mostrando um panfleto com a foto do rosto de uma mulher. Eles perguntavam sobre uma criança. O gerente do lugar, que tinha comprado algumas esculturas do Jimmy e era muito amigo dele, contou para o Jimmy que uma mulher tinha sido encontrada morta em um quarto de hotel na região. Os policiais foram até lá porque ela usava uma camiseta com o logo do posto. Então o Jimmy foi embora e me levou com ele.

Agora o detetive anotava tudo, os olhos alternando entre a folha de papel e meu rosto.

— Resumindo, a minha mãe me abandonou em uma parada de caminhões em Reno. E, alguns dias depois, apareceu morta em um hotel da região. Com essa informação, imaginei que você poderia descobrir quem ela era.

O detetive Bowles me encarou boquiaberto, piscando algumas vezes. Ele não devia ser um bom jogador de pôquer.

— Você tem ideia de quando tudo isso aconteceu, mais ou menos?

— Agosto. Sempre achei que meu aniversário fosse em 2 de agosto. Mas como o Jimmy poderia saber quando eu nasci? Acho que ele só adotou a data em que a minha mãe me abandonou. Não posso ter certeza disso, mas é o que eu acho. A Cheryl falou que eu devia ter uns dois anos quando tudo isso aconteceu. Devia ser 1992, ou 1993. Isso ajuda?

— Sim, ajuda. Agosto de 92 ou 93. Quarto de hotel. Criança desaparecida. Camiseta com logo do posto de caminhoneiros. Tem mais alguma informação para me dar? Qualquer coisa?

— Ela era jovem... talvez mais do que eu sou agora. — Pensei nisso várias vezes nos últimos meses. — Era índia, como o Jimmy. E acho que essa pode ter sido uma das razões para ela ter me deixado com ele. — Talvez eu estivesse me enganando. Mas era alguma coisa a que me apegar.

— Vou dar alguns telefonemas. Esse caso nunca foi solucionado, porque nunca te encontraram, não é? A polícia de Reno vai ter que acessar arquivos, fazer uma pesquisa. Talvez leve alguns dias, mas vamos descobrir quem era a sua mãe, Blue.

— E quem sou eu.

Ele me olhou por um instante, depois balançou a cabeça como se compreendesse a situação pouco a pouco.

— Sim. Pobrezinha. Também vamos descobrir quem você é.

※

— Vou para Reno.

— Reno?

— Reno, Nevada. — Wilson era inglês. Talvez não soubesse onde ficava Reno. — É Nevada, mas bem ao norte. Umas oito horas de carro. Eu poderia ir de avião, mas acho que não é seguro, nesse estágio da gravidez. Nem sei se me deixariam embarcar.

— Por que Reno?

— Fui procurar a polícia na segunda-feira.

Ele arregalou os olhos e ficou em silêncio.

— Contei tudo o que eu sei... sobre mim, a minha mãe... sobre o Jimmy. — Sentia uma vontade estranha de chorar. Não me senti desse jeito quando conversei com o detetive Bowles na segunda-feira. Mas ele havia telefonado para mim hoje de manhã. E estava animado. E eu tive a sensação de que a vida que eu havia começado a construir para mim ia mergulhar no caos outra vez. — O detetive com quem eu conversei disse que uma mulher foi encontrada morta em um quarto de hotel em Reno em 1993. Essa mulher tinha uma filha. A criança nunca foi encontrada. Os detalhes batem com os da história que a Cheryl me contou. Eles querem que eu vá até Reno e forneça uma amostra de DNA. Vão verificar se eu era aquela criança desaparecida.

— Eles podem descobrir? — Wilson estava tão chocado quanto eu.

— Não imediatamente. Pelo que entendi, quando souberam que havia uma criança desaparecida, eles colheram uma amostra de DNA da mulher, e o resultado está em um banco de dados nacional.

— Em quanto tempo terão essa resposta?

— Em meses. Acho que não é como na TV. O detetive Bowles disse que já teve que esperar um ano pelo resultado de outros testes de DNA, mas acredita que esse será prioritário, e que não deve demorar tanto.

— Bom, quanto antes você chegar lá e fornecer essa amostra, mais cedo terá a resposta, certo?

— É. — Estava enjoada.

— Eu vou com você.

— Vai? — Fiquei surpresa e estranhamente emocionada.

— Você não pode ir sozinha. Não quando está tão perto de ter o bebê.

— Ainda faltam duas semanas.

Wilson balançou a mão, desconsiderando o que eu disse, pegou o telefone e tomou providências para que alguém o substituísse no colégio nas aulas de quinta e sexta-feira, e poucos minutos depois ele havia feito reservas em um hotel em Reno.

— Você contou isso para a Tiffa? — Ele parou com o telefone na mão, olhando para mim. Ela vai querer saber.

Liguei para Tiffa, e ela não só quis saber como decidiu que ia junto. Na verdade, ela não queria que eu fosse, mas Wilson balançou a cabeça e tirou o telefone da minha mão.

— Ela tem que ir, Tiff. É necessário. — E foi assim que ela decidiu que, nesse caso, também iria.

Jack estaria em Reno para uma convenção de médicos no sábado e no domingo, e ela já estava pensando em acompanhá-lo. Só teria que viajar dois dias antes do previsto para poder ir comigo. O status de mamãe começava a ficar chato, pensei de mau humor. Vivi com total independência por tanto tempo que era estranho ter que dar satisfações a alguém de minhas idas e vindas. No fundo, porém, eu estava muito feliz por ela se importar.

— Viagem de carro! — Tiffa gritou duas horas mais tarde, quando entrou em casa com uma maleta na mão, de óculos escuros e um daqueles chapéus enormes que as pessoas usam na praia. Ela parecia pronta para passar o dia num iate. Dei risada e deixei Tiffa me abraçar, afagar minha barriga e beijar meu rosto. Sempre imaginei que os ingleses eram menos efusivos, menos propensos a demonstrações de afeto que os americanos. Definitivamente, Tiffa não era nada disso.

— Vamos de Mercedes! Não vou espremer essas pernas longas no banco de trás do Subaru, Darcy!

— Tudo bem. Mas eu dirijo, e você viaja no banco de trás — Wilson concordou.

— Ótimo! Vou relaxar, ler, talvez dar uma pescadinha.

Ela não leu nada. Nem relaxou. E não deu uma pescada, é claro... o que descobri que significava cochilar. Ela falou, riu e fez piadas. E eu aprendi algumas coisas sobre Wilson.

— O Darcy já te contou que queria seguir os passos de são Patrício?

— Tiffa... você não ia dormir? — Wilson gemeu, como faziam muitos de seus alunos.

— A Alice tinha acabado de fazer dezoito anos. Tinha se formado no colégio e queria férias especiais, e eu nem morava em casa na época. Eu tinha vinte e dois anos e trabalhava em uma pequena galeria de arte em Londres, mas a gente tinha férias em família uma vez por ano. Íamos passar duas semanas em algum lugar, normalmente onde houvesse sol e calor e meu pai pudesse relaxar um pouco. A Alice e eu queríamos ir para o sul da França, e meu pai concordou. Mas o Darcy não gostou da escolha. Ele queria ir para a Irlanda, que era fria, úmida e tinha muito vento naquela época do ano, exatamente como Manchester. Por quê? Porque o garotinho precoce havia acabado de ler um livro sobre são Patrício. Minha mãe achou maravilhoso, é claro, e acabamos todos de galochas, andando por colinas encharcadas e lendo panfletos.

Dei risada e olhei para Wilson.

— São Patrício era admirável. — Ele deu de ombros e sorriu.

— Ah, não! Lá vem! — Tiffa gemeu de um jeito teatral.

— Ele foi raptado de casa aos catorze anos, acorrentado, levado para um barco e mantido como escravo na Irlanda até completar vinte anos. Depois ele conseguiu atravessar a Irlanda a pé, embarcar em um navio apenas com as roupas do corpo e voltar para a Inglaterra, o que foi um verdadeiro milagre. A família dele ficou eufórica com sua volta. Patrício era de uma família rica e educada, e ele poderia ter tido uma vida confortável. Mas não conseguiu tirar a Irlanda da cabeça. Ele sonhou sobre isso... sonhou que Deus lhe disse para voltar e cumprir sua jornada naquele lugar. E ele voltou... e acabou passando o resto da vida servindo ao povo irlandês! — Wilson balançou a cabeça, admirado, como se a história ainda o comovesse.

Para mim, são Patrício era só um duende irlandês. Nunca pensei nele como uma pessoa de verdade. Ou como um santo. Era só um feriado.

— Quantos anos você tinha quando descobriu são Patrício? — provoquei.

— Doze! Ele tinha doze anos! — Tiffa berrou do banco de trás, fazendo todo mundo gargalhar. — O Darcy já nasceu de gravata-borboleta e suspensório!

— Sério? — Eu ria muito.

— Ele sempre foi geek — Tiffa continuou. — É por isso, minha querida Blue, que ele é brilhante. E maravilhoso.

— Não tenta ser legal comigo agora, Tiff — Wilson sorriu, olhando para ela pelo retrovisor.

— Tudo bem. Não vou tentar. Sabe que ele ia ser médico, Blue?

— Tiffa! — Wilson gemeu.

— Bom, na verdade... eu sabia. — Bati de leve no ombro de Wilson.

— Ele não servia para isso. Teria uma vida infeliz. O meu pai percebeu que o Darcy era brilhante e presumiu que, por isso, ele deveria ser um "homem da medicina", como ele, e o pai antes dele, e o pai do pai antes dele. Mas o Darcy era brilhante de todos os jeitos que não tinham a ver com medicina, não é, meu querido?

Wilson só suspirou e balançou a cabeça.

— O Darcy sempre viveu com o nariz enfiado em um livro. Usava palavras enormes, e as usava corretamente... eu acho, pelo menos. E adorava história, literatura, poesia.

— Você já ouviu o Wilson recitar Dante? — interrompi.

Wilson olhou para mim.

— Como era aquele poema lindo que você recitou na sala de aula... sobre harpias? — perguntei.

Wilson riu da lembrança e repetiu os versos.

Tiffa gemeu.

— Isso é horrível!

— Eu também achei. — Ri. — Mas não consegui esquecer. Acabei esculpindo a *Mulher pássaro* por causa disso.

— Foi esse poema que inspirou a *Mulher pássaro*? — Wilson perguntou, surpreso.

— Suas aulas de história foram parar em várias das minhas esculturas.

— Quantas? Quantas peças foram inspiradas em minhas aulas de história?

— Contando *O arco*? — Fiz um cálculo rápido de cabeça. — Dez.

— A Tiffa comprou duas quando esteve no café.

Tiffa e Wilson estavam perplexos, e o carro foi invadido pelo silêncio pela primeira vez desde que começamos a viagem. Eu me sentia desconfortável, sem saber o que o silêncio significava.

— Blue! — Devia ter imaginado que Tiffa seria a primeira a falar. — Blue, preciso ver todas elas. Temos que fazer alguma coisa importante, uma exposição com todas as peças juntas. Seria brilhante!

Senti o rosto queimar e olhei para minhas mãos, sem querer me animar muito com algo que ainda nem havia acontecido.

— Vendi algumas no café, mas pode ver as outras.

— Agora o Darcy pode morrer feliz — Tiffa acrescentou depois de um momento. — Suas aulas inspiraram arte. — Ela se inclinou e se ergueu sobre o assento para beijar o rosto de Wilson com um estalo barulhento dos lábios.

— É verdade. Pela primeira vez a Tiffa está absolutamente certa. Esse deve ser o melhor elogio que alguém já fez para mim. — Wilson sorriu. O calor me invadiu, e o bebê chutou.

— Eu vi isso! O bebê chutou! — Tiffa continuava pendurada no banco, debruçada entre os dois encostos, e tocou minha barriga com uma expressão completamente fascinada. O bebê mudou de posição e chutou mais algumas vezes, arrancando gritos de alegria de Tiffa.

Passamos o restante da viagem conversando, ouvindo música, Willie Nelson, que apresentei aos dois, e nos revezando na direção e no cochilo. Mas eu não conseguia tirar da cabeça o jovem Darcy Wilson andando pelas colinas da Irlanda procurando um santo que havia vivido muitos séculos antes. Era fácil ver o garoto que viveria na África por dois anos e trocaria a carreira de médico por algo mais simples, menos glamoroso. Era mais difícil ver como um cara assim, tão inspirado por um santo, poderia se sentir atraído por uma pecadora como eu.

20
Nevasca

O PROCESSO FOI INCRIVELMENTE FÁCIL. CONHECI O DETEtive Moody, que era responsável pelo caso havia mais de dezoito anos. Ele era careca, não sei se por opção ou necessidade. Devia ter quarenta e poucos anos, mas parecia cansado, como se tivesse vivido muito. Magro, vestia calça cáqui e camisa social e usava um coldre de ombro que parecia tão confortável quanto o restante da indumentária.

— Não posso dar detalhes do caso. Ainda não. Se você não for a filha daquela mulher, não tem direito de saber as informações. Nem pode ter acesso ao nome dela, da criança, aos detalhes da morte, nada... entende? — O detetive se desculpava com o tom de voz, mas era firme. — Mas, se você for quem pensa que é, daremos todas as informações que quiser assim que sair o resultado do teste de DNA. E tenho de confessar que espero que seja você mesmo. Isso me incomodou por muitos anos. Seria um final feliz para um caso triste. — O detetive sorriu para mim, os olhos castanhos sóbrios e sinceros.

Fui mandada ao laboratório e lá me deram um cotonete para esfregar na bochecha, dentro da boca. E foi isso. Oito horas em uma viagem de carro para esfregar um cotonete na boca. O detetive Moody avisou que pediria urgência e esperava ter alguma coisa em três ou quatro meses.

— Tudo depende de quem está no comando, nesses casos. Mas existem os prioritários. E esse está no topo da lista. Eu adoraria poder resolvê-lo. E queremos a resposta por você também.

Resolução. Redenção. Minha vida havia começado a girar em torno desses temas recorrentes. Agora podemos acrescentar Reno. Esse era novo. Outro "R" na lista.

Passamos a noite em Reno, Tiffa e eu em um quarto, Wilson em outro. Tiffa me abraçou quando saímos da delegacia e ficou perto de mim durante o jantar, afagando minhas costas ou tocando minha mão de vez em quando, como se não tivesse palavras. Nenhum de nós tinha. Era tudo mais estranho que ficção, e as ramificações afetavam não só a mim, mas a meu filho e à mulher que queria ser a mãe dele. Só quando deitamos no quarto escuro para descansar depois do longo dia, com os sons de Reno do outro lado da cortina fechada, encarei os medos que clamavam por reconhecimento desde minha conversa com o detetive Bowles na segunda-feira.

— Tiffa?

— Hum? — A voz dela era sonolenta, como se eu a houvesse chamado um instante antes de pegar no sono.

— E se ela foi um monstro... uma pessoa horrível?

— Quê? — Agora Tiffa estava um pouco mais alerta, como se sentisse minha agitação.

— Isso pode ser hereditário? Fica escondido nos genes?

— Minha querida, desculpa, mas não sei do que você está falando. — Tiffa sentou e acendeu o abajur.

— Não! Por favor, deixa apagada. É mais fácil conversar no escuro — pedi, sentindo necessidade do amortecedor que seria um espaço escuro entre nós.

Tiffa apagou a luz e continuou sentada. Eu sentia que ela olhava para mim, deixando os olhos se ajustarem à escuridão. Fiquei deitada de lado, olhando para a parede, com o peso da barriga apoiado no colchão.

— Você vai adotar o bebê. Já disse que não faz diferença se for menino ou menina. Também não se incomoda com a cor da pele. E eu acredito em você. Mas e se o bebê for... filho de uma pessoa fraca, egoísta, malvada?

— Você não é nada disso.

Pensei por um momento.

— Nem sempre. Mas, às vezes, sou fraca. Às vezes sou egoísta. Não acredito que sou malvada... mas também não sou necessariamente boa.

— Você é muito mais forte que eu. É incrivelmente altruísta. E não acredito que a maldade conviva com força e altruísmo — Tiffa respondeu em tom calmo. — Acho que não é assim que funciona.

— Mas a minha mãe... o que ela fez foi uma maldade.

— Deixar você com um desconhecido?

— Sim. E o sangue dela corre nas veias do bebê. Você está disposta a correr esse risco?

— Com certeza. Mas não acredito que seja um risco, meu bem. O Jack tem diabetes. Sabia disso? É bem controlável. Nunca pensei em não ter um filho por causa disso porque a criança poderia ter a mesma doença. Meus dentes eram terrivelmente tortos. Um bom aparelho me deixou linda. — Ela riu. — Mas e se isso não existisse e meu filho estivesse condenado a ter dentes de cavalo?

— Não tem como comparar — protestei, querendo que ela entendesse. Tiffa sentou na cama atrás de mim e começou a afagar meu cabelo. Ela seria uma mãe fantástica. Queria me encolher junto dela e esperar que me acalmasse. Mas, é claro, não fiz isso. Fiquei tensa, tentando não ser tão suscetível ao contato delicado. Ela afagava meu cabelo enquanto falava.

— Não sabemos que tipo de vida a sua mãe teve. Não sabemos quais foram os motivos dela. Mas olhe para você. É brilhante! E isso basta, Blue. E se a minha mãe tivesse decidido não adotar o Darcy? Ela não conheceu os pais biológicos dele. Não sabia nada sobre eles, só o nome. Mas ela amou o Darcy, talvez mais que todos, e ele era um completo desconhecido. O pai dele podia ser um assassino em série.

— O Wilson foi adotado? — Eu estava tão chocada que as palavras soaram estridentes. O carinho da mão de Tiffa falhou, como as batidas do meu coração. Ela deitou na cama ao meu lado, encolhida junto das minhas costas, e voltou a afagar meu cabelo.

— Sim! Ele não contou? Os meus pais tentaram ter outro filho durante anos. Adotaram o Darcy quando ele tinha alguns dias de vida. Foi tudo providenciado pela nossa igreja.

— Não... ele não me contou. — Minha voz falhou, e fingi tossir para disfarçar a consternação.

— Ele foi procurar os pais quando tinha dezoito anos. A mãe era jovem, como você, quando ficou grávida. Agora ela é casada e tem outros filhos. Ela ficou feliz por vê-lo, feliz por ele ter se dado bem. O pai era policial em Belfast. Ele e Wilson se deram muito bem. Acho que ainda conversam de vez em quando. Jenny Woodrow e Bert Wheatley. Acho que eram esses os nomes. Não lembro o nome de solteira da Jenny.

Fiquei deitada no escuro, os pensamentos girando como cata-ventos em uma tempestade. E um furacão se formava. Eu me sentia traída. Wilson era adotado. Adotado! E não me contou nada. Nenhum conselho, nenhum incentivo quando Tiffa e eu demos a notícia à família. Nenhum comentário do tipo "adoção é uma coisa maravilhosa, olha para mim". Ele ficou em silêncio. Não fez nenhuma revelação.

Tiffa aparentemente não percebia a tempestade se formando. Não disse nada por vários minutos, e em pouco tempo percebi que o ritmo de sua respiração havia mudado. Ela havia dormido ao meu lado. Meu quadril doía. Minhas costas haviam me matado o dia todo, os tornozelos estavam inchados e eu me sentia muito desconfortável, muito grávida e muito brava para dormir.

Redenção, resolução, revelações. As palavras com R continuavam aumentando. Reno era cheia de segredos. Eu queria voltar para casa.

JACK CHEGOU EM RENO NA SEXTA-FEIRA DE MANHÃ PARA a conferência, e Tiffa ficou com ele. Wilson e eu voltamos para casa com o carro dela. Eles voltariam de avião no domingo à noite, o que significava que eu estava condenada a passar longas horas com Wilson e meu furacão. As acusações vibravam em minha cabeça como abelhas furiosas, ameaçando se soltar e atacar Wilson. Fiquei sentada em um silêncio furioso, dando respostas curtas para todas as perguntas, sem olhar para ele, sem rir com ele. Wilson parecia confuso, mas se esforçava mais à medida que eu ia ficando mais rude, até que finalmente fui ríspida demais e ele parou no acostamento, desengatou a marcha, olhou para mim e levantou as mãos.

— Qual é o problema, Blue? Eu fiz alguma coisa? Você está sentindo dor? Pelo amor de Deus! O que aconteceu?

— Você foi adotado! — gritei e comecei a chorar daquele jeito que faz os olhos esguicharem lágrimas e o nariz escorrer. Peguei a caixa de lenços, mas Wilson foi mais rápido com aquela porcaria de lenço de tecido e começou a enxugar meu rosto e tentar me acalmar, agindo como um velho trêmulo.

— A Tiffa tem uma porcaria de boca grande.

— Ela não sabia que você não tinha me contado! Por que não me contou, Wilson?

— Isso teria te ajudado? — Ele limpou meus olhos, a testa franzida e o olhar penetrante.

Empurrei as mãos dele, abri a porta e saí do carro com toda a falta de elegância de uma barriga em final de gestação, furiosa como nunca havia estado antes.

Minhas costas queimavam, meu pescoço doía e meu coração sangrava como se tivesse sido arrastado pelo caminho. Andei gingando em direção aos banheiros da área de descanso no acostamento. Precisava de espaço e, sinceramente, precisava fazer xixi. Nono mês de gravidez, afinal.

Usei o banheiro e lavei as mãos, tentando conter as lágrimas iradas que não se esgotavam. Segurei um papel molhado e frio contra o rosto e tirei o rímel. Estava horrível. Até meu nariz estava inchado. Olhei para os tornozelos e tentei não chorar. Eu era gostosa... era magra. E confiava em Wilson. As lágrimas voltaram, e segurei o lenço de papel contra o rosto, tentando contê-las.

— Está tudo bem, querida? — A voz vinha do meu lado direito. Uma senhora que mal alcançava meu ombro olhava para mim com os lábios finos comprimidos. Rugas cercavam sua boca como pernas de uma centopeia. O cabelo grisalho era um ninho de caracóis em volta da cabeça, e ela os cobriu com um lenço, provavelmente para proteger o penteado do vento que ganhava força lá fora. Eu havia trazido a tempestade, pelo jeito. — Seu marido me pediu para vir dar uma olhada em você. Ele está preocupado.

Eu não a corrigi. Era evidente que eu precisava de um marido, já que era evidente que teria um filho, e não queria explicar quem era Wilson. Segui a velhinha para fora do banheiro e vi Wilson conversando com um senhor igualmente idoso e pequeno. Quando eles me viram, o homem deu um tapinha no ombro de Wilson e assentiu com ar experiente. Depois ele ofereceu o braço para a senhora, e os dois seguiram até um carro, segurando-se um no outro contra o vento que agora era furioso.

— Desculpa, Blue. — Wilson teve que falar alto para ser ouvido. Seus cachos escuros dançavam em torno da cabeça.

— Por que você não me contou? Eu não entendo! Passei a noite inteira acordada pensando nisso. E não consigo imaginar uma explicação razoável. — Meu cabelo entrava na boca e voava loucamente em torno da minha cabeça como serpentes da Medusa, mas eu não voltaria para o carro; não enquanto não tivesse uma resposta.

— Eu não queria influenciar a sua decisão — Wilson gritou. — A minha vida foi ótima. Eu tive pais maravilhosos. E os meus pais nunca esconderam a verdade de mim. Cresci sabendo que eles tinham me adotado. Mas não posso dizer que isso não me incomodou, porque não seria verdade! Eu sempre pensei na mulher que não me quis e no homem que não quis nós dois.

Senti as palavras como um chute no estômago e cobri a barriga com os braços, segurando a vida dentro de mim, em uma atitude de proteção. Wilson não reagiu indiferente ao meu gesto, mas continuou falando, gritando contra o vento.

— Eu não queria que os meus sentimentos interferissem na sua decisão. Dá para entender?

— Você acha que não quero o bebê? Acha que ele vai ser adotado porque eu não o quero?

Wilson olhou nos meus olhos, e várias emoções passaram por seu rosto. Ele tentava escolher as palavras que não seriam ditas com facilidade.

— Quando você disse que tinha decidido não ficar com o bebê, achei que você estava cometendo um erro. Mas como eu podia opinar? A minha irmã está louca de alegria. E você parecia estar em paz com a decisão.

O vento gemeu e o céu escureceu. Wilson tentou me segurar, mas eu me afastei, deixando o vento me empurrar. Achei que combinava com o momento.

— A minha mãe não me deu para ser adotada, Wilson. Mas devia ter dado. Devia!

Wilson abriu um pouco as pernas para resistir ao vento e enfiou as mãos nos bolsos.

— Ela não me amava o suficiente para desistir de mim. Não vou estragar a vida desse bebê só porque preciso de alguém para amar.

Um trovão seguiu de perto o raio que cortou o céu, e Wilson tentou me segurar novamente. Dessa vez não fui suficientemente rápida, e ele passou um braço em torno do meu corpo, me puxando para o carro. A chuva caiu quando fechamos as portas, e ficamos ali cercados de cinza, embaixo de uma chuva tão pesada que o mundo se tornou líquido além das janelas.

O motor do carro roncou, e o calor brotou em torno dos nossos pés e se espalhou por baixo dos bancos. Mas Wilson não retomou a viagem. Ainda havia muito a dizer.

— Eu não quis esconder — ele argumentou, os olhos cinzentos cravados em mim.

Olhei para o outro lado. Não queria ouvir nada. Mas ele insistiu e segurou meu queixo para me fazer encará-lo, exigindo minha atenção.

— Eu não falei quando devia ter falado. Não parecia apropriado, nunca era o momento adequado. E depois ficou tarde demais. E, francamente, o fato de eu ser adotado é irrelevante, Blue.

— Irrelevante? Como assim? — gritei, me afastando da mão dele. Como se a opinião de Wilson algum dia tivesse sido irrelevante para mim. Ele havia se tornado a coisa mais relevante na minha vida. Redenção, resolução, revelação, e agora relevância. Levei as duas mãos à cabeça. — Estou tentando entender as coisas às cegas. Estou a poucos dias de dar à luz, e você acha que a sua adoção não é relevante? Essa informação poderia ter mudado tudo!

— Exatamente. Mas, em vez disso, você tirou as próprias conclusões e tomou a sua decisão, e é assim que deve ser.

— Mas você disse que eu estava cometendo um erro — sussurrei, tentando não chorar de novo. Procurei a raiva que tinha sentido, mas ela havia desaparecido em algum lugar entre o banheiro e o carro, e eu não conseguia trazê-la de volta.

Wilson segurou minhas mãos, virando de frente para mim tanto quanto o volante permitia.

— Blue, toda essa experiência tem sido muito reveladora para mim.

Tentei não recitar todas as palavras com R mentalmente enquanto ele continuava falando.

— Como todo ser humano, eu precisava saber quem eu era. Os meus pais entenderam essa necessidade e, ao contrário do que você enfrentou, não houve nenhum segredo na minha vida. Eu sabia de tudo... exceto o motivo. Nunca entendi por que a minha mãe biológica fez a escolha que fez. Eu sempre pensei que, se alguém realmente me amasse, nunca desistiria de mim. Vendo você passar por tudo isso, acho que entendi que não é bem assim.

Meus olhos estavam parados em nossas mãos unidas, nos dedos entrelaçados. Não conseguia encará-lo. Não quando ele dizia palavras tão pessoais que o brilho da verdade fazia arder meus olhos. Wilson continuou, com a voz embargada pela emoção.

— Amar alguém significa colocar as necessidades dessa pessoa acima das suas. A qualquer preço. De algum jeito, você entendeu isso. Não sei como, mas entendeu. Então, não. Não acho que você está cometendo um erro, Blue. Acho que você é incrível. E, quando eu chegar em casa, Jenny Woodrow vai receber um telefonema. Ela merece a minha gratidão por ter me amado e desistido de mim.

Ficamos quietos por alguns instantes, deixando a emoção fluir, de mãos dadas, cercados pelo calor que circulava no carro e embaçava as janelas.

— O que aquele velhinho disse lá fora? — perguntei em voz baixa.

— Ele falou para eu não me preocupar. Ele disse: "Mulheres choram. Se ela está chorando por sua causa, é porque ainda te ama". — Wilson tentou imitar a voz trêmula do idoso. Ele olhou para mim e sorriu. — Ele disse que eu só preciso me preocupar quando você parar.

Não consegui retribuir o sorriso e desviei os olhos. Era eu quem devia me preocupar. Não por ter parado de chorar, mas por ter começado. O velhinho tinha razão.

⁂

TENTAMOS ESPERAR A CHUVA PARAR, MAS ELA NÃO PAROU. Voltamos para a estrada e passamos as três horas seguintes enfrentando neve e temporal. Neve em Boulder City era quase inédito, mas estávamos bem ao norte da região de Las Vegas, e neve em Reno era comum. No entanto, neve em outubro não era. Minha ansiedade crescia com o prolongamento da viagem. Não queria me lamentar nem preocupar Wilson, mas sentia cãibras constantes nas costas e na parte inferior da barriga desde que havíamos saído da área de descanso no acostamento. Talvez fosse o estresse da viagem, ou todos os erres que desabavam sobre mim sem dar uma folga, ou só o tempo, mesmo. Duas semanas antes da data prevista não era prematuro. A gestação era considerada completa. E eu desconfiava de que estava em trabalho de parto.

— Vou parar assim que encontrar um hotel. Ainda faltam três horas de viagem, talvez mais, nessa velocidade, e eu estou cansado — Wilson suspirou, fazendo um esforço para enxergar as placas na estrada.

— Temos que continuar — respondi e me agarrei ao apoio de braço quando uma onda de pressão se espalhou pela parte de baixo do meu corpo.

— Por quê? — Wilson não olhou para mim; estava atento à estrada.

— Porque não quero ter o bebê no Hotel Super 8.

— Caramba! — Wilson olhou para mim, e vi o terror em seu rosto.

— Eu não estou sentindo dor. Não é dor. É só um desconforto. E começou há três horas. Segue em frente, e vai ficar tudo bem.

As três horas seguintes foram as mais longas da minha vida, e da vida de Wilson também, acho. Ele estava com os lábios pálidos, e seu rosto tinha sinais de abatimento quando vimos as luzes de Vegas difusas como uma mancha de óleo através do para-brisa, um arco-íris desfocado em um mar negro. Eu contava o tempo entre as contrações, e elas eram constantes e mais dolorosas, separadas por intervalos de aproximadamente cinco minutos. Não sabia o que isso significava, ou quanto ainda teria que aguentar. Mas estávamos cansados demais para irmos para casa e esperar piorar. Chegar ao hospital foi uma proeza. Algumas estradas estavam inundadas, e a chuva não diminuía.

Paramos na garagem, e Wilson abriu a porta do meu lado antes de eu conseguir soltar o cinto de segurança. Juntos, fomos para o hospital, suspirando aliviados por termos conseguido chegar até ali.

Imaginar o parto na estrada havia sido nosso pesadelo constante por três longas horas. Tenho certeza de que foi um alívio para Wilson me entregar aos cuidados da enfermeira loira e animada que transbordava competência. Ela me acomodou em um quarto, me deu uma camisola e disse que voltaria logo.

Wilson virou para sair. O pânico desabrochou em meu peito quando o vi chegar à porta. O medo me fez ter coragem.

— Fica comigo? — As palavras saíram atropeladas, e senti o rosto quente de vergonha por ter pedido. Mas pedi, e não queria voltar atrás. Ele ficou paralisado, a mão ainda na maçaneta.

— Por favor. — Não sabia se ele tinha escutado a última súplica e tive de fechar os olhos para não ver sua reação. Tive medo de vê-lo fugir, desviar os olhos, dar uma desculpa.

A cama se moveu. Abri os olhos e o vi sentado a meu lado. Wilson tinha a testa franzida e uma expressão preocupada. Mas não estava nervoso, nem assustado, e seus olhos permaneciam cravados nos meus.

— Tem certeza?

— Não vou conseguir sozinha, Wilson. Eu não pediria... mas... não tenho mais ninguém. — Mordi o lábio, tentando superar a vergonha de implorar tão descaradamente. O rosto dele se tornou mais suave, e a preocupação desapareceu.

— Então eu fico. — A mão dele segurou a minha, e eu a apertei com força. Era grande e fria, com calos nos dedos. Meu alívio era tão intenso que não consegui responder de imediato por medo de desabar na frente dele. Segurei a mão de Wilson com as minhas e a apertei com gratidão. Depois de respirar fundo várias vezes, sussurrei um "obrigada" quando outra onda de dor e pressão começou a se formar.

21
Intenso

A enfermeira entrava e saía. Wilson continuava sentado na cabeceira da cama, tentando de algum jeito respeitar minha privacidade, na medida do possível. Ele olhava para o meu rosto enquanto ela me examinava e anunciava uma dilatação de cinco centímetros, depois seis e seis e meio. E depois o progresso cessou.

— Você quer levantar e andar um pouco? Às vezes ajuda a acelerar o processo — a enfermeira sugeriu depois de uma hora de olho no relógio, contando contrações sem nenhuma mudança. Eu não queria andar. Queria dormir. Queria cancelar o evento.

— Vem, Blue, eu vou te ajudar. Se apoia em mim. — Wilson me sentou e, com a ajuda da enfermeira, vesti outra camisola do hospital ao contrário, como um casaco, amarrando as fitas na frente para não sair exibindo o traseiro pelos corredores. E nós andamos, meus pés calçados com chinelos tentando acompanhar os passos mais largos de Wilson. Quando a dor era muito forte para eu conseguir me mexer e as pernas tremiam com o esforço de me manter ereta, Wilson me abraçava e puxava minha cabeça contra o peito, murmurando alguma coisa para me acalmar, como se ficar em seus braços fosse a coisa mais natural do mundo. E era. Minhas mãos agarravam seus braços enquanto eu tremia e gemia, e eu sussurrava minha gratidão muitas e muitas vezes. Quando a dor passava e eu recuperava o fôlego, voltávamos a andar. E, quando eu me desesperava por distração ao perceber a chegada de mais uma contração, recorria a Wilson.

— Conta uma história. Pode ser até de um tomo inglês longo, chato e empoeirado.

— Uau! Tomo. Aprendeu uma palavra nova, Echohawk? — Wilson me amparou quando cambaleei.

— Acho que você me ensinou essa, sr. Dicionário. — Tentei não chorar com a nova onda de dor.

— Que tal *Senhor das moscas*?

— Melhor me matar de uma vez — grunhi, rangendo os dentes contra o pico de contração, reconhecendo a tática de distração de Wilson, embora condenasse a escolha.

A gargalhada fez seu peito vibrar embaixo do meu rosto.

— Hummm. Muito realista e depressivo, certo? Deixa eu ver... Tomos empoeirados... *Ivanhoé?*

— Ivan quem? Parece pornô russo — brinquei, cansada.

Wilson riu novamente. A essa altura ele praticamente me carregava, parecendo mais exausto do que eu me sentia.

— Melhor eu contar uma história — sugeri quando a onda de dor passou e eu me afastei dos braços dele. — É a minha favorita. Eu implorava para o Jimmy contar essa história.

— Legal. Vamos voltar para o quarto e ver se essa caminhada ajudou em alguma coisa.

— É a história de Waupee...

— Uúpi?

— Engraçadinho. Legal. Não vou usar o nome indígena. Essa é a história do Falcão Branco, o grande caçador, e da Estrela Donzela. Um dia, o Falcão Branco estava caçando na floresta e encontrou um estranho círculo em uma clareira. Ele parou no limite do lugar e ficou olhando, tentando entender o que tinha deixado aquelas marcas estranhas.

— Ah! Agora vou descobrir a origem dos círculos nas plantações — Wilson interrompeu mais uma vez.

— Ei, eu faço as piadas aqui. Fica quieto. É melhor eu contar a história antes de não conseguir mais falar. — Olhei firme para ele, e Wilson fez um gesto como se fechasse a boca com um zíper. — Depois de um tempo, o Falcão Branco viu um enorme cesto de vime descendo do céu. Doze lindas garotas desceram do cesto e começaram a dançar na clareira. O Falcão Branco notou que todas eram lindas, e a mais linda era a mais nova, e ele se apaixonou imediatamente por ela. Ele se apressou para tentar segurá-la, mas elas gritaram e voltaram correndo para dentro do cesto, que subiu até desaparecer entre as estrelas. Isso aconteceu mais três vezes. O Falcão Branco não conseguia comer nem dormir. Só pensava na Estrela Donzela por quem ele tinha se apaixonado. Finalmente, ele pensou em um plano. Transformou-se em um rato... — Cobri a boca de Wilson com a mão quando ele ameaçou falar. — Ele tinha poderes. — Wilson assentiu, mas seus olhos sugeriam humor. Voltamos ao quarto, e ele me ajudou a sentar na beirada da cama. Fiquei ali, agarrada a ele quando senti minha barriga começar a se contorcer, anunciando a contração que me faria chorar. Tentei falar, apertando os braços de Wilson quando a pressão se tornou quase insuportável. — Ele... esperou — gaguejei, arfando enquanto falava — até as irmãs estrelas... descerem do céu novamente. Ele sabia... que elas não... teriam medo de um ratinho.

— É claro que não. Mulheres adoram ratos — Wilson concordou, e eu ri, gemi e tentei continuar. Ele alisou meu cabelo e o afastou do meu rosto, acompanhando-o até as costas, fazendo um afago quando apoiei o rosto em seu peito, tentando fugir da dor.

Mas ele não me interrompeu quando contei a história entre espasmos de dor e gemidos.

— Quando as irmãs desceram do cesto e começaram a dançar... Falcão Branco... se aproximou com cuidado... da mais nova, até ficar... bem ao lado dela. Então se transformou... em homem outra vez... e a segurou nos braços. — A dor cedia, e eu respirei fundo várias vezes, soltando os braços de Wilson. Ele teria hematomas feios quando tudo aquilo acabasse. — As outras irmãs gritaram e voltaram correndo para dentro do cesto, que subiu, deixando para trás a mais nova. A Estrela Donzela chorou, mas o Falcão Branco secou suas lágrimas e disse que a amaria e cuidaria dela. Ele disse que a vida dela na Terra seria maravilhosa, e ela seria feliz com ele.

Parei de falar quando a enfermeira entrou no quarto e afastou a cortina em volta da cama.

— Oi, docinho, vamos dar uma olhada em como você está.

Olhei para Wilson enquanto ela me deitava na cama. Ele se sentou na banqueta ao meu lado e se inclinou para mim, ignorando a enfermeira e o desconforto da intimidade que eu o obrigava a experimentar. Seu rosto estava a centímetros do meu quando, de novo, ele segurou minha mão e olhou nos meus olhos.

— Está progredindo. Deve ter chegado a sete centímetros. Vamos ver se o anestesista vem te dar um pouco de alívio.

As luzes piscaram, todos os sons desapareceram e a escuridão invadiu o quarto. A enfermeira resmungou um palavrão.

A luz voltou com um ruído característico e vibrante, e nós três suspiramos, aliviados.

— O hospital tem geradores. Não se preocupem. — A enfermeira tentou transmitir calma, mas seus olhos buscaram a porta, e senti que ela tentava antecipar o que a noite traria. — Deve ser a tempestade. — Ela se dirigiu para a porta prometendo voltar logo.

Pensei em Tiffa presa no aeroporto em Reno, mas bani imediatamente a ideia da cabeça. Ela viria, conseguiria chegar. Haveria alguém ali para segurar meu bebê. Alguém precisava segurá-lo. Eu não conseguiria. Pensar nisso congelou minhas veias e inundou meu peito de medo. Tiffa e Jack precisavam estar presentes, prontos, de braços abertos para pegar meu bebê e levá-lo embora imediatamente.

A dor me fez parar de pensar, substituindo o sofrimento por outro ainda pior. Vinte minutos se passaram. Mais vinte. A enfermeira não voltava, o anestesista não chegava. A dor foi aumentando.

Ondas gigantes que ameaçavam me rasgar ao meio. Eu me contorcia, agoniada, e me agarrava a Wilson, desesperada por algum alívio.

— Fala o que eu devo fazer, Blue. Fala o que eu devo fazer — Wilson insistiu em voz baixa.

Fiquei em silêncio, minha energia e minha atenção concentradas naquele círculo minúsculo, no aparentemente interminável ciclo de dor e alívio, incapaz de encontrar as palavras. Só balancei a cabeça e segurei a mão dele. Ele reagiu com um palavrão e levantou com um movimento brusco, derrubando a banqueta. Wilson soltou minha mão, e eu solucei meu medo quando ele saiu porta afora. Ouvi quando ele ergueu a voz para chamar a enfermeira e exigir atendimento com palavras nada educadas. Fiquei tão orgulhosa e ridiculamente emocionada que quase dei risada, mas a gargalhada enroscou na garganta, e eu gritei, em vez de rir. Meu corpo estremeceu, e a pressão foi insuportável. A necessidade de fazer força era intensa, e eu agi sem pensar. Gritei de novo, e Wilson entrou no quarto descabelado, acompanhado por uma enfermeira horrorizada.

— O médico vem vindo! O médico vem vindo! — ela balbuciava com os olhos arregalados enquanto se colocava entre minhas pernas flexionadas. — Não faça força!

Wilson apareceu do meu lado, e eu olhei para ele mais uma vez, incapaz de controlar a pressão que parecia querer expulsar o bebê do meu corpo. A enfermeira saiu e gritou da porta pedindo ajuda. Imediatamente fui cercada por mais uma enfermeira, um médico e outra pessoa que entrava empurrando uma incubadora sobre rodinhas.

— Blue? — A voz do médico parecia vir de longe, e tentei enxergar o rosto dele. Olhos castanhos olhavam para mim. — Hora de fazer força, Blue. Falta pouco para o seu bebê chegar.

Meu bebê? Bebê da Tiffa. Balancei a cabeça. Tiffa ainda não tinha chegado. Senti uma nova contração começando e fiz força no meio da onda de dor. E de novo. De novo. De novo. Não sei quanto tempo passei fazendo força e pedindo a Deus para aquilo acabar. Perdi as contas, no meio da névoa de dor e cansaço.

— Só mais um pouquinho, Blue — o médico me incentivou. Mas eu estava muito cansada. Não me sentia capaz de continuar. Doía muito. Eu queria flutuar para longe dali.

— Não posso — gritei. Não podia. Não queria.

— Você é a pessoa mais corajosa que eu conheço, Blue — Wilson cochichou no meu cabelo. As mãos dele seguraram meu rosto. — Já falei que te acho linda? Você está quase conseguindo. Eu vou ajudar. Segura em mim. Vai ficar tudo bem.

— Wilson?

— Oi?

— Se eu vir o bebê... não sei se vou conseguir me separar dele. Tenho medo de segurar essa criança e nunca mais conseguir soltá--la. — As lágrimas desciam por meu rosto, e eu não tinha força para segurá-las.

Wilson me envolveu com os braços quando a agonia cresceu dentro de mim, e eu gritei.

— Vai, Blue! — o médico insistia. — Vai! Mais uma vez.

E eu consegui. De algum jeito, consegui. Um último esforço desesperado, o impulso final, e um momento de alívio quando o bebê foi retirado. Os braços de Wilson me soltaram, e ele ficou em pé quando a sala explodiu em exclamações animadas. Uma menina. Ela estava ali, os braços balançando, cabelo preto e molhado colado à cabecinha, os olhos bem abertos. Berrava, indignada. Um grito de guerra digno da batalha que havia enfrentado e vencido. E eu estendi os braços para ela.

Naquele momento ela era minha. A enfermeira a colocou sobre meu peito, e minhas mãos estavam lá para ampará-la. O mundo desabou à minha volta. O tempo parou, e eu a sorvi. Senti, ao mesmo tempo, um poder inebriante e uma fraqueza impossível enquanto olhava para minha filhinha. Ela piscou para mim, seus olhos inchados e confusos, a boca se movendo, fazendo barulhinhos de choro que rasgavam meu coração. O terror me invadiu, me cegou, e por um momento pensei em fugir do quarto, correr como louca e sair pela tempestade com minha filha nos braços para fugir da promessa que havia feito. Eu a amava. De um jeito completo e insano. Eu a amava. Olhei em volta dominada pelo caos, cheia de medo, procurando Wilson. Ele estava a poucos passos de distância, com as mãos nos bolsos, o rosto cansado, o cabelo caindo na testa. Os olhos encontraram os meus, e eu vi que ele estava chorando. A enfermeira levou a bebê, simplesmente a levou, e o momento passou. O tempo voltou à velocidade normal, sem se deixar abalar por minha devastação. Caí sobre os travesseiros e, aturdida, deixei o mundo seguir em frente sem mim.

Em poucos minutos o quarto ficou vazio, e eu fiquei sozinha. Os restos do parto foram limpos e levados embora. Wilson foi até o corredor ligar para Tiffa, as enfermeiras levaram a bebê para um lugar desconhecido para ser medida e banhada, o médico concluiu a sua parte, tirou as luvas e me deu parabéns pelo bom trabalho. E agora eu estava ali deitada, exausta e rejeitada. Como um jornal do dia anterior. E havia acabado.

FUI LEVADA PARA UMA SALA DE RECUPERAÇÃO, ONDE ME ajudaram a tomar banho e a voltar para a cama. Ninguém perguntou se eu queria ver a minha bebê. Wilson ainda continuou ali por um tempo, mas, quando ficou claro que eu estava em boas mãos, ele decidiu ir para casa, tomar uma ducha e trocar de roupa. A chuva havia parado, finalmente. O alerta de inundação havia sido descartado, mas o andar mais baixo do hospital precisou ser evacuado por causa da enchente, o que provocou o caos no restante do prédio. As enfermeiras se desculparam por eu ter sido negligenciada durante o trabalho de parto. O número de funcionários já era pequeno, em virtude das dificuldades para chegar ao local durante a tempestade, e a inundação piorou muito a situação.

Jack e Tiffa não conseguiram voltar para casa. A tempestade que havia provocado enchentes em Las Vegas causou uma nevasca em

Reno, com os efeitos da mudança se estendendo de um extremo a outro do estado. O aeroporto em Reno foi fechado durante a tempestade, e a previsão era de ser reaberto na manhã seguinte. Consegui comer e estava cochilando quando Wilson voltou. As luzes estavam apagadas no quarto, mas não estava escuro. Meu quarto tinha uma "vista linda" do estacionamento, e as lâmpadas da rua projetavam um brilho alaranjado que entrava pelas janelas. Wilson tentou sentar na cadeira do canto e não fazer barulho, mas a cadeira rangeu, e ele resmungou um palavrão.

— Você não precisava voltar. — Minha voz era áspera, e quase não a reconheci. Era como se tivesse passado horas gritando.

Wilson se acomodou na cadeira barulhenta, apoiou os cotovelos nos joelhos e o queixo em uma das mãos. Eu o vi fazer isso antes e senti uma ternura repentina tão intensa que não contive um gemido.

— Está com alguma dor? — ele perguntou ao ouvir o gemido.

— Não — sussurrei. Era mentira, mas no momento a verdade era complicada demais.

— Eu te acordei?

— Não — repeti.

O silêncio ampliava os sons no quarto e no corredor. Rodas rangendo no piso, solas de borracha guinchando no assoalho de linóleo. Uma enfermeira entrou em um quarto próximo perguntando "como estamos?" com um tom animado. E eu me peguei tentando ouvir o que não conseguia. O choro de um bebê. Minha mente se projetou até o fim do corredor, até o berçário onde havia um bebê que ninguém solicitava no quarto.

— Você segurou a bebê? — perguntei de repente. Wilson se ajeitou na cadeira, e seus olhos estudaram os meus, procurando sinais à luz difusa do quarto.

— Não — ele disse. E o silêncio voltou.

— Ela está sozinha, Wilson.

Ele não falou que Tiffa estava a caminho, ou que a minha bebê recebia todos os cuidados e provavelmente estava dormindo. Em vez disso, levantou-se e chegou perto da cama. Eu estava deitada de lado, olhando para ele, e Wilson se abaixou para poder olhar nos meus olhos. Nós nos olhamos em silêncio. Depois, ele levantou a mão e tocou meu rosto com delicadeza. Um gesto simples. Mas eu desabei. Fechei os olhos e chorei, deixando de ver seus olhos atormentados e a compreensão que havia neles, a compaixão. Depois de um tempo, senti que ele se deitou ao meu lado na cama e me abraçou, me aninhando em seu peito. Às vezes afagava meu cabelo ou murmurava alguma coisa, mas não fez nenhum comentário enquanto as lágrimas encharcavam o travesseiro embaixo da minha cabeça.

Uma enfermeira entrou no quarto e saiu imediatamente. Wilson não levantou, não tentou voltar para a cadeira no canto.

— Você não me contou o fim da história — ele murmurou muito tempo depois.

— Hum?

— O caçador e a menina estrela. Eles viveram felizes para sempre?

— Ah — lembrei, sonolenta. — Não... não exatamente. Ela ficou com ele, e os dois tiveram um filho. Eram felizes, mas ela começou a sentir falta das estrelas. — Fiz uma pausa, lutando contra a letargia que me dominava. Continuei com uma voz cada vez mais fraca. — Ela queria ver a família. Por isso fez um grande cesto e recolheu presentes, coisas da Terra que não se viam no céu. A menina pôs o cesto no círculo mágico, colocou nele os presentes e o filho e subiu junto. E cantou uma canção que fez o cesto subir ao céu. O Falcão Branco ouviu a música e correu para a clareira. Mas era tarde demais. A esposa e o filho tinham partido. — Senti que estava adormecendo, que a exaustão confundia meus pensamentos, dificultava a fala. Não sabia se era sonho, ou se Wilson falou de verdade.

— Essa história é uma droga — ele cochichou sonolento em meu ouvido.

Eu sorri, mas não acordei para responder.

22
Cinza

Tiffa e Jack chegaram ao hospital no dia seguinte, por volta das cinco da tarde. Wilson foi para a cadeira em algum momento enquanto eu dormia, atendendo a ligação informando que o casal tinha chegado. Ele foi recebê-los, e a enfermeira do setor entrou para medir minha pressão e fazer uma avaliação geral. Eu estava ansiosa para sair do hospital e já estava vestida esperando a alta quando ouvi uma batida leve na porta. Tiffa enfiou a cabeça pela fresta e me chamou.

— Podemos entrar, Blue?

Respondi que sim, e ela e Jack entraram de mãos dadas. O cabelo de Tiffa estava preso em um coque descuidado, mas ela ainda parecia chique e arrumada. Jack estava exausto. Eles haviam passado a noite inteira e boa parte da manhã no aeroporto, esperando a liberação do voo. Mas sorriam, e Tiffa praticamente vibrava. Sem dizer nada, ela me abraçou e começou a chorar. Jack abraçou nós duas e também choramingou. Senti a emoção crescendo no peito e subindo para a garganta, e engolir se tornou impossível. Eu não me mexia, como se o menor movimento pudesse acabar com meu autocontrole. Recitei o alfabeto mentalmente de trás para a frente, Z, Y, X, W, V, U, T..., mantendo os olhos fixos em um ponto além de Tiffa e

Jack. Wilson estava parado na porta. Meus olhos encontraram os dele, e desviei depressa. J, I, H, G, F, E... Mas o esforço para me distrair não me impediu de ouvir o agradecimento sincero de Tiffa.

— Ela é linda, Blue. Simplesmente linda... Dá para ver você nela... e isso me deixa ainda mais feliz — ela sussurrou, soluçando. — Muito obrigada, Blue.

Tive que me afastar. Para sobreviver, tinha que me afastar. Eles me soltaram, mas Tiffa segurou minhas mãos. Não parecia se preocupar com as lágrimas que ainda lavavam seu rosto. Eu admirava sua capacidade de chorar sem vergonha ou acanhamento.

— Vamos chamá-la de Melody. Era o nome da mãe do Jack, e eu sempre adorei esse nome. — Ela olhou para Jack, que assentiu como se a incentivasse a continuar. — Mas queremos que o segundo nome seja Blue, se você concordar.

Melody Blue. Lindo nome. Assenti, um movimento contido, mas não me arrisquei a falar. Depois assenti de novo, com um pouco mais de vigor, e sorri como consegui. Tiffa me abraçou novamente e me segurou enquanto sussurrava uma promessa em meu ouvido.

— Você me deu algo que eu nunca teria pedido, e prometo que serei a melhor mãe que puder ser. Não vou ser perfeita. Mas vou amá-la com todo o meu coração, e nisso vou ser perfeita. Quando ela tiver idade para entender, vou contar tudo sobre você. Vou dizer o quanto você foi corajosa e o quanto a amou.

Um gemido brotou da minha garganta, e eu desmoronei, incapaz de continuar contendo a dor que inundava minha boca, enchia meus olhos e me impedia de falar. Jack nos abraçou, e ficamos assim por muito tempo, amparados um no outro, com um misto de gratidão e tristeza e laços silenciosos se formando. Percebi que era a primeira vez que eu fazia uma prece. Rezava para o Grande Espírito em que Jimmy acreditava. Rezava para o Deus que havia criado a vida e a deixara crescer dentro de mim. Rezava pela criança que nunca me chamaria de mãe, e pela mulher que seria mãe dela. E rezava para que ele tirasse de mim a dor, e, se isso não fosse possível, que tirasse de mim o amor. Porque dor e amor eram tão interligados, que eu não conseguia me ver com um sem o outro. Se eu não amasse, talvez não doesse tanto. Senti os braços de Wilson me envolvendo e amparando meu peso, e Tiffa e Jack finalmente me soltaram e se afastaram.

Quando tive alta do hospital, Wilson me levou para casa, me ajudou a deitar na cama e passou mais uma noite comigo. Ele não reclamou, nem ofereceu palavras de consolo. Só ficou ali quando mais precisei dele. E eu me apoiei nele, provavelmente mais do que deveria. Não me permiti pensar nisso ou questionar o que fazia. Só aceitei os cuidados e me proibi qualquer introspecção.

Nos dias seguintes, Wilson me deu mais e mais espaço, e voltamos à rotina que se assemelhava aos dias que antecederam o nascimento de Melody. Voltei a trabalhar no café quase imediatamente e também voltei a esculpir. Nos outros aspectos, seguir em frente era mais difícil. Imediatamente após o nascimento de Melody, enfaixei os seios como as enfermeiras me ensinaram, mas eles doíam e vazavam, e eu acordava molhada, com os lençóis sujos de leite e a camisola grudada em mim. Era quase doloroso me lavar, meu corpo parecia estranho, e eu não suportava olhar no espelho e ver os seios inchados e prontos para nutrir, o ventre que ficava mais plano a cada dia, os braços que queriam segurar o que não me pertencia mais. De vez em quando, esquecia e acariciava a barriga, e então lembrava que o inchaço restante não era mais um bebê, mas um útero vazio. Mas eu era jovem e ativa, e meu corpo se recuperou depressa. Em pouco tempo, as únicas lembranças que restavam em mim eram as estrias finas que marcavam a pele. Marcas que ficavam bonitas em mim. Eram preciosas.

De maneira semelhante, descobri que não queria lixar as imperfeições de um pedaço de zimbro que entalhava e moldava. As cicatrizes na madeira eram como as marcas em minha pele, e me descobri traçando as linhas várias vezes, como se removê-las significasse uma propensão para esquecer. Acabei aumentando as linhas, e riscos se tornaram sulcos e recuos sombrios, e ramos que se projetavam graciosos ficaram retorcidos e torturados, como punhos cerrados e vazios.

Wilson foi me visitar no porão quando, uma noite, eu trabalhava em uma escultura, e ficou me observando sem falar nada.

— Como vai chamar essa peça? — Wilson perguntou depois de um longo silêncio.

Dei de ombros. Não havia pensado nisso. Olhei para ele pela primeira vez.

— Como acha que devo chamar?

Ele me encarou, e a tristeza que vi em seus olhos cinzentos me fez desviar o olhar imediatamente, fugindo da compaixão que via neles.

— Perda — ele murmurou.

Fingi que não escutei. Wilson ficou no porão por mais uma hora, me vendo trabalhar. Eu nem ouvi quando ele saiu.

⁂

A VIDA VOLTOU AO NORMAL AOS POUCOS, TÃO NORMAL quanto sempre foi. Eu trabalhava, esculpia, comia e dormia. Tiffa telefonava sempre para saber de mim e só falava sobre Melody se eu perguntasse. Ela era cuidadosa e precisa, mas, felizmente, contida em suas descrições. A cada ligação eu conseguia saber um pouco mais, e, na primeira vez que ouvi o choro de recém-nascido de Melody do outro lado, tive que desligar imediatamente. Passei o restante da noite no quarto, convencida de que meu coração estava realmente partido, certa de que nem todo o tempo do mundo, nem todas as lágrimas jamais aliviariam a dor.

Mas tempo e lágrimas eram remédios melhores do que eu havia imaginado. Passei minha vida inteira negando a tristeza, escondendo a dor como se fosse algo a ser evitado a todo custo. Jimmy sempre foi muito contido, e eu adotei sua atitude estoica. Talvez fossem os hormônios, ou só uma resposta biológica, talvez fosse o fato de eu ter implorado para um Deus sobre o qual pouco sabia para me livrar da dor, mas, nos dias seguintes ao nascimento de Melody, descobri que tinha a capacidade de chorar. E no choro havia poder. O poder de cura, de superar a dor e seguir em frente, o poder de suportar o amor e assimilar a perda. E, com as semanas se tornando meses, eu chorava menos e sorria mais. E a paz se tornou uma companheira mais frequente.

E, quando paz e aceitação se tornaram minhas amigas, Wilson começou a se afastar. No começo cheguei a me sentir grata, porque eu era uma péssima companhia. Mas, quando as feridas começaram a cicatrizar, senti falta do meu amigo, e ele estava ausente. Talvez considerasse sua missão cumprida. Melody foi dada à luz, e ele também.

Pouco antes do Natal, tive alguns dias de folga no trabalho e fui procurar madeira na floresta. Entrei pelo Arizona e cheguei ao extremo sul de Utah, voltando para Vegas com a carroceria da caminhonete cheia de zimbro, mogno da montanha e mais algaroba do que eu poderia entalhar em um mês de domingos. As chuvas fortes e as inundações de meses antes haviam carregado madeira caída do alto das encostas, enchendo os vales e riachos e facilitando minha busca. Infelizmente tive que deixar alguns troncos mais pesados para trás, porque, apesar de ter aprendido a usar alavancas, rampas e rolamentos, certos pedaços exigiam mais tração do que era possível para uma mulher e algumas ferramentas. Quando planejei a viagem, esperava conseguir convencer Wilson a ir comigo. Com os feriados de Natal, ele teria alguns dias de folga. Mas seu esforço para permanecer longe de mim era tão evidente que nem tentei.

Quando voltei para casa na segunda-feira à noite, imunda e cansada, cheia de cortes, hematomas, com as roupas rasgadas e um dedão inchado, cortesia de um tronco que havia caído em cima dele, não estava com nenhuma disposição para interagir com Pamela e Wilson. Infelizmente eles chegaram quando eu tentava descarregar a caminhonete perto da entrada do porão. Pamela vestia uma saia branca curta com tênis e camiseta esportiva justa, o cabelo preso em um rabo de cavalo alto. Ela estremeceu quando Wilson pulou na carroceria da caminhonete para me ajudar a descarregar a madeira. Durante dois minutos, ficou parada no lugar dançando, alternando o peso de um pé para o outro.

— Darcy, estou congelando. Podemos entrar? — ela reclamou e sorriu quando Wilson parou de trabalhar para olhar em sua direção.

— Vai entrando, Pam. Está bem frio aqui fora. Vou ajudar a Blue a levar essa madeira para o porão.

Pamela franziu a testa e olhou para mim por um instante, sem saber o que fazer. Era evidente que não queria sair de perto de Wilson. As mulheres sentem certas coisas. E havia algo entre mim e ele. Ela sabia disso. Dei de ombros. Não era problema meu.

— Sério, Pammy, pode entrar. Eu vou em seguida. Não tem motivo nenhum para você ficar aqui neste frio — Wilson insistiu.

Não estava muito frio, na verdade, embora o deserto em dezembro tenha seus momentos cortantes. Bom, se eu estivesse usando uniforme de jogar tênis, em vez de jeans e luvas de trabalho com camisa de flanela, também sentiria frio. Não sabia com que Pamela se preocupava. Meu cabelo era um ninho de rato. Na verdade, tinha certeza de que devia ter pedaços de galhos na cabeça. O nariz estava vermelho, o rosto, arranhado, e eu não faria ninguém virar a cabeça para olhar para mim, nem mesmo Wilson. Pamela deve ter chegado à mesma conclusão, porque me olhou por um longo instante e virou para entrar, avisando que ia subir e ligar a televisão.

— Pammy? — debochei, rolando um tronco de madeira pela rampa improvisada.

— Quando éramos pequenos, todo mundo a chamava de Pammy. De vez em quando escapa.

Bufei, sem ter nada específico para dizer, mas desprezando o apelido do mesmo jeito.

— Por que você sumiu sem avisar ninguém e sem dizer para onde ia, Blue? — Wilson perguntou enquanto descia a rampa levando uma carga de zimbro.

Ele continuou pela escada do porão, e decidi que isso significava que não precisava de uma resposta, ou que não acreditava que a teria. Wilson voltou depois de alguns minutos e continuou falando como se não tivesse saído dali.

— Eu nem sabia que você tinha ido a algum lugar, descobri ontem de manhã. Fiquei preocupado.

— Eu não saí sem falar com ninguém. Só não falei com você — respondi sem rodeios. — Este é o último tronco, mas é o mais pesado. Pode segurar na outra ponta? — pedi, mudando de assunto. Não queria justificar minha ausência. Era ele quem estava me ignorando, não o contrário.

Wilson segurou uma extremidade do pedaço de madeira com dois galhos enroscados. Na verdade, dois galhos haviam crescido de árvores distintas e vizinhas e se sobrepuseram, com os ramos menores se enroscando. O galho de uma das árvores havia sido danificado e se partiu. Se não estivesse enroscado no galho da árvore vizinha, teria caído no chão sozinho. Tive que subir nas duas árvores para cortar as partes dos galhos que ainda estavam presas, serrando o que não havia caído e terminando de soltar o outro, que estava pendurado. Isso me custou um rasgo no jeans e um arranhão na bochecha direita, mas valeria a pena, no final.

O imaginário dos galhos juntos era forte e sugestivo de algo inato a todo coração humano, a necessidade de toque, de contato, e eu sabia exatamente como a peça ficaria quando eu a terminasse. Quando vi aquela madeira pela primeira vez, senti necessidade de algo que negava a mim mesma desde que saí do apartamento de Mason um ano atrás. Mas não era o alívio físico que eu queria. Era a proximidade, a conexão. Pensar em voltar a um tempo em que eu saciava uma necessidade física à custa de outra emocional não me atraía mais. E isso me deixava com uma carência que eu não conseguia suprir.

Wilson e eu descemos a escada de frente um para o outro, com a madeira e os galhos enroscados entre nós. Eu indiquei o caminho e depositei meu lado da madeira no chão, junto à bancada de trabalho. Ele me imitou, recuou e limpou as mãos no short branco de jogar tênis. Vi manchas de seiva em sua camiseta azul e marcas escuras no short, onde ele havia limpado as mãos. Pammy ia querer que ele trocasse de roupa. Pensar nisso me deixou inexplicavelmente triste, e eu peguei o cinzel e o martelo. Queria começar imediatamente a remover a casca, os ramos e as folhas. Talvez pudesse espantar a dor trabalhando, direcionar a necessidade e o desejo que me invadiam para algo produtivo, bonito, algo que no fim não me deixaria vazia.

— Posso deixar minha caminhonete onde está? — perguntei a Wilson, começando a remoção da casca com os olhos atentos aos ramos.

— A chave está lá?

Bati no bolso e gemi.

— Sim. Esquece, eu mudo o carro de lugar e tranco.

— Eu cuido disso. Conheço essa cara. Blue trabalhando — Wilson comentou, cansado, e saiu sem dizer mais nada.

Trabalhei freneticamente por várias horas, cortando e entalhando, lixando e aparando, até meus galhos abraçados estarem completamente nus. Minhas mãos estavam esfoladas, e as costas gritaram quando recuei para apreciar o resultado. Eu havia tirado a camisa de flanela em algum momento da noite, aquecida demais pelo trabalho e pelo aquecedor ligado em um canto que Wilson insistia para eu usar. Trancei o cabelo de qualquer jeito para impedir que caísse no rosto ou enroscasse na lixa. Estava tão comprido que a trança caía por cima do ombro esquerdo como um cipó pesado. Eu estava pensando em cortá-lo quando ouvi o ruído da chave na fechadura e a porta do porão se abriu, deixando entrar o ar gelado. Wilson entrou e fechou a porta, tremendo um pouco de frio. Ele vestia camiseta e jeans baixo no quadril, do tipo que eu tentava não notar desde a primeira vez que o vi com um desses. Segurava minha chave e parecia irritado, com uma ruga entre os olhos cinzentos.

— É meia-noite, Blue. Você está trabalhando há cinco horas.

— E daí?

— E daí que... é meia-noite!

— Tudo bem, vó.

A ruga se aprofundou na testa dele. Ele se aproximou e analisou minha aparência descuidada.

— Você passou três dias fora, aposto que não dormiu direito durante esse tempo, e agora está trabalhando como se tivesse um prazo para cumprir, ou sei lá. A sua calça está rasgada, vi que chegou mancando e tem um arranhão no seu rosto. — Ele deslizou um dedo por cima do vergão vermelho. Levantei a mão para empurrar a dele, mas Wilson segurou meu pulso e virou minha mão, passando um dedo pela palma e estendendo meus dedos, notando as calosidades e os machucados adquiridos nos últimos dias. Senti um arrepio que subiu pelos braços e chegou à nuca. Estremeci e puxei a mão. Depois ajoelhei ao lado do meu projeto e voltei a lixar a madeira.

— Por que você não me contou?

— Hum? — Não parei de trabalhar.

— Você disse que não tinha saído sem falar para ninguém, só não falou comigo. Por quê?

— Faz tempo que você está me evitando, Wilson, então deduzi que não ia se incomodar com a minha ausência. — Eram palavras francas, e eu o encarei com firmeza.

Wilson assentiu e mordeu o lábio, como se mastigasse minha acusação. Mas não negou que havia me evitado.

— Achei que nós dois precisávamos de espaço. Faz dois meses que a Melody nasceu. O nosso... relacionamento... foi construído em meio a experiências muito intensas. — Ele escolhia as palavras com cuidado, parando entre um pensamento e outro.

Eu não gostava dessa deliberação. Achava condescendente. Mas Wilson manteve o mesmo tom, falando com precisão e sem pressa.

— Achei que você precisava de um tempo e de... espaço, sem mim... ou outra pessoa. Só espaço. — Wilson me encarou sério, os olhos cinzentos cheios de intensidade e propósito.

Deixei as ferramentas de lado e levantei, colocando entre nós aquilo que Wilson achava que eu queria: espaço. Senti um arrepio de frio, agora que havia reduzido o ritmo. O frio do piso de concreto penetrava pela sola dos meus pés, e a calça rasgada e a regata fina eram, de repente, insuficientes para me aquecer. Virei de costas para Wilson e estendi as mãos para o aquecedor, tentando absorver calor pelos braços e dedos enrijecidos.

— Lembra da história que o Jimmy me contava? Aquela sobre Tabuts, o lobo sábio, e seu irmão Shinangwav, o coiote? — fiz a pergunta sem olhar para trás.

— Aquela sobre as pessoas serem esculpidas em varetas? A que você me contou na escola para apontar como o mundo é injusto? — Wilson se aproximou e pegou minha camisa de flanela no chão, onde eu a tinha jogado.

Ele a colocou sobre meus ombros, depois me abraçou e apoiou o queixo sobre minha cabeça. O calor era tão bom, tão perfeito, que fechei os olhos para não vê-lo, não reconhecer a facilidade com que me abraçava, como se eu fosse uma irmã ou prima favorita. Meu sentimento por Wilson não era fraternal. E, por mais que fosse agradável sentir seus braços à minha volta, havia dor no prazer.

— Quando eu era criança, a história não fazia sentido. Por que as pessoas iam querer ficar sozinhas? — O tom da minha voz era revelador, e os braços de Wilson me apertaram um pouco mais. Fiquei de olhos fechados, sentindo um cansaço repentino dominar meus músculos e membros com o calor que me cercava. — Eu achava que Shinangwav era o irmão mais inteligente. Ele sabia que as pessoas queriam se agrupar. Eu atormentava o Jimmy pedindo uma mãe, uma irmã ou amigos. Um lobo sábio devia saber que as pessoas prefeririam ficar juntas.

Wilson me girou em seus braços e afastou o cabelo do meu rosto. Eu queria ficar de olhos fechados, tinha medo de abri-los agora, quando estávamos tão próximos, e me trair. Mas a proximidade dava a impressão de que os olhos fechados eram um sinal de expectativa, como se eu esperasse um beijo, e eu os abri e o encarei.

— Às vezes eu tenho a sensação de que fui uma das que ficaram no saco, quando todo mundo era espalhado em grupos — sussurrei.

Os olhos de Wilson eram tão cinzentos à luz fraca do porão que pareciam pedras na chuva. Seu rosto era um misto de concentração e empatia, como se cada palavra que eu dizia fosse de suprema importância. Foi aquela expressão, aquela intensidade, que me conquistou a cada aula de história, a cada dia, e ele nem sabia que eu era dele.

— Essa reação é muito compreensível, depois de você ter carregado uma criança no ventre por nove meses... e se separado dela. — A voz de Wilson era mansa, e ele beijou minha testa de um jeito casto, ofensivo. Mas eu não queria sua piedade. E, definitivamente, não queria espaço. Eu o queria. Não queria que beijasse minha testa. Queria beijar sua boca. Queria beijá-la segurando seu cabelo, com o corpo colado ao dele. Queria confessar meus sentimentos e demonstrar minha devoção. E, se eu não saísse dali imediatamente, acabaria fazendo alguma coisa que poderia afastá-lo de mim para sempre. Então me afastei de um jeito quase frenético, com medo de mim, com medo por mim. Wilson me soltou prontamente.

— Algumas pessoas são destinadas à solidão. O Jimmy parecia ser uma dessas pessoas. Talvez eu também seja, mesmo que não queira ser.

Wilson não respondeu, e eu me virei e voltei para a bancada de trabalho. Peguei a chave e saí em direção à escada, para o apartamento. Não nos despedimos, e a distância entre nós foi restabelecida como se eu nunca houvesse estado em seus braços.

23
Alice

Recusei convites para o Dia de Ação de Graças, o Natal e todas as armadilhas que faziam parte das festas de fim de ano, mas, quando Tiffa telefonou e implorou para eu ir à sua festa de Ano-Novo e disse que a mãe dela ficaria com os filhos de Alice e Melody em outro lugar, eu cedi. Disse a mim mesma que não tinha nada a ver com o fato de Wilson ser meu acompanhante, porque Pamela tinha ido passar o Ano-Novo na Inglaterra.

Imaginei uma festa elegante com uma orquestra ao vivo, vestidos chiques e sapatos de salto. Mas Tiffa me surpreendeu, dizendo:

— Use uma roupa confortável! E colorida! Temos um campeonato de quem usa mais cor, e nós, os Wilson, gostamos de começar o ano com muita bagunça. Não escolha nada que possa mostrar a sua calcinha, caso tenha que se abaixar no meio de um jogo do saco de papel. A Alice reclama todo ano, mas não seria Ano-Novo sem isso.

Decidi que estava bem colorida com o jeans skinny rosa-choque e a blusa azul salpicada de lantejoulas. Escolhi os brincos de penas roxas, usei sombra cintilante e batom vermelho e enfeitei o cabelo, mas Tiffa me ofuscou com uma legging tie dye, uma camiseta listrada neon, plataformas cor de laranja e uma peruca de palhaço que imitava um arco-íris. Wilson até entrou no espírito da festa com uma camiseta que não era azul, cinza ou preta. Era verde, gola V e mangas longas. Nada muito berrante, mas ele tentou, pelo menos. Jeans preto e botas pretas completavam o traje, que não tinha nada de professoral.

Não era uma festa muito grande, umas trinta pessoas, mais ou menos, mas todo mundo parecia se conhecer bem. Havia mais dez ou doze casais, além de Tiffa e Jack, Alice e Peter e Wilson e eu. A maioria era de ingleses que Tiffa conhecia do The Sheffield. Eu esperava que todos bebessem seu champanhe com o dedinho levantado, considerando o tom recatado da conversa. Mas eram simpáticos e barulhentos, especialmente depois de alguns drinques.

A noite começou com um jogo chamado Ha-Ha-Ha. Tiffa disse que o nome era esse. Todos os convidados receberam uma pulseira feita de um rolo de adesivos de cores diferentes. O objetivo era fazer todo mundo rir com um ha-ha-ha falso. Quem conseguia fazer uma pessoa rir ganhava dela um beijo e um adesivo. Se uma mulher fazia outra rir, a que ria podia escolher um rapaz para essa mulher beijar, ou vice-versa. O campeão do Ha-Ha-Ha era determinado no fim da noite pelo número de adesivos acumulados e também por quantos ainda restavam no rolo que servia de pulseira. Fiquei aliviada quando vi que os beijos eram no rosto ou selinhos acompanhados de votos de feliz ano-novo. Ninguém tirava proveito para beijar quem não queria ser beijado. Muitos preferiam só acumular adesivos. O jogo continuou noite adentro, mesmo enquanto outros eram organizados, e eu me tornei um alvo de todos, porque os ha-ha-ha dirigidos a mim não eram muito engraçados, e eu ainda não havia perdido nenhum adesivo... ou beijado alguém. Tiffa e Wilson trocavam desafios tentando fazer o outro dar risada, e de vez em quando um ou outro gargalhava. A recompensa era um rápido beijo na testa seguido por um adesivo. Em pouco tempo, Tiffa ficou com o rosto coberto de adesivos.

Os ha-ha-ha de Alice eram tão irritantes que as pessoas riam de nervoso, o que lhe rendia muitos beijos e adesivos.

Não sei o que esperava de uma festa de Ano-Novo com um grupo de britânicos, mas não era o Ha-Ha-Ha, muito menos o jogo do saco de papel. Nele, a pessoa tinha que ficar em pé sobre uma das pernas, como uma garça, se abaixar e, sem tocar o chão ou o saco, levantá-lo do chão usando apenas a boca. A cada rodada, um centímetro era cortado do saco, até sobrar só uma tira fina de papel pardo. Alice acabou com o nariz sangrando depois de cair de cara no chão. Tiffa parecia uma bailarina alongada, dobrando o corpo para a frente e se abaixando para pegar o saco de papel do chão como se esse fosse um movimento de dança aperfeiçoado durante muitos anos. Jack saiu na primeira rodada. Peter, marido de Alice, soltava gases toda vez que tentava pegar o saco e se desculpava, constrangido, o que era quase mais engraçado do que os constantes puns. Wilson se dedicou ao jogo do saco de papel com uma concentração e determinação que, as irmãs disseram, eram comuns a todos os jogos que ele disputava, mas também foi eliminado em duas ou três rodadas.

Aparentemente, o jogo do saco de papel era uma tradição da família Wilson e não tinha nada a ver com tradições inglesas. O falecido sr. Wilson havia apresentado a brincadeira aos filhos, que se divertiam com ele desde que podiam se lembrar. Fazia pouco mais de dois meses que eu havia dado à luz e poderia ter escapado tranquilamente alegando não estar em forma para todo esse esforço. Mas não queria provocar a curiosidade dos outros convidados ou ter que responder a perguntas, por isso participei, constatando que meu desinteresse por álcool era uma vantagem, porque meu equilíbrio estava intacto, enquanto os outros oscilavam. Tiffa e eu ficamos para a última rodada, e ela falava muito e imitou Scary Spice quando se inclinou para conquistar a vitória.

— Ha-ha-ha! — Tiffa gritou, colando o nariz no meu e entortando os olhos numa careta engraçada quando reconheci sua vitória. Essa Tiffa era tão diferente da outra, a especialista em artes, que eu ri e a empurrei. — Você riu! Riu do meu ha-ha-ha! — ela berrou, dançando de um lado para o outro e balançando as mãos no ar. — Pode me dar um adesivo, Blue Echohawk! Você sucumbiu ao meu poder! Agora tenho que escolher alguém para te beijar! Wilson! Prepara a boca, meu bem!

Ninguém deu muita atenção à expressão paralisada no rosto de Wilson. Estávamos ali juntos, afinal. Éramos um casal, aparentemente. Os convidados de Tiffa estavam mais interessados na palhaçada que ela fazia do que em Wilson, que se aproximava de mim com a intenção de me beijar.

Mas Alice observava com alegria quando Wilson me deu um selinho rápido, tão rápido que acabou antes de eu ter uma chance de me preparar.

— Ah, não! Que coisa patética, Darcy! Qual é, ninguém aqui tem cinco anos — Alice reclamou alto. — Essa festa toda é patética! Não vi um beijo de verdade a noite inteira! Ficamos nessa bobagem de selinho, adesivo e saco de papel. Caramba! — Alice sentou e apontou para um rapaz muito bonito que todas as mulheres cobiçavam desde o começo do Ha-Ha-Ha. — Justin! Você não é casado. E é completamente delicitoso. Vai dar um beijo de verdade na Blue, por favor.

Eu desconfiei de que Alice estava meio bêbada. Justin olhou para mim com interesse.

— Espera, o Peter e eu podemos mostrar como é, não podemos, Peter? — Alice deu uma cotovelada no marido, que havia dormido depois de sair do jogo do saco de papel. Ele respondeu com um ronco baixinho. Alice o empurrou, ofendida. — Caramba! Peidando e roncando! Que romântico! Você me ajuda, Justin?

— Ajude a todas nós, Justin! — Tiffa acrescentou, enfática, empurrando o rapaz para a frente. Todo mundo ria. Todo mundo menos Wilson, que permanecia parado ao meu lado, os olhos fixos no Justin bonitão, que havia decidido atender ao pedido de Alice e caminhava na minha direção.

De repente Wilson virou para mim e segurou meu rosto, os dedos deslizando pelo meio do meu cabelo. Com os olhos nos meus, ele inclinou a cabeça e beijou minha boca uma vez, depois mais uma, como se tivesse medo de ouvir Alice gritar "caramba" se parasse agora. Seus lábios eram firmes e lisos, e a respiração fazia cócegas na minha boca. Meu coração batia na garganta e a mente gritava, exigindo que eu catalogasse cada detalhe do acontecimento com que tanto havia sonhado, mas que nunca me atrevi a esperar de verdade. Wilson estava me beijando!

E de repente não consegui pensar em mais nada. Os lábios dele ficaram mais insistentes, as mãos me puxaram para a frente e para ele, e a boca começou a se mover sobre a minha, afastando meus lábios com delicadeza para a língua poder entrar. E eu cedi. Os braços dele me envolveram, e o beijo se transformou. Não era um jogo, não era uma encenação, éramos nós, e nada mais existia à nossa volta.

Nós nos afastamos com um suspiro compartilhado. A sala explodiu em aplausos e gritos, com Alice pulando e rindo como uma menina prestes a conversar com o Papai Noel.

— Isso foi lindo! Darcy! Se você não fosse meu irmãozinho, eu já estaria na fila! Peter! Acorda, homem! — Alice sacudiu o marido cansado que havia perdido todo o espetáculo.

Tiffa olhava para nós e sorria, como se soubesse de tudo desde sempre. A mão de Wilson escorregou por meu braço e segurou a minha. Suas orelhas estavam vermelhas, mas ele não falava nada. E passou o restante da noite segurando minha mão, enquanto eu jurava que meu coração estava maior. Estava sem ar, eufórica, ansiosa para ficar sozinha com ele, para explorar a novidade.

Perto da meia-noite, Tiffa ligou a televisão e distribuiu apitos e confete. Pelo jeito, outra tradição britânica era ver o Big Ben bater as doze badaladas, e Tiffa havia usado um recurso da TV a cabo para gravar o evento em Londres, para que todos se sentissem em casa... na Inglaterra. Eu não me importava de trocar a Times Square pelo

Big Ben. Ou de abrir mão dos garotos americanos por um nerd inglês que dava aula no ensino médio. Nesse momento, eu estava apaixonada por todas as coisas da Inglaterra.

Fizemos a contagem regressiva e vimos o grande relógio dar as boas-vindas ao ano novo no nosso cantinho do mundo. Gritos de "Feliz Ano-Novo", abraços, assobios e muito barulho explodiram na sala. Tiffa e Jack choravam quando se beijaram e se abraçaram, emocionados com o ano que tiveram e com os outros que viriam. E eu havia ajudado a construir essa emoção. Olhei para Wilson sorrindo, mas ele desviou o olhar e observou a sala sem se juntar à comemoração.

— Vamos? — ele disse de repente. — Você se importa? Eu quero ir embora. A gente sai discretamente. Eu telefono para a Tiffa amanhã e agradeço pela festa.

— Ah, tudo bem. — Ele me puxou para a porta. Pegou meu casaco e o dele e estava tentando sair de mansinho quando Tiffa correu em nossa direção pedindo para esperarmos. Wilson revirou os olhos, e eu me perguntei por que ele queria ir embora tão depressa, tão de repente.

— Darcy, espera! Não leva a Blue embora. Os fogos são incríveis daqui de cima. Vocês não viram no 4 de Julho. E ainda não coroamos a campeã do Ha-Ha-Ha! — Ela passou um braço em torno dos nossos ombros.

— Acho que o Justin pode cuidar de tudo, Tiff.

A voz de Wilson era estranha, e vi que os dois trocaram um olhar que fez meu peito apertar e meu rosto esquentar.

— Eu entendo — Tiffa respondeu em voz baixa. Eu queria ter entendido. Ela se inclinou, beijou meu rosto e afagou minha mão.
— Obrigada por ter vindo, Blue. O Jack e eu pensamos em você como parte da família. Pode vir ver a Melody quando quiser. Acho que seria bom para todos nós. — Ela olhou para Wilson, depois para mim. — Feliz Ano-Novo, meus amores.

Descemos até a garagem em silêncio, o elevador cheio, o que era surpreendente, considerando que a meia-noite havia acabado de passar e as festas chegavam ao auge. Fiquei perto de Wilson enquanto mais ocupantes iam entrando a cada andar. Ele segurava minha mão e olhava para os números no painel luminoso. Minha animação decrescia com os números no painel, porque já imaginava que a volta para casa seria cheia de desculpas por um beijo que me iluminou como o céu de 4 de Julho... ou da véspera do Ano-Novo, para ser mais exata. Tiffa estava certa. Da varanda do apartamento, os fogos deviam ser incríveis. Queria ter ficado para ver, para ganhar mais um beijo enquanto as cores enchessem o ar antes de a realidade afugentar a magia.

Vegas era uma cidade festiva, e havia muita gente em movimento, o que deixava o trânsito lento. As pessoas andavam de um hotel ao outro admirando as luzes, saboreando a comida e a energia de uma cidade que levava as comemorações ao extremo. Felizmente, o The Sheffield ficava ao sul de Vegas, e assim conseguimos evitar os cruzamentos mais movimentados a caminho da rotatória por onde seguiríamos em direção ao leste, para Boulder City. Wilson dirigia quieto na área de mais movimento, mas, quando deixamos para trás as luzes e o barulho, não suportei o silêncio e decidi brincar para amenizar a tensão.

— Você beija como uma velha, Wilson.

O carro dançou na pista. Wilson resmungou um palavrão e recuperou o controle, olhando rapidamente para mim antes de se concentrar novamente na via.

— Caramba! — ele exclamou, depois riu, gemeu alguma coisa e passou a mão no rosto, numa óbvia agitação. — Bom, você não.

Meu coração acelerou e meu estômago tremeu.

— Então, qual é o problema?

— Esse é o problema.

— Se você me beijou e foi como beijar uma garota da série *Supergatas*, devia estar tudo bem, não é? Porque foi assim para mim, e eu me senti muito bem, mas é evidente que você não ficou legal.

— *Supergatas?* — Wilson não era fã de séries americanas.

— Bom, talvez não uma delas. Talvez... o príncipe Charles — provoquei.

— Mas não a Camilla, não é? Por favor, diz que não foi como beijar a Camilla — ele pediu.

Eu ri. Coitada da Camilla.

— Quando você me beijou, foi como beijar a Victoria Beckham? A Tiffa me contou que você era apaixonado por ela, quando tinha sete anos.

— Ah, verdade. E eu sei exatamente como é beijar a Victoria Beckham.

— E você *pensou* na Victoria Beckham quando estava me beijando? É quase tão bom.

— Não, Blue. Não pensei. Infelizmente, só pensei em quem eu estava beijando e por que não devia beijá-la.

Minha tentativa de evitar qualquer análise séria do beijo havia falhado. Wilson continuou olhando para a frente até chegarmos em casa, e contive o impulso de pedir explicações para a rejeição. Se ele tinha dificuldade para lidar com o que sentia por mim, teria que se resolver sozinho. Eu não ia alimentar seu arrependimento, não ia nem discutir com ele. Fiquei em silêncio até o fim da viagem. Ele parou na frente da casa, desligou o carro e virou para mim ao mesmo tempo.

— Ultrapassei muitos limites com você, muitas vezes. Eu era seu professor! Minha irmã adotou a sua filha! É tudo muito confuso e complicado, e não quero complicar ainda mais as coisas. E a amizade que temos, os momentos de incrível intimidade que vivemos, o fato de você ser minha inquilina... consigo lidar com tudo isso em um nível racional. Sou capaz de justificar tudo isso... desde que não haja romance. Hoje à noite, quando eu te beijei, atravessei a fronteira do amigo, do professor, do conselheiro, da figura paterna — ele quase cuspiu as últimas palavras, claramente aborrecido —, para outra coisa bem diferente, e tenho que me desculpar. Não sei onde eu estava com a cabeça, como deixei a Alice me manipular daquele jeito.

— Figura paterna? Puta merda! — Agora eu estava horrorizada. — É assim que você vê o nosso relacionamento? Eca, Wilson! — Saí do carro, bati a porta e subi a escada sem esperá-lo. Não queria realmente matá-lo, mas nesse momento estava bem perto de estrangular o cara! Ouvi os passos atrás de mim e virei quando subíamos a escada da frente. — Só para constar, Wilson. Você foi meu professor. Uma vez! E se tornou meu amigo. Não sou criança, não sou mais sua aluna. Sou uma mulher adulta, menos de três anos mais nova que você. E você não só beija como uma velha careta, mas está agindo como uma! Beijar você não foi nada sério. Não foi nada inadequado, foi só uma porcaria de brincadeira de festa. Supera!

Sempre me orgulhei da minha sinceramente, mas estava ali, mentindo descaradamente. A verdade é que o beijo foi importante. Foi sério. E Wilson não beijava como uma velha. Mas ele não saberia disso. Não agora. Não depois de ter estragado tudo.

Wilson olhava para minha boca, e eu não consegui decidir se ele lutava contra o impulso de me fazer mudar de ideia sobre seu jeito de beijar, ou se queria me deixar aplacar sua consciência cheia de culpa. Ele não teria as duas coisas. Ou o beijo havia sido importante e tínhamos um relacionamento inteiramente diferente do que ele queria admitir, ou o beijo era só uma brincadeira entre amigos e ele podia continuar fingindo que tudo era simples e correto e ele era só o cara legal que cuidava de Blue Echohawk.

Wilson se aproximou de mim com movimentos determinados. Parou um degrau abaixo de onde eu estava, e agora nossos olhos estavam no mesmo nível. E a boca também.

— Não foi importante? — ele perguntou com voz mansa.

— Foi só uma brincadeira — respondi com o mesmo tom.

— Então por que eu quero fazer de novo?

Meu coração batia tão forte que ecoava na cabeça.

— Talvez você só queira me convencer de que você não é uma velha.

— Ah... deve ser isso. Só preciso mostrar que sou um homem de verdade, capaz de beijar de um jeito que não te faça pensar em agulhas de crochê e meias largas.

— E talco e dentadura.

A boca de Wilson estava a um suspiro da minha.

— Isso.

Fechei os olhos quando ele mordeu meu lábio inferior, depois o superior. Então ele os afastou com a língua, me saboreando com delicadeza. Depois encontrou a minha, e ficamos ali parados com as bocas se tocando, só elas se movendo. Continuamos assim por vários minutos, com o corpo afastado, as mãos abaixadas, completamente focados no encontro de lábios. O beijo foi lento, doce, preguiçoso, como um gato se espreguiçando ao sol.

E acabou. Continuei parada, esperando sua boca encontrar a minha novamente. Mas não aconteceu. Meus olhos se abriram com dificuldade, se negando a encarar o fim de um beijo realmente atordoante. Wilson me observava com um sorrisinho nos lábios.

— Toma essa, Camilla — ele cochichou.

Sem dizer mais nada, passou por mim, subiu a escada e abriu a porta, esperando que eu me virasse e subisse para entrar. Minhas pernas tremiam, e eu não conseguia ficar de olhos abertos. O céu da boca estava tão sensível que era como se eu tivesse comido creme de amendoim em estado de coma.

Subi e Wilson me conduziu até a porta.

— Boa noite, Blue.

Não respondi. Fiquei olhando quando ele subiu a escada para o apartamento dele, tentando entender como ele havia conseguido dar a palavra final.

ෂ

WILSON VOLTOU A ME EVITAR NO MÊS SEGUINTE. TALVEZ estivesse ocupado, talvez o novo semestre o obrigasse a trabalhar até tarde. Várias vezes eu ouvi os passos dele lá em cima depois das nove da noite. A vida de professor devia ser ingrata. Mas eu desconfiava de que tinha mais a ver com o beijo na noite da passagem de ano e com ficar longe de mim do que com um aumento na carga de trabalho. E, é claro, com Pamela.

Pamela havia voltado da Inglaterra e se instalara novamente na vida de Wilson, monopolizando seu tempo livre. Eles iam ao cinema, jantar fora, até jogavam tênis no fim de semana. Eu nunca nem segurei uma raquete de tênis. Acho que não ia rolar um joguinho de duplas. Além do mais, eu não tinha parceiro. Não imaginava Bev jogando tênis, e ela era minha melhor amiga, além de Wilson e Tiffa. E isso era bem triste.

24
Iridescente

Telefonaram do laboratório.

Havia sete dias que eu cumpria turnos de oito horas no café, e, quando não estava lá, estava no porão, me esbaldando com o espaço que haviam me dado. Wilson continuava afastado. Só sentia alguma conexão com ele à noite, quando me sentava embaixo da grade de ventilação e ouvia a música do violoncelo. Tentei evitar até isso, porque a música alimentava minha nostalgia e me fazia sentir exposta e rejeitada. Mas, noite após noite, me pegava olhando para cima, me torturando com o som, amaldiçoando Wilson e seu espaço.

Não que eu tivesse me esquecido do teste de DNA. Não esqueci. Mas não esperava ansiosa pelo resultado. Por isso, quando ligaram, eu estava despreparada.

— Blue Echohawk?

— Sim, sou eu.

— Meu nome é Heidi Morgan, sou do Laboratório Forense em Reno. Já temos o resultado do seu teste.

Meu coração acelerou de tal maneira que chegou a doer.

— Tudo bem. — Meus lábios formigavam, e foi difícil formar as duas palavras.

— Existe uma compatibilidade, Blue. Você pode vir a Reno?

— Tudo bem — repeti. Havia uma compatibilidade. Eles sabiam quem eu era. — Eu... preciso de um segundo para pensar. Preciso pedir licença no trabalho, comprar uma passagem aérea e... preciso pensar — gaguejei e me achei ridícula.

— É claro — Heidi Morgan respondeu, compreensiva. — É só telefonar quando conseguir organizar tudo. Já falei com o detetive Moody e com o sargento Martinez. Todo mundo ficou animado, Blue. É o tipo de coisa que não acontece com muita frequência.

Prometi que ligaria e encerrei a conversa. Depois sentei na poltrona embaixo da grade de ventilação, esperando outra sinfonia noturna. Tentei acalmar meu coração acelerado e respirar em meio ao nervosismo que me fazia roer as unhas e bater com os pés no chão. Precisava contar a alguém. Tinha que contar a Wilson. Mas ele não estava em casa, e eu estava brava com ele. Sem me dar tempo para desistir, peguei minhas chaves e saí. Ia falar com Tiffa.

O prédio de Tiffa tinha um porteiro, e achei que isso era bom, porque ele diria a ela que eu estava subindo, e ela teria tempo para se preparar para minha visita inesperada. Mas Tiffa abriu a porta imediatamente e me puxou para dentro com um abraço e um sorriso largo.

— Blue! Por que você não disse que vinha? Eu teria pedido almoço e champanhe para comemorar! E teria trocado de blusa! A Melody babou na que estou usando. Ela baba em tudo, cuidado. No mínimo, eu teria trocado a fralda dela para dar uma boa impressão! Mas, como você veio de surpresa, vai ter que aturar nós duas como estamos, fedidas e com fome! — A risada de Tiffa me envolveu como uma brisa mansa, e relaxei imediatamente, enquanto ela me puxava para o quarto.

O quarto de Melody parecia um jardim com borboletas e pássaros flutuando nas paredes, empoleirados nos galhos de árvores floridas. Um chipanzé espiava de dentro de um buraco no tronco, e uma família de coelhos pulava ao longo da parede acima do carpete verde. O teto era azul-celeste, salpicado de nuvens brancas e gordas, com um bando de gansos voando em formação. Uma velha e sábia coruja espiava de um galho que se estendia sobre o berço, que era coberto com um véu verde-claro, salpicado de florzinhas cor-de-rosa, como uma colina na primavera. Havia animais de pelúcia saídos do filme *Bambi* enfeitando os cantos do quarto, e uma cadeira de balanço branca enorme cheia de almofadas em forma de flores.

Era encantador. Toda menininha devia ter um quarto como aquele. Mas era a bebê no berço que prendia minha atenção. Ela fazia barulhinhos e mexia as pernas gordas. O cabelo preto que tinha quando nasceu agora era um castanho mais claro, e o tamanho havia dobrado. Eu só a tinha visto por alguns segundos, mas aqueles segundos estavam gravados na minha memória. Essa bebê era muito diferente da imagem na minha cabeça. Mas os olhos eram azuis. Ela sorria e balançava as mãozinhas, mexia braços e pernas, e eu sorri, piscando ao sentir os olhos cheios de lágrimas. O arrependimento que eu temia, de que tinha pavor, que havia me mantido afastada, não me invadiu como eu esperava que acontecesse. As lágrimas em meus olhos eram mais de alívio que de tristeza, e eu segurei a mão de Tiffa, grata como jamais poderia expressar com palavras.

— Ela é tão... tão... tão... — gaguejei.

— Perfeita — Tiffa concluiu, os olhos brilhando lacrimejantes, um braço sobre meus ombros. — Perfeita. Mesmo de fralda suja. Vou trocar essa coisinha para você poder segurá-la.

Em três meses, Tiffa havia se tornado uma profissional, trocando a fralda com habilidade enquanto fazia ruídos engraçados e conversava com Melody, cujos olhos não desviavam do rosto dela. Tiffa me deixou aplicar o talco, e nós duas espirramos quando eu exagerei na dose.

Tiffa deu risada.

— O Jack faz a mesma coisa. Ele diz que talco infantil nunca é demais. Quando o papai está de plantão, a Melody espalha uma nuvenzinha perfumada cada vez que mexe as pernas. — Ela pegou Melody e a colocou em meus braços. — Cuida dela enquanto vou buscar uma mamadeira — Tiffa pediu, tocando meu rosto, beijando o cabelo fino de Melody e saindo do quarto antes que eu pudesse protestar. Fiquei sentada na beirada da cadeira, tensa. Exceto pelos segundos depois do parto, nunca segurei um bebê. Tentei não apertá-la demais, nem deixá-la solta, mas seu rosto se contorceu e o lábio inferior se projetou, como se ela se preparasse para chorar.

— Tudo bem, tudo bem. Não gosta dessa posição? Dá para mudar! — Eu a segurei com a cabeça apoiada em meu ombro, uma mão embaixo da fralda, a outra em suas costas. Melody começou a sugar minha bochecha. Eu gritei, me soltei, e ela grudou no meu nariz. — Tiffa! Socorro! Ela pegou o meu nariz! — Eu ria, tentando soltar a pequena ventosa. Ela começou a chorar, e eu a virei para o outro lado, com as costas apoiadas em meu peito. Balancei um pouquinho, andei pelo quarto e falei com ela como tinha visto Tiffa fazer. — Ah, olha, Melody. Coelhinhos! Coelhinhos cinzentos, da cor dos olhos do tio Wilson. — Parei de repente. De onde tirei isso? Segui em frente. — Ah, olha! — O mesmo tom doce. — Um macaquinho. Ele está procurando a Melody. Ele já achou a Melody!

Melody parou de chorar, e eu continuei falando e andando pelo quarto, balançando-a.

— Macaquinho, é melhor tomar cuidado! O sr. Coruja está olhando para você, e corujas adoram comer macaquinhos! — Mordi o lábio. Isso era meio assustador. Melhor tentar de novo. — Corujas são as únicas aves que enxergam a cor azul. Sabia disso, Melody?

— É mesmo? — Tiffa entrou no quarto sacudindo uma mamadeira na mão direita. — Isso é verdade?

— Sim. Acho que é. O Jimmy, o meu pai, adorava pássaros, e ele sabia muitas coisas sobre eles. Acho que esqueci a maior parte delas, mas essa era uma piada que a gente fazia. Deduzi que, como as corujas eram as únicas aves que conseguiam enxergar a cor azul, eu era invisível para todos os outros pássaros.

Tiffa sorriu.

— Porque seu nome é BLUE.

— É. Eu achava isso incrível.

— Invisibilidade seria bem útil, não? — Tiffa me deu a mamadeira, mas eu recusei.

— Não, melhor você cuidar disso. Ela está com fome, e não quero que a Melody chore de novo. Ela tentou mamar no meu nariz.

Tiffa deu risada, pegou Melody do meu colo e sentou na cadeira de balanço. Melody começou a mamar com vontade. Tiffa e eu a observamos, os olhos fixos no rostinho feliz, nas bochechas que se moviam em êxtase, tão contente e fácil de agradar.

— Falando em invisibilidade — Tiffa falou sem desviar os olhos do rosto de Melody —, estou um pouco surpresa com a sua visita. Feliz, mas surpresa. Aconteceu alguma coisa, Blue?

— Ligaram do laboratório. Eles descobriram uma compatibilidade. Sabem quem eu sou, Tiffa. Eles sabem quem é a minha mãe. E me pediram para ir a Reno.

— Ah, Blue! — Tiffa suspirou.

Seu olhar era cheio de compaixão, e um nó se formou em minha garganta. Engoli e tentei dar risada.

— Espero não ter te assustado aparecendo aqui do nada e em pânico. Só queria contar para alguém. E pensei na Melody, em como preciso dessas respostas por ela, mesmo que às vezes eu prefira não saber.

— Fico feliz por ter vindo. Já era hora. E você não parecia estar em pânico. Você é sempre muito controlada, Blue Echohawk. Eu costumo perceber bem as pessoas, mas você é sempre contida, discreta. Como diz o ditado: "Água parada é sempre profunda". Nisso você é muito parecida com o Darcy.

Não respondi, e ela balançou a cabeça irritada, como se meu silêncio fosse prova do que ela dizia.

— Ele esteve aqui ontem. Acho que está encantado — Tiffa falou com tom casual.

Meu coração congelou. Acho que a reação se estampou em meu rosto, porque Tiffa parou de balançar a cadeira.

— Quê? Blue, o que foi que eu disse?

— Nada — menti e balancei a cabeça. — Eu já imaginava.

Ela inclinou a cabeça para o lado numa resposta confusa.

— Imaginava o quê?

— Que ele estava encantado — respondi, sem rodeios. Estava enjoada.

— Ele está encantado com a Melody! — Tiffa falou alto e balançou a cabeça novamente, incrédula. — Você devia ter visto a sua cara. De quem achou que eu estava falando? Da Pamela?

Olhei para o chão e não consegui responder.

— Blue, o que está acontecendo entre vocês? Depois da festa de Ano-Novo, achei que finalmente admitiriam o que sentem um pelo outro. É tão óbvio! Ontem perguntei de você, e o Wilson fingiu indiferença. Eu não entendi.

— É, o Wilson deve ser uma ave rara. Definitivamente, não é uma coruja, porque fiquei completamente invisível.

— Ah, meu bem. Meu irmão parece a minha mãe. Não é filho dela de verdade, mas, em todos os outros aspectos, é bem filho dela. A ideia dele do que é certo e errado é arcaica. Tenho me surpreendido com a proximidade que ele permite entre vocês. E aquele beijo? A Alice e eu comentamos durante dias!

Eu não olhava para ela, incomodada com a conversa, mas Tiffa continuou balançando e falando.

— Meu irmão só precisa de um empurrãozinho. E empurrar o Justin para cima de você funcionou bem. Talvez seja hora de você abrir as asas e obrigar o Darcy a fazer uma escolha — Tiffa sugeriu, batendo de leve nas costas de Melody. A mamadeira estava vazia e Melody dormia, roncando baixinho com o canto da boca sujo de leite. — Estive trabalhando em uma coisa, mas não queria dizer nada até ter certeza. Um artista se comprometeu a participar de uma exposição no The Sheffield no próximo sábado à noite. Ele decidiu que queria rever o contrato e acabou revendo a porta da rua. Acho que o seu trabalho vai ficar perfeito nessa exposição. Na verdade, acho que ele vai se destacar. Ainda não expus *Mulher pássaro* e algumas outras peças, porque elas pedem um público específico. Acho que podemos vender *Mulher pássaro* por cinco mil dólares na exposição, e ela passaria meses na galeria.

Engoli e resmunguei um palavrão. Tiffa piscou para mim.

— Isso é mixaria, meu bem. Um dia o seu trabalho será vendido por muito mais. Garanto. *Mulher pássaro*, *Rubicão*, *Bruxa* e a que você chamou de *Armor* são as únicas que ainda tenho. São todas fabulosas, mas preciso de mais. Você tem peças prontas?

Tinha uma chamada *O santo*. Era são Patrício imortalizado em madeira, embora o homem atarracado com um cajado de pastor andando nas chamas que pareciam dançar à sua volta pudesse ser confundido com algo inteiramente diferente. A que Wilson havia chamado de *Perda* também estava no porão, coberta por um lençol ao lado da minha bancada, para eu não ter que vê-la. Talvez fosse meu melhor trabalho até agora, mas doía olhar para ela. E havia várias outras, inclusive os galhos entrelaçados a que me dediquei freneticamente um mês antes.

— Devo ter umas dez.

— Combinado, então. Você me entrega as peças, e eu faço a coisa acontecer. E não conte ao Darcy, Blue. Vai ser a nossa surpresinha.

☙

NA QUINTA-FEIRA À NOITE, TERMINEI MEU TURNO NO CAFÉ e fui para casa, a cabeça ocupada com a exposição no sábado, com as peças que eu havia reunido e o telefonema de Reno, que eu ainda não havia retornado. Eles deviam pensar que eu era maluca. O detetive Moody tinha deixado duas mensagens na minha caixa postal, e recebi mais uma de Heidi Morgan, do laboratório. Prometi a mim mesma que ligaria para eles depois da exposição.

Grande parte da minha indecisão tinha a ver com Wilson. Eu havia compartilhado essa jornada com ele, mas quase não o vi no último mês. Ele se tornou meu melhor amigo, e eu sentia muita falta dele, além de estar furiosa com o afastamento. Decidi que "espaço" era mais um desses slogans do tipo "não é você, sou eu", desculpa que as pessoas usam quando querem terminar um relacionamento. Mas a amizade não deveria acabar. Teria sido melhor que aquele beijo nunca tivesse acontecido. Wilson havia mudado depois disso.

Eu estava na frente do meu apartamento, vendo a correspondência, quando ouvi a porta de Wilson abrir e fechar lá em cima. Fiquei tensa enquanto ouvia os passos dele a caminho da escada e fiz uma careta quando ouvi a voz de Pamela perguntando sobre a exposição no The Sheffield no sábado.

— Eu vi os ingressos. Você ia me fazer uma surpresa? É meu presente do Dia dos Namorados? — Pamela brincava, e o tom provocante me fez sentir vontade de subir a escada correndo e jogá-la por cima do corrimão. Sem imaginar minha intenção homicida, ela continuou falando. — Podemos jantar com os meus pais antes. Eles vão passar o próximo fim de semana no hotel. — Eu tinha esquecido a ligação de Pamela com o hotel. Tiffa contou que a família Sheffield não era mais a única proprietária do lugar, mas o dinheiro fala alto, e o nome permanecia.

Pamela e Wilson chegaram ao fim da escada e eu recuei, torcendo para que não me vissem. Eu devia ter entrado e fechado a porta do apartamento. Agora era tarde demais, o barulho os alertaria da minha presença. Por isso fiquei ali parada, vendo Pamela passar os braços em torno do pescoço de Wilson e se erguer na ponta dos pés para beijá--lo nos lábios. Desviei o olhar. Devia continuar olhando, tomar consciência de que ela era a mulher na vida dele. E eu era a vizinha. O projeto. O capricho? Eu não sabia mais o que eu era para Wilson.

— Vejo você no sábado? — Pamela perguntou.

Não ouvi a resposta de Wilson, estava ocupada demais destrancando a porta. Decidi que não importava se soubessem que eu estava ali. Entrei e fechei a porta. Quando ouvi as batidas suaves vários minutos mais tarde, pensei em ignorá-las. Só podia ser Wilson, e ele só me faria sentir pior. Mas eu era só uma garota. E o cara de quem eu gostava estava ali do lado de fora. Por isso, fui abrir.

— Oi — falei animada, como se não me incomodasse com o que tinha acabado de ver. Wilson não estava com cara de quem tinha acabado de curtir um beijo de boa-noite. Ele parecia meio perturbado. E meio estressado. Tentei não ver coisas onde elas não existiam.

— Oi — ele respondeu em voz baixa. — Posso falar com você?

— É claro. *Mi casa es su casa*... literalmente. — Virei e entrei no apartamento, dando as costas para ele. — A Camilla foi embora? — perguntei de uma vez.

Wilson não respondeu, e eu o encarei, curiosa.

— Camilla? — Ele cruzou os braços. — Você perguntou se a Camilla foi embora?

— Foi isso que eu disse? — Franzi a testa.

— Sim. Chamou a Pamela de Camilla.

— Hum... ato falho — resmunguei meio constrangida. Não era minha culpa. Eu estava pensando no beijo, e ultimamente beijos me faziam pensar na Camilla... e nas supergatas, aquelas da série.

A escultura em que eu trabalhava na última vez que conversamos estava em cima da mesa da cozinha, e Wilson parou ao lado dela. Estudou-a com atenção, virando a peça para um lado e para o outro, mas eu estava distraída, pensando em como minha menção a Camilla devia tê-lo feito se lembrar daquele beijo que tinha acontecido havia mais de um mês.

— O que você vê quando olha para esta escultura? — Wilson perguntou depois de um tempo, os olhos analisando as linhas sensuais do mogno manchado. A mão traçava os contornos com reverência.

Eu havia removido o peso dos galhos, criando vãos e nervuras e esculpido a sugestão de amantes abraçados, sem perder a inocência natural e a simplicidade dos galhos unidos. A madeira era mogno da montanha, e o marrom tinha um avermelhado natural. Eu havia aplicado várias camadas de verniz escuro em um dos galhos, que brilhava como um felino negro e selvagem, os tons avermelhados se fundindo à camada escura, criando a sensação de que o preto era contornado pela luz do sol. Não tingi o outro galho, só lustrei a madeira avermelhada, que adquiriu um brilho de âmbar. O efeito era de que os dois galhos da escultura pareciam ser de madeiras diferentes, galhos de dois tipos de árvores. O resultado era uma declaração.

Desviei os olhos. Estava agitada e zangada, e meu peito parecia não ter espaço para tanto sentimento. Wilson sempre mexia comigo.

— Prefiro não explicar nada.

— Por quê? — Wilson estava sinceramente confuso, porque era comum eu me animar com a possibilidade de discutir minhas peças com ele.

— Por que você quer que eu explique? O que *você* vê quando olha para a peça? — perguntei, irritada.

Wilson tirou a mão da escultura e segurou minha trança, que caía para a frente, por cima de um ombro. Ele a puxou com delicadeza, enrolando-a na mão.

— Que foi?

— Nada. Estou preocupada — respondi. — E a minha arte não tem a ver com o que eu vejo. Tem a ver com o que eu sinto. E nesse momento não quero discutir o que sinto.

Tentei soltar o cabelo da mão dele, mas Wilson resistiu e me puxou para perto.

— Eu vejo membros, amor e desejo — ele declarou, sem rodeios.

Parei de resistir, e meus olhos buscaram os dele. Wilson tinha uma expressão franca, mas o rosto estava tenso, como se ele soubesse que atravessava o limite invisível que havia traçado para si mesmo.

— Não me surpreendo que tenha visto essas coisas — falei em tom manso.

— Por quê?

Os olhos dele tinham uma intensidade incrível, e de repente fiquei furiosa. Estava apaixonada por Wilson, não tinha mais dúvida disso, mas não seria brinquedo na mão dele, nem ia fazer charminho dez minutos depois de Pamela ter ido embora.

— Você acabou de passar a noite com a Pamela — falei com doçura. — Ela é uma mulher bonita.

Os olhos de Wilson cintilaram, e ele largou minha trança, olhando novamente para a escultura. Dava para ver que contava até dez mentalmente. Se estava zangado comigo, a culpa era só dele. O que ele esperava que eu fizesse? Que me jogasse em seus braços, depois de ele ter passado meses me ignorando com breves intervalos de atenção? Eu não era esse tipo de garota. Mas ele devia pensar que eu era. Respirei fundo algumas vezes e ignorei a tensão que vibrava entre nós. Era tão forte que dava para cortar e servir com uma grande dose de negação. Ele deu alguns passos, as duas mãos apertando os cabelos, e se afastou de mim.

Fiquei onde estava, esperando o próximo movimento. Eu nem imaginava o que Wilson fazia ali no meu apartamento. E aparentemente ele também não sabia. Quando me encarou novamente, sua boca era uma linha fina e os olhos tinham um brilho de súplica, como se precisasse me convencer de alguma coisa.

— Você disse que a sua arte tem a ver com o que sente, não com o que vê. Eu disse o que eu vejo. Agora me diz o que você sente — ele exigiu.

— Do que estamos falando, Wilson? — Eu me aproximei dele com as mãos nos bolsos. — Estamos falando sobre a escultura?

Ele me observava, e continuei me aproximando até a ponta dos meus pés quase tocar a ponta dos pés dele.

— Se estamos falando sobre a escultura, tudo bem. Vejo desejo, união e amor sem *espaço*. — Falava como se fosse a guia em um museu de arte, enfatizando a palavra "espaço". — O que eu sinto? Bom, essa é fácil. Passei o dia todo trabalhando. Estou cansada, Wilson. E com fome. E não gosto da Pamela. Pronto. É isso que eu sinto. E você?

Ele me olhou como se quisesse me sacudir até eu bater os dentes. Em seguida, balançou a cabeça e caminhou até a porta.

— Desculpa, eu não devia ter perguntado, Blue — suspirou. Parecia cansado e resignado, como um daqueles pais que se esforçam para tolerar a filha adolescente em uma série de televisão. — Boa noite.

Eu estava tão confusa que nem respondi. Ele saiu do meu apartamento sem dizer mais nada.

25
Vibrante

Passei muito tempo arrumando o cabelo. Quando terminei, tinha ondas negras e brilhantes cobrindo minhas costas. Depois me maquiei com um cuidado dramático e usei mais cosméticos do que havia usado em meses. Achei apropriado para uma artista em sua primeira exposição. Comprei um vestido que acentuaria meus olhos, e o azul vibrante era exatamente do mesmo tom. Não foi muito caro, mas eu torcia para que ele não parecesse barato. O vestido tinha mangas curtas e decote discreto, mas as costas eram abertas quase até a cintura. Mostrava minhas curvas sem ser muito justo ou insinuante, e a bainha ficava logo acima dos joelhos. Encontrei sandálias de salto que combinavam com a roupa. Gostei do resultado final. Adulta, atraente e sofisticada, como Tiffa. Esperei atrás da porta até ouvir Wilson saindo do apartamento. Se ele e Pamela iam jantar com os pais dela, ele sairia logo. Não tive que esperar muito. Wilson saiu do apartamento e desceu a escada às 18h30.

Com calma, tranquei minha porta e caminhei para a porta de saída da casa, como havia planejado, e cheguei à ponta da escada no mesmo instante que ele. Wilson olhava para a tela do celular, mas levantou a cabeça quando ouviu meus passos e arregalou os olhos.

Tentei não sorrir. Desejava essa reação com desespero. Ele pensaria em mim durante todo o tempo que passaria com Pamela. E eu esperava que fosse um tempo horroroso. Seus olhos percorreram toda a extensão do meu corpo, e tive a impressão de que ficaram colados nas pernas. Era difícil não rir. Para disfarçar, pigarreei. Seus olhos encontraram os meus, e ele adotou uma expressão furiosa. Espera. Não era isso que eu queria. Rubor, gagueira, elogios... tudo isso era bom. Mas cara feia não fazia parte do plano.

— Aonde você vai? — ele perguntou com um tom engraçado. Quase zangado.

— Sair — respondi, tranquila.

— Eu sei. — Sua expressão era indecifrável. — Esse vestido é meio curto.

— Sério? — Ri, incrédula. Olhei para baixo, para o vestido que não era curto. — E por que você se importa com o comprimento da minha saia?

— Eu não me importo. — A resposta foi brusca.

Ele se importava, era evidente. Talvez estivesse enciumado. Isso era bom. Muito bom. Dei de ombros e passei por ele a caminho da porta. Meu cabelo tocava a pele nua das costas. Wilson não se conteve.

— Caramba! Vai começar tudo de novo, então? — ele falou atrás de mim.

Parei. A dor me rasgou por dentro, e eu virei para encará-lo. Seu rosto era feito de pedra, os olhos gelados, o maxilar rígido. Os braços cruzados combinavam com a postura agressiva, quase como se estivesse preparado para a minha reação.

— Não entendi, Wilson. O que vai começar de novo? — Minha voz era baixa e contida, mas por dentro eu gritava.

— Ah, você sabe exatamente do que estou falando, Blue. — A voz dele era ríspida, e as palavras eram duras.

— Ah, entendi — murmurei. E entendia. Estava estampado na cara dele. Repulsa. Ele não via uma mulher glamorosa a caminho de uma exposição elegante. Via uma adolescente de mau gosto com um passado sórdido toda arrumada para uma noite na esquina. — Estou voltando para a vida de putaria. Deve ser isso. — Levantei uma sobrancelha com desdém e fiquei ali parada, esperando que ele me corrigisse. Wilson só me encarou de volta e não disse nada.

Virei e abri a porta.

— Blue!

Não virei, mas parei e esperei pelo pedido de desculpa.

— Não vou ficar vendo você se destruir. Se é esse o caminho que quer seguir, não vou atrás de você. — A voz dele era dura, quase irreconhecível.

Balancei a cabeça, incapaz de falar. De onde ele tirou tudo isso? O que eu fiz para merecer esse tratamento indignado e parental? Queria gritar com ele, arrancar seus olhos e dizer que ele era um cretino. Mas não queria mais ser essa garota. Apesar do que ele pensava, eu não era mais assim. Por isso virei e o encarei.

— Acho que a sorte está lançada, não?

E saí do prédio de cabeça erguida, o queixo tremendo. Não sei se ele me viu ir embora. Sem olhar para os lados, segui em linha reta, sempre em frente. Não chorei. Não falei palavrões. Só dirigi até o hotel com o rosto esculpido em pedra.

Tiffa havia me dito para usar o estacionamento com manobrista, e foi o que eu fiz, me negando a sentir vergonha por dirigir uma caminhonete velha. Desci do carro como se fosse da realeza e joguei as chaves na mão do manobrista, fazendo um comentário rápido sobre ele ter cuidado e não "arranhar meu bebê". O homem era bom no que fazia, nem piscou. Senti gratidão por ele ser capaz de esconder o que realmente pensava e jurei que naquela noite eu faria a mesma coisa. Esconder os sentimentos era um talento que eu havia deixado de lado.

Passei pela porta e perguntei ao primeiro funcionário que encontrei onde acontecia a exposição. Ele apontou para os elevadores e me orientou a seguir até o andar da galeria, indicado no painel interno.

O pânico brotou em meu peito, e por um momento pensei em ir embora. Em tirar os sapatos e correr porta afora. Cerrei os dentes e entrei no elevador com outras pessoas vestidas com roupas formais. Olhei para o espelho e tentei não ver o que Wilson tinha visto. O prazer que senti com minha aparência havia sido estilhaçado em pequenos cacos cortantes. Meu reflexo me encarava, desafiador. Os olhos pareciam grandes demais, e o rosado das faces tinha desbotado com a alegria de antes, que agora eu não sentia mais. Onde eu estava com a cabeça?

Tiffa me abordou assim que saí do elevador. A sala atrás dela era acolhedora, com uma iluminação estratégica e as peças distribuídas com cuidado. Uma enorme pintura de um rosto choroso era o centro da exposição. As lágrimas eram tão reais que brilhavam molhadas sob o foco de luz.

— Blue! Você está maravilhosa! Um arraso! Cadê o Darcy? — Tiffa olhou por cima do meu ombro para a porta do elevador, agora fechada. — Ele vai morrer quando vir as suas peças expostas! Mal posso esperar! — Tiffa ria como uma menina eufórica, e senti uma enorme afeição me invadir. Mas, como a maré, a onda de amor foi puxada de volta para o oceano da minha decepção quando pensei em Wilson.

— Não contei para ele.

— Sim, meu bem, eu sei! Eu o convidei! — Tiffa cochichou, teatral. — Disse que ele precisava vir esta noite. Falei que havia uma artista nova e brilhante que ele precisava conhecer. Mandei os ingressos. Ele não apareceu?

Apareceu. E não foi nada legal.

— Não sei quais são os planos do Wilson. — Minha voz era fria, sem entonação, e Tiffa levantou as sobrancelhas. Não era verdade, mas não dei explicações.

— Hummm. — Ela me observava. Os lábios vermelhos estavam comprimidos. — Ele fez bobagem — foi tudo que disse. Depois enroscou o braço no meu e me levou para dentro da sala. — Venha ver como suas peças foram distribuídas. São lindas, Blue. Várias pessoas pediram informações sobre elas. Você já é um sucesso. — Deixei Tiffa me conduzir e jurei para mim mesma que esqueceria Wilson e o jeito como ele havia olhado para mim. Eu era "um sucesso", Tiffa falou, e eu faria o possível para apreciar o momento, por mais surreal que fosse.

Mulher pássaro preenchia um canto da sala sobre uma plataforma preta e elevada. A iluminação sobre a peça transformava a madeira em ouro líquido. Por um momento, vi a escultura como as outras pessoas a veriam, e perdi o ar. Era só a sugestão de uma mulher nas curvas dramáticas da madeira, só a sugestão de asas abertas. Por isso eu detestava dar nome às minhas esculturas. O título as limitava. Eu não queria isso. Queria que as pessoas interpretassem o que viam sem nenhuma influência minha.

Algumas pessoas apreciavam a peça, a estudavam, viravam a cabeça de um lado para o outro. Meu coração batia tão forte que eu temia fazer tremer a sala e seu precioso conteúdo. Tiffa se aproximou de um homem que parecia quase apaixonado pela mulher entalhada em madeira. Educadamente, ela tocou o braço do visitante.

— Sr. Wayne, aqui está a artista. — E segurou minha mão.

O sr. Wayne olhou para nós. O cabelo prateado penteado para trás emoldurava um rosto interessante, mais apropriado para um gângster que para um especialista em artes. Ele era grande, e o smoking preto caía bem em seu corpo forte. Surpreso com a apresentação, ele sorriu ao olhar para mim.

— Eu a quero — o homem disse sem rodeios, com um sotaque tão acentuado quanto o de Tiffa. Ele também devia trabalhar no The Sheffield. Meu rosto ficou quente, e Tiffa deu risada. — Você é maravilhosa! Adorei!

— E pode ficar com ela. Com a escultura, quero dizer — Tiffa respondeu com um sorriso malicioso. — Esta é Blue Echohawk. — Ela disse meu nome como se eu fosse alguém importante. Tentei não rir. Mantive a expressão contida, séria. Era minha expressão-padrão quando não sabia como responder.

— Seu trabalho é maravilhoso! Não, é simplesmente fascinante. Eu me perco nele. É assim que eu sei que quero alguma coisa. — O sr. Wayne levantou a taça que estava segurando e bebeu o líquido transparente com ar pensativo. — Quase não vim esta noite. Mas a Tiffa é insistente.

— O sr. Wayne é o proprietário do The Sheffield, Blue — Tiffa anunciou com simplicidade.

Tentei não tremer. Ela olhou para o sr. Wayne. Por um momento, pensei na possibilidade de o primeiro nome dele ser Bruce. O homem parecia ser alguém que podia ter deixado um batmóvel estacionado na cobertura do prédio.

Tiffa continuou:

— As peças de Echohawk ainda vão valer uma fortuna. O The Sheffield deu um grande passo no mundo da arte esta noite. — Ela transbordava confiança, e eu só pensava em cobrir sua boca com a mão.

— Concordo. — O sr. Wayne inclinou a cabeça para o lado. — Bom trabalho, Tiffa. — Ele estendeu a mão para mim. — Pode me mostrar suas outras peças?

Tiffa nem hesitou.

— Ótima ideia. Estou por aí, Blue. — E se afastou, dirigindo-se a outro casal sem nem olhar para trás.

O sr. Wayne usava um perfume caro. Ele acomodou minha mão em seu braço, como Wilson havia feito algumas vezes, e caminhamos juntos para a escultura seguinte. Talvez essas maneiras refinadas fossem uma característica dos britânicos. Ou algo que os homens ricos e educados faziam. Eu tive pouca experiência com os dois. Acompanhei o dono do hotel e tentei pensar em algo inteligente para dizer. Minha mente girava em círculos enquanto eu tentava desesperadamente achar um ponto de conversa, qualquer coisa que pudesse ser assunto. De repente percebi que o sr. Wayne não esperava comentários sagazes, porque estava concentrado na escultura diante dele.

— Acho que mudei de ideia. Vou querer esta.

Notei pela primeira vez qual era a peça. *Perda* estava curvada diante dos meus olhos em um repouso angustiado. Eu queria fugir. Foi um alívio quando Tiffa mandou buscar aquela peça. Não respondi, só olhei além dela, torcendo para o sr. Wayne seguir adiante.

— Olhar para ela é quase doloroso — ele murmurou.

Senti que olhava para mim, e me obriguei a olhar para ele.

— Dá para ver que essa peça tem uma história. — Ele sorriu.

Eu sorri também. Mas senti que o sorriso era forçado. Sabia que devia contar a história da peça, vendê-la, vender-me. Mas não conseguia. Eu não sabia como. O silêncio era desconfortável. O sr. Wayne voltou a falar, salvando nós dois.

— Uma vez alguém me disse que para criar arte de verdade é preciso sangrar e deixar os outros verem.

Eu me senti exposta, quis me esconder nas sombras da sala, de onde poderia observar sem ser observada.

— Tem sofrimento em cada linha. É simplesmente... maravilhosa. — A voz dele era gentil, e eu me censurei mentalmente. Estava ao lado de alguém que poderia ser incrivelmente útil à minha carreira e só queria fugir.

— A peça é sua — respondi de repente. — É um presente, uma forma de demonstrar a minha gratidão por essa oportunidade.

— Ah, não. — Ele balançou a cabeça numa resposta enfática. — Não. Eu vou comprar essa escultura. Muito obrigado, mas um preço muito alto foi pago na criação dessa peça, ela não deve ser doada.

— A voz era terna e gentil.

Meu coração batia forte, e a emoção crescia em meu peito.

— Obrigada. — Não consegui falar mais nada, e nós seguimos em frente.

A noite progrediu, uma mistura de roupas caras e elogios rasgados. Minha dor se desfez no prazer de ter atenção e ser elogiada tantas vezes e por tantas pessoas, sempre com Tiffa ao meu lado. Perto do fim da noite, ela acenou para alguém do outro lado da sala.

— Ele veio, meu bem. Você ainda está brava? Devo mantê-lo afastado para você poder fazê-lo sofrer?

Levantei a cabeça e encontrei o sujeito do assunto parado diante da tela que recebia os visitantes na galeria. Wilson parecia elegante e correto no smoking preto. Alto, bonito, com o cabelo penteado para trás e perfeitamente liso. Senti vontade de passar a mão em sua cabeça e bagunçar o penteado. Desviei o olhar imediatamente. Ele havia visto Tiffa acenando e levantava a mão para responder, quando me viu ao lado dela. A mão ficou parada no ar.

— E ele trouxe a vaca cafona — Tiffa gemeu. — Qual é o problema com esse meu irmão? Que mau gosto para mulher! Bom, agora eu sei o que ele fez com o outro ingresso. Eu vou matar o Darcy. — A última frase foi uma ameaça resmungada.

Eu não sabia a quem Tiffa se referia. Pamela não era uma vaca. Nem uma cachorra. Nem qualquer outra coisa que não fosse atraente, por mais que eu quisesse que fosse.

— Vou embora, Tiffa. Acho que já circulei bastante — anunciei com uma animação forçada, já me afastando dela.

— Não! Blue! O que aconteceu entre você e o idiota do meu irmão? Esta é a sua grande noite!

— E ela foi incrível. Mas não quero falar com o Wilson agora. Tivemos um momento bem tenso antes de eu vir para cá. Não me sinto preparada nem para chegar perto dele.

— Srta. Echohawk! — O sr. Wayne aproximou-se de mim pela direita, e vi que um pequeno asiático o acompanhava. — Srta. Echohawk, esse é o sr. Yin Chen. — O homenzinho se curvou discretamente. — Ele está muito interessado no seu trabalho. E me pediu para apresentá-lo.

Ao meu lado, Tiffa vibrava. Devia ser alguém importante. Qual era o nome dele, mesmo? De repente, tive a impressão de que o topo da minha cabeça ia se desprender e sair flutuando como um balão. Eu também devia me curvar? Tiffa se curvou. Eu a imitei.

— É um prazer conhecê-lo — murmurei, confusa.

— O sr. Chen está especialmente interessado na peça que você deu o nome de *Violoncelo*. — O sr. Wayne sorriu indulgente para o oriental.

Sr. Chen! Sim! Não era tão difícil de lembrar. Pelo canto do olho, vi Wilson se aproximando com Pamela pendurada em seu braço. Pisei no pé de Tiffa, talvez com mais força do que deveria. Ela gemeu de dor e virou para conversar com o sr. Chang (?). Olhei para o sr. Wayne, que inclinou a cabeça discretamente e murmurou algo em meu ouvido enquanto me puxava de lado, o que foi ótimo, porque seu gesto me afastou de Wilson.

— O sr. Chen *(Chen!)* é importante em Pequim. É um dos grandes, alguém de quem sempre cuidamos com carinho quando o recebemos na cidade. Ele se considera um especialista em artes. Se gostar do seu trabalho e achar que você é o próximo nome a explodir no mercado, ele vai mover céus e terras para comprar todas as peças que puder.

— Todas elas? — Era difícil não gritar como uma criança.

— Infelizmente para o sr. Chen, todas já foram vendidas. — O sr. Wayne sorriu para mim.

— Todas?! — Eu estava perplexa.

— Sim. Todas.

෴

O PALETÓ DO SMOKING DE WILSON ESTAVA PENDURADO no corrimão e sua gravata estava solta. Os primeiros botões da camisa estavam livres, e ele estava sentado em um degrau, com os cotovelos nos joelhos e as mãos unidas diante do corpo. Eu o observei pelo vidro da porta da frente por um momento, me perguntando o que ele poderia dizer para me fazer perdoá-lo. Wilson havia revelado demais, e eu não conseguia tirar suas palavras da cabeça. Elas piscavam como um painel luminoso, vibrando o tempo todo.

Eu havia sido elogiada, parabenizada, até adorada esta noite. Mas eram as palavras de Wilson que ocupavam minha cabeça. O poderoso de Pequim cujo nome eu nem conseguia lembrar havia encomendado cinco peças e adiantado cinco mil dólares por elas. Eu receberia o mesmo valor quando entregasse as esculturas, e o The Sheffield não cobraria comissão. A noite havia sido um sucesso sobre o qual eu poderia construir um futuro. Um sucesso com que nunca me atrevi a sonhar. Mas meu coração doía no peito, e passei a noite toda com o estômago revirando por causa de Wilson.

Ele levantou quando abri a porta. Joguei as chaves na bolsa e segui para meu apartamento, sem reconhecer sua presença. Havia passado um tempo dirigindo pela cidade depois que saí da exposição. Pela primeira vez desde que me mudei, não queria ir para casa, para Pemberley.

— Blue.

Tive que pegar as chaves novamente quando parei diante da porta do meu apartamento. Minhas mãos tremiam, e eu olhei feio para elas. Não ia tremer! Não mostraria minha fraqueza.

— Blue. — Foi só um sussurro, e eu me encolhi ao sentir o tremor em meus membros, o estilhaçar do meu coração. Ele parou ao meu lado, a cabeça inclinada sobre a minha. Continuei de cabeça baixa, olhando para a fechadura da porta.

— Estava preocupado com você.

— Por quê? — perguntei em voz baixa. Enfiei a chave na fechadura e abri a porta. — A Tiffa não te falou? Eu era a garota de programa cara que ia animar o evento. Eles me contrataram para alegrar o sr. Ying Yang. — Pisquei algumas vezes sem olhar para ele realmente, antes de entrar no apartamento.

Wilson recuou como se tivesse levado um tiro. Então, quando percebi, ele estava ao meu lado, me empurrando contra a parede e fechando a porta com tanta força que a foto de Jimmy comigo balançou e caiu. Ele pôs as mãos na parede ao lado da minha cabeça e se inclinou sobre mim com os lábios tremendo.

— Para. Para com isso. Não tem graça, Blue. É doentio. Você me faz querer ir atrás do sr. Porcaria Chen, ou sei lá como é o nome dele...

— Não foi isso que você pensou quando eu saí hoje? Que eu ia sair para caçar?

— Por que você não me contou? — Ele engasgou com a incredulidade. — Fiquei tão orgulhoso! Foi brilhante. Tudo. E você não me contou. Você me deixou fazer papel de idiota.

— *Eu deixei?* Eu me arrumei toda, e você... me ofendeu e insinuou que eu parecia uma... p... puta. — Empurrei Wilson, empurrei com raiva. Precisava respirar, não queria desabar na frente dele. Mas ele não recuou. Em vez disso, segurou meu rosto e me forçou a olhar em seus olhos. Eu desviei o olhar imediatamente, desafiante.

— Eu fiquei com medo.

Olhei para aquela boca e tentei me concentrar no que ele havia dito mais cedo. Lembrei da repulsa, do desprezo. Mas seus lábios estavam perto demais. Ele estava perto demais. A respiração era doce, e eu senti uma vibração no ventre.

— Eu fiquei com medo, Blue — Wilson repetiu, insistente. — Você já passou por muita coisa. E eu estou meio maluco por você. Não acho que esteja pronta para o que eu sinto.

Meu coração bateu forte e minha respiração parou. Depois, seus lábios exploraram os meus. Devagar, com ternura. Discretos. Ele falou de novo, as palavras fazendo cócegas na minha boca. Eu segurei a parte de trás de sua camisa, agarrando o tecido, tentando desesperadamente não perder a cabeça.

— Eu tentei dar um tempo, tentei te dar espaço. E então eu vi você esta noite toda produzida, pronta para uma noite fora. Você estava incrivelmente linda, confiante. E eu pensei que tinha te perdido de uma vez.

Dava para sentir o coração dele batendo forte, e o meu acelerou para acompanhar o ritmo. E a boca de Wilson se apoderou da minha outra vez. Sem hesitação, sem sussurro. E eu também me senti perdida. Completamente. Era um beijo negado havia muito tempo. Um beijo que pedia, abria, reclamava. E a sala girou, e eu me agarrei a ele. Minhas mãos percorreram suas costas e o puxaram para mim, precisando de mais.

Ele me abraçou, me levantou e me puxou contra o peito, abrindo a boca sobre a minha, exigindo entrada. O gosto era de alcaçuz e flocos de neve. Proibido e familiar ao mesmo tempo. Quente e frio. Pecaminoso e seguro.

A boca se afastou da minha para beijar meus olhos, o rosto, o pescoço, enquanto as mãos agarravam meus quadris com desespero, amassando o tecido como se estivessem ressentidas com a barreira. Eu me senti como se surfasse uma onda, subisse com ela, sem conseguir me manter perto dele o suficiente. Wilson me levantou, passou minhas pernas em torno de sua cintura e se apoderou da minha boca outra vez, dizendo meu nome e o engolindo.

— Blue, eu preciso de você. Eu te quero muito.

O rosto dele dominou meus pensamentos, o jeito como me olhou quando disse que não me acompanharia naquele caminho. Eu me afastei, ofegante, com as pernas ainda em torno de sua cintura, os braços dele em volta do meu corpo.

— Você me quer, Wilson? Você me quer? Ou você me ama? — As palavras saíram num jorro, os olhos dele transbordavam paixão, seus lábios continuavam perto dos meus, tentando alcançá-los de novo, como se ele nem houvesse registrado a pergunta. Eu me afastei ainda mais, negando a mim mesma, negando a ele. Soltei as pernas e deixei os pés voltarem ao chão. Abaixei a saia, grata por conseguir me manter em pé. Se eu não parasse agora, não teria força para dizer "não". E hoje eu tinha que dizer "não".

Wilson parecia atordoado, como se houvesse perdido a capacidade de raciocinar.

— Blue?

— Eu vi como você olhou para mim hoje à noite. Com nojo. Olhou para mim como se eu fosse... barata. — Respirei fundo. — Mas eu não sou mais aquela garota. E por isso você tem que ir embora. Por favor. — Minha voz não era forte, mas era firme. Wilson parecia perplexo. Ele passou a mão na nuca, e confusão e remorso transbordaram de seus olhos.

Passei por trás dele e abri a porta. Esperei com o coração na garganta.

— Por favor, Wilson — insisti. Ele se moveu como se não soubesse o que mais podia fazer, passando lentamente pela porta como um homem que havia acabado de sofrer um choque terrível. Fechei a porta e esperei com uma orelha colada nela, esperei até ouvir os passos se afastando. Eles soaram pesados na escada. Tranquei a porta e abaixei para pegar a foto que havia caído no chão. Jimmy olhava para mim, mas era meu rosto que me intrigava. Uma menininha com longas tranças, mais longas que as de Jimmy, mas trançadas como as dele. Eu estava sem os dois dentes da frente, e sorria com alegria, posando para a câmera em toda a minha glória banguela. Jimmy não sorria, mas seu braço me envolvia, e eu me apoiava a ele com a mesma naturalidade com que ele me segurava. Como se eu fosse preciosa. Como se eu fosse amada.

Tinha uma rachadura no vidro. Pendurei a moldura com a foto na parede assim mesmo, ajeitando-a com cuidado. A rachadura separava a metade superior da inferior da imagem. Mas a foto não havia sofrido nenhum dano. Ainda estávamos inteiros sob a cicatriz. Eu parei para considerar. Estava ferida, mas continuava inteira. Embaixo das feridas, eu não havia quebrado. Por trás da insegurança, da dor, do esforço, por trás de tudo isso, eu continuava inteira.

Apaguei as luzes e tirei o vestido em uma contemplação silenciosa. E ainda estava no mesmo lugar quando, lá em cima, a música começou. Fui até a sala de estar e levantei o rosto para a grade de ventilação, ouvindo. Wilson afinava o instrumento, distendia as cordas e tirava algumas notas para avaliar o resultado. Eu ouvia fascinada. Willie Nelson. Wilson estava tocando Willie Nelson. "You Were Always on My Mind" nunca foi tão doce. Era como se a canção tivesse sido composta para o violoncelo, embora eu desconfiasse de que muita gente nem reconheceria a música de Willie Nelson com o arranjo de Wilson. Ele a tocou várias vezes antes de parar, como se precisasse ter certeza de que eu ouvia. E depois tudo ficou quieto lá em cima.

26
Leve

Na manhã seguinte, acordei com as batidas na porta. Eu havia passado boa parte da noite revirando na cama, inquieta com o desejo e o amor, cheia de dúvidas, pensando se não devia ter aceitado o que Wilson tão claramente oferecia.

— Blue! Blue! Abre! Preciso falar com você!

— Puta merda! — resmunguei.

Levantei e vesti sutiã, jeans e camiseta, enquanto Wilson continuava esmurrando a porta.

Abri a porta para ele entrar e fui direto para o banheiro. Ele me seguiu, e eu fechei a porta na cara dele. Usei o banheiro, escovei os dentes, penteei o cabelo e lavei o rosto, removendo a maquiagem com que havia dormido. Wilson ainda esperava do lado de fora do banheiro quando eu abri a porta. Ele estudou meu rosto lavado, os olhos se detendo em minha boca. Sem falar nada, me abraçou e escondeu o rosto no meu cabelo. Pega de surpresa, deixei escapar um gemido chocado. Ele me abraçou com mais força.

— Acho que é hora de acabar com isso — Wilson sussurrou.

Tentei me afastar, rejeitá-lo antes que ele me rejeitasse. Era mais fácil assim. Mas ele me segurou e me acalmou.

— *Shhh*, Blue. Só escuta.

Fiquei ali parada e tensa, tentando não me distrair com seu cheiro, com a sensação dos seus braços em torno do meu corpo, com seus lábios no meu cabelo e meu desejo de mantê-lo onde estava.

— Acabar com o quê? — perguntei.

— Essa coisa de não saber.

— O que você não sabe, Wilson?

— Agora eu sei muito mais do que sabia, Blue. Em que número estamos? Perdi a conta. Você tem um senso de humor perverso. Faz peças de arte incríveis... não são totens. — Relaxei e sorri. — Tem péssimo gosto para escolher companhias, mas essa eu tenho que rever, porque estou entre as escolhas.

— A Tiffa me disse que você tem mau gosto para mulher, talvez estejamos empatados — falei.

— Eu não tenho mau gosto para mulher. Estou louco por você, não estou?

— Está?

— Sim, Blue. Estou. Completamente maluco.

O sentimento que brotou em mim era temperado por dúvida e confusão.

— E a Pamela?

— Ela beija como uma velha.

Eu ri, e meu coração ficou imediatamente mais leve.

— Ontem à noite eu conversei com ela, disse que estou apaixonado por você. Sabe o que é mais engraçado? Ela já sabia.

Agarrei a camisa dele e respirei fundo, esperando o que estava por vir, porque sentia que ele tinha mais a dizer. Wilson parou, talvez esperando eu me declarar também. Mas fiquei em silêncio, e ele suspirou e falou novamente:

— Mas é aí que entra a parte do não saber. Não sei direito o que você sente por mim. Em um minuto, tenho certeza que você sente a mesma coisa que eu. No minuto seguinte, você diz que é só uma bobagem, uma brincadeira. Em um minuto, digo que fico perdido sem você. No minuto seguinte, você diz para eu sumir.

— Então é isso que você não sabe? Não sabe o que eu sinto por você? — Quase dei risada. Era tão óbvio! — Não sou eu quem namora outra pessoa, Wilson. Não sou eu quem tem certeza de que não é conveniente ficar comigo. Não sou eu quem está lutando contra isso desde o começo.

— Você ainda não respondeu, Blue. O que você sente por mim? — A voz dele era insistente, e agora suas mãos estavam sobre meus ombros, me empurrando para trás para ele enxergar meu rosto. Eu não consegui responder. Não porque eu não soubesse, mas justamente porque eu sabia bem qual era a resposta.

— Posso te mostrar uma coisa? — perguntei de repente.

Wilson abaixou as mãos, frustrado, e virou, passando uma das mãos na cabeça.

— Por favor. Vai me ajudar a explicar. Não sou tão boa quanto você com as palavras, Wilson.

Segurei a mão dele, puxando-o comigo pelo apartamento. Ele me seguiu, mas dava para perceber que estava magoado por eu não ter respondido a sua pergunta. Atravessei a cozinha e abri a porta para o porão. Desci a escada sem soltar a mão dele e me aproximei da minha bancada de trabalho.

Apontei para a peça em que estava trabalhando.

— Esse é aquele pedaço de madeira que você me ajudou a carregar um tempo atrás. Você perguntou se eu ia fazer uma escultura em tamanho natural de um tiranossauro rex, lembra?

— É isso?

Wilson olhava incrédulo para a escultura, que ainda era grande, considerando as dimensões de uma escultura em madeira, mas que já havia sido muito maior, grande o bastante para não caber na bancada, e tivemos que usar um carrinho improvisado para levar a madeira para dentro da casa. Devia pesar uns cento e vinte quilos. Desde aquele dia, eu havia trabalhado muito, tanto que consegui levar a peça para a bancada sozinha. Apontei para os grandes pedaços de madeira que havia cortado, criando uma estrutura circular que me fazia pensar em uma escada para fadas em um vale de madeira. Seria a primeira peça para o sr. Chen.

— Está vendo como a escultura é criada com a remoção da madeira? Como eu quase tiro mais do que deixo?

Wilson assentiu, vendo meus dedos deslizarem pelos vales e sombras que eu havia criado.

— Não é só o que está aí, mas é também o que não está, entendeu? — Eu tropeçava um pouco nas palavras, sabendo o que tentava dizer, mas sem saber se conseguia.

— Acho que sim. O espaço cria a silhueta, a dimensão, a forma, certo?

Sorri para ele, eufórica por ele entender. Ele sorriu de volta, um sorriso tão doce, tão carinhoso, que por um minuto perdi o ar. Tive que fazer um esforço para recuperar a linha de raciocínio.

— É exatamente isso. — Assenti e voltei a olhar para a escultura. — O Jimmy me ensinou que, quando você entalha, é o espaço negativo que cria a linha, a perspectiva e a beleza. Espaço negativo é onde a madeira é removida, exibindo aberturas que, por sua vez, criam formas. — Parei e respirei fundo, sabendo que isso era algo que eu precisava dizer. Se amava Wilson, e eu sabia que amava, teria que fazê-lo entender uma coisa sobre mim que não era fácil de captar. Uma coisa que tornaria mais difícil me amar. Eu tinha que avisá-lo. Virei para ele e olhei em seus olhos, suplicando sem artifício ou desculpa. — Às vezes sinto que tenho um buraco enorme dentro de mim, um enorme espaço negativo que a vida entalhou. Mas ele não é bonito, Wilson. Às vezes eu sinto esse espaço vazio e escuro... e... nem lixar nem polir vai fazê-lo se transformar em uma coisa que ele não é. Tenho medo de deixar você me amar, e o seu amor ser engolido por esse buraco. Tenho medo de que você seja devorado por esse buraco.

Wilson tocou meu rosto, atento ao que eu dizia, as sobrancelhas unidas num esforço de concentração sobre os olhos cinzentos cheios de compaixão.

— Mas isso não está nas suas mãos, Blue — ele respondeu com doçura. — Você não pode controlar quem te ama... não pode *deixar* alguém te amar, como não pode *fazer* alguém te amar. — E segurou meu rosto entre as mãos. Segurei seus pulsos, dividida entre a necessidade de me segurar a ele ou afastá-lo, nem que fosse só para me salvar do que ele me fazia sentir.

— Quer dizer que você tem medo de me deixar te amar, porque tem um buraco que não pode ser preenchido... por nenhuma quantidade de amor. Mas a pergunta que eu repito é: Você me ama?

Eu me preparei e assenti, fechando os olhos para me proteger daquele olhar, incapaz de dizer o que precisava dizer enquanto os olhos de Wilson, tão cheios de esperança, estudavam meu rosto.

— Nunca senti por ninguém o que eu sinto por você — confessei de uma vez. — Não dá para imaginar que esse sentimento não é amor. Mas "eu te amo" não parece adequado para expressar o que eu sinto. Eu quero que você me ame. *Preciso* disso. Mas não quero precisar disso e tenho medo de precisar demais.

Os lábios de Wilson dançaram sobre os meus, e ele respondeu entre um beijo e outro, confessando a própria necessidade. As mãos alisavam meu cabelo, os lábios traçavam o contorno dos meus olhos e os cantos da minha boca, e ele cochichava todos os motivos, um a um, para me amar. Quando suas palavras se tornaram poesia, "Como te amo? Deixa-me contar de quantas maneiras", eu suspirei e capturei o som com um beijo. Quando lágrimas inundaram meus olhos e correram pelo meu rosto, ele as seguiu com a boca. Quando sussurrei seu nome, ele provou o sabor e lambeu as letras até eu ficar tonta com a atenção, até me agarrar a ele como uma criança assustada.

Mas eu não sentia medo. Estava eufórica, leve e livre. Leve. E, apesar de passarmos o dia no meu apartamento namorando, nos tocando e beijando, conversando e absorvendo o silêncio, enroscados como cobras sonolentas, não fizemos amor. E era tudo novo para mim, novo e indulgente, beijo pelo beijo, não um meio para um fim, mas uma experiência em si mesma.

Nunca abracei ou fui abraçada sem ter o sexo como propósito. Nunca passei a mão nas costas de um homem ou segurei sua mão enquanto ele beijava minha boca, sem pensar o tempo todo no que viria a seguir. Com Wilson, não tinha a ver com o que viria depois, mas com o que acontecia agora. O toque não era orquestrado ou coreografado para atender aos requisitos das preliminares. Era um acontecimento em si mesmo. E era eroticamente casto, terno e revelador.

Era o namoro em sua expressão máxima, do tipo que, eu imaginava, acontecia na casa dos adolescentes de toda a América. Cada toque era roubado, cada beijo era uma conquista, cada momento, uma corrida contra a hora de voltar para casa. Era o tipo de beijo com sabor de proibido, porque os pais estavam sentados no andar de cima e a descoberta era iminente, beijos durante os quais as roupas permaneciam, as paixões ardiam e o beijar adquiria uma intensidade própria, simplesmente porque ir além não era uma possibilidade. Quando o sol do fim de tarde invadiu minha sala, eu sentia a boca dolorida e linda, e meu rosto meio sensível de tantos abraços e carícias, de tanto colar o rosto ao pescoço de Wilson e sentir o dele no meu. Estava cansada sem compromisso, saciada sem sacrifício, completamente e totalmente apaixonada. E era delicioso.

⁂

As sombras de uma noite de domingo perfeita encheram meu apartamento antes de um de nós tentar falar sobre o futuro. Havíamos revirado os armários em busca de algo para comer e descobrimos o que eu já sabia... não tinha nada na cozinha. Pedimos comida chinesa e esperamos ansiosos pela chegada, distraindo a fome com barrinhas de canela e confissões.

— Fui eu que tirei a tampa de todas as suas canetas marca-texto.

— Sério? E foi você que as substituiu no dia seguinte?

— Foi. Fiquei mal. Não sei o que deu em mim. Ficava tentando chamar a sua atenção do pior jeito, como aquele garoto que vai ao parquinho e fica jogando areia na garotinha de quem ele gosta.

— Posso deduzir que foi você quem pôs uma foto pornô no meu projetor para todo mundo ver, quando eu ligasse o equipamento?

— Fui eu.

— E o cadeado que apareceu de repente no estojo do meu violoncelo?

— Também. Fui eu também. Era pequeno. E eu deixei a chave no bolso do seu casaco.

— Sim... isso foi meio estranho. Pena eu ter passado dois dias tentando arrebentar a porcaria, antes de achar a chave.

— Acho que eu queria a sua atenção.

Wilson bufou e balançou a cabeça.

— É brincadeira? Você entrou na sala de aula usando a calça mais justa que eu já vi, botas de salto e cabelo de amasso. Teve a minha atenção desde o primeiro segundo.

Fiquei vermelha, meio satisfeita, meio envergonhada.

— Cabelo de amasso?

Wilson sorriu como um homem que sabe que agradou a uma mulher.

— Amasso é o que fizemos o dia inteiro, amor. Beijamos... muito. Depois da primeira semana de aula, cheguei à conclusão de que tinha escolhido a profissão errada. Fiquei muito deprimido, e a culpa foi sua. Tive certeza de que teria que pedir para você mudar de turma, porque eu sabia que estava encrencado. E já que estamos confessando coisas... eu pedi ao orientador para ver o seu histórico. Foi depois daquele dia em que falei com você no fim da aula, depois daquela história de "não sei quem eu sou".

— Não foi bem assim.

— Eu sei, amor. Eu sei — ele respondeu com voz mansa e beijou minha boca. Depois nos abraçamos, esquecendo completamente a conversa até sermos interrompidos pela campainha e nos separarmos com um sobressalto, rindo de tudo.

— A comida chegou! — Nós dois corremos para a porta.

Só quando comíamos o frango xadrez e o porco agridoce, eu voltei à confissão que ele havia feito.

— Você disse que viu o meu histórico. O que achou nele?

Wilson engoliu a comida e bebeu um grande gole de leite.

— Eu ainda não sabia com o que estava lidando. Você era um caso complicado, Echohawk. Sabe que tem uma ocorrência policial no seu histórico?

Parei com a colher a caminho da boca.

— O quê?

— Quando o corpo do seu pai foi encontrado, o caso foi reaberto. Houve algumas tentativas de descobrir quem era a sua mãe, por razões óbvias. O seu pai estava oficialmente morto, e alguém achou importante fazer mais uma tentativa de localizar a sua mãe. Não havia muito no arquivo. Não sei nem por que o colégio tinha uma cópia da ocorrência, exceto por você estar sob a custódia do Estado, pelo menos até completar dezoito anos. Havia o nome de um oficial no arquivo. Eu anotei esse nome, não sei por quê. Talvez por ser estranho. Izzard. Sabe quem é?

Assenti e continuei comendo.

— Um dos policiais que me encontraram depois que o meu pai desapareceu. — Comemos em silêncio. — Eles ligaram para mim. O laboratório em Reno. Eles ligaram porque o resultado saiu.

Wilson olhou para mim com o garfo parado no ar a caminho da boca, esperando eu continuar.

— Eles querem que eu vá até lá. Dizem que há uma compatibilidade. Eles vão me mostrar tudo. Faz duas semanas que eles ligaram. Uma parte de mim quer entrar no carro e ir para Reno agora. A outra parte, a que tem a ver com Jimmy... essa não quer saber. Ele era tudo o que eu tinha, e não quero abrir mão dele. Não quero saber de uma coisa que vai mudar como me sinto em relação a ele, vai mudar a nossa história.

Pensei em como um pequeno ato de bondade com uma garotinha faminta havia alterado o destino de Jimmy Echohawk e como ele pagou por sua compaixão de um jeito que só um carma pode criar. Um pequeno ato, e ele se viu à mercê do desespero de uma mãe e de uma posição na qual se tornou responsável por uma criança que era ainda mais sozinha que ele no mundo.

— Eu me preocupo com a possibilidade de descobrir alguma coisa feia e... assustadora. Estou cansada do feio, como você deve saber. Vai doer. Vai me rasgar. E estou cansada disso também. Que tipo de mulher faz o que ela fez? Que tipo de mãe? Grande parte de mim não quer saber quem ela é ou qualquer coisa sobre ela.

Ficamos em silêncio, com minhas palavras nos cercando como pichação nas paredes, inevitáveis e intensas, destruindo a paz que havia existido entre nós. Wilson deixou o garfo no prato e apoiou o queixo na mão fechada.

— Não acha que é hora de acabar com isso?

As mesmas palavras de antes, em um contexto inteiramente diferente.

— Acabar com o quê? — foi a minha fala.

— Com esse negócio de não saber — ele repetiu em voz baixa, olhando nos meus olhos.

Eu sabia a que ele se referia, e não precisava ouvir Wilson falar.

— Vamos tirar dois dias de folga. Eu ainda tenho direito a alguns dias na escola, e a Beverly vai entender.

— E vamos fazer o quê?

— Encontrar a sua mãe. E a Blue também.

27
Gelo

Dessa vez fomos de avião. Nada de oito horas de estrada para ir, mais oito para voltar. Eu não estava grávida, não tinha ordens médicas me proibindo de voar. Wilson disse que a viagem de carro levaria muito tempo, e não havia razão para nos torturarmos. Acho que ele estava mais ansioso que eu para chegar lá. Eu me dividia entre a ansiedade e a náusea.

Avisamos o laboratório e o detetive Moody sobre nossa chegada. Ele se ofereceu para ir nos encontrar no aeroporto, o que me surpreendeu. Duvidava de que fosse um procedimento-padrão, e eu disse isso a ele. O detetive ficou quieto por um momento, depois respondeu com a voz carregada de emoção.

— Na minha área de trabalho, não há muitos finais felizes. Muita gente sofre, muita gente desaparece... e nunca mais as encontramos. Para mim, isso é importante. Todo o departamento está muito animado. O chefe disse que é uma história de grande interesse humano, e temos um contato no *Reno Review* que está ansioso para te entrevistar. É claro que você vai decidir se quer dar a entrevista ou não. Liguei para o detetive Bowles por uma questão de cortesia profissional e avisei que temos uma compatibilidade. Ele também ficou muito animado.

Eu não falei nada, porque não queria acabar com o entusiasmo sincero dele, mas sabia que não ia falar com repórter nenhum. Como uma criança que ganha um presente esperado há muito tempo, eu não estava preparada para desembrulhar minha história e passá-la adiante como se tivesse pouco valor. Havia um tempo de compartilhar e um tempo de saborear. Eu precisava segurar a minha história, examiná-la, entendê-la. E talvez um dia, quando ela não fosse tão nova e intensa, quando parte do brilho e da novidade se esgotasse, quando eu entendesse não só tudo o que aconteceu, mas por que aconteceu, talvez eu aceitasse compartilhar. Mas não agora.

Las Vegas já vivia a primavera, mas em Reno fazia frio. Wilson e eu nos encolhemos dentro do casaco, despreparados para o ar gelado que nos envolveu quando saímos do carro alugado. Tínhamos recusado uma escolta policial, decididos a ter autonomia de movimento com um carro próprio, mesmo que fôssemos passar pouco tempo em Reno. As respostas esperavam por nós. Não haveria procura. Minha vida, minha história, tudo seria exposto diante de mim como o roteiro de um filme... inclusive com cenas de crimes e descrição de personagens. E, como o roteiro de um filme, nada disso parecia real. Não até eu entrar na delegacia, pelo menos. De repente, agir era necessário. As câmeras foram ligadas, e eu não sabia meu texto. Fui tomada pelo medo do palco, dos desconhecidos na plateia, das cenas que não estudei e para as quais não poderia me preparar. E, acima de tudo, eu não queria que Wilson me visse novamente sob os holofotes, sob a luz cruel, em uma história trágica, violenta e deprimente.

— Preparada, Blue?

Não. Não!

— Sim — sussurrei. Era mentira, mas não tinha outro jeito. E eu não conseguia me mover. Wilson saiu do carro e deu a volta para abrir a porta do meu lado. Ele a abriu e estendeu a mão. Quando eu não a segurei, ele se abaixou e me encarou sério.

— Blue?

— Não quero que você entre. Você sabe demais, Wilson!

Ele beijou minha testa.

— Sim. Eu sei centenas de coisas. Acho que já discutimos isso... e faz pouco tempo, na verdade.

— E se eles disserem alguma coisa que mude o que você sente por mim?

— O que eles podem dizer para mudar o que eu sinto, Blue? Você tinha dois anos quando a sua mãe foi embora. Acha que eles vão contar que você era uma pequena traficante de drogas? A mais jovem do mundo? Uma assassina, talvez? Ou... ah, não! Um menino. Você é um menino. Confesso que eu teria dificuldade para me adaptar.

A gargalhada brotou de dentro de mim como um balão amarelo, e eu me agarrei a essa centelha radiante. Wilson sempre conseguia provocar isso em mim. Enterrei o rosto no pescoço dele e senti seu cheiro. Conforto, desafio e esperança, tudo junto em um só aroma.

— Blue, seja qual for a revelação, só vai me fazer te amar mais. Você tem razão. Eu sei muita coisa. E, porque eu sei, não tem muita coisa que possam dizer que me faça duvidar de você ou do que eu sinto por você.

— Tudo bem — sussurrei e beijei seu pescoço sobre a gola do casaco. Ele arrepiou e me abraçou.

— Tudo bem — Wilson repetiu sorrindo. — Vamos nessa.

⁂

Encontrei o sargento Martinez, que era o chefe do caso dezoito anos atrás, e alguns outros que haviam desaparecido no fundo da história quase tão depressa quanto foram apresentados. Heidi Morgan, do laboratório forense do estado, também estava presente, e ela, o sargento Martinez e o detetive Moody nos levaram a uma sala onde havia uma grande pasta no centro de uma mesa. Nós nos sentamos, e Heidi Morgan juntou outra pasta à primeira. A reunião começou sem rodeios.

Heidi explicou o DNA e seu funcionamento. Ela me mostrou um gráfico comparando meu DNA ao da mulher que havia sido minha mãe. Parte desse resumo trazia as mesmas informações que me deram quando fui colher a amostra das moléculas, meses atrás, mas agora falaríamos também sobre o resultado.

Heidi olhou para mim e sorriu:

— Temos certeza de que você é filha biológica de uma mulher chamada Winona Hidalgo.

— Era esse o nome dela? — repeti só para testar o impacto. — Winona Hidalgo. — Esperava que o som fizesse vibrar uma nota de recordação, que eu sentisse alguma coisa ao ouvi-lo. Mas era um nome estranho, tão desprovido de significado quanto Heidi Morgan ou Stan Martinez. Era como se eu nunca o houvesse escutado antes.

O sargento Martinez tomou a palavra. Ele abriu a pasta maior, e Wilson segurou minha mão embaixo da mesa. Eu a agarrei e senti que me faltava o ar.

— Winona Hidalgo foi encontrada morta no Hotel Stowaway em 5 de agosto de 1993, quando tinha dezenove anos. Na verdade, havia acabado de completar dezenove no dia 2 de agosto, três dias antes de ser assassinada.

— Ela foi assassinada? — Não sei o que esperava, mas não era assassinato.

— Encontramos várias coisas na cena do crime, e o exame de sangue comprovou que havia drogas no organismo de Winona Hidalgo, mas a bolsa e o carro tinham desaparecido, e havia contusões na parte de trás da cabeça dela. Tudo indicava que a srta. Hidalgo havia acumulado cinco mil dólares jogando nas máquinas de uma parada de caminhoneiros da região dois dias antes e carregava o dinheiro com ela. Dinheiro que acabou provocando a sua morte. O exame toxicológico descobriu que ela estava bem chapada e se preparava para a segunda rodada. O traficante decidiu que ela era presa fácil, pegou a bolsa e bateu com a cabeça dela no criado-mudo. Não havia muitos sinais de luta, e não tínhamos testemunhas. Mas uma câmera do hotel gravou o carro dela saindo do estacionamento, e deu para ver nitidamente o motorista. O caso foi encerrado e arquivado. Mas parentes distantes informaram que havia uma criança desaparecida. E foi aí que o caso parou. Você havia desaparecido, literalmente. Aqui tem uma foto dela tirada do registro da carteira de motorista, o que nos fez deduzir que ela devia ter dezesseis anos quando a tirou. — O detetive Martinez empurrou em minha direção uma foto oito por dez de uma garota sorridente, e, quando olhei para aquele rosto, eu me vi nele. Wilson inspirou profundamente ao meu lado e apertou minha mão.

— Ela era parecida com você, Blue — ele cochichou. — Os olhos são diferentes, e você é mais clara... mas o sorriso e o cabelo... são iguais.

— Sim, eu também notei a semelhança, por isso tivemos certeza, quando a encontramos em outubro, de que havíamos localizado a filha de Winona. É claro, não podíamos falar nada na época. — O detetive Moody sorria, e eu tentei sorrir de volta.

A descrição na carteira de motorista de Winona Hidalgo dizia que ela tinha cabelos pretos e olhos castanhos. Sua etnia era nativa norte-americana. Tinha um metro e sessenta e dois de altura e cinquenta e três quilos. Eu era mais alta, mas igualmente magra. Não conseguia desviar os olhos da foto. Ela não parecia malvada. Era jovem, só isso.

— A notificação de morte foi emitida pela polícia local, mas quando a busca pela criança... quer dizer, por você, não deu resultado, o detetive Moody e eu fomos visitar a família pessoalmente.

— Eu tenho família? — Meu estômago voltou a queimar quando senti que a pouca identidade que tinha era arrancada de mim.

— Uma avó, Stella Hidalgo, mãe de Winona. Você e a sua mãe moraram com ela até pouco antes de você completar dois anos, quando Winona saiu de casa e levou você com ela. Stella Hidalgo mora em Utah, na Reserva Indígena Paiute. Entramos em contato com ela, e a sua avó está ansiosa para ver você.

— A minha avó sabe quem é o meu pai?

— Sim. O seu pai biológico é Ethan Jacobsen. — Outra foto foi tirada da pasta e empurrada por cima da mesa em minha direção. Um garoto de cabelos claros e espetados e olhos azuis olhava sério para a câmera. Os ombros eram largos e quadrados embaixo da camiseta com o número 13 exibido com orgulho no peito. Parecia uma foto de anuário escolar, do tipo que tiram de cada jogador do time de futebol do colégio, nas quais os garotos parecem maiores e mais ameaçadores do que realmente são.

— Já vi essa expressão em algum lugar — Wilson murmurou, e, quando virei para encará-lo, notei a ternura em seus olhos. — Vi essa cara no dia em que te conheci. E interpretei como um "sai daqui".

A sala ficou em silêncio. Era como se todo mundo percebesse que eu precisava de um minuto para me recuperar emocionalmente. Depois de alguns instantes, o detetive Martinez continuou falando.

— De acordo com o próprio Ethan e Stella Hidalgo, ele nem quis saber quando Winona o procurou para contar que estava grávida. A família dele implorou para a sua mãe entregar o bebê para adoção, conforme os registros. Eles deram algum dinheiro para Winona quando você tinha dezoito meses, mais ou menos, o que Stella confirmou, mas sua mãe saiu da região em seguida, e nenhum deles voltou a ver vocês duas. Hoje Ethan é casado e pai, mas ele nos forneceu uma amostra de DNA quando Winona foi encontrada morta e você foi dada como desaparecida. Essa amostra foi cadastrada no banco de dados do NCIS, e a comparamos com o seu DNA.

Heidi Morgan interferiu:

— O DNA de Ethan Jacobsen também é compatível com o seu, e isso explica por que demoramos mais do que previmos para anunciar o resultado.

O detetive Moody tomou a palavra novamente, e seus olhos agora eram mais sérios. O sorriso desapareceu.

— Também entramos em contato com o sr. Jacobsen, Blue, e ele foi informado de que você havia sido localizada. Ele ficou muito abalado, o que é compreensível. Deu o endereço atual e todas as informações de contato, mas disse que a decisão é sua.

Eu assenti, meio tonta. Sabia o nome dos meus pais. Sabia como eles eram. Tinha uma avó. Ela queria me ver. Só havia mais um detalhe.

— Como é o meu nome?

O detetive Martinez engoliu, e os olhos do detetive Moody se encheram de lágrimas. Os dois pareciam tão emocionados quanto eu.

— O nome na sua certidão de nascimento é Savana Hidalgo — o detetive Martinez respondeu, com a voz embargada.

— Savana? — Wilson e eu repetimos juntos, e foi a minha vez de ficar emocionada.

— Savana? Só o Jimmy saberia entender realmente a ironia. — Meus lábios tremiam.

Wilson inclinou a cabeça numa pergunta silenciosa.

— Quando eu era mais nova, fingia que meu nome era Sapana, muito parecido com Savana. Sapana é a menina de uma lenda nativa que sobe ao céu e é resgatada por um falcão. Eu sempre disse que o Jimmy era o falcão, por causa do nome dele, e eu era a Sapana. Ele dizia que era mais parecido com o homem porco-espinho. Eu nunca entendi o que ele queria dizer. Sempre achei que era só para ser engraçado. Agora acho que ele se sentia culpado por não ter procurado a polícia. Isso deve ter pesado na consciência dele. Mas eu não lamento. — Olhei para cada pessoa na sala, até encarar Wilson novamente. — Ele foi um bom pai. Não machucou a minha mãe nem me raptou...

— Era disso que você tinha medo? — Wilson quis saber.

— Às vezes. Mas eu sempre me lembrava do Jimmy e de como ele era. É como você disse, Wilson. Eu sabia demais para duvidar dele. Não vou lamentar por ele ter decidido ficar comigo. Nunca. Sei que pode ser difícil de entender, mas é o que eu sinto.

Eu não era a única que precisava de um minuto para me recompor, e fizemos um breve intervalo para secar os olhos, antes de o detetive Martinez prosseguir.

— Você nasceu em 28 de outubro de 1990.

— Só dois dias antes do aniversário da Melody — comentei, novamente emocionada.

— E 28 de outubro também foi o dia em que você colheu a amostra de DNA para descobrir as suas verdadeiras origens — Heidi Morgan lembrou. — Interessante como as coisas se fecham em um círculo.

— Tenho vinte e um anos — anunciei e, como a maioria dos jovens, fiquei satisfeita por ser mais velha do que achava que era.

— Mas a sua carteira de motorista ainda diz que tem vinte, o que significa que não vamos a nenhum bar ou cassino esta noite — Wilson brincou, fazendo todo mundo rir, aliviando um pouco da pressão que dominava a sala.

— Você pode olhar todos os documentos da pasta. Tem fotos da cena do crime e outras coisas que pode preferir não ver. As fotos estão nos envelopes. Tudo que sabemos está na pasta. Vamos deixar você sozinha por um tempo, se quiser. A informação para entrar em contato com a sua avó também está aí dentro, como a do seu pai. A sua avó ainda mora na reserva, mas o seu pai vive em Cedar City, Utah. Não é muito longe daqui.

Wilson e eu passamos mais uma hora analisando os documentos da pasta, tentando obter um quadro mais completo da menina que foi a minha mãe. Não havia muito para saber. A única coisa que me abalou foi o fato de que, quando o carro dela foi encontrado, havia um cobertor azul no banco de trás. Um cobertor com estampa de elefantes azuis sobre um fundo azul mais claro, um cobertor infantil. Havia uma foto dele entre as evidências que poderiam compor uma cena secundária na investigação do crime.

— Azul. Blue. — A palavra saiu da minha boca quando uma nesga de reconhecimento se abriu em minha memória. — Eu chamava o cobertor de "azul". Blue.

— O quê? — Wilson olhou para a foto na minha mão.

— Era o meu cobertor.

— Você o chamava de azul?

— Sim. Como é possível eu me lembrar do cobertor e não dela, Wilson? — Minha voz era firme, mas o coração estava dolorido e castigado, e eu não sabia quanto ainda poderia suportar. Empurrei a pasta para a frente e me levantei. Andei pela sala até Wilson ficar em pé e me abraçar. As mãos afagavam meu cabelo enquanto ele falava.

— Não é difícil entender, amor. Eu tinha um cachorro de pelúcia que a minha mãe teve que literalmente tomar de mim, porque ele estava imundo e rasgado. Ele tinha sido lavado centenas de vezes, apesar do aviso na etiqueta informar que o brinquedo desmancharia se fosse lavado. O Chester está em todas as minhas fotos de infância. Eu era muito ligado a ele. Talvez tenha sido assim com o seu cobertor.

— O Jimmy disse que eu ficava repetindo "azul"... — A peça que faltava se encaixou, e eu interrompi a frase no meio. — O Jimmy disse que eu ficava repetindo "azul" — falei. — E foi assim que ele passou a me chamar.

— Foi assim que ele escolheu o seu nome? — Wilson estava incrédulo, e vi a compreensão se espalhando por seu rosto bonito.

— Sim... e o tempo todo, eu só queria o meu cobertor, provavelmente. Por que ela não deixou o cobertor comigo quando me colocou no banco da caminhonete do Jimmy? Ela devia saber que eu ia ficar com medo, que ia precisar daquela porcaria de cobertor. — Empurrei Wilson e me soltei do abraço, desesperada por ar. Mas meu peito estava tão apertado que não consegui inspirar. Eu me sentia rachando, com fissuras que se alastravam na velocidade da luz pela fina superfície de gelo sobre a qual eu havia caminhado durante toda a minha vida. E de repente mergulhei na dor, fui dominada por ela. Tentei respirar, tentei voltar à superfície. Mas havia chumbo em meus pés, e eu afundava depressa.

— Chega por hoje, Blue. — Wilson me amparou e abriu a porta da sala, fazendo um sinal para alguém do outro lado. — Ela não suporta mais — disse, e alguém surgiu do meu lado.

Minha vista ficou turva e a escuridão me envolveu. Senti que alguém me colocava em uma cadeira, e minha cabeça era empurrada para baixo, entre as pernas.

— Respira, Blue. Vai, meu amor. Respira fundo — Wilson murmurava no meu ouvido. A confusão diminuiu um pouco, e o gelo em minhas veias começou a derreter bem devagar. Respirei uma vez, outras... E, quando tudo clareou novamente, eu só tinha um último pedido a fazer.

— Quero ir para casa, Wilson. Não quero saber mais nada.

෴

Saímos da delegacia com uma cópia dos documentos da pasta. Wilson insistiu para eu levar os papéis, bem como as informações de contato das pessoas que tinham meu sangue, mas nunca fizeram parte da minha vida. Eu queria jogar tudo pela janela do carro e deixar as folhas se espalharem pela rua, pela noite de Reno, cem páginas de uma vida trágica jogadas ao vento para serem esquecidas, nunca mais reunidas.

Comemos no estacionamento de um fast-food, cansados demais para sair do carro ou conversar. Mas ainda estávamos a oito horas de casa, e o nosso voo só decolaria às oito da manhã seguinte. Escolhemos um hotel para passar a noite. Wilson não perguntou se eu queria um quarto só para mim. Eu não queria. Mas havia duas camas no quarto, e assim que entramos eu escovei os dentes, tirei o jeans, me encolhi em uma delas e adormeci imediatamente.

Sonhei com fileiras de bonequinhas de papel com o rosto de minha mãe e cobertores de todas as cores, menos azul. Sonhei que ainda estava no colégio, percorrendo corredores infinitos, procurando Wilson e encontrando, em vez dele, dezenas de crianças que não sabiam o próprio nome. Acordei com o rosto molhado de lágrimas e o terror contorcendo meu ventre, convencida de que Wilson havia deixado Reno enquanto eu dormia. Mas ele ainda estava lá, na cama ao lado da minha, os braços em torno do travesseiro extra, o cabelo contrastando com o lençol branco. A lua o iluminava, e eu passei um bom tempo olhando-o dormir, decorando o contorno do queixo, a sombra dos cílios sobre as faces, os lábios que suspiravam.

Depois, sem parar e pensar no que fazia, fui para a cama dele e me aninhei junto de seu corpo, apoiando a cabeça em suas costas e passando os braços em torno dele. Queria colar nele, grudá-lo à minha pele, ter certeza de que era meu. Pressionei a boca contra suas costas e deslizei as mãos para baixo da camiseta, tocando o abdome plano, subindo até o peito. Senti que ele estava acordado, vi quando se virou para mim. Com o rosto encoberto pelas sombras, ele se debruçou sobre mim. A lua dava ao seu corpo um contorno prateado, e ele ficou imóvel quando toquei seu rosto, traçando cada detalhe com a ponta dos dedos. Levantei a cabeça e beijei o queixo, os olhos fechados e, finalmente, os lábios. Então, sem dizer nada, ele me empurrou de volta sobre o travesseiro e segurou minhas mãos. Prendi a respiração quando ele me puxou contra o peito, mantendo minhas mãos entre nós.

Mas Wilson não beijou minha boca, não acariciou minha pele. Não murmurou palavras de amor ou desejo. Em vez disso, encaixou minha cabeça embaixo de seu queixo e me envolveu com os braços, um abraço tão apertado que eu não conseguia me mover, e ele não me soltava. Fiquei ali parada numa surpresa atordoada, esperando que ele afrouxasse o abraço, esperando suas mãos me tocarem, o corpo se mover contra o meu. Mas seus braços me imobilizavam, a respiração continuava estável, o corpo permanecia imóvel. E naquele abraço, tão apertado que não deixava espaço para duvidar dele ou ter medo de perdê-lo, eu dormi.

28
Amargo

Quando acordei na manhã seguinte, Wilson já estava em pé, de banho tomado e barbeado, mas os olhos revelavam cansaço, e eu me perguntei se passar a noite toda me abraçando teria deixado suas marcas. E me sentia constrangida por ter sido rejeitada, por mais terna que tivesse sido a rejeição. Ele não se comportava com desconforto ou constrangimento, por isso deixei de lado os sentimentos feridos e apressei o banho e o café da manhã para não perdermos o voo de volta para casa. Eu estava preocupada e quieta, Wilson, introspectivo e lento, e, quando finalmente entramos em Pemberley, nós dois precisávamos de espaço, esmagados pelo peso das últimas vinte e quatro horas. Wilson levou minha mochila para o apartamento e parou antes de subir para o dele.

— Blue, sei que está exausta. Eu também estou, e não foi o meu mundo que virou do avesso várias vezes nos últimos meses. Mas você precisa levar isso até o fim.

— Eu sei, Wilson.

— Quer que eu telefone para ela? Pode facilitar o primeiro passo.

— Isso é fraqueza? — perguntei, tentada a aceitar a oferta, mas resistindo a escolher o caminho mais fácil, se isso significasse reconhecer que eu era fraca.

— É delegar, amor. É garantir que tudo seja resolvido sem se destruir por isso.

— Então, sim. Por favor. Quando ela quiser.

⁂

Descobri que Stella Hidalgo era mais forte que eu, porque ela quis marcar o encontro imediatamente. Wilson e eu fomos a St. George, Utah, na manhã seguinte, no Subaru dele. Havíamos dormido doze horas, cada um em sua cama, o que me preocupava um pouco, porque eu não sabia como interpretar essa resistência. Wilson era um homem muito diferente de todos que conheci. Era um cavalheiro em um mundo de Masons e Colbys. E eu tinha muito medo de que o fato de eu não ser exatamente uma dama pudesse ser um problema.

— Wilson, me conta como é — pedi, incapaz de pensar em outra coisa que não fosse o que estava por vir.

— Como é o quê? — Ele mantinha os olhos fixos na estrada.

— Conhecer os pais biológicos. O que você disse? A Tiffa me contou que você fez tudo sozinho. É muito mais corajoso que eu. Eu não conseguiria ir sozinha.

— As circunstâncias são completamente diferentes, Blue. Nem pense que você não é corajosa. Você é a pessoa mais forte que eu conheço, e isso, amor, é um elogio. Eu tinha dezoito anos quando conheci os meus pais biológicos. A minha mãe manteve contato com eles desde o princípio, justamente para garantir que isso fosse possível. Ela sabia que poderia chegar um momento em que esse encontro seria importante para mim. Meu pai era contra a ideia. Achava que o encontro era desnecessário e tinha certeza de que eu me distrairia de coisas importantes. Eu estava a um semestre da formatura, totalmente focado nos estudos, o que era típico, tenho que confessar. Consegui espremer quatro anos de curso em dois anos e meio, cumprindo uma agenda que o meu pai me ajudou a fazer. Meu pai era um homem incrivelmente determinado, e eu acreditava que ser homem significava ser como ele. Mas eram férias, eu estava inquieto e irritado, praticamente um barril de pólvora pronto para explodir. Então peguei um avião para a Inglaterra e fui passar uns dias com a Alice. E fui procurar alguns amigos. — Wilson concluiu de repente, como se o fato nem fosse importante. — A minha mãe e eu pensamos em não contar ao meu pai. Péssima ideia. Mas essa é outra história.

— Como foi?

— Horrível — ele respondeu sem hesitar. — Esclarecedor e... muito confuso.

Eu não sabia o que dizer, por isso esperei, vendo os pensamentos desfilarem por seu rosto. Wilson ficou sério por um momento, perdido em suas lembranças.

— Quando conheci o meu pai biológico, minha primeira impressão foi de que ele era meio vagabundo — resmungou. — Depois de algumas horas conversando com ele, andando pelas ruas, conhecendo o bairro, encontrando os amigos dele, mudei de ideia. Fomos a um bar onde ele gostava de beber depois do trabalho, um lugar chamado Wally's, onde todo mundo parecia gostar dele e conhecê-lo. O Bert é tira.

— Tira?

— Policial. E isso não tinha nada a ver com a personalidade dele. Ele é muito jovial, dono de um espírito livre. Sempre imaginei que os policiais fossem do tipo forte, silencioso.

— Mais parecidos com o seu pai?

— Isso! Como John Wilson. Determinado, duro, sério. E Bert Wheatley era tudo menos sério e determinado. Ele disse que era policial por amor ao bairro. Gostava de estar com as pessoas e, quando era criança, ele queria dirigir um carro com luzes e sirene. — Wilson riu e balançou a cabeça. — Foi o que ele disse! Lembro de ter pensado que ele era maluco. — Wilson olhou para mim como se esperasse ser censurado pelo comentário. Eu fiquei quieta. — Mas percebi outras coisas. Bert parecia muito contente. E era uma companhia muito divertida. — Wilson riu novamente, mas era um riso doloroso. — Nesse aspecto, ele também era muito diferente do meu pai. John Wilson nunca estava satisfeito, raramente estava feliz e não era uma companhia agradável na maior parte do tempo. — Wilson balançou a cabeça e mudou de assunto de repente. — O nome da minha mãe biológica é Jenny. Ela nunca se casou com o Bert, é óbvio. Casou-se com um encanador chamado Gunnar Woodrow. Gunnar, o encanador.

Ele falava com um sotaque mais acentuado, mas eu estava chegando a um ponto em que nem notava mais.

— A minha mãe e o Gunnar tiveram cinco filhos, e a casa deles parece um zoológico. Fiquei lá por uma ou duas horas, até o Gunnar chegar do trabalho, e então a Jenny e eu saímos para tomar um chá na esquina e conversar sem sermos interrompidos.

— Você gostou dela?

— Muito. Ela é adorável. Gosta de livros e história, adora recitar poesia.

— Parece você.

Wilson assentiu.

— Temos muita coisa em comum, o que me deixou muito contente. Conversamos sobre tudo. Ela me perguntou todas as coisas pelas quais as mães se interessam: quais eram as minhas esperanças e sonhos, se eu tinha namorada. Respondi que não tinha tempo para garotas. Falei que história e livros eram os únicos amores da minha vida, até então. Falamos sobre a escola, e ela quis saber quais eram meus planos para o futuro. Tagarelei sobre um plano de dez anos envolvendo faculdade, medicina e trabalhar com o meu pai. Ela se surpreendeu com os meus objetivos profissionais e estranhou que eu não incluísse neles os amores da minha vida.

— Ela estava preocupada com a sua vida amorosa? Você tinha dezoito anos — protestei, ridiculamente grata por ele não ter um passado como o meu.

— Não, ela não estava preocupada com a minha vida amorosa. Ela queria saber sobre os amores da minha vida, os livros e história.

— Ah! — Entendi.

— Conhecer os meus pais me fez questionar pela primeira vez tudo o que eu estava fazendo. De repente me perguntava se queria mesmo ser médico. E me pegava pensando sobre o que me faria feliz. Pensei em luzes e sirenes. — Wilson esboçou um sorriso. — Pensei em quanto queria compartilhar tudo que havia aprendido com alguém interessado em me ouvir. Na verdade, enlouquecia meus pais e minhas irmãs recitando fatos históricos.

— São Patrício?

— São Patrício, Alexandre, o Grande, Leônidas, rei Arthur, Napoleão Bonaparte e muitos outros.

— E a medicina deixou de ser tão interessante.

— *Nunca* foi, e, quando percebi, contei ao meu pai que não iria mais para a faculdade de medicina. Eu tinha ficado de boca fechada até a formatura, fazendo planos diferentes comigo mesmo, enquanto meu pai mapeava o meu futuro. Contei a ele que queria lecionar, de preferência em uma universidade, algum dia. Disse que queria escrever e dar aulas, e um dia fazer um doutorado em história. Ele descobriu que eu tinha procurado meus pais biológicos e culpou esse encontro pela mudança de plano. Ficou furioso comigo e com a minha mãe. Nós brigamos, gritamos e eu saí de casa. O meu pai foi chamado ao hospital para atender a uma emergência, e eu nunca mais o vi com vida. Essa parte da história você já conhece. — Wilson suspirou e passou a mão na cabeça.

— E foi isso que você quis dizer quando falou que conhecer seus pais biológicos foi horrível... porque o encontro provocou muitas outras coisas?

— Não. Bom, dá para interpretar desse jeito. Mas foi horrível porque eu fiquei confuso, perdido. Duas coisas que eu nunca tinha sentido antes. Sim, tive uma vida superprotegida. — Wilson deu de ombros. — Conheci duas pessoas muito diferentes daquelas que me criaram. Nem melhores nem piores. Só diferentes. E isso não quer dizer que falo contra os meus pais. Eles foram ótimos e me amaram. Mas meu mundo foi abalado. Além disso, fiquei muito confuso sobre por que a Jenny e o Bert não tentaram fazer as coisas darem certo por mim, pelo meu bem. Eu significava tão pouco que eles me entregaram a um médico rico e sua esposa e seguiram em frente, livres e felizes?

Racionalmente, eu sabia que não tinha a ver comigo. Mas a culpa surgiu assim mesmo. Melody me faria a mesma pergunta algum dia? Wilson continuou:

— Mas de repente percebi que eu não queria as coisas que sempre pensei querer. Eu queria me dedicar a coisas que me fizessem feliz, e queria ter uma liberdade que nunca tinha conhecido. E sabia que isso significava seguir por uma estrada muito diferente daquela que eu percorria.

— Isso eu entendo — murmurei.

— É, eu sei.

Wilson olhou para mim, e havia em seus olhos um calor que fez meu coração bater mais forte. Como ele conseguia me olhar desse jeito e passar uma noite inteira deitado comigo, me abraçando, sem me beijar nenhuma vez?

— Na última semana que passei na Inglaterra, fui de táxi de Manchester para Londres. A Alice é menos protetora que o restante da família. Quando contei tudo, ela deu de ombros e disse:"Divirta-se, não se meta em confusão e volte daqui a uma semana para pegar o voo para casa". Encontrei alguns amigos da escola e passei a semana inteira fazendo coisas sobre as quais tenho vergonha de falar.

— Que coisas? — Eu me sentia meio chocada, meio feliz por Wilson não ter um passado tão impecável, afinal.

— Estava desesperado por companhia. Perdi a virgindade e nem lembro direito como foi. E não acaba aí. Noite após noite, boate após boate, mulheres e mais mulheres, e eu só me sentia cada vez pior. Estava tentando recuperar o equilíbrio fazendo coisas que me deixavam ainda pior. Faz sentido?

Assenti, sabendo exatamente do que ele estava falando. Eu entendia esse sentimento.

— Um dos meus amigos acabou me levando de volta para Manchester. Ele garantiu que eu entrasse no avião e voltasse aos Estados Unidos inteiro. E, durante os seis meses seguintes, consegui fazer minha cabeça parar de rodar e recuperei o equilíbrio, ou a maior parte dele. Mas estar com você nessa jornada tem sido uma jornada para mim também. Agora eu me entendo melhor e entendo os meus pais, biológicos e adotivos.

Seguimos em silêncio por um bom tempo. Depois desse intervalo, fiz a pergunta que me incomodava desde a manhã anterior, quando acordei sozinha.

— Wilson? O que aconteceu em Reno? É que... pensei que você quisesse... quer dizer, você não sente desejo por mim? — Era como convidar o zagueiro do time do colégio para o baile de formatura, e minhas pernas tremeram.

Wilson riu alto. Eu me encolhi, tentando não escorregar no banco e cobrir o rosto para esconder a vergonha da rejeição. Ele deve ter visto a humilhação estampada em minha expressão e, com uma freada brusca e algumas mudanças de faixa que deviam ser ilegais, parou no acostamento com o pisca-alerta ligado. Então olhou para mim e balançou a cabeça como se não conseguisse acreditar no que eu havia acabado de dizer.

— Blue, se isso tivesse a ver só com desejo, a gente nem teria saído de Reno. Ainda estaríamos naquele hotel barato pedindo serviço de quarto... ou pizza do restaurante na estrada. Mas, para mim, o objetivo com você não é sexo. Entende?

Balancei a cabeça. Não, não entendia nada.

— Quando você foi para a minha cama em Reno, eu só consegui pensar em como me senti naquela semana horrorosa em Londres, quando transei mais do que qualquer adolescente poderia sonhar. E em como me senti vazio no fim da experiência. Eu não queria que a nossa primeira vez fosse assim para você. Em Reno, você estava abalada emocionalmente, como eu estava em Londres, e precisava de mim. Mas não precisava de mim desse jeito. Um dia, e espero que não demore muito, porque vou acabar entrando em combustão se tiver que passar mais uma noite como aquela, você vai me querer porque me ama, não porque está perdida, não porque está desesperada, não porque tem medo. E esse é o objetivo.

— Mas, Wilson, eu te amo.

— Eu também te amo... ardentemente. — Ele segurou meu cabelo e me puxou para perto.

— *Orgulho e preconceito?*

— Como descobriu? — Wilson sorriu.

— Tenho um lance com o sr. Darcy.

Em vez de responder, Darcy me beijou e mostrou o tamanho do ardor com que me amava.

29
Verdade

Não fosse pelo caminhão buzinando e sacudindo o Subaru ao passar por nós, teríamos nos atrasado muito para o encontro com minha avó. Mas conseguimos encontrar a casa de Stella Hidalgo na periferia da Reserva Indígena Shivwits depois de algumas voltas e uma consulta ao confiável GPS de Wilson, que não parecia funcionar muito bem em reservas indígenas, ou em Utah, na verdade. Eu só havia visto a área de St. George uma vez em uma excursão escolar, mas me lembrava das rochas vermelhas e dos platôs projetados recortados contra o céu azul e a areia do deserto. O lugar era tão árido e inóspito quanto era lindo, e por um momento pensei em como meus ancestrais haviam sobrevivido na região por centenas e centenas de anos, antes do conforto da vida moderna. A água era escassa, a comida devia ser ainda mais, e plantar alguma coisa ali era praticamente impossível.

Paramos na frente da casa de Stella Hidalgo, uma cabana em formato de caixa com paredes brancas e janelas vermelhas pedindo pintura. Era tudo arrumado e limpo, mas sem enfeites, e o quintal tinha apenas pedras do deserto e árvores de Josué. Saímos do carro num silêncio tão pesado que eu conseguia ouvir meu coração batendo como um antigo tambor. Stella Hidalgo abriu a porta antes de subirmos a escada da frente.

Ela era uma mulher magra de estatura mediana. Devia ter uns sessenta anos, apesar da beleza atemporal que dificultava uma estimativa. A pele era lisa, e o cabelo tinha mechas prateadas em meio ao preto. Ela o dividia de lado e o mantinha mais curto, na altura dos ombros. Vestia uma camisa branca simples e calça branca, e a pele meio marrom, meio dourada, contrastava com o traje. As sandálias eram brancas, e os brincos eram de pedras azuis, como as pulseiras e o colar. A aparência de uma mulher que sabe como se apresentar ao mundo e confia no que vê no espelho. Stella nos convidou a entrar, e a única indicação de que também estava nervosa era o tremor na mão que apontou para o interior da casa.

— A polícia me contou pouco sobre a sua vida. — A voz de Stella Hidalgo era suave e elegante. — Na verdade, quando o detetive Martinez telefonou na semana passada e falou sobre o exame de DNA, ele teve o cuidado de explicar que você era adulta e tinha direito a privacidade, e por isso, embora pudessem incentivar e aconselhar, eles não poderiam garantir que faria contato comigo. Ele nem me disse o seu nome. Não sei como chamá-la.

— Pode me chamar de Blue. — Estendi a mão, e ela a apertou. Jamais seria Savana Hidalgo, Savana Jacobsen ou qualquer outra coisa. Eu era Blue Echohawk, e isso não mudaria.

— Combina com você. — Seu sorriso era trêmulo. — Por favor, me chame de Stella. — E olhou para Wilson esperando a apresentação.

— Olá. Eu sou Darcy Wilson, mas todo mundo me chama de Wilson. Estou apaixonado pela Blue. — Wilson também estendeu a mão, e Stella sorriu, completamente encantada com seu jeito de falar.

— Que bom! — Ela riu, e nesse momento eu amei Wilson mais do que já havia amado qualquer outro ser humano. Graças ao seu charme, a mão de Stella estava mais firme quando ela nos convidou para sentar no sofá coberto com uma manta colorida, diante de duas poltronas marrons. Havia vários prêmios emoldurados pendurados nas paredes, e uma foto que, eu poderia jurar, era de Jimmy Carter com uma mulher que devia ser minha avó trinta anos atrás. Não sabia que tipo de expectativa havia criado quando o sargento Martinez contou que Stella Hidalgo morava em uma reserva, mas não era nada disso que eu esperava. Algumas fotos enfeitavam o console da lareira, e um grande tapete indígena cobria o assoalho de madeira. Eu não sabia nada sobre os índios paiutes, seus costumes, sua história, seu estilo de vida. Eram coisas que eu esperava que essa mulher me ensinasse sobre mim. Um dia.

Stella olhava para mim como se não acreditasse que eu estava ali. Eu a deixei olhar quanto quisesse, e também olhei para ela. O momento era mais que surreal, e queria poder ter visto de fora aquela cena, nós duas nos olhando em silêncio com o relógio sobre o console marcando o tempo, enquanto tentávamos absorver mais de dezoito anos no presente.

Conversamos sobre algumas coisas, como nossa viagem a Reno e o trajeto até St. George, mas logo passamos a falar sobre minha mãe. Tive a sensação de que minha avó queria me fazer entender a filha dela. Talvez por ainda estar tentando entendê-la.

— A Winnie era cheia de personalidade e adorava ser o centro das atenções, o que normalmente conseguia, tanto em casa quanto na escola. Meus pais a mimavam, e ela sempre teve muitos amigos. Adorava ser líder de torcida e era muito popular, especialmente com os garotos. Eu sempre fui o oposto. Era tímida com os rapazes... Nunca sabia o que dizer.

Stella fez uma pausa, e lamentei que ela tivesse comentado sobre a popularidade de minha mãe com os garotos. Mais uma vez, me preocupei com a possibilidade de sermos parecidas, e eu não queria ser como ela. Meu desespero aumentou quando Stella falou sobre a gravidez inesperada da filha.

— Engravidar foi difícil para ela, como é difícil para qualquer menina de dezesseis anos. Quando o Ethan não quis saber dela nem do bebê, a Winnie ficou deprimida. Não saía do quarto, chorava muito. A gravidez foi miserável, e ela ficou inconsolável depois que você nasceu. O médico disse que era depressão pós-parto. Com o passar do tempo, ela ficou menos deprimida, mas foi se revoltando, e eu cuidava de você na maior parte do tempo. Você era um bebê muito calmo, doce. Raramente se agitava. E acho que por isso foi mais fácil para a Winnie te ignorar. Para mim, só foi mais fácil te amar. Desde que tivesse seu cobertor, você não reclamava de nada.

— Era azul? Com estampa de elefantes?

— Sim! Era... sim! — Stella gaguejou, surpresa. — Você lembra?

— Os lábios de minha avó tremiam, e ela apertou a boca com a mão para controlar a emoção que era evidente em cada traço de seu rosto.

Assenti e de repente não consegui falar.

— A Winnie odiava aquele cobertor. — A voz de Stella fraquejou, e ela pigarreou. — Dizia que azul era para meninos. Mas eu escolhi o cobertor por causa da cor dos seus olhos. Seus olhos eram impressionantes. Em todos os outros traços, você parecia uma índia, apesar da pele mais clara. Foram os olhos que finalmente convenceram a família do Ethan de que ele era o seu pai. A família dele deu um dinheiro para a Winona quando você tinha quase dois anos. Ela pegou esse dinheiro, roubou todas as minhas economias, o meu carro, e foi embora. Infelizmente, ela não te deixou aqui. Sempre me arrependi de não ter procurado a polícia e pedido a prisão da sua mãe. Talvez ela ainda estivesse viva, e eu não teria perdido você. Mas ela precisava crescer, e achei que sair da cidade poderia ser bom para ela. Então, não fiz nada. Eu só... a deixei ir. Na verdade, se ela tivesse me pedido o dinheiro e o carro, eu teria dado, provavelmente. Ela acabou ficando com uma amiga em Salt Lake e arrumou um emprego. A mãe dessa amiga cuidava de uma creche, e você ficava com gente que eu conhecia e em quem confiava. Fiquei de olho nela por intermédio dessa amizade e tive a impressão de que as coisas iam bem. Ela ficou na casa dessa amiga durante seis meses, até que teve que ir embora. A Winona roubou uma quantia bem grande em dinheiro da mãe da amiga. E eles a denunciaram. Depois disso, só tinha notícias dela de vez em quando, o suficiente para saber que ela estava bem.

Minha avó ficou quieta, e eu estudei seu rosto, enquanto ela estudava o meu. Foi Wilson quem rompeu o silêncio.

— O relatório da polícia diz que alguém em Oklahoma informou que uma jovem com a descrição de sua filha foi pega furtando vários objetos de uma loja de conveniência. O dono da loja não registrou ocorrência, porque ficou com pena da garota. Ela roubava fraldas e leite. Ele acabou dando o leite, alguns alimentos, uma caixa de fraldas e também algum dinheiro. Quando o dono dessa loja viu a foto da sua filha nos jornais, ele se lembrou dela e da criança e ligou para a polícia.

— Oklahoma? — Stella Hidalgo parecia perplexa e balançou a cabeça, resmungando alguma coisa. — Não... não é possível.

— A polícia diz que isso não ajudou em nada. Só complicou tudo sem fornecer mais pistas — contei. — Só fiquei sabendo porque o meu pai, o homem que me criou, tinha parentes em uma reserva em Oklahoma. E eu queria saber o que ela estava fazendo lá.

— Como é o nome do seu pai? — A voz de Stella Hidalgo era fraca, e havia nela uma tensão evidente, como se esperasse uma resposta que já tinha.

— James Echohawk... Jimmy.

Stella desabou na poltrona, o rosto tomado por um misto de choque e consternação. De repente, ela levantou e saiu da sala correndo sem dizer nada.

— Tem alguma coisa errada. Acha que ela conhece o Jimmy? — sussurrei.

— Ela parece ter reconhecido o nome — Wilson respondeu, em voz baixa.

Fomos interrompidos por estrondos e palavras incompreensíveis e levantamos assustados, ansiosos para sair dali.

— É melhor a gente ir embora — Wilson falou em voz alta. — Sra. Hidalgo? Não queríamos causar problemas...

Stella voltou à sala carregando uma caixa.

— Desculpa, mas vocês precisam esperar... por favor. Esperem... só um minuto.

Nós sentamos, relutantes, enquanto Stella removia a tampa da caixa e tirava dela um álbum de fotos. Agitada, ela virou algumas páginas até parar em uma delas.

— Falta uma foto. Alguém pegou uma das fotos! — Stella virou novamente as páginas do álbum, os olhos passando rapidamente por cada retrato. — Aqui. Esta não é muito boa... mas é ele.

Ela levantou a película plástica de proteção e puxou a fotografia. O álbum era bem antigo, e a foto havia grudado no plástico. Ela puxou, e o papel da revelação começou a rasgar. Stella desistiu e me deu o álbum, percorrendo o espaço entre nós de joelhos como se tivesse seis anos, não sessenta.

— Reconhece o homem na foto? — perguntou, batendo com o dedo sobre a imagem.

Olhei para a fotografia amarelada. A roupa e os carros ao fundo eram da década de 70. Um homem e uma mulher ocupavam o centro da imagem, e eu olhei fascinada para Stella Hidalgo mais jovem, magra e sorridente num vestido vermelho, com os cabelos caindo para a frente por cima de um ombro. Era tão parecida comigo que minha cabeça girou. Wilson ficou tenso ao meu lado, certamente por também ter notado a semelhança. Depois olhei para o homem ao lado dela, e foi como se o tempo parasse.

Jimmy olhava para mim de uma década perdida no passado. Seu cabelo era preto, repartido ao meio, e cobria os ombros. Ele vestia jeans, camisa marrom estampada e colares que eram moda naquele tempo. Era jovem e bonito, e, apesar de olhar para a câmera, ele segurava a mão de Stella, que segurava seu braço com a outra mão.

— É esse o Jimmy Echohawk que te criou? — Stella repetiu a pergunta.

Olhei para ela sem entender o significado do que estava vendo. Assenti, atordoada.

— Blue? — Wilson me chamou, confuso.

— O que está tentando me dizer? O que é isso? — Devolvi o álbum a Stella, que continuava ajoelhada na minha frente.

— Jimmy Echohawk era o pai de Winona! — Stella anunciou, chorando. — Ele não era só um... um desconhecido! — E abriu o álbum novamente. Seu choque era tão evidente quanto o meu.

— Cacete! — Wilson exclamou do meu lado, e o palavrão ecoou na saleta que havia se transformado em uma casa de espelhos. — Sra. Hidalgo, precisa começar a falar. — Ele agora usava uma voz mais firme e segurava minha mão com mais força. — Não sei que brincadeira é essa que está fazendo, mas...

— Não é brincadeira, rapaz! — Stella gritou. — Não sei o que isso significa! Só sei que conheci Jimmy Echohawk quando eu tinha vinte e um anos. Era 1975. Eu havia acabado de me formar na faculdade e acompanhava o meu pai em visitas a várias reservas indígenas em Oklahoma. — Stella balançava a cabeça enquanto falava, como se não acreditasse no que dizia. — O meu pai era membro de um conselho tribal que tentava devolver ao povo paiute o status de federação. As tribos paiutes tiveram esse status removido na década de 50. E isso tornava quase impossível preservar nossas terras e nossos direitos à água, o pouco que tínhamos. Os paiutes do sul estavam quase extintos. Fomos a várias reservas e visitamos tribos paiutes que tentavam conquistar o apoio de outras tribos para a nossa causa.

Minha cabeça rodava, e as dificuldades do povo paiute, infelizmente, não estavam entre as coisas que eu precisava saber agora.

— Sra. Hidalgo, vai ter que acelerar um pouco essa história — Wilson avisou.

Ela assentiu, sem saber ao certo por onde começar ou o que era importante.

— Foi amor à primeira vista. Eu era discreta, ele também. Mas nos sentimos imediatamente à vontade um com o outro. Não ficamos em Oklahoma por muito tempo, e o meu pai não gostava do Jimmy. Ele temia que eu me desviasse do futuro que havia planejado. — Stella deu de ombros. — E ele estava certo. O meu sonho era ser a próxima Sarah Winnemucca, e de repente eu só conseguia pensar em me tornar a sra. Jimmy Echohawk.

Ouvir o nome de Jimmy na voz de Stella e nesse contexto foi mais um choque. Eu nem perguntei quem era Sarah Winnemucca. Outro dia, outra história.

— Trocamos cartas durante quase um ano. Naquela época eu trabalhava para Larry Shivwa, que mais tarde trabalhou na administração Carter, nas Relações Indígenas. O Jimmy queria ficar mais perto de mim. Ele foi para o Oeste... só para ficar perto de mim. Era um artista talentoso, trabalhava com madeira. Havia sido reconhecido nacionalmente por seu trabalho, e estava começando a vender as peças dele. Ele estava economizando para abrir uma loja...

A voz dela fraquejou, e Stella parecia relutante. Mas o tempo do silêncio havia ficado para trás, e eu a incitei a continuar.

— Stella? Preciso saber o que aconteceu — pedi, atraindo seu olhar. Seus olhos eram cheios de dor, e os ombros caíram sob o peso da derrota.

— O Jimmy pegou suas economias e comprou uma caminhonete e um trailer. E veio para cá. Ele sabia que o meu pai não apoiaria um casamento àquela altura. Minha carreira começava a decolar. E eu tinha responsabilidades com a minha comunidade. Fui a primeira da família a fazer um curso superior, e uma das primeiras mulheres paiutes a estudar. Estava predestinada a coisas maiores. Então... eu encontrava o Jimmy sem que meus pais soubessem. E me revoltei contra eles. Eu era adulta, e o Jimmy era um bom nativo. Eu não entendia por que não podia ter as duas coisas. Mas, no fim, eles estavam certos. E, sinceramente, eu os culpei porque era mais fácil do que reconhecer a minha culpa. Usei os meus pais como desculpa. A verdade é que eu era ambiciosa, e temia perder essa ambição. Temia acabar como a minha mãe, limitada a uma reserva, pobre, desconhecida, comum.

— O que aconteceu? — Wilson perguntou.

— Jimmy Carter foi eleito presidente em 1976, e eu fui convidada para trabalhar em Washington, no gabinete de Assuntos Indígenas, como assistente do secretário Shivwa. Meu pai tinha certeza de que eu seria uma contribuição fundamental para a recuperação do status de federação da tribo paiute. E eu aceitei o convite. O Jimmy nunca me pediu para não ir. Ele disse que me amava, mas nunca me pediu para ficar. Seis semanas mais tarde, descobri que estava grávida. Fiquei em Washington até meu chefe, que era muito amigo dos meus pais, telefonar para eles e contar tudo. Naquela época, eu estava grávida de sete meses e não conseguia mais esconder a barriga com vestidos de cintura alta e xales. Não podia voltar para casa de avião àquela altura, por isso fiquei, apesar do meu constrangimento e da vergonha dos meus pais. Quando a Winnie nasceu, voltei para casa. Mas o Jimmy havia partido. E eu era orgulhosa demais para ir atrás dele.

— O Jimmy nunca soube? — sussurrei, devastada pelo homem que me criou.

— Eu não contei.

— Mas então... como... como ele me encontrou?

De algum jeito, Jimmy havia me encontrado. E ele me tirou da minha mãe.

— Não sei — Stella respondeu com um fio de voz. — Não faz sentido.

— A Winona não conheceu o pai? — Wilson perguntou, em tom sereno. Ele era o único que ainda se mostrava capaz de raciocinar.

— Nós a deixamos pensar que os meus pais eram os pais dela. Eu os chamava de mãe e pai, e ela passou a chamá-los assim também, e morávamos todos juntos quando eu não estava viajando. A minha mãe a criou, e eu continuei trabalhando como contato para o gabinete de Assuntos Indígenas. E, em 1980, o presidente Carter assinou a lei que devolvia o status de federação às tribos paiutes e delimitava a Reserva Paiute. Gosto de pensar que contribuí para isso. Assim era mais fácil suportar o estrago que fiz em minha vida pessoal.

— Mas e o Jimmy? — sussurrei, perplexa por pensar que ele nunca soube que havia tido uma filha. O Jimmy que eu conhecia vivia com simplicidade, com muito pouco. Senti a raiva crescer no meu peito por essa mulher que nunca contou a ele sobre a filha.

— Eu não sabia onde encontrá-lo, Blue. Devia ter me esforçado mais, eu sei. Mas era um tempo diferente. Na década de 70, ninguém telefonava para uma reserva indígena. Na verdade, isso ainda é bem difícil! Consegui contato com a mãe do Jimmy, mas ela morreu alguns anos depois do nascimento da Winona. O irmão do Jimmy disse que não sabia onde ele estava. Eu vivi um conflito. Amava o Jimmy, mas o havia trocado por meus sonhos... e o havia perdido. Pensei que um dia nos encontraríamos de novo, e talvez eu conseguisse explicar.

— Talvez a Winona o tenha encontrado — Wilson pensou alto.

— Ela foi vista em Oklahoma. O que mais poderia ter ido fazer lá?

— Mas... acho que o Jimmy não voltou. Ela não o teria encontrado lá — Stella comentou confusa.

— Mas ela não sabia disso, sabia? Existe alguma possibilidade de ela ter descoberto quem era o pai?

— O meu pai faleceu quando a Winnie tinha quinze anos, e a minha mãe morreu no ano seguinte. A Winnie sofreu muito. Decidi que era hora de contar que eu era a mãe dela. Achei que assim ela se sentiria menos sozinha, e não mais. Parece que não sei lidar com essas coisas, porque ela não reagiu bem. Quis saber tudo sobre o pai... sobre por que ele não ficou com a gente. Tive que explicar que a culpa era minha, mas ficou claro que ela não acreditou. Mostrei algumas fotos dele. Ela deve ter levado a que está faltando no álbum.

— Stella tocou o espaço vazio na página. — A Winnie começou a dar problema na escola. E teve problemas com a polícia por causa de drogas. Logo depois ela engravidou. E parou de falar sobre o pai. Achei que ela tivesse superado, que estava mais preocupada com outras coisas. Nunca mais voltamos a falar dele.

Stella Hidalgo ameaçou guardar o álbum na caixa, mas hesitou e tirou outros objetos dela.

— As cartas sumiram — disse e olhou para mim. — As cartas sumiram! Eu guardava todas as cartas do Jimmy. Estavam aqui. Não abro esta caixa faz mais de vinte anos, desde que mostrei as fotos para a Winona.

— As cartas tinham informações valiosas, inclusive o endereço do remetente — Wilson apontou.

Stella assentiu e ficou em silêncio, digerindo a possibilidade de Winona ter ido procurar o pai.

— Na última vez que falei com a Winnie, ela fez um discurso sobre homens que nunca assumem suas responsabilidades... e as injustiças da vida. — Stella parecia dissecar essa lembrança. — Pensei que ela estivesse falando sobre o Ethan. Ela disse que iria procurá-lo e exigiria que ele arcasse com as consequências do que fez. Eu pensei que ela estivesse falando sobre o Ethan — repetiu. — Fiquei com medo. A Winona estava furiosa, falando em retaliação. Liguei para o Ethan e o preveni. Não gostava de Ethan Jacobsen e dos pais dele, mas não queria que acontecesse nada com ele, e não só por ele, mas pela Winnie também.

— Ela não encontrou o Jimmy em Oklahoma, mas o irmão de Jimmy pode ter contado a ela sobre Cheryl — eu disse, ruminando possibilidades.

Stella me olhou intrigada.

— Cheryl? A Cheryl era bem mais nova que o Jimmy. Devia ter uns doze anos quando ele e eu nos conhecemos, e nem morava na reserva. A mãe dela era uma garota branca que teve um romance com o pai do Jimmy. E eu só sei disso porque o Jimmy tinha muitos ressentimentos do pai, e esse romance era grande parte dessa mágoa.

Tive dificuldade para imaginar Cheryl com doze anos. Ela se aproximava dos cinquenta e não lidava bem com isso.

— A Cheryl mora em Nevada. Ela me acolheu quando o Jimmy morreu — contei, esperando que a morte de Jimmy não fosse um grande choque, mas minha avó assentiu como se já soubesse.

— O irmão do Jimmy escreveu para mim quando acharam o corpo. Ele não falou nada sobre você — Stella contou, chorosa.

— Por que falaria? Eu nem o conheci. Eles nem sabiam que eu existia.

Ficamos em silêncio, tentando desfazer mentalmente o emaranhado de segredos e suposições que nos conduziu até aquele ponto da história.

— O Jimmy contou que me achou em uma mesa de restaurante. Eu estava dormindo no sofá. Ele ficou comigo até a minha mãe voltar. Ele disse para a Cheryl que a minha mãe se comportou de um jeito esquisito, mas que ele achou que fosse porque ele era um estranho e estava ali sentado com a filha dela. Talvez tenha sido porque ela o reconheceu e porque foi pega de surpresa.

— A gente sabe que o Jimmy não fez mal nenhum a sua mãe, Blue. O policial encontrou o homem que a atacou — Wilson lembrou, como se soubesse em que direção meus pensamentos seguiam.

— O Jimmy nunca teria feito mal a ninguém — Stella confirmou. — Mas não entendo como você acabou sob os cuidados dele.

— Ele disse que me encontrou dormindo no banco da frente da caminhonete dele na manhã seguinte.

— Então foi isso o que aconteceu. Jimmy Echohawk nunca mentia. A Winona deve ter ido atrás dele e deixou você na caminhonete. Talvez ela planejasse voltar. Talvez quisesse forçá-lo a tomar conhecimento dela. Podia estar drogada, ou desesperada... — Stella fez uma lista de desculpas antes de se calar. Independentemente dos motivos, Winona fez o que fez, e ninguém nunca saberia por quê.

— O Jimmy era o meu avô — concluí, embora isso fosse evidente desde que minha avó me mostrou a fotografia. — O meu nome verdadeiro é Echohawk. — E de repente eu não sentia mais vontade de chorar. Queria rir. Queria levantar os braços e dançar em louvor e gratidão. Queria poder falar com Jimmy. Dizer que o amava. Pedir desculpas por ter duvidado dele algumas vezes.

Wilson e Stella olhavam para mim, e ele tinha os olhos úmidos e a mandíbula tensa. Eu me inclinei e beijei seus lábios, ali mesmo, diante da minha avó. Ela ia ter que se acostumar com isso. Depois olhei para ela e disse:

— Quando a Cheryl me contou que o Jimmy não era o meu pai, foi o pior dia da minha vida. Eu o perdi, não só fisicamente, mas em todos os sentidos. Não sabia quem eu era. E me convenci de que também não sabia quem ele era. — Parei para controlar a emoção que ameaçava me dominar. — Mas ele sempre foi meu. E eu sempre fui dele.

Stella começou a chorar. Quando terminei de falar, ela cobriu o rosto com as mãos e deixou escapar um gemido, um som tão atormentado que eu me ajoelhei diante dela e fiz uma coisa de que nunca me considerei capaz antes de Wilson. Ele havia chorado comigo, me amparado, me ajudado a levantar, me incentivado a continuar, e não havia me pedido nada em troca. E, por ele ter feito isso por mim, eu me senti capaz de abraçá-la. Abracei Stella com força e não a soltei. Senti que ela se soltou em meus braços, depois se agarrou a mim com desespero, soluçando, chorando por um homem que havia tratado mal, chorando por uma filha com quem havia falhado, chorando por uma neta que havia perdido. Tantos segredos, tantas escolhas ruins, tanta dor.

30
Céu

No fim, também fui encontrar Ethan Jacobsen. Estava cansada de segredos, cansada de esqueletos, cansada de não saber. Sacudia as teias de aranha e arrancava as cortinas, deixando o sol entrar em minha vida, que sempre havia sido de muitos cantos escuros. Não foi um encontro longo, nem especialmente agradável. Ethan Jacobsen era só um cara comum com uma esposa gorda, duas filhas loiras e bonitinhas, Saylor e Sadie, e um cachorro com manchas. Meu pai não guardava nenhuma semelhança com aquela foto do colégio. A cara de bravo e o cabelo espetado foram substituídos por um sorriso bondoso e uma careca. Ele era um homem de meia-idade. A única coisa que não tinha mudado eram os cativantes olhos azuis. Ele me encarou com aqueles olhos azuis, e tive certeza de que também notou os meus. E percebeu meu cabelo negro e a pele morena, a semelhança que eu tinha com a garota de quem ele havia gostado, mesmo que só por um tempo.

Mas ele não me rejeitou. Disse que era meu pai e que gostaria de me conhecer. Perguntou sobre minha vida, meus sonhos e meu futuro com Wilson. Dei respostas vagas. Ele não havia conquistado o direito a confidências. Talvez um dia. Prometi manter contato. Queria conhecer minhas irmãs. Cedar City ficava a apenas três horas de

Boulder City, e eu viria de carro. Família havia adquirido uma nova importância para mim, porque eu tinha uma filha que, um dia, iria querer todas as respostas. E eu poderia dar essas respostas. Até o último detalhe.

※

Uma vez perguntei à minha avó se tinha valido a pena... o trabalho pelo qual ela havia trocado meu avô. Não queria magoá-la, mas precisava entender. Ela recitou uma lista de fatos e detalhes interessantes.

— Bom, em 1984, os paiutes receberam mil e oitocentos hectares de terra espalhados pelo sudoeste de Utah e um fundo de dois milhões e meio de dólares, dos quais podemos sacar os juros para investir em desenvolvimento econômico e serviços tribais. O nosso atendimento médico melhorou muito, e também as oportunidades de educação. Conseguimos construir novas casas, abrir e operar duas fábricas. Mas temos que continuar lutando pelos direitos em relação à água, para manter a nossa terra, fazer o nosso povo continuar prosperando. Sempre tem alguma coisa por que lutar.

Ela sorriu radiante, mas suas mãos tremiam, e era evidente a dificuldade para olhar nos meus olhos. Depois de um tempo, ela falou de novo.

— A verdade é que, no nível pessoal, não valeu a pena, Blue. No fim das contas, existem muitas causas válidas, muito trabalho esperando, muito bem a ser feito, mas, se sacrificamos tudo por uma causa, acabamos virando um porta-voz em vez de uma amante, uma organizadora em vez de uma esposa, uma oradora em vez de uma mãe. Abri mão de tudo em nome de um bem maior, mas magoei muita gente. Hoje vejo as consequências de ter pensado que o trabalho era mais importante que as pessoas que faziam parte da minha vida.

※

— Estive pensando na história que você me contou no dia em que a Melody nasceu — Wilson comentou, sério, com a boca contraída. Ele tocava violoncelo na minha salinha apertada, como fazia todas as noites, exceto quando eu estava esculpindo, porque, nesse caso, enchíamos o porão de ruído de lixa e notas musicais. Os dias de ouvir embaixo da grade de ventilação tinham terminado.

— A história que você disse que era uma droga? — resmunguei, querendo que ele tocasse outra música. Estava meio cochilando na poltrona, embalada pelas canções profundas. Era como um elixir, e eu estava viciada no homem e na música.

— Isso, essa mesma. Era horrível. E você teve coragem de torcer o nariz para *Ivanhoé*. Como era mesmo o nome do caçador?

— Waupee. Falcão Branco.

— Isso. Falcão Branco amava uma menina estrela, eles foram felizes para sempre, mas ela decidiu fugir para o céu levando o filho deles.

— Por que você está pensando nisso? — Bocejei, compreendendo que ele não voltaria a tocar enquanto não resolvesse o que o estava incomodando.

— Percebi que é a história do Jimmy. — Wilson dedilhou as cordas distraidamente, perdido nos próprios pensamentos. — A Stella flutuou para longe e levou a filha dele. Até o nome é parecido.

Nunca pensei nisso. Mas Wilson estava certo. Era bem parecida com a história do Jimmy. A diferença era que a de Jimmy não teve um final feliz.

— Mas a Estrela Donzela voltou para o Falcão Branco, Wilson. Eu não terminei a história. O filho deles sentiu saudade do pai, e a Estrela Donzela voltou.

— Sabia que Stella quer dizer "estrela"? — Wilson me interrompeu como se só agora pensasse nisso.

— É?

— Sim. Temos um Falcão e uma Estrela. E uma Sapana. — Ele contava os nomes nos dedos. — É a história dele!

Balancei a cabeça, discordando.

— O Jimmy não recuperou a família. O pai da Estrela Donzela transformou a filha, Waupee e o filho deles em falcões, porque assim eles poderiam voar entre o céu e a terra e ficar juntos. Mas nós nunca ficamos juntos.

— Você voltou para o Jimmy, Blue. Você e ele ficaram juntos.

— É, acho que sim — concordei. — Mas a Sapana não é dessa história, amor. — Sorri para ele com ternura, usando a palavra que ele usava para falar comigo. — Ela tem uma história própria.

Wilson deixou o violoncelo de lado e levantou, debruçando-se sobre a poltrona e sobre mim, os olhos nos meus, a boca na minha. E falou junto dos meus lábios.

— É claro que tem... Savana Blue. E é uma história que está só esperando ser contada.

— Um pequeno melro-negro empurrado para fora do ninho? — murmurei e passei os braços em torno de seu pescoço.

— Ou colocado lá. Depende de como você conta a história.

"Era uma vez um pequeno melro-negro que foi colocado em um ninho. Desejado. Querido. Destemido, porque sabia que era um falcão, um belo pássaro digno de admiração, merecedor de amor..."

Agradecimentos

Cresci em Utah e adoro explorar a história do povo do meu estado. A Reserva Paiute Shivwits existe de fato e fica na região de St. George, no sul de Utah. Larry Shivwa e Stella Hidalgo são personagens fictícios, como todos os outros de minha história, mas a luta da tribo paiute é verídica e histórica.

A história de Waupee e a Estrela Donzela é arapaho. A de Tabuts, o lobo sábio, e das pessoas esculpidas em varetas é uma história do povo paiute. Como muitas lendas e histórias nativas, elas trazem grandes lições e significados para todo o povo.

Meu muito obrigada a toda a assistência que tive para a pesquisa deste livro. Andy Espinoza, sargento aposentado do Departamento de Polícia de Barstow, forneceu informações valiosas sobre procedimentos e até leu alguns trechos do meu manuscrito para garantir a verossimilhança. Se cometi algum erro, a responsabilidade é minha. Paul Mangelson, patrulheiro experiente, discutiu comigo partes da história e até deu ideias para outros romances. À verdadeira Tiffa Snook, blogueira britânica extraordinária, minha gratidão por sua colaboração com tudo relacionado à Inglaterra! Meu obrigada emocionado a Steve Bankhead, por ter passado uma noite me mostrando suas esculturas maravilhosas e respondendo a todas as minhas perguntas sobre ferramentas, madeira e inspiração, para que eu pudesse dar vida ao talento de Blue.

Enorme gratidão por Lorraine Wallace, minha ex-professora do ensino médio e amiga, que editou e apoiou meus dois últimos romances. Para minha mãe, obrigada por ter sido sempre minha primeira leitora e por fazer minhas histórias melhores. E, finalmente, a toda a minha família, amigos, blogueiros e leitores, muito obrigada pelo amor, pela amizade e pelo apoio de vocês!

Impresso no Brasil pelo Sistema Cameron da Divisão Gráfica da
DISTRIBUIDORA RECORD DE SERVIÇOS DE IMPRENSA S.A.